www.bbulmedia.com

www.bbulmedia.com

화
문

화문

무연 장편 소설

下

DAHYANG ROMANCE STORY

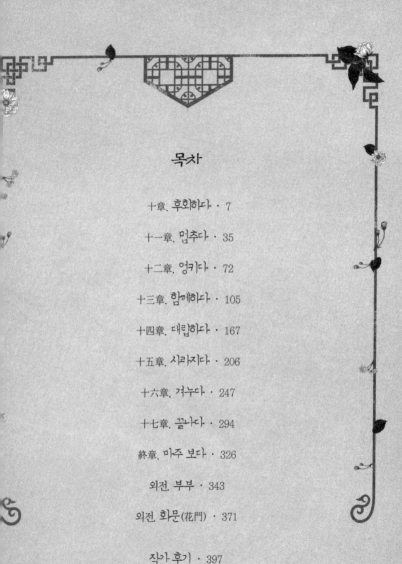

목차

十章. 후회하다 · 7

十一章. 멈추다 · 35

十二章. 엉키다 · 72

十三章. 함께하다 · 105

十四章. 대립하다 · 167

十五章. 사라지다 · 206

十六章. 겨누다 · 247

十七章. 끝나다 · 294

終章. 마주 보다 · 326

외전 부부 · 343

외전 화문(花門) · 371

작가 후기 · 397

十章
후회하다

수련의 비명에 무진이 숨을 삼켰다.

무모하다는 생각밖에 들지 않을 정도로 남쪽의 일을 단숨에 정리한 태휼은 무진과 흑영 스무 명을 데리고는 먼저 출발하였다.

그가 향하는 곳이 어디인지 알고 있었기에 무진은 별다른 대답없이 그를 따랐다. 밤낮없이 말을 채근하여 목적지에 도착한 태휼은 따라오라는 명령만을 남긴 채 앞서 올랐다.

왜 저리 조급히 구는지 알고 있었지만, 정체를 알 수 없는 불안이 무진을 감쌌다. 무로는 일정 이상의 경지에 이른 태휼이었지만 그럼에도 불구하고 한번 벌어진 거리는 좀처럼 가까워지지 않았다.

"서둘러라!"

무진의 재촉에 흑영대의 움직임이 조금 전보다도 민첩해졌다.

나무를 지나 울창한 숲 사이를 파고들었다. 멀리서 들려오던 수련의 목소리가 가까워지고 수련의 품에 안겨 있는 태휼을 보는 순간 무진의 걸음이 멈추었다.

"폐, 폐하?"

심장에 박힌 검에서 한 방울씩 피가 흘러내렸다. 그런 그를 지키듯 수련이 검을 든 채, 태휼을 안고 있었다.

"폐하!"

"기다리게!"

다가가려는 흑영대를 무진이 팔로 저지하였다. 왜 그러냐며 흑영이 물었지만, 무진의 눈은 태휼이 아니라 수련에게 향해 있었다.

태휼은 쉽게 죽지 않을 것이다. 이렇게 죽을 것이었다면 지금이 아니라 귀족들에게서 권력을 되찾아올 때 죽었어야 했다. 무진의 기가 태의를 업고 달려오는 흑영의 위치를 살폈다.

"내가 다가갈 테니 기다리게."

잡고 있는 검을 단단히 잡은 채, 무진이 한 걸음씩 다가갔다. 태휼의 상태도 위급했지만, 수련의 상태도 만만치 않았다. 자신이 생각하는 게 아니라면 다행이었지만 그게 사실이라면 그 어느 때보다도 조용히 다가가야 했다.

챙!

검과 검이 부딪쳤다. 목 바로 옆까지 다가온 검을 아슬아슬하게 막은 무진이 식은땀을 흘렸다.

여전히 수련의 눈에는 초점이 없었지만, 무진이 아닌 다른 흑영이었다면 목을 꿰뚫렸을 정도로 날카로웠다.

본능적으로 태휼을 지키려는 수련의 모습이 당장에라도 쓰러질 것처럼 불안했다.

"위랑. 무진입니다."

"……."

"위랑께서 검을 멈추셔야 소인이 폐하를 봅니다."

악의가 없다는 것을 보여 주듯 수련의 검을 내린 무진이 자신의 검 또한 내려놓았다. 초점을 잃은 수련을 경계하며 무진이 태휼의 상태를 보았다. 다행히 수련이 받아들인 듯 무진이 다가와도 그대로 있었다.

"맥이 잡힌다! 태의를 당장 데리고 오라!"

무진의 고함에 세 명의 흑영이 몸을 돌렸다. 자칫 심장의 검이 뽑히는 날엔 터져 나오는 피로 위험해질 수 있었다. 수련에게서 태휼을 받아 들려 하자, 수련이 무진을 붙잡았다.

"위랑. 아직 살아 계십니다."

"아……."

흐트러져 있던 수련의 눈에 그제야 빛이 돌아왔다. 태휼을 본 수련이 무진의 손을 놓아주자 기다리던 흑영이 일사불란하게 움직이기 시작하였다.

"폐하를 안으로 모셔라!"

흑영에게 옮겨지는 태휼을 보던 수련이 자리에 주저앉았다. 손부터 시작된 떨림이 온몸으로 번져 갔다.

❀　❀　❀

남쪽의 일을 끝내자마자 부겸에게 뒷정리를 지시한 태휼은 흑영대만을 데리고 떠났다. 왠지 그를 따라가야 할 것 같은 느낌이 들었지만 아직 처리해야 할 일이 남았기에 부겸은 떠나는 태휼을 지켜볼 수밖에 없었다.

"문성공."

시신을 치우는 이들에게 명령을 내리던 자가 부겸을 발견하고는 고개를 숙였다. 다른 이들도 인사하려는 것을 부겸이 손을 저었다.

"폐하께서는 어디 계신가?"

"안으로 들어가십시오. 지금 한창…… 소란스럽습니다."

말을 잇지 못하는 이를 바라보던 부겸이 다시 걸음을 옮겼다. 시신을 치우고 있는 사람들을 지나치며 집 안으로 들어온 부겸이 태휼의 모습을 보고는 숨을 삼켰다. 여러 번 죽을 뻔했던 그였지만, 저렇게까지 심장에 검이 꿰뚫린 경우는 또 처음이었다.

"문성공."

피 묻은 천을 들고 나가던 내관이 부겸을 향해 몸을 숙였다. 그의 인사를 넘기며 부겸이 태휼을 바라보았다.

"폐하께서는 어떠하신가?"

"태의께서 보고 계시지만 아직 어떠한 말씀도 하지 않고 계십니다. 확언을 할 수 있는 상황은 아니라 하셨습니다."

말을 끝낸 내관이 부겸을 향해 몸을 숙인 후, 빠른 걸음으로 나갔다. 깨끗한 붕대를 들고 들어오는 내관을 보던 부겸의 눈이 방의 구석으로 향하였다.

내내 평온함을 가장하던 부겸의 눈이 파르르 떨렸다. 무릎을 모아 앉은 수련이 몸을 떨고 있었다. 태휼에게 몰려 있는 태의들과는 달리 상처를 지혈했을 뿐, 누구도 그녀의 곁에 있지 않았다.

"위랑."

부겸의 물음에도 어두운 눈은 침상에 누워 있는 태휼을 향할 뿐이었다. 팔을 묶은 붕대에서 배어 나오는 피에 부겸이 눈을 좁혔다. 분명 이비에게 수련이 다치면 그만큼의 대가를 치르게 할 것이라 경고했었다.

"위랑."

"……"

자신을 닫아 버린 것처럼 부겸의 부름에도 수련은 반응조차 하지 않았다. 몸은 사시나무처럼 떨고 있었지만, 태휼에게 향한 눈은 조금도 움직이지 않았다.

곁으로 다가간 부겸이 조심스럽게 수련의 옆에 앉았다.

"수련."

조심스럽게 부르는 이름에 심장이 떨렸다. 분명 시작은 자신이 먼저였다. 태휼과는 수련은 언제나 엇갈리고 상처 입을 뿐이었다. 서로에게 독일 뿐인 관계, 그럼에도 분명 둘 사이에 그가 알지 못하는 교류가 있었다.

'폐하가 위랑 대신 검에 맞았다.'

자신만을 아는 태휼이, 호연만을 생각하고 모든 이를 수단으로 여기던 황제가 누군가를 위해 자신의 목숨을 걸었다는 사실을 믿을 수 없었다.

있을 수 없는 일이다. 분명 이것조차도 그의 큰 그림에 속해 있는 일일 뿐이었다.

그런데 왜 수련은 태휼만을 바라보고 있는 것인가!

"수련."

땀이 흘러내리는 얼굴에 붙은 머리카락을 떼기 위해 부겸이 손을 뻗었다. 손가락이 얼굴에 닿으려는 순간, 낮은 목소리가 단호하게 들려왔다.

"만지지 마세요."

전혀 움직임이 없던 수련이 반응하자 부겸이 손을 거두었다. 하지만 그것도 잠시, 이어 나오는 말에 부겸의 안색이 어둡게 변하였다.

"폐하께서 싫어하세요."

낮고 갈라진 목소리가 부겸의 심장에도 날카로운 상처를 만들어 냈다.

사경을 헤매는 태휼이 지금만큼은 누구보다도 부러웠다. 왜 언제나 기회는 자신이 아니라 태휼이 먼저 얻는지 받아들일 수 없었다.

"태의를 데려올 테니 상처부터 치료하는 게 좋겠군."

"아니요. 아직 폐하께서 깨어나지 않으셨습니다."

"그대 상처도 위험하다네."

"한 명이라도 더 폐하의 곁에 있어야 합니다. 제가 문제가 아니에요."

"……."

"폐하께서…… 태휼이 일어나질 않아요."

부서질 대로 부서진 수련의 정신이 아슬아슬하게 현실을 붙잡고 있었다. 바들바들 떨고 있는 수련의 팔을 부겸이 붙잡았다.

살얼음을 만진 것처럼 수련의 몸이 차가웠다.

당장에라도 사라져 버릴 것처럼 불안하면서도 수련의 모든 감각이 전부 태휼에게 향해 있었다. 둘 사이에 부겸이 끼어들 틈은 어디에도 없었다.

"저 때문이에요."

"위랑. 그대 때문이 아니다."

"아니요. 저 때문이에요. 제가 태휼의 바로 뒤에 있어서 그래요."

"위랑."

"충분히 막으실 수 있었어요. 그런데 제가 바로 뒤에 있으니까. 제가 영향을 받을까 봐…… 혹시라도 자신이 펼치는 기에 제가 다칠까 봐 안 그러셨어요. 그게 아니더라도…… 절 막다가 다치셨어요. 저 때문이에요."

차라리 울음을 터트리며 토해 내는 절규였다면 이렇게까지 참담한 기분은 들지 않았을 것이다. 눈물조차 마른 눈이 향하는 사람은 부겸이 아니었다. 손을 뻗으면 품에 안을 수 있는 거리였지만, 그 어느 때보다도 수련이 멀었다.

자리에서 일어난 부겸의 눈이 수련에게서 태휼로 옮겨 갔다.

모든 것을 다 가진 황제. 그에게 어떤 것을 내주어도 아깝지 않다고 생각할 때가 있었다.

하지만 하나 정도는 그도 가지기를 바랐었다.

"문성공."

방 밖에서 대기하던 이가 부겸에게 다가왔다. 자신의 수하를 물끄러미 보던 부겸의 눈이 가라앉았다. 지금 당장 가질 수 없는 마음이어도 상관없다.

엇갈리고 비틀렸던 관계가 한 번에 풀릴 리가 없다. 결국 수련을 가질 사람은 자신이었다.

하지만 그 전에 경고에 대한 대가를 치르게 해야 했다.

"준비시켰던 병사를 황궁으로 보내라. 이비와 한비를 역모로 붙잡아 들여라. 그럼 알아서 대홍려와 사공이 달려오겠지."

일이 이렇게 된 이상, 이비는 반드시 부겸을 끌어들이려 할 것이었다. 일을 저지르기 전부터 부겸을 충동질했었던 이비였으니 무슨 짓을 할지는 보지 않아도 뻔하였다.

경거망동한 계집이 원하는 대로 움직일 생각은 전혀 없다.

수하를 보낸 부겸의 눈에 고요한 살기가 감돌았다.

❀   ❀   ❀

"아버지. 이 야심한 밤에 황궁을 어찌…… 아악!"

"이비 마마!"

처소로 들어온 사공이 다짜고짜 이비의 뺨을 내리쳤다. 사공의 손찌검에 이비가 쓰러졌다. 놀란 문 상궁이 사공을 막으려 했지만, 앞을 가로막은 문 상궁조차 사공에게 밀려 바닥에 패대기쳐졌다.

"아버지!"

"지금 마마께서…… 무슨 짓을 저질렀는지…… 아십니까?"

촉각을 다루는 일이라는 소리에 잠에서 깬 사공은 수하의 보고에 눈앞이 깜깜해졌다. 여상환의 발밑에 몸을 숙여 가면서 힘을 키워 왔건만, 투기에 먼 딸은 그가 쌓아 올린 모든 것을 무너뜨릴 짓을 저질렀다.

"아버지. 무슨 말씀을 하시는지 도저히 모르겠습니다! 제가 무엇을 어찌했다고!"

"폐하께서 위중하십니다. 위랑을 죽이려 한 자객의 검에 찔리셨다고 합니다."

몸을 일으키던 이비가 바닥에 주저앉았다.

눈앞이 깜깜하였다. 피가 차가워지며 심장이 빠르게 뛰었다.

태흎이 검에 찔렸다. 수많은 자객이 목숨을 위협해도 상처 하나 없던 그가 검에 맞아 위독하다고 하였다.

"있을 수 없는…… 일입니다. 어찌 폐하께서…… 그럴 리가 없습니다!"

상황 파악조차 제대로 못하는 이비를 보며 사공이 이를 갈았다.

"위랑을 지키시다 그리되셨다 합니다."

사공의 말을 듣는 이비의 눈에 절망이 휩싸였다.

그깟 계집이 뭐라고 목숨을 버려 가며 지켰단 말인가. 황제인 태흎에게 여인은 그저 수단이고 도구일 뿐이었다. 자신은 아무리 노력해도 얻을 수 없었던 그의 마음을 고작 죄인의 사생아가 전부 가져가 버렸다.

무언가가 잘못되었다. 있을 수 없는 일이었다.

"폐하께서 그럴 리가 없습니다. 고작 자객의 검에 당하실 폐하가 아니시란 말입니다."

절망하는 이비를 보는 사공이 이를 으득 갈았다.

지금은 고작 외면받은 연모에 절망할 상황이 아니었다. 이대로면 황제의 목숨을 노렸다는 죄명으로 가문이 멸문될 참이었다.

주저앉은 이비의 멱살을 붙잡은 사공이 뺨을 힘껏 내리쳤다.

짝!

"이비 마마!"

주변 상궁과 궁녀들이 발을 동동 굴렸지만 차마 사공인 그를 막을 수 없었다. 한 대로 정신을 차리지 못하자 사공의 손이 다른 뺨을 내리쳤다.

"지금 한가롭게 마마의 연모를 들을 시간이 없습니다."

후궁으로 들인 딸이 아니었다면 목을 베는 것으로 이 상황을 해결했을 테지만, 이번 일은 그것만으로도 쉽지 않았다. 정신을 차린 이비를 노려보며 사공이 물었다.

"마마께서 빠져나갈 수로 무엇을 만들어 놓으셨습니까?"

사공의 물음에 이비가 빠르게 머리를 굴렸다.

"자객을 찾은 건 저지만, 그들에게 사주를 한 사람은 한비입니다. 그들의 돈 또한 한비가 냈습니다. 그리고 문성공에게도 여지를 남겨 놓았습니다. 그의 충동질에 제가 넘어갔다고 하면 어찌 되지 않겠습니까?"

이비의 답에 사공이 입술을 깨물었다. 이제야 상황이 어찌 돌아가는지 확실히 알 수 있었다.

"한비로는 어림도 없습니다. 지금 대홍려와 한비를 붙잡은 이가 바로 문성공입니다. 지금 연루된 이들도 전부 잡아들이고 있습니다."

부겸의 말에 이비의 눈이 어두워졌다. 사공의 눈이 자신을 노려보자 그녀도 모르게 고개를 숙였다.

죽여도 시원찮을 딸이었지만, 지금은 이비에게 화풀이를 하기보다는 살 방법을 모색해야 했다. 자리에서 일어난 사공이 무거운 숨을 내쉬었다.

"마마께서는 더는 쓸데없는 짓을 하지 마십시오."

"아버지!"

"지금 무언가를 하고 싶으시다면 폐하께서 무사히 돌아오시길 간절히 빌고 계십시오. 그게 우리 가문과 마마께서 살길입니다."

말을 끝낸 사공이 잠시 몸을 비틀댔다. 하지만 곧 이를 악문 그가 이비의 처소를 나갔다.

한걸음에 달려온 문 상궁이 이비를 부축했지만, 그녀는 일어날 기운조차 없었다.

태휼이 죽는다. 자신 또한 죽게 될 것이다.

온몸을 휘감는 공포에 이비가 울음을 터트렸다.

❀　❀　❀

사흘이 지나도 상황은 달라지지 않았다.

황궁이 발칵 뒤집혔지만, 정작 병사를 움직인 부겸은 태휼의 곁을 지키고 있었다. 큰 고비를 넘겼다고는 하나 태휼은 아직 깨어나지 못하고 있었다.

어두운 밤, 태휼을 보러 가던 부겸이 앞에 보이는 모습에 미간을 찌푸렸다.

보다 못한 태의가 수련을 달래 상처를 치료했다는 이야기를 들었다. 조금은 쉬고 있을 것이라 생각했건만 언제 나왔는지 다시 침소 앞에 무릎을 모은 채 앉아 있었다.

"조금은 쉬어야 하지 않은가?"

"태의께서 들어가 계십니다."

"오늘이 중요하다 했으니 자리를 지키고 있는 것이겠지. 폐하께서 깨어나시면 사람을 보낼 테니 조금은 쉬게."

수련의 곁에 앉은 부겸이 부드러운 미소를 지었다. 부겸의 미소에도 수련의 어두운 얼굴은 좀처럼 펴지지 않았다. 부겸을 보던 수련의 눈이 다시 태휼의 방으로 향하였다.

숨소리조차 나지 않는 정적이 계속된 후, 수련이 입을 열었다.

"폐하를 믿는다고 했습니다. 폐하를 믿을 테니 약조를 지켜 달라며 고집을 부렸습니다."

"……."

"말로만 그리하였을 뿐, 믿은 게 아니었습니다. 제가 저분을 저리 만들었습니다."

"그대가 노력한 건 내가 알고 있네. 그리고 그대에게 가족은 약점이지. 그 약점을 쥐고 흔드는데 달리 방법이 있었겠는가? 그대 잘못이 아니야."

부겸의 말을 듣던 수련이 무릎에 얼굴을 묻었다.

자신의 잘못이었다. 이비의 수에 속아 일을 그르쳤어도 자신이 다쳤어야 했다.

같잖은 세 치 혀로 자신의 안위만을 생각한 결과였다. 수를 쓴 것이 이비였어도 결국 이 지경까지 일을 몰아붙인 사람은 수련이었다.

가족에게 돌아갈 생각만 하느라 태흘이 상처 입고 무너졌던 것은 생각하지 않았다.

'너는 자유다.'

쓰러지는 태흘의 입가에 있던 미소가 아직도 뇌리에 생생하였다. 그 미소를 보는 순간, 차갑게 식어 가는 그의 체온을 느끼는 순간, 수련은 자신이 무슨 짓을 저질렀는지 그제야 알 수 있었다.

자신의 이기적인 행동이 결국 이 사달을 만들었다

"위랑. 아! 문성공도 계시었습니까?"

문을 열고 나온 태의가 부겸을 보며 고개를 숙였다. 태의의 모습에 수련이 벌떡 자리에서 일어났다. 차마 묻지도 못한 채, 떠는 눈이 답을 재촉하였다.

내내 굳어 있던 태의가 수련을 보며 고개를 끄덕였다.

"기력을 회복하는 게 최우선이겠지만, 우선 위험한 건 모두 넘겼네. 워낙 강골이시니 위랑께서는 걱정하지 말게."

"아직 깨어나지 않으셨습니다. 그래도 괜찮은 것입니까?"

"찰나였지만 잠시 눈을 뜨시었네. 곧바로 눈을 감으셨기에 부르지 않았네."

태휼이 정신을 차렸다는 말에 힘이 빠진 수련이 몸을 휘청거렸다. 부겸이 부축하려 했지만, 수련은 손을 저었다. 내내 어두웠던 수련의 눈에 그제야 안도의 빛이 감돌았다.

수련의 모습을 보는 부겸의 눈이 한없이 가라앉았다. 괜찮다며 다독이던 심장에 다시 상처가 벌어졌다. 태휼에게 마음을 주었어도 언제나 한 걸음 뒤에서 몸을 사리던 수련이 변하였다.

자신의 감정을 숨기지도 않았고, 태휼을 향한 마음을 가리지도 않았다.

"이젠 안심해도 되겠군."

"아무리 늦어도 오후쯤에는 일어나실 것입니다. 위랑께서도 이젠 침소로 돌아가시게. 자네도 쉬어야 하네."

"폐하께서 정신을 차리실 때까지만 있겠습니다."

"폐하께서도, 그리고 자네도 안정이 필요하네. 내 자리를 지킬 터이니 처소로 돌아가게."

있겠다며 고집을 부리는 수련을 태의가 부드러운 어조로 말렸다.

둘을 보던 부겸도 수련을 말리자 하는 수 없이 수련이 자신의 고집을 꺾었다.

부겸의 부축을 받으며 수련이 사라지고, 그 모습을 끝까지 보던 태의가 어둠 속으로 눈을 돌렸다.

어둠 속에 몸을 감추고 있던 무진이 태의에게 다가왔다. 무진을 보던 태의가 낮게 입을 열었다.

"폐하께서 안으로 드시라 하셨습니다."

잠들어 있다는 말과는 다른 명령에 무진이 고개를 끄덕였다.

태의가 열어 주는 문으로 들어가는 무진의 발걸음이 여느 때보다도 고요하였다.

※　※　※

쉬라고 했지만 잠은 오지 않았다.

자는 걸 포기한 수련이 침상에 앉아 조용히 기다렸다.

태휼이 일어나면 어떻게 말해야 할지 몇 번이고 생각했지만, 산더미처럼 쌓이는 생각과는 다르게 입 밖으로 나오는 말은 없었다.

해야 할 말을 속으로 숨겼던 터라 그와는 언제나 엇갈리고 오해만 했었다.

이제는 그러고 싶지 않았다.

"위랑. 무진입니다."

새벽녘에 들려오는 무진의 목소리에 수련이 자리에서 일어났다. 태휼이 깨어났다는 소식을 가져온 것일지도 모른다. 닫혀 있는 문을 열자 무진이 수련을 향해 고개를 숙였다.

태휼만큼이나 알 수 없는 무진의 표정에 수련이 입술을 깨물었다. 좀 전까지 느꼈던 두근거림이 언제 그랬느냐는 듯 불안하게 바뀌었다.

"위랑. 나가실 준비를 하시지요."

"태휼은요? 죄송합니다. 폐하께서는 깨어나셨습니까?"

"실은 폐하께서 일을 당하셨던 터라 소인이 미처 잊고 있었던 명이 있었습니다. 나갈 채비를 하시지요."

"폐하께서 깨어나신 것인지 물었습니다."

"준비하시지요."

"폐하께서 깨어나신 모습을 보기 전까지는 움직이지 않습니다."

"위랑. 황명입니다. 폐하께서 깨어나셨든, 깨어나시지 않았든 소인은 해야 합니다."

"왜 지금입니까?"

태휼이 어떤 상태인지 알지 못하는 상황에서 내려진 황명이 불길하였다. 따르지 못하겠다는 말이 목 끝까지 치밀었지만 무진의 너머로 느껴지는 흑영의 수가 상상 이상의 것이었다.

반항할 것인가? 하지만 태휼의 말을 따르지 않은 결과는 충분히 겪은 후였다.

"폐하의 명이라는 걸 보여 주시지요. 그러기 전까지는 움직이지 않습니다."

"폐하의 명이시라네. 위랑."

어느새 나타난 태의가 수련을 향해 미소를 지었다. 내내 경직되어 있던 수련의 얼굴이 태의의 등장에 옅게나마 풀렸다. 가까이 다가온 태의가 무진에게 시선을 주자 그가 몇 걸음 뒤로 물러났다.

가까이 다가온 태의가 수련의 손을 붙잡았다. 황명이기는 했지만, 언제나 그녀의 상처를 치료한 사람이 바로 태의였다. 오만하고 무례했던 여상환과도, 달래고 또 달래도 언제나 울기만 해 댔던 황후와도 다른 수련을 어느새 딸처럼 대했던 그였다.

"잠드시기 직전에 흑영대 수장에게 내리신 명이라네. 나도 그게 무엇인지는 모르지만 황명이 맞으니 따라야 하지 않겠나."

태의가 그렇게까지 말하니 믿지 않을 수 없었다. 하지만 지금만큼은 나가고 싶지 않았다.

아무리 늦어도 오후에는 깨어난 태휼을 만날 수 있었다. 그에게 해야 할 말이 있었다.

"하지만 아직 폐하께서……."

"폐하께서는 괜찮을 것이네."

무조건 따르라는 무진의 말투와는 다르게 부탁하는 어조에 수련이 약해졌다.

채비를 끝내고 나가니 어느새 마차가 준비되어 있었다.

왜 나가는지도, 어디로 가는지도 모르는 상황에서 태휼이 있는 방을 잠시 보던 수련이 마차에 올랐다.

마부와 무진 외에 다른 이의 기척은 느껴지지 않았다.

어디를 가느냐는 물음도, 돌아가겠다는 고집도 부릴 수 없었다. 정체를 알 수 없는 초조가, 불안이, 온몸을 집어삼키는 초조만이 그녀를 흔들리게 할 뿐이었다.

"이제는 어디로 가는지 알려 주실 수 있지 않습니까?"

수련의 물음에 눈을 감고 있던 무진이 그녀를 쳐다보았다. 담담한 척하려 했지만, 그 너머로 보이는 감정은 표정과는 달랐다.

"위랑이 직접 겪으신 일이니 아시겠지만 폐하께서는 위랑의 가족이 머물 곳을 자주 바꾸셨습니다."

태휼은 명을 따르라 했을 뿐, 말을 하지 말라는 명령은 없었다.

이제 와서 이런 이야기를 한들 달라지는 것은 없었지만 그럼에도 한번은 수련이 알아주었으면 했다.

"폐하께서는 본심을 보이는 분이 아니십니다. 그렇기에 그 뜻을 알지 못하는 이들은 적의를 가지기도 하고, 또한 그 뜻을 잘못 이해하여 폐하께 위협이 되기도 하지요. 이번의 위랑처럼 말입니다."

좀처럼 말이 없던 그가 입을 열자 생각 외의 독설이 터져 나왔다. 모욕을 주지도, 막말을 하지도 않았지만 사람의 핵심을 정확히 찌르는 날카로운 말에 심장이 내려앉았다.

하지만 피하는 대신 마주하였다. 자신의 잘못을 외면할 생각은 없다. 태휼을 가장 가까이서 모시는 그라면 적어도 수련이 알지 못하는 것을 알려 줄 것이었다.

"자신께서 하신 행동을 되돌리는 상황이 온다면 폐하께서는 조금의 여지도 남겨 놓지 않은 채 행하시는 분입니다. 지금까지 그렇게 원하시는 것을 얻으셨고, 필요 없는 것을 버리셨습니다."

이상하게도 버린다는 말이 머릿속에서 계속 맴돌았다. 지금 그가 행하는 태휼의 명령이 그녀를 버리라는 것일까? 아니다. 태휼의 성격이라면 버린다는 의미는 죽음이었다.

"솔직히 위랑이 황궁에서 한 일은 혀를 내두를 정도로 무모했습니다. 여상환조차도 그리 무모하게 모든 것을 던지지는 않았었지요."

"그 사람은 절박하지 않았으니까요."

"위랑의 절박함이 폐하께는 독이 되었지요."

"알고 있습니다. 그리고 이젠 그 대가를 치러야겠지요."

수련의 대답에 무진의 입가에 희미한 미소가 감돌았다. 자신의 잘못이 무엇인지 알면서도 마냥 지고 있지만도 않았다. 태휼이나 수련이나 호락호락한 성격이 아니었다. 그렇기에 숙이며 마주 보기보다는 엇갈리고 대립하였었다.

쉽게 꺾이지도 않았고, 꺾이더라도 다시 일어나려 하였다. 강한 듯 보이면서도 약했고, 약하다 싶으면 또 한없이 강했다.

어쩌면 수련의 저런 모습을 알았기에 태휼이 총애했는지도 모른다. 저 모습이 변하지 않기를 바라며 그녀를 더욱 몰아붙였을지도 모른다.

딱 한 번만 저 둘이 마주 봤더라면, 같은 방향으로 함께 삶을 건게 되었다면 얼마나 좋았을까?

"폐하께서 절 버리시는 겁니까?"

수련의 물음에 무진이 잠시 말을 잊었다. 그 와중에도 마차는 부지런히 움직이고 있었다.

"폐하께서 버리신다고 순순히 버림당하실 위랑이 아니라고 생각합니다만."

"……."

"하지만 되돌리는 일이라면 위랑은 따르시겠지요."

떨리던 심장박동이 점점 빨라졌다. 지금 무진이 하는 말이 수련에게 얼마나 무섭게 다가오는지 그는 절대 알지 못할 것이다.

되돌린다. 무엇을 되돌린다는 것인가?

가족에게 돌려보낸다는 것인가? 아니면 연모했던 마음을 잊겠다는 것인가?

답이 어찌 되었든 그 어느 것도 지금만큼은 달갑지 않았다.

"되돌린다는 말씀이 무엇입니까?"

알면서도 받아들이지 못하는 수련을 무진이 조용히 응시하였다.

황명을 받은 이상, 무진은 그대로 따라야 한다. 자신은 폐하의 검일 뿐, 생각하고 판단하는 신하가 아니었다.

"정녕 몰라서 하는 물음입니까? 폐하께 먼저 부탁을 한 사람은 위랑입니다."

"왜…… 왜 이제 와서…… 왜 하필 지금입니까? 아니 되돌린다는 의미가 제가 생각하는 그것이 맞습니까?"

빠르게 움직이던 마차가 멈추었다. 문을 연 마부가 무진을 향해 깊게 고개를 숙였다.

마차에서 내린 무진이 창백한 수련을 향해 고개를 숙였다.

"돌아가실 시간입니다. 위랑. 마차에서 내리시지요."

❀　❀　❀

언제나 가족에게 돌아가는 꿈을 꿨다.

태휼의 손에서 벗어나는 일은 쉽지 않았지만, 딱 한 번 기회가 온다면 주저 없이 황궁을 빠져나와 가족에게 돌아갈 생각이었다.

수련이 바라던 꿈이 현실이 되었다. 숨조차도 제대로 내쉴 수 없는 황궁에서 나오게 되었다.

"갈 수 없습니다!"

"여기서 조금만 걸어가시면 민 부인이 계십니다. 황궁에 모시기 전의 삶으로 돌아가는 것입니다. 황궁에서 있었던 일은 모두 잊으시고 위랑이 바라던 삶으로 가시지요."

"이대로 갈 수 없습니다! 아직 폐하께서 깨어나지 않으셨어요. 폐하를 뵈어야 한단 말입니다."

마차에서 내려온 수련이 무진의 앞에 섰다. 황제의 검으로 십여 년을 산 무진의 앞에 서 있으면서도 수련은 위축되지 않았다.

이대로는 절대 갈 수 없다. 일 년 넘게 바라 온 일이었지만 지금은 아니었다.

이기적인 계집이라 손가락질을 받아도 참을 수 있었다. 태휼이 검을 맞았던 순간이 머릿속에서 떠나지 않았다. 깨어난 그를 봐야 한다. 그러기 전까지는 무진이 어떤 말을 해도 참을 수 있었다.

"깨어나신 폐하께서 내리신 명입니다."

"……."

가쁘게 뛰던 심장이 무너져 내렸다. 핏기라고는 전혀 없는 수련의 눈이 촉촉이 젖어 들었다.

깨어나기 전에 내린 황명이 깨어난 순간 곧바로 이행되었다.

마음의 준비가 된다면 자신에게 가족을 보여 달라고 했었던 부탁을 그는 들어줄 생각이었다.

그런 그를 자신은 믿지 않았다. 돌아가지 못할 것이라는 생각에, 이비에게 가족이 해를 입을지도 모른다는 잘못된 판단이 결국 이런 결과를 만들어 냈다.

"지금 민 부인이 계신 곳은 폐하께서 은밀히 준비하신 곳입니다.

재상께서 관리하시니 사공은 물론 문성공께서도 이곳을 알지 못하십니다. 앞으로도 아시기 어려울 테니 이젠 누구도 위랑을 건들지 못할 것입니다."

"……이렇게 벌을 내리시는 것입니까?"

눈가에 가득 맺혀 있던 눈물이 결국 얼굴을 타고 흘렀다. 그에게 약점이 될 연모였기에 정리되는 것이라면, 그가 앞으로 나아가야 할 길에 그녀가 걸림돌이 되었다면, 수련은 얼마든지 감당할 수 있었다.

"제 무지한 행동에 대한 대가가 이런 것입니까? 그래서 이렇게 쫓겨나는 것입니까?"

"벌이라 생각하십니까? 정녕 그리 생각하시는 것이라면 소인이 위랑을 잘못 본 것이겠지요."

"……."

"오랜 시간 고민하신 일입니다. 폐하의 생각을 소인 따위가 어찌 알겠느냐마는 적어도 이 명을 따르라 하실 때의 폐하께서는 여느 때보다도 고심하셨습니다."

"깨어나신 모습조차 보여 주지 않으실 정도로 화가 나신 것이 아닙니까?"

그저 깨어난 모습을 보는 것이 그렇게도 잘못되었단 말인가. 그녀의 무지한 행동에 태휼이 실망했다는 것인가? 무진이 말하고자 하는 의도가 무엇인지 알면서도 자꾸 엇나가는 생각뿐이었다.

딱 한 번만, 잠깐이어도 좋으니 깨어난 그를 보고 싶었다. 아직 어떻게 말해야 할지 정하지도 못했으면서도 그래도 허락하는 시간이나마 그의 곁에 머물기를 바랐을 뿐이었다.

"위랑께서는 가족에게 돌아가길 바라시지 않았습니까? 소인은 황명을 따를 뿐이고, 위랑께서는 힘들게 얻은 기회를 버리지 않으면 되는 것입니다."

무진의 말에도 수련의 발걸음이 떨어지지 않았다.

절대로 보내지 않겠다는 그녀를 보내면서 그는 어땠을까? 화를 냈을까? 아니면 후련했을까?

그것도 아니라면…….

"더는 선택이 없습니다. 더는 위랑도 아니고 궁인도 아니니 돌아가시지요."

고개를 숙인 수련의 눈에서 나오는 눈물이 바닥을 적셨다.

하지만 무진의 말대로 달라지는 것은 아무것도 없었다. 입술을 깨문 수련이 옷소매로 눈물을 닦아 냈다. 감정으로는 아무것도 정리되지 않았지만, 이성은 억지로 정리될 수밖에 없었다.

무진에게 고개를 숙인 수련이 몸을 돌렸다.

수련이 반대로 걸어가자 무진이 마차에 올랐다. 왔던 길로 방향을 잡은 마차가 빠른 속도로 사라졌다.

❋　❋　❋

'여수련이라 하옵니다.'

가족을 살리겠다는 생각 하나로 황제인 그에게 거래를 하였다.

그때는 그게 그녀가 할 수 있는 최선이었다. 그리고 무모한 거래를 그는 받아들였다.

거래로 남은 건 등에 찍힌 낙인뿐이라 생각했다. 여상환에게서도 살아남았던 자신이었으니 황궁에서도 버텨 내다 보면 집으로 돌아갈 수 있을 것으로 믿었었다.

한 걸음, 한 걸음 무거운 걸음으로 길을 걸어가는 수련의 얼굴이 어두웠다.

일 년을 넘게 바라던 일이 이제야 이루어지지 않았는가? 분명 기뻐해야 할 일이었다.

'네가 말한 약조, 난 분명 지킨다고 하였다.'

그는 그녀의 약조를 지킬 생각이었다. 하지만 그의 약조를 수련은 믿지 않았다.

무엇이 현명하고, 무엇이 자신 있다는 것이었을까? 결국 그녀의 오만이 태휼을 죽일 뻔하였다. 되지도 않는 욕심을 부린 대가는 평생 지워지지 않는 상처만을 남겼다.

"누님?"

일 년 만에 본 동생은 그녀의 상상 이상으로 변해 있었다. 훌쩍 커 버린 키에 달라진 얼굴이 그녀의 품에 숨어 있던 어린아이가 아니었다.

그토록 보고 싶어 했던 현을 봤음에도 수련의 입은 좀처럼 떨어지지 않았다.

한순간의 꿈처럼 사라질 일이었다면, 무진의 말대로 처음으로 되돌아가는 길이라면 왜 이리 발걸음이 무거운지 알 수 없었다.

"누님!"

집 앞을 비질하던 현이 수련을 발견하고는 한걸음에 뛰어왔다.

품에 안기는 현을 보던 수련이 조심스럽게 동생의 등을 어루만졌다. 등에서 느껴지는 체온이 분명 현실이었다.

가족에게 돌아왔다.

지옥 같은 황궁에서 드디어 빠져나왔다.

'위랑께서는 가족에게 돌아가길 바라시지 않았습니까?'

돌아가고 싶었다.

세상 아래 유일하게 마음을 두고 의지했던 가족이었으니 돌아가고 싶은 건 당연하였다.

'위랑께서는 힘들게 얻은 기회를 버리지 않으시면 됩니다.'

무진의 말대로 힘들게 얻어 낸 기회였다.

지금 자신의 품에 안겨 있는 동생은 꿈이 아니라 현실이었다.

"어머니! 누님이 돌아왔어요!"

그런데 심장에 각인처럼 남은 상처가 수련을 계속 아프게 하였다.

무엇이 잘못되었을까? 그건 아니었다. 생각을 하고 또 해도 잘못된 일은 없었다.

"수련아?"

초점 없는 눈이 그녀에게로 향하는 순간, 수련이 짧은 한숨을 내쉬었다.

일 년 만에 본 민 부인은 달라진 점이 없었다. 멈춰 있던 수련이 천천히 민 부인을 향해 걸어갔다. 모든 게 원하는 대로 전부 돌아왔다.

몸서리쳐지게 소름 끼치는 황궁에서 나왔고, 지독히 강하던 황제의 손아귀에서도 풀려났다.

이비도, 문성공도 없는 그저 평범한 삶으로 되돌아왔다.

"수련아."

"……어머니."

더 이상의 말은 필요 없었다. 수련을 안아 준 민 부인의 품은 아늑할 정도로 따뜻하여, 내내 느꼈던 긴장이 완전히 풀리는 느낌이었다.

황궁도, 태흘도 이젠 누구도 없다.

언제나 바라던 삶으로 돌아왔다.

"어서 들어가자."

민 부인을 따라가는 수련의 눈이 어둡게 가라앉았다.

전부 끝났다.

끝난 것인가?

이렇게 끝나도 되는 것인가?

답을 해 줄 사람은 이제 어디에도 없었다.

"비켜라!"

"문성공. 아직 폐하께서……."

내관의 만류에도 화가 난 부겸이 닫혀 있는 문을 열었다.

깨어나지 않았다는 말이 무색할 정도로 태연한 모습의 태휼이 내관의 도움을 받아 옷을 입고 있었다. 화가 날 정도로 평온한 태휼의 얼굴을 보는 순간 부겸의 인내가 끊겼다.

"사공을 데려간 분이 폐하이십니까?"

옷의 마무리를 하려는 내관에게 태휼이 손을 저었다. 방에 있던 흑영이 조용히 방 밖으로 나갔다. 태휼을 보는 부겸의 눈이 파르르 떨렸다.

일어나니 부겸의 중심으로 돌아가던 상황이 달라져 있었다.

한비와 대홍려는 제 수중에 있었지만, 가장 중심의 사공은 누군가에게 빼돌려진 후였다.

어차피 그들의 처리는 태휼이 해야 하니 그렇게 움직인다 한들 부겸이 뭐라 할 이유는 없었다. 하지만 문제는 수련이였다.

분명 지난밤까지 있던 그녀의 흔적이 완전히 사라져 있었다.

처음부터 없었던 사람처럼 모든 게 정리되어 있었다. 이렇게까지 할 수 있는 사람은 부겸이 아는 한 태휼뿐이었다.

"위랑을 어디로 보내신 것입니까?"

"문성공."

"어디로 보내셨느냐 물었습니다."

"행선지를 알려 주면 따라가기라도 할 생각인가?"

"폐하!"

부겸의 외침에도 태휼은 태연했다. 아니 태연할 뿐이었다.

태휼을 봐야 한다며 고집을 부렸다고 하였다. 갈 수 없다는 수련의 행동에 잠시 흔들리기는 했지만 그는 마음을 바꾸지 않았다.

죽을 뻔한 후로 수련에 대한 마음이 바뀐 것도 아니었고, 일시적인 충동으로 되돌려 보낸 것도 아니었다. 도리어 이번 일이 그에게 확신을 주었을 뿐이었다.

아무리 단단한 그녀라도 약점을 쥐고 흔들면 무너지기 마련이었다. 이번에는 잘 넘어갔지만 또 이런 일이 일어나지 말라는 법은 없었다.

"처음으로 되돌렸을 뿐이다. 그렇게 알고 너도 따르거라."

"완전히 보낼 필요는 없었습니다. 그저 가족만 만나게 하면 되었을 일입니다."

"그리고 또 휘둘리겠지."

그가 버텨 내야 할 지옥에 굳이 수련까지 끌고 올 필요는 없다. 가족을 보여 주고 곁에 두는 방법도 있었지만 그가 버텨 내야 할 지옥을 그녀까지 감내할 이유는 없었다.

이제 수련이 다치는 것도, 힘들다며 고개를 숙이는 모습도 보고 싶지 않다.

그렇다면 그만이 해 줄 수 있는 최선은 하나였다.

"상관없으시겠습니까?"

부겸의 물음에 태휼이 눈을 좁혔다.

태휼이 왜 그랬는지는 알았지만 부겸은 받아들일 수는 없었다. 그저 가족만 만나게 해 주었으면 되는 일이었다. 그녀를 위해서였지만 일부러 이렇게까지 단호하게 자를 필요는 없었다.

"문성공에게는 상관이 있는 일이었던가?"

태휼의 물음에 부겸의 눈이 커졌다. 표정을 가리듯 부겸이 태휼의 눈을 외면하였다.

흔들리는 부겸의 눈을 보던 태휼이 자신도 모르게 조소를 지었다.

자신의 손에서 놓은 여인이라는 것을 알면서도 부겸이 보이는 관심이 불쾌하였다. 그의 삶에 다시는 없을 여인이건만, 오랫동안 가지고 있던 집착은 태휼을 쉽게 풀어 주지 않았다.

하지만 제 손아귀에 억지로 붙잡았던 수련은 없다.

"이제 위랑은 없다. 내가 다친 것만으로도 그들을 잡기에는 충분할 터, 다만 사공은 아직 쓸데가 있으니 짐이 데리고 있겠다."

"……."

"문성공은 나가 보라."

태휼의 명에 부겸이 자리에서 일어났다.

무거운 걸음으로 나가는 부겸을 보던 태휼이 의자에 몸을 맡겼다.

노력하겠다며 조심스럽게 손을 내미는 순간, 그러면서도 가족을 보고 싶다는 말을 꺼내는 수련을 보는 순간부터 준비했었던 일이었다.

부겸에게 말했던 것처럼 이제 다시는 황궁에 위랑은 없었다.

지독한 공허가 그를 미칠 듯이 괴롭히더라도, 가질 수 없었던 마음에 심장은 더 차가워지더라도 상관없었다.

그토록 원하는 삶을 주었으니 상관없다.

그저 일 년 전으로 돌아가는 것뿐이었다. 이미 한번은 겪었던 일, 언제나 그렇듯 시간이 해결해 줄 것이었다.

정해진 생각에도 불구하고 태휼에게서는 무거운 한숨이 거듭 흘러나왔다.

十一章

멈추다

하루가 이틀이 되었고, 어느새 석 달이 흘렀다.

멈춰 있을 것 같던 시간이 흐르고, 상처에 앉아 있던 딱지가 하나씩 떨어져 내렸다. 부서지듯 불안했던 정신도 흐르는 시간만큼이나 서서히 안정을 찾아 갔다.

'너는 자유다.'

자신이 한 말은 반드시 지키는 태휼답게 이곳에 머무는 동안 황궁의 누구도 찾아오지 않았다.

수련의 눈이 손가락에 끼워져 있는 쌍가락지에 향하였다.

그녀에게 남은 건 태휼이 건넨 쌍가락지와 등의 각인뿐이었다.

"누님."

현의 목소리에 앉아 있던 수련이 고개를 돌렸다. 조심스럽게 수련의 기색을 살피던 현이 옆에 앉았다.

일 년 만에 본 수련은 여전히 강하고 자애로운 누님이었지만, 종종 지금처럼 낯선 기분이 들게 할 때가 있었다. 저런 모습의 수련을 마주할 때마다 현은 불안했지만, 힘들게 돌아온 누님에게 속마음을 보여 주고 싶지 않았다.

"뭘 그리 보고 계십니까?"

"아무것도 아니야. 어머니께서 찾으시니?"

수련의 손이 현의 머리를 쓰다듬자 보기 좋은 미소가 현의 입가에 생겨났다. 몰라 보게 컸어도 현은 여전히 수련에게는 어린 동생이었다.

"그게 아니라 손님이 와 계세요."

"손님?"

"지난번에 본 토주의 아들이라는 도령 있잖아요. 그 사람이 찾아왔어요. 필사할 책이 몇 권 더 있다고 가져왔대요."

"아······."

원래의 삶으로 돌아오자 수련은 돈이 될 만한 일을 마을에서 가져오기 시작하였다. 여인의 몸으로 바느질이나 필사를 하는 것이 가장 무난하였기에 작은 일부터 하나씩 받아 왔다. 처음에는 어린 수련에게 일을 주는 것을 꺼리던 이들도 깔끔한 솜씨에 점점 일의 양을 늘려서 주고 있었다.

하지만 보통은 서신으로 일의 목록과 장소를 보내오면 수련이 직접 찾으러 갔었다. 이렇게 일부러 찾아오는 경우는 처음이었다. 하물며 수련이 머물고 있는 곳의 토주 아들이라니 있을 수 없는 일이었다.

"누님에게 마음이 있나 봐요."

"쓸데없는 소리. 그런 말 하지 말라고 했지?"

"진짜라니까요! 어머니께서 대신 받아 주겠다고 했는데도 안 가고 버티고 있는걸요."

자리에서 일어난 수련이 구겨진 옷매무새를 다듬었다. 자신의 행동으로 일어난 일이었고, 이젠 확실히 끝난 일이었다.

지금 그녀가 있는 곳은 황궁이 아니라 현 안에 속해 있는 작은 마을이었다.

'끝났나?'

몇 번이고 생각해도 답이 나오지 않았다.

분명 황궁에서의 일은 좋은 일이기보다는 힘들고 두려운 일일 뿐이었다. 그 무서운 곳에서 이제야 나왔건만, 그때의 기억에서 수련은 자유롭지 못하였다.

잊어버리고 싶기보다는 기억하고 싶었다. 아프기는 했지만 외면하고 싶지는 않았다.

그렇게도 끔찍했던 일이 이제 와 이렇게 미련으로 남아 버리다니 생각할수록 우스운 일이었다.

"누님?"

"가 보자. 무슨 일로 오신 것인지 가 보면 알겠지."

수련이 걸음을 옮기자 달려온 현이 그녀의 손을 붙잡았다. 손에서 느껴지는 온기에 수련이 힘없이 미소를 지었다.

가족과 함께 있는 삶이 싫은 건 아니었다. 그토록 원하던 삶이었고, 가족들이 모두 무사하다는 것을 알았으니 지금 누리는 삶에 감사하고 또 감사하였다.

하지만…….

비어 버린 마음이 무엇을 해도 채워지지 않았다.

밤이 새도록 필사를 해 대도, 그를 잊기 위해 끊임없이 다른 생각을 해 대도 지워지기는커녕 각인처럼 더욱 선명하게 떠올랐다.

'끝났다.'

흐트러지려는 마음을 다잡듯 수련이 석 달 내내 해 왔던 말을 다시 꺼내었다.

이제 와 후회한들 달라지는 일은 없다.

감정을 추스르듯 소리 없는 숨을 내쉰 수련이 걸음을 옮겼다.

❋　❋　❋

석 달이 지나도 황궁의 분위기는 나아지기는커녕 점점 더 무겁게 가라앉았다.

황제를 암살하려 했다는 혐의로 목이 베인 한비와 대홍려의 목이 도성의 문 앞에 매달렸고, 하루가 멀다고 연루된 이들이 옷을 벗거나 귀향을 떠나는 일이 속출하였다.

숨 하나도 제대로 못 내쉬는 아슬아슬한 상황에서 행여나 다음 순서가 자신일지도 모른다는 두려움에 귀족들이 한껏 몸을 움츠렸다.

"사공이 보내온 것입니다."

집무실로 들어온 무진이 태휼의 앞에 가지고 있던 문서를 내밀었다.

가문과 목숨을 건지는 대가로 사공은 본인이 가진 사병을 전부 태휼에게 내놓았다. 사공이 선두로 그리 움직이자 처형될 예정이었던 귀족 몇몇이 사공과 똑같이 행동하는 것으로 목숨을 구제받았다.

"흑영이 찾아왔던 것과 얼마나 차이가 있던가?"

"재산은 2할 정도의 차이는 났지만, 사병의 수는 저희가 조사한 것과 사공이 내어놓은 수가 같았습니다."

"사공이 제법 잘 숨겼다는 말이군."

"일주일 안으로 사공이 숨겨 놓은 나머지도 찾아내겠습니다."

"사흘이다. 그 안에 전부 찾아내라."

여상환 못지않게 사공도 눈치가 빨랐다. 죽은 목숨이었던 자신을 태휼이 왜 살렸는지 영악한 사공이 모를 리가 없었다.

사공을 도려낸다 한들 후궁의 자리를 노리고 수를 쓰는 이들까지 끌어낼 수는 없었다. 차라리 이들에게서 손쉽게 재산을 빼앗을 수 있는 이번 기회를 이용하는 것이 앞으로의 일에 유용하였다.

썩은 것을 모두 도려내는 것도 중요했지만, 자신의 힘을 견고하게 만들 병력과 자금을 가져오는 일도 무시할 수 없었다. 그런 태휼의 수를 읽은 사공은 대담하게도 이비의 목숨까지 지켜 달라며 먼저 거래를 제안하였다.

나쁘지 않았던 거래, 태휼은 받아들였고 사공은 그가 원하는 대로 움직였다.

수련을 죽이려 한 이비는 살아남을 것이다. 대신 감금된 궁에 매달려 있는, 목 없는 한비의 시신을 이비는 내내 보게 될 것이다.

"나가 봐라."

감정을 알 수 없는 눈에 드리워진 차가운 살기가 주변을 무겁게 짓눌렀다. 잠시나마 보이던 인간적인 모습은 수련이 사라진 후, 완전히 없어져 버렸다.

잠시 주저하던 무진이 품에 넣어 놓았던 것을 꺼내 태휼의 옆에 내려놓았다.

"명령을 내리신 것은 아니었지만 오는 길에 잠시 어찌 지내는지 보고 왔습니다."

"⋯⋯."

말이 없자 고개를 숙인 무진이 조용히 밖으로 나갔다. 무진이 두고 간 것을 바라보기만 하자 곁을 지키던 내시감이 조용히 입을 열었다.

"열어 보심이 어떠하신지요?"

"열어 보면 달라지는 것이 있는가?"

"마음의 짐이 조금이나마 가라앉지 않겠습니까?"

내시감의 말에 태휼이 피식 실소를 지었다. 미동도 없던 손이 무진이 놓고 간 것을 집어 들었다. 하지만 가져온 것을 펼쳐서 보는 대신 태휼의 손이 등잔의 불로 향하였다.

"폐하!"

"마음의 짐이라는 것이 고작 이런 걸로 사라질 것이던가."

불이 붙은 서신은 흔적도 없이 사라졌다. 바닥에 떨어진 재를 보는 태휼의 눈이 무거웠다.

보낸다 했으니 관심조차 주지 않을 것이다. 정리된 마음에 미련을 둘 시간 따위 없었다.

지금 당장은 어찌하고 있을지 궁금해도, 언제나 그렇듯 시간이 흐르면 지나갈 기억 중 하나가 될 뿐이었다.

'완전히 보낼 필요는 없었습니다. 그저 가족만 만나게 하면 되었을 일입니다.'

짧은 항변이었지만 부겸이 수련을 얼마나 생각하는지 다시 생각하게 되었다. 동시에 부겸이 수련을 찾아내면 어떻게 행동할지 또한 눈에 선하였다.

부겸은 수련을 만나지 못할 것이다. 그리고 그건 태휼도 마찬가지였다.

뜨겁게 타오르던 심장을 차갑게 식히는 데 얼마나 긴 시간이 필요할지 알 수 없었지만, 그건 자신이 감당해야 할 고통이었다.

더는 황궁과 어떤 인연도 맺지 못하게 할 것이다. 부겸과 대립하는 계기가 되더라도 상관없었다.

그것이 수련을 위해 할 수 있는 태휼의 최선이었다.

호연의 서쪽에 있는 사명은 작은 여섯 개의 마을이 모여 만들어진 소규모의 현이었다. 말로만 현이었을 뿐, 주변 마을을 묶어 구성한 곳이었기에 정리되어 있기보다는 어수선하고 소란스러웠다.

"낭자. 조심!"

바로 옆으로 지나가는 마차를 보며 도령이 손을 뻗었지만, 수련은 이미 몸을 피한 뒤였다.

빠른 속도로 마차가 지나가고, 무안한 듯 도령이 머리를 긁적였다. 그런 그를 물끄러미 보던 수련이 몸을 숙였다.

"말씀 주셔서 감사합니다. 저기…… 죄송합니다. 성함이……."

"인후요. 박인후."

수련의 물음에 기다렸다는 듯 인후가 이름을 말했다. 사명의 다섯 마을 중 한 곳의 토주인 아버지는 수련만큼은 절대 알은척도, 관심도 가지지 말라고 엄포를 놓았지만 그는 그렇게 할 수 없었다.

얼마 전부터 마을의 외곽에 머무는 젊은 여인. 그저 호기심으로 찾아간 걸음은 수련을 보는 순간 완전히 사로잡혀 버렸다.

마을에서 보던 소위 여인이라는 사람들과 수련은 완전히 달라 보였다. 글을 아는 여인을 본 것도 처음이었지만, 저리 조용하면서도 자신의 일을 야무지게 하는 여인은 그의 생애 처음이었다.

"낭자 이름은 수련이죠?"

"……."

"미안하오. 나도 모르게 성급했소. 아버지께 들었소. 몰락 귀족의 여식이라 들었는데 맞소?"

몰락 귀족이라는 말에 수련의 입가에 힘없는 미소가 생겨났다.

가족으로 되돌려 보내면서 태휼은 세세한 것조차도 놓치지 않았다. 어떻게 만든 것인지 사생아였던 과거는 어느새 몰락귀족의 여식이 되어 있었다.

수련이 그를 믿지 못하는 동안, 태휼은 수련이 원하는 평범한 삶을 살 수 있도록 하나씩 만들어 놓고 있었다.

"수련 낭자라 불러도 되겠소?"

"필사를 주신다는 집이 어디인지 알려 주시면 소녀가 직접 가겠습니다. 도령께서도 바쁘실 터이니 이만 돌아가시지요."

필사할 책을 수련에게 전해 줄 테니 가 보라는 민 부인의 말에도 인후는 한 발자국도 움직이지 않았다. 수련이 나온 후에야 추가로 필사를 준다는 곳이 있으니 같이 가자는 말로 간신히 만든 기회였다.

조금의 여지도 없이 자르는 수련이 야속하기도 했지만, 인후는 인내를 가지고 미소를 지었다. 처음부터 쉬운 여인은 의미가 없었다. 그리고 자신에게는 이곳 토주의 아들이라는 배경도 있었다. 수련이 편하게 이곳에 머물기 위해서 어떤 선택을 해야 할지는 누구보다도 그녀가 더 잘 알고 있을 터였다.

"필사를 맡길 책은 없었소."

"……."

"그것이 내 실은 낭자에게 마음이 있어서…… 낭자?"

수련의 눈이 자신이 아닌 다른 곳을 향하자 인후가 눈을 좁혔다. 인후를 보던 수련의 눈이 어느새 다른 곳을 보고 있었다.

"도성 분위기가 아주 살벌하더군. 그 도성 앞에 매달린 목이 한비랑 대홍려라 했던가?"

"간이 배 밖으로 나왔지. 어찌 폐하를 죽일 생각을 다 했단 말인가."

도성에서 온 장사꾼들인지 연신 태휼에 대한 이야기를 꺼내 놓고 있었다. 둘의 대화에 수련이 귀를 기울었다.

"사병과 재산을 모두 내놓고 목숨을 구하든지 그게 아니면 목이 베인다더군. 연루된 자들은 살기 위해서라도 전부 내놓는다는구먼."

"솔직히 귀족들이 쩔쩔매는 모습을 보면 속이 다 시원한데 말이지. 그래도 멀리서 한번 폐하를 봤었는데 어찌나 무섭던지. 나도 모르게 벌벌 떨었다니까."

태휼의 잔인함과 두려움에 관한 이야기였는데도 수련에게는 반가웠다.

인후가 수련을 잡으려 손을 뻗었지만, 수련이 먼저 움직였다. 매섭게 손목을 쳐 내는 수련의 행동에 그가 눈을 좁혔지만, 지금 수련에게는 태휼의 이야기 외에는 아무것도 들리지 않았다.

"죄송합니다. 이만 가 보겠습니다."

"낭자!"

인후가 수련을 불렀지만 뒤조차 돌아보지 않았다.

그저 소식을 듣는 것임에도 심장이 떨렸다. 황궁에서 나온 지 석 달, 원하는 삶을 얻었어도 수련의 삶은 전혀 나아지지 않았다.

"그나저나 이번 일이 마무리되면 민심을 살필 겸 폐하께서 직접 몇몇 주를 도신다고 하시는데 맞는 소문인가?"

"그게 맞아도 이런 작은 곳은 어림도 없지. 미리 알아 놓아야 한 몫 잡는데 말이야. 다른 사람은 뭐 들은 내용이라도 있는지 모르겠군."

"어차피 주나 비슷한 규모의 군을 돌아보시는 게 전부일걸세. 폐하가 뭐 만나고 싶다 하면 만나 주시는 그런 분이신가."

태휼이 황궁을 나온다는 소리에 뛰었던 심장이 뒤이어 나오는 말에 차갑게 식었다. 그들의 말대로 이 작은 곳에 그가 올 리가 없다.

"끝났네."

수십 번, 아니 수백 번도 더 속으로 되뇌던 말이 결국 입 밖으로 터져 나왔다.

인정하고 싶지 않았다. 적어도 기다리다 보면 그녀와 같은 마음이었던 태휼을 한 번은 볼 수 있을 것으로 생각했었다. 같이 있는 순간만큼은 곁에 있던 사람이었으니까. 그녀가 아무리 밀어 내도 자신을 보아 달라며 거침없이 다가온 사람이었으니까.

투둑.

"진짜…… 끝났네."

얼굴에서 느껴지는 차가운 감각에 수련은 손가락으로 얼굴을 어루만졌다. 가족에게 돌아온 이후로 내내 참았던 것이 결국 터지고 말았다.

사람들과 어울리면서 평온한 하루를 보내는 평범한 삶.

그토록 바랐던 일이었건만, 수련에게는 하루하루가 버거웠다.

그리워할 자격이 없다는 걸 알면서도 어린애처럼 매달렸다.

태휼은 오지 않는다. 그녀가 그를 찾아가도 더는 만날 수 없는 사람이었다.

외면했던 현실을 직시한 순간, 수련이 손으로 얼굴을 가렸다.

"찾지 못했나?"

가라앉은 말에 사내가 몸을 움츠렸다. 그런 사내를 보던 부겸이 무거운 숨을 내쉬었다.

수련은 사생아였으니 아무리 쉬쉬하더라도 소문이 돌기 마련이었다. 사람을 풀어 호연의 곳곳을 뒤졌지만 예상과는 달리 쉽지 않았다.

하물며 현의 현감들까지 닦달해 댔지만 모른다는 답만이 계속 나올 뿐이었다.

"어디에 숨겨 놓았단 말인가?"

차라리 태휼이 직접 움직인다면 찾기는 쉬울 터였지만, 부겸의 생각을 읽듯 그는 황궁에서 꿈쩍도 하지 않았다. 곧 황궁을 떠나 호연의 5개 주를 직접 간다 하였지만 그 행동조차 수련을 찾으려는 부겸을 혼동시키려 하는 것일 수 있었다.

"문성공. 이건 영천왕께서 보내오신 것입니다."

아버지가 보냈다는 서신을 열어 본 부겸의 눈이 무겁게 가라앉았다. 쓸데없는 짓을 하러 황궁으로 보낸 것이 아니니 서둘러 돌아오라는 말이 적혀 있었다.

이쯤에서 수련에 대한 관심을 접으라는 것인가. 서신을 적은 사람은 영천왕이었지만, 그 뒤에 누가 있을지 생각하지 않아도 눈에 선하였다.

"어떻게든 포기하게 하실 생각입니까?"

말을 끝낸 부겸의 눈에 엷은 살기가 감돌았다. 사람의 마음을 명령으로 굽힐 수 없다는 건 누구보다도 태휼이 잘 알고 있었다. 그런데도 힘으로 감정을 끊게 하겠다는 것인가?

굳이 이 삶에서 나가게 할 필요까지는 없었다. 가족만 몇 번 만나게 해 주었다면 그녀 또한 황궁에 맞춰 살아갈 수 있었다.

'폐하의 생각은 잘못되었습니다.'

모가 아니면 도라는 태휼의 방식은 위험하고 어리석었다. 적어도 수련을 여인으로 아꼈다면, 전부 잘라 내기보다는 그녀가 원하는 여지를 조금씩 주면서 곁에서 버티게 해야 했다.

"아버지께는 곧 돌아간다고 전하여라."

"문성공. 오늘 당장에라도……."

"그리고 사람을 더 써라. 수련이라는 이름을 가진 여인부터 찾아내라. 어떤 위치의 누구라도 상관없다. 사생아로 찾을 수 없다면 다른 상황으로 있을 터, 정보를 제공하는 이에게는 원하는 대가를 주겠다고 해라."

부겸의 말에 이의를 하려던 사내가 몸을 숙였다.

사내가 사라지고, 부겸이 답답한 마음을 떨치려는 듯 깊은 숨을 내쉬었다.

수련을 위해 태휼은 손을 놓았지만 부겸은 아니었다. 자신은 태휼처럼 수련을 놓아줄 생각 따위 없었다.

'문성공이라는 다른 감옥을 말하는 것인가?'

수련에게 기회를 주겠다는 그에게 조소를 지은 태휼이 꺼냈던 말이었다.

그때는 태휼의 질문을 이해하지 못했지만 이제는 알 수 있었다.

그저 평범한 여인으로 사라지기에는 수련의 능력이 아까웠다. 태휼은 수련을 포기했지만, 그는 그럴 수 없었다.

감옥이어도 상관없다. 적어도 부겸이 만든 감옥에서 수련은 힘들다며 울음을 터트리지도 않을 것이고, 도망가겠다며 몸부림치지도 않을 것이다. 부겸이 주는 혜택에 감사해하며 그의 곁에 머물 것이다.

딱 한 번의 기회, 부겸은 자신의 세상에 들어온 그녀를 절대로 놓치지 않을 것이었다.

※　※　※

역모로 소란스러운 나라를 진정시킨다는 명목으로 황궁을 나온 황제가 각 주에 모습을 드러냈다. 잔인하고 광포한 황제, 하지만 그가 권좌에 오르면서 끝없이 오르던 세금이 조금은 줄었다는 것과 제멋대로 날뛰던 귀족의 전횡이 줄었다는 것에 백성들 사이에서의 황제는 두려운 존재인 동시에 절대적인 경외의 대상이 되어 있었다.

사명에서 하루가 떨어진 곳에 있는 연주에 황제가 왔다는 이야기가 들려왔지만 수련의 삶에는 변화가 없었다.

"아……."

방에서 나온 수련이 선선히 부는 바람에 입꼬리가 올라갔다. 이른 아침이었기에 새가 지저귀는 소리 말고는 고요했다.

지금 이 시간이 수련에게는 가장 편안했다.

무릎을 모으고 앉은 수련이 집 앞에 드리워진 정경을 물끄러미 바라보았다. 하루하루가 무겁게 느껴지던 순간도 어느새 다시 한 달이 지나가 있었다.

그날 이후로 몇 번이고 인후가 찾아왔지만 수련은 조용히 그를 돌려보냈다. 가지 않겠다며 고집을 피운 것도 잠시, 하얗게 질린 토주가 아들의 일은 잊어 달라며 인후를 끌고 간 이후로는 수련의 생활은 다시 조용해졌다.

토주의 저자세를 이상하게 여긴 수련이 상황을 물어봤지만 모른다는 말만 되풀이할 뿐이었다. 토주의 행동에서 순간 태흘이 떠올랐지만, 그걸 확인할 방법은 없었다.

정경을 보던 눈이 어느새 손에 끼어 있는 쌍가락지로 향하였다.

"당신은 아무렇지도 않은가 보네."

얼마 떨어져 있는 곳에 태휼이 있다는 사실만으로도 잠이 오지 않았다. 당장에라도 연주로 가고 싶었지만, 그녀의 발을 잡은 건 이곳에서 머무른 사 개월의 시간이었다.

"당장에라도 달려갈 것처럼 설레었는데."

끝났다는 걸 인정하면서도 한편으로는 태휼이 가까이에 있다는 소문에 흔들렸다. 하지만 차마 갈 수 없었다. 미련이 남은 그녀와는 달리 태휼은 이미 모든 걸 정리하고 기억에서 수련을 완전히 지웠을 수도 있었다.

태휼이 그녀를 밀어 낸다면, 이비와 한비처럼 수련을 대하게 된다면.

그것만큼은 절대 겪고 싶지 않았다.

"당신이 날 모른 척할까 봐 무서워."

태휼이 그녀에게 준 벌이 아니라는 것을 알면서도 수련은 지독한 벌을 받는 것처럼 고통스럽고 괴로웠다.

"기억만으로 버텨 낼 수 있을 거라 생각했어."

가락지를 끼고 있는 손을 다른 손이 감쌌다.

그가 준 정표가 있으면, 태휼과의 기억을 가지고 있다면 견딜 수 있을 것 같았다.

얼음 위를 걷던 불안함이 사라진 자리, 지독한 공허가 수련을 집어삼켰다. 어느새 차오른 눈물을 삼키듯 수련이 숨을 들이마셨다.

"태휼."

조심스럽게 나오는 이름에 약한 떨림이 묻어 나왔다.

"서문태휼."

이름을 부르던 수련이 입술을 깨물었다.

여상환을 욕할 권리 따위 그녀에게는 없었다. 이기적이었고, 위선적이었으며 욕심조차 많았다. 이젠 얻을 수 없는 연모를 향한 욕심이 그녀를 놓아주지 않았다.

그럼에도 나설 수 없었다. 그때의 상황을 부서트린 사람은 태휼이 아니라 수련이었다.

"바보 같아."

감정을 토해 내도 바뀌는 일은 없다. 무거운 숨을 내쉬며 수련이 눈을 감았다.

복잡한 마음을 다스리듯 불어오는 바람에 말없이 마음을 맡겼다. 부산히 지저귀던 새소리가 멈추고 바람 소리만이 귓가를 간질이던 무렵, 수련이 감았던 눈을 떴다.

"태휼?"

앉아 있던 수련이 자리에서 일어났다.

믿을 수 없다는 듯한 눈이 기척이 느껴지는 곳을 향하였다. 차분히 가라앉았던 심장박동이 빨라졌다. 깨끗한 치마에 흙이 묻든지 날카로운 나뭇가지에 옷이 찢어져도 상관없었다.

사 개월 만에 느꼈지만 단 한 번도 잊어 본 적이 없는 기척이었다. 정신없이 산에 올라가던 수련의 걸음이 멈추었다.

"아……."

분명 태휼의 기척이었다. 그렇게 믿었었다.

그가 왔다 갔다는 건가? 아니면 자신이 잘못 안 것일까?

그녀가 느꼈던 기척은 온데간데없이 사라져 있었다. 애초에 아무것도 없었던 것처럼 조금의 흔적도 없었다.

"미쳤어."

다잡으려던 마음 따위 어느새 사라져 있었다.

눈가 가득 차오른 눈물이 떨어질 것처럼 매달려 있었지만 숨을 들이마시는 것으로 참아 냈다.

제 욕심의 대가였다. 이제 와 미련이라니 자신이 보기에도 한심했다.

수련의 눈이 태휼이 준 쌍가락지를 향하였다.

힘들다며 울 권리도, 보고 싶다며 미련을 떨 권리도 없었다. 하물며 그가 진심으로 건넨 쌍가락지를 낄 자격은 더더욱 없었다.

쌍가락지를 빼려던 수련이 눈을 질끈 감았다. 가락지를 낀 손이 자신도 모르게 주먹을 힘껏 쥐고 있었다.

"진짜 바보 같아."

빼야 하는 걸 알면서도 뺄 수 없었다.

그녀에게 있는 유일한 것. 이것마저 사라져 버리면 버텨 낼 자신이 없었다.

힘이 빠진 수련이 자리에 주저앉았다.

"폐하."

새벽이슬을 맞고 온 태휼을 발견한 내시감이 한걸음에 다가왔다. 어디에 다녀오셨냐는 물음도, 언제 나가신 것이냐는 힐난도 없었다. 다만 무진에게조차 알리지 않은 채, 홀로 나간 일이 처음이었기에 노파심에 걱정을 했을 뿐이었다.

"용포를 가져오겠습니다."

"나가라."

고작 일 년, 수련이 위랑으로 지킨 시간은 짧았지만 그 차이는 시간으로 따질 수 없을 만큼 크게 다가왔다. 수련이 있을 때의 태휼은 적어도 무슨 생각을 하는지 조금이나마 짐작하고 따를 수 있었지만 지금은 아니었다.

몸을 숙이고 시선을 마주하지 않아도 숨조차 제대로 내쉬기 버거웠다. 오랜 시간 태화전에서 태휼을 모신 내관들조차 최근의 그에게는 가까이 가는 것조차 두려워하였다.

따라 들어온 내관을 모두 내보낸 내시감이 뒷걸음질로 문을 닫았다.

그만이 남은 방에서 태휼의 눈이 무겁게 가라앉았다.

"원하는 걸 얻었으면 누리며 살아야지. 왜 그런 얼굴인가?"

무슨 생각이 있어서 찾아간 걸음이 아니었다.

이미 손에서 떠난 여인에게 미련을 두는 어리석은 짓 따위 하고 싶지 않았다.

마음이라는 것이 머리가 생각하는 대로만 움직일 수 있다면 얼마나 좋았을까? 그러면 안 된다는 것을 알면서도 찾아갔다.

'기억만으로 버텨 낼 수 있을 거라 생각했어.'

자신만 참아 내면 끝날 일이라 생각했었다. 그저 어찌 지내는지만 보고 올 생각이었다. 처음이자 마지막으로 몰래 보고 올 생각이었다.

그가 준 쌍가락지를 끼고 있는 수련을 보는 순간, 그녀의 입에서 자신의 이름을 듣는 순간 그녀에게 자신의 기척을 읽게 하였다. 태휼이 수련을 잊지 못하는 것처럼, 수련이 그의 이름을 부르며 힘들어하자 억눌러 왔던 탐욕이 다시 모습을 드러냈다.

하지만 그것도 잠시, 태휼이 저를 집어삼키려는 탐욕을 억지로 억눌렀다. 잠깐의 충동에 똑같은 일을 반복할 생각은 없었다.

'당신이 날 모른 척할까 봐 무서워.'

그녀를 다시 보게 돼도 자신의 생각은 달라지지 않는다.

단맛을 알아 버린 어린아이가 당과에 집착하는 것처럼, 다시 그의 손아귀에 수련을 가두는 순간 어떻게 행동할지, 스스로도 자신할 수 없었다.

서로에게 파국인 상대라면 차라리 아무것도 시작하지 않았을 때에 놓는 것이 진정한 답이었다.

지독히도 사라지지 않는 미련이었지만 참아 낼 것이다.

핏줄이 도드라지도록 쥔 주먹에서 피가 떨어져 내렸지만 고통조차 느껴지지 않았다.

❊　❊　❊

등잔에 불조차 붙이지 않은 어두운 방 안으로 수련이 들어왔다.

"왜 불도 안 켜 놓으셨어요?"

수련의 목소리에 어둠 속에서 바느질을 하던 민 부인이 미소를 지었다. 민 부인이 놀라지 않도록 조심스럽게 걸어온 수련은 꺼져 있는 등잔에 불을 붙였다.

"보이지도 않는데 아까운 기름을 쓸 필요가 없지 않으냐?"

"그래도 주무시기 전까지는 켜 놓으세요. 어머니의 그림자가 보이지 않으니 제가 걱정되어서 그래요."

등잔에 불을 붙인 수련이 가져온 자리물을 침상의 옆에 놓았다. 언제나 하는 일이 힘들다며 투정을 뿌려도 될 법했지만, 돌아온 딸은 단 한 번도 그런 내색을 보이지 않았다.

죽은 줄 알았던 육 개월, 그리고 살아 있다는 걸 알게 된 육 개월.

일 년 만에 돌아온 딸은 전과 같으면서도 다른 느낌이었다.

"수련아."

"네, 어머니."

민 부인이 하던 바느질감까지 정리를 끝낸 수련이 물음에 답을 하였다. 수련의 소리가 들려오는 곳을 향해 민 부인이 손을 벌렸다. 민 부인의 부름에 수련이 가까이 다가왔다. 민 부인의 손길에 따라 무릎에 누운 수련이 눈을 감았다.

"요즘엔 좀 자는 거니?"

민 부인의 물음에 수련이 숨을 삼켰다. 하지만 잠시 후, 수련이 고개를 저었다.

"저야 언제나 잘 자는걸요. 걱정하지 마세요."

수련이 거짓말을 한들 민 부인이 모를 리 없었다. 거짓말이지 않으냐는 반문 대신 주름진 손이 수련을 부드럽게 어루만졌다.

일 년 만에 돌아온 수련은 일주일 내내 민 부인의 곁에서 잠만

자 댔었다.

처음에는 황궁에서 쌓였던 긴장이 풀려서 그런다고 생각하였다. 하지만 손에서 한 번도 빼지 않는 가락지와 혼자 있는 수련이 조용히 끝났다는 말을 하는 것을 보면서 대략적이지만 어떤 상황인지 조심히 짐작할 수 있었다.

"내가 가장 주저 없이 한 일이면서 후회한 일이 무엇인지 아니?"

민 부인의 물음에 누워 있던 수련이 몸을 일으켰다. 수련의 뺨을 손으로 감싼 민 부인이 다시 그녀를 무릎에 눕혔다. 민 부인의 허리에 팔을 감은 채, 품을 파고드는 수련의 등을 두드리며 민 부인이 말을 이었다.

"그 사람이 혼약을 없었던 일로 만든 후에 네가 생긴 걸 알았을 때 처음으로 아버지와 어머니의 말을 어겼었단다. 그 일로 가문에서 쫓겨나긴 했지만 그래도 널 살릴 수 있어서 그것만큼은 내가 잘했다고 생각했단다. 다만…… 그 사람에게서 널 제대로 지켜 내지 못한 건 가장 후회하는 일 중 하나였다."

"어머니 탓이 아니에요. 그 사람에게서 어머니는 충분히 하셨어요."

"차라리 인정할 수 없다며 버렸다면 너에게 더 나았을 텐데 말이다. 그게 아니면 널 데리고 도망이라도 갔어야 했어."

"그 사람이 어머니께 거짓말로 속였으니까요. 그 사람의 방식은 틀렸지만, 그때 배운 게 잘못된 거라고는 생각하지 않아요."

"그때의 기억 때문에 네 본심을 말하기보다는 참는 게 더 익숙해졌잖니."

민 부인의 말에 결국 수련이 몸을 일으켰다. 차가워진 수련의 손을 민 부인이 조용히 감쌌다. 민 부인의 손가락이 쌍가락지에 닿는 순간, 자신도 모르게 수련이 고개를 숙였다. 민 부인에게 들키지 않으려 억지로 참아 냈건만, 자신의 어머니는 이미 모든 걸 알고 있었다.

"이미 끝났는걸요."

"그렇게 보이지 않으니 물어보는 거지."

"끝났어요, 어머니."

끝났다는 목소리가 저렇게 힘없이 들리는 것도 민 부인의 기분 탓만은 아니었다. 잡고 있는 수련의 손이 유난히 차가웠다. 감정을 추스르듯 숨을 고른 수련이 입술을 깨물었다.

"제가 밀어 냈어요. 곁에 있을 수 없는 분이라서 안 된다고 했어요. 당연한 줄 알고 받아들인 감정 때문에 그분이 많이 다쳤어요."

"······."

"황궁을 나왔고, 돌아왔으니까 괜찮아요. 전부 끝난 일이에요, 어머니."

"그러니?"

민 부인의 물음에 말문이 막혔다. 수련의 손을 감싸며 민 부인이 다시 물었다.

"끝난 게 맞는 거니?"

거듭 끝났다는 말이 나오지 않았다. 무거운 추가 심장을 누르는 것처럼 숨조차 내쉴 수 없었다. 시간이 흐르는 만큼 조금은 잊혀야 하건만, 안간힘을 쓰며 지우려 해도 지워지지 않았다.

황궁으로 향한다 한들 예전처럼 볼 수 있는 사내가 아니었다. 무진의 말대로 황궁에서의 수련은 더는 아무것도 아니다. 그녀가 만나겠다며 찾아갈 수 있는 사람이 더는 아니었다.

태휼의 곁에 있을 때는 느끼지 못했던 거리가 돌아오자 피부로 느껴졌다.

"제가 만나고 싶어도 만날 수 있는 분이 아닌걸요."

"나와 현이가 신경 쓰여서 그런 건 아니고?"

"……."

말을 잇지 못하는 수련을 보며 민 부인이 고개를 저었다.

다 못난 자신 때문이었다. 유난히 책임감이 강한 딸이었으니 자신의 마음은 상관없이 돌아올 생각만 했을 것이다. 황궁에서 만났던 인연이라면 낮은 신분의 사내는 아닐 터, 어떻게 맺은 인연인지는 알수 없었지만 내내 참아 내는 딸에게 민 부인은 얼굴을 들 수 없었다.

수련을 살리기 위한 선택이 결국은 딸에게 참는 법만 알려 주고 말았다.

"네가 황궁에 가 있는 동안 어려움 없이 지냈단다. 종종 흑영이라는 이들이 안부를 묻기도 했고, 한창 배워야 할 현이에게 선생을 보내 주기도 했었단다."

태휼에게 수련의 가족은 그녀를 붙잡아 두기 위한 수단일 뿐이었다. 그의 엄포에 더욱 가족에게 돌아가겠다며 수련은 적의를 드러냈었다.

어쩌면 그녀의 외면에 그가 먼저 지쳤을 수도 있는 일이었다.

다시 닿기에는 너무나도 먼 사람, 민 부인이 무슨 말을 하는지는 알았지만 그럼에도 수련은 할 수 없었다. 그녀의 존재가 태휼에게 도움이 된다면 무슨 수를 써서라도 돌아가려 했을 것이다.

"이제는 네가 하고 싶은 일을 해도 괜찮지 않겠니?"

"돌아가도 도움이 되지 않아요, 어머니."

위랑으로 있었을 때도 그녀는 후궁의 견제 대상이자 귀족들에게는 눈엣가시 같은 계집이었다. 마음이 이끄는 대로 돌아간다 해도 결국 그녀의 존재 자체가 태휼에게는 방해만 될 뿐이었다.

그에게 상처가 되는 일은 한 번이면 족하였다. 그녀의 욕심 하나로 또다시 태휼을 흔들고 싶지 않았다.

"조금만 더 참으면 괜찮아질 거예요."

"수련아."

"저만 잘 견뎌 내면 끝날 일이에요."

"그렇게 또 참을 필요가 없어."

"죄송해요, 어머니. 이대로 조금만 잘게요."

민 부인의 품을 파고들며 수련이 눈을 감았다.

속이 새까맣게 문드러져 있건만, 참으면 된다는 수련의 말이 민 부인을 아프게 하였다.

민 부인의 손길에 잠이 들었는지 수련에게서 그제야 고른 숨이 흘러나왔다. 제대로 잠을 잘 수 없는지 밤새도록 필사를 하거나 이도 저도 아니면 집 밖에서 막연히 밖을 내다보는 일이 다반사였다.

참아서 끝날 일이었다면 말조차 꺼내지 않았을 것이다. 몇 날 며칠을 잠들지 못하던 수련이 잠이 들자 그녀를 편안히 눕힌 민 부인이 서랍에 넣어 놓았던 서신과 작은 패를 꺼내 밖으로 나왔다.

"현아."

민 부인의 부름에 한걸음에 현이 가까이 다가왔다.

"어머니. 왜 밖에 계세요?"

"쉿. 수련이 자니 소리를 낮추어라. 내일 해가 뜨면 이걸 토주께 가져다 드려라. 그럼 알아서 하실 것이다."

수련이 깨 있다면 왜 토주에게 서신을 드리느냐고 했겠지만, 현은 두말없이 서신을 받아 들었다. 여상환의 집에 있을 때도 종종 민 부인은 현을 시켜 서신을 보냈었다. 무슨 내용이 적혀 있는지 알지는 못했지만 적어도 그녀가 서신을 보내고 나면 풀리지 않을 것 같았던 일이 종종 풀리는 일이 있었다.

"되도록 네 누나에게는 말하지 말고."

"누님의 일인가요?"

현의 물음에 민 부인이 조용히 미소를 지었다. 부인이 손을 뻗자 눈치 빠른 현이 가까이 다가왔다. 직접 낳은 수련이나 마음으로 거둔 현이나 부인에게는 모두 귀한 자식이었다.

자식의 걸림돌이 된 건 과거로도 충분했다. 자신의 자식이니 그에 맞게 가르치겠다는 여상환의 말에 속아 수련을 보냈을 때는 이미 상황이 늦어 있었다. 뒤늦게 되돌리려 했지만 그때부터 시작된 여상환의 무력행사에 민 부인이 할 수 있는 일은 없었다.

딸이 돌아온 일은 다행이었지만, 무너질 듯 불안한 수련을 보고 싶지는 않았다.

"한번은 어미 노릇을 좀 해야겠다. 도와주렴."

민 부인의 말에 현이 고개를 끄덕였다. 현을 품에 안은 민 부인이 아들의 등을 천천히 쓸어내렸다.

❀   ❀   ❀

필사를 마무리한 책을 옆에 놓은 수련이 미간을 손가락으로 눌렀다.

이번에 들어온 필사는 생각보다도 어려웠다. 하물며 웃돈을 주는 대신 급하게 해 달라는 말에 바쁘게 손을 놀리느라 시간이 얼마나 지나갔는지 알 수 없었다.

밤에 잠이 오는 것도 아니었으니 한 권, 두 권씩 집중하다 보면 잠시나마 자신을 괴롭히는 복잡한 생각에서 벗어날 수 있어서 좋았다.

필사를 끝낸 수련이 책을 모아 보따리를 만들었다. 조금 후면 해가 저물겠지만, 급하다고 했으니 늦게라도 가져다줄 생각이었다.

"누님. 이 시간에 어디를 가시려고요?"

"급한 일이라 했으니 전해만 드리고 올 생각이란다. 금방 갔다 올 테니 집에 있어"

"장작이 떨어져서 주변의 나무라도 주워 오러 갈까 했습니다. 아! 어머니께서 찾으세요. 잠시 보고 가세요."

어리광을 부려도 될 나이에 철이 들어 버린 현을 수련이 미안한 눈으로 바라보았다. 혈연으로 묶인 사이는 아니었지만, 수련과 민 부인에게 조금이라도 도움이 되려 하는 동생이었다.

자신이 조금만 더 신경을 써 주었으면 좋으련만, 제 감정을 추스르느라 그것조차도 제대로 해 주지 못하였다.

"오늘까지 불을 땔 건 있었으니 내일 같이 가자."

"혼자 가도 돼요."

"내가 걱정되어서 그래. 어머니에게 갔다 올 테니까 방에 가 있어."

마음을 억지로 끊으려 하지 않았다. 그저 시간이 흐르는 대로, 상황이 이끄는 대로 따라가 볼 생각이었다. 아프다며 울음을 터트려도 달라지지 않는다면 차라리 있는 그대로 받아들일 것이다.

"어머니. 저예요."

"들어오렴."

문을 열고 들어오자 민 부인이 미소를 지었다. 수련이 가까이 다가오자 민 부인이 준비한 것을 건네었다.

"토주께서 아시는 분이 일을 좀 주고 싶다더구나. 늦었지만 오늘 안으로 와 줬으면 하는 것 같던데 다녀올 수 있으면 다녀오너라."

민 부인이 건넨 종이를 펼친 수련이 미간을 좁혔다. 간단한 지도와 함께 객주 이름이 쓰여 있었다. 필사를 건네주는 마을에서도 반 시진은 더 가야 나오는 객주에 수련이 눈을 좁혔다.

"지금부터 출발해도 갔다 오면 한밤중이겠는데요."

"그래도 꼭 좀 맡겼으면 하는 것 같더구나. 내 말을 해 본다 했지만, 네가 내켜 하지 않으면 시키지 않는다 전했으니 싫으면 하지 않아도 된다."

"아니에요. 잠깐 들르면 되는 건데요."

민 부인이 가져온 일을 없었던 일로 만들고 싶지 않았다. 하물며 이곳의 토주가 직접 연결해 준 곳이니 거절하기도 어려웠다.

"좀 늦을 수 있으니 먼저 주무세요. 다녀올게요."

민 부인의 자리를 정리한 수련이 자리에서 일어났다. 다녀오겠다는 말과 함께 나가려는 수련을 민 부인이 붙잡았다.

"어머니. 왜요?"

"이젠 네가 원하는 대로 하고 살아도 된다. 그래도 돼."

민 부인의 말에 수련이 숨을 삼켰다. 하지만 잠시 후, 수련이 민 부인의 손을 감쌌다.

"다녀올게요."

민 부인의 방에서 나온 수련이 보따리를 들었다. 책이 제법 무거 웠지만 오늘 안으로 갔다 오려면 서둘러야 했다.

숨을 고른 수련이 서둘러 걸음을 옮겼다.

생각한 기한보다도 일찍 책을 가져다주자 흡족해한 주인이 다른 일을 주려 하였다. 평소였다면 온 김에 받아 가겠지만, 지금은 민 부인이 시킨 심부름이 먼저였다. 다음에 오겠다는 말로 마무리를 한 수련이 바쁘게 걸음을 옮겼다.

일을 받자마자 돌아가도 한밤중이었다. 늦게 돌아가는 건 그다지 걱정하지 않았지만 수련을 걱정하는 민 부인이 그녀를 기다릴 수 있었다.

"여기가 어디야?"

객주가 모여 있는 곳이어서 그런지 밤인데도 불구하고 사람들로 웅성거렸다. 밀물처럼 밀려드는 사람들을 피해 수련이 객주의 이름 을 살폈다. 시간은 점점 흘러갔건만, 한참을 걸어가도 같은 이름은 커녕 비슷한 곳조차도 나타나지 않았다.

그렇게 한참을 둘러보고 또 둘러보았을까.

수련의 발걸음이 멈추었다. 사람들 사이를 빠져나가느라 몰아쉬 던 숨조차 발걸음과 함께 멈추었다.

'거짓말.'

자신이 잘못 본 것이라 생각한 수련이 눈을 잠시 감고는 다시 떴 다.

그저 그리움이 지나쳐 환영이 보인다고 생각했다. 그런 방법 말고는 앞의 상황을 받아들일 방법이 없었다.

한 걸음씩, 또 한 걸음씩 눈에 보이는 모습으로 걸어갔다.

꿈이다.

꿈일 것이다.

그러지 않고서야 저기에 태휼이 있을 리가 없다.

'상관없어.'

자신이 꿈을 꾸고 있는 것이어도 상관없었다. 찰나에 사라져 버릴 환상이라도 괜찮았다.

언제나 속으로만 참고 견뎌 내던 그가 있었다. 심장에서 터져 나오는 피로 하얗게 질려 있는 모습이 아니라 언제나 보아 왔던 냉정하고 날카로운 얼굴의 태휼이 있었다.

한 걸음, 또 한 걸음.

누군가를 향해 말을 하던 그가 고개를 돌렸다.

"아!"

그저 눈을 마주하는 것만으로도 온몸에 전율이 일었다.

길다면 길었지만, 짧다면 한없이 짧을 넉 달만에 보는 시선에는 여전히 그만이 가지고 있는 냉정함과 날카로움이 담겨 있었다.

"꿈이…… 아니네?"

바쁘게 오가는 사람에게 수련이 부딪히자 태휼이 눈을 좁혔다. 부딪힌 몸이 휘청거렸지만, 수련의 눈은 자신을 보며 흔들리는 태휼에게 그대로 있었다.

태휼이 저기에 있었다.

다시는 만나지 못할 것처럼 먼 곳에 있던 그가 지금만큼은 수련의 앞에 있었다.

꿈이 아닌 채로, 현실 그대로의 모습으로.

"진짜 당신이네."

태휼을 보던 눈이 점점 뿌예졌다. 부상을 완전히 회복한 황제가 자신을 해하려는 귀족들을 제거했다는 소문을 들었어도 마음을 놓을 수 없었다.

그녀의 꿈에 나오던 태휼은 피를 흘리며 쓰러져 있었으니까. 죽어 가는 그에게 수련이 해 줄 수 있는 일은 아무것도 없었다. 온몸에 소름이 돋은 채 깨어난 것도 수십 일, 언제부터인가 잠을 자는 것도 두려워지기 시작하였다.

자신도 모르게 생겼던 긴장이 온전한 모습의 태휼을 보자 한순간 풀려 버렸다.

"다행이다."

울 자격도, 걱정할 자격도 없으면서도 고작 그런 게 수련이 태휼을 위해 해 줄 수 있는 전부였다. 시야를 가리는 눈물을 소매로 닦아 낸 수련이 그를 향해 한 걸음 더 다가갔다.

하지만 걸어가던 걸음이 자신도 모르게 멈추었다.

하고 싶은 이야기를 하고 난다면, 그 이후에는 어찌해야 하는 것인가?

지금의 수련과 지금의 태휼이 다른 마음이라면, 수련은 그녀를 밀어 내는 태휼을 받아들일 수 있을까?

'이젠 네가 원하는 대로 하고 살아도 된다. 그래도 돼.'

"무서워요, 어머니."

마음과는 달리 다시 엇갈리고 대립하는 일이 반복될지도 모른다.

그녀의 잘못된 선택이 또다시 태휼을 상처 입히고 힘들게 할 수도 있었다.

자신의 마음만 접으면 모든 것이 끝날 일, 충동적으로 그에게 다가갈 수 없었다.

수련이 태휼을 보던 시선을 거두었다. 떨어지지 않는 발걸음을 억지로 돌렸다.

❈　❈　❈

"왜 여기서 만나자 하였는가?"

내일이면 연주에서의 일이 끝나고 황궁으로 되돌아갈 예정이었다. 연주의 부사가 연회를 준비한다 했지만, 그것조차 귀찮은 태휼이 조용히 떠나겠다며 준비하라는 명령을 내렸을 때였다.

언제 태휼을 따라온 것인지 도성에 머물던 재상이 긴히 드릴 말이 있다며 따로 뵙기를 청하였다. 소란스러운 것이 싫었기에 무진과 내시감을 포함한 최소한의 인원만 데리고 재상이 말한 객주로 향하였다.

"그저 폐하와 이렇게 대화를 해 보고 싶었습니다. 어차피 연주의 부사가 청한 연회도 거절하지 않으셨습니까?"

"짐을 따라다니지도 않았으면서도 짐이 어찌하는지는 전부 알고 있군."

"소인. 여상환과는 달랐지만 벌써 폐하를 모신지도 십여 년이 넘어갑니다. 이 정도는 알아야 하지 않겠습니까?"

재상이 따른 술을 비우는 태휼의 눈은 여전히 날카롭고 냉정하였다. 일부러 자리를 마련해 술잔을 기울이자는 말을 꺼낼 재상이 아니었다. 태휼과는 이해관계가 맞았기에 지금까지는 같은 방향을 보고 있었지만, 앞의 노인이 여상환 못지않은 정치가라는 것을 단 한 번도 잊은 적이 없었다.

"그래서 왜 이곳에서 짐을 만나자고 한 건가?"

말을 돌려도 태휼은 쉽게 재상의 수에 넘어오지 않았다. 젊은 나이인 만큼 모르는 척 그의 수에 넘어가 줘도 되건만, 능구렁이 황제는 나이에 맞지 않게 조심스러웠고, 치밀하였으며, 날카롭고 냉정하였다.

이런 사내에게 어디서부터 어떻게 이야기를 꺼내야 할까? 막상 판을 벌여 놓고 태휼을 끌어들이는 데까지는 성공했지만, 이 이후부터 어떻게 시작을 해야 할지 재상도 머리가 아팠다.

"오늘의 자리는 소인 또한 내키지 않았습니다. 폐하는 정사를 논하는 것이 훨씬 편한 분이시지요. 하지만 진 빚을 갚으라고 하니 소인 또한 방법이 없었습니다."

"무슨 말을……."

재상을 향해 말을 잇던 태휼이 느껴지는 기색에 고개를 돌렸다.

소란스러운 주변도, 앞에 앉아 있는 재상도 느껴지지 않았다.

그를 바라보는 시선이 유난히도 고왔다. 조금은 나아진 모습이기를 바랐지만, 어찌 된 영문인지 그가 직접 떠나보낸 여인은 마지막으로 보았을 때보다도 말라 있었다.

촉촉이 젖어 있는 눈이 곧 떨어질 것처럼 아슬아슬하였다. 한 걸음씩 다가오는 여인의 모습에 시선을 뗄 수 없었다.

차갑게 식어 내린 심장에 천천히 열기가 스며들었다.

"무슨 생각인가?"

태휼의 물음에 재상이 손에 든 술잔을 물끄러미 바라보았다.

"예전 여상환이 소인에게 자객을 보냈을 당시 몇 번 도움을 받은 적이 있었습니다. 그때의 은혜를 베푼 여인이 빚을 갚으라면서 서신을 보냈는데, 소인이 어찌 그것을 거절하겠습니까?"

사람들 사이에 있어도 수련은 여전히 빛이 났다.

누구도 들어오지 못하는 마음속까지 단번에 들어오는 여인은 수련뿐이었다.

그녀를 외면해야 한다는 걸 알면서도 멈춘 시선은 거둘 생각조차 들지 않았다.

평생을 지키고 아끼되 다가가서는 안 되는 여인.

"소인. 그 부탁을 받기는 했지만, 위랑의 상대가 폐하이신지 문성공이신지 알 수 없지 않겠습니까? 그래서 위랑과 그나마 가까이에 계시는 폐하께 먼저 보여 드린 것뿐입니다. 폐하가 아니시라면 문성공이 되겠지요."

"짐을 놀리고자 함인가?"

"그렇게 보이셔도 드릴 말씀은 없습니다. 다만 위랑의 얼굴을 보니 여인이 말한 이가 폐하가 맞는 듯하옵니다."

태휼을 향해 걸어오던 수련의 걸음이 멈추었다. 떨어지기 직전의 눈물을 소매로 닦아 낸 수련이 작은 입을 열었다.

'다행이네.'

목소리는 들리지 않았지만 무슨 말을 하는지는 알 수 있었다. 무엇이 다행이라는 건가? 다시는 보지 않을 여인이다. 그의 존재가 그녀에게 득이 아닌 해가 될 수 있다는 것을 알기에 그녀를 원래의 삶으로 돌려보낸 것이었다.

"만약 폐하가 아니시라면 문성공이 답이겠지요."

"지금 수련을 상대로 짐을 위협하고자 함인가?"

수련을 향한 시선을 거두지 않은 채로 태휼이 낮은 목소리로 재상에게 되물었다.

정색하는 황제는 나이가 든 재상도 상대하기 버거웠다. 저 냉혈한의 몸에도 피가 흐른다는 걸 알게 해 준 여인을 곁에 둔다면 또 정국은 어떻게 흘러갈 것인가.

"이제 그만 주변 사람들 힘들게 하시지 말고 원하는 걸 취하시지요. 지금이라면 폐하께서 손만 내미셔도 위랑은 받아들일 것입니다."

"이리해서 그대가 얻는 것이 무엇인가?"

"소인에게 있던 오래된 빚 하나를 청산하게 될 것이고, 오랫동안 묵혀 놓았던 원한 하나를 정리하는 계기가 되겠지요. 뭐 아무것도 아니라면 이번 기회에 본의 아니게 폐하의 외척이 될 수도 있지 않겠습니까?"

"외척은 싫다 하지 않았나?"

"영특한 여식이면 또 상황은 달라지겠지요. 더군다나 위랑이 거둔 그 사내아이. 몇 번 모르는 척 일을 시켜 보았는데 잘해 내더군요. 거두는 것도 재미날 듯싶었습니다."

태휼의 눈이 재상을 노려보는 순간, 그를 보던 수련이 몸을 돌렸다. 숙인 얼굴에 힘없는 걸음이 어떤 모습일지 생각하지 않아도 뻔하였다.

이번에 놓으면 전부 끝난다. 딱 한 번만 더 버티면 수련이 위험할 일도 없었고, 힘들다며 고개를 숙일 일도 없었다.

"이야기는 나중에 하겠다."

말이 끝나는 것과 동시에 태흘의 모습이 완전히 사라졌다. 모시는 주인이 사라진 자리, 뒤늦게 깨달은 무진이 따라가려 하였다.

"주인을 따르는 건 좋지만 이런 때는 그러는 게 아닐세. 저런 일은 둘만이 있어야 해결이 되는 거라네."

술잔을 비우는 재상을 보던 무진이 눈을 좁혔다. 무진의 시선이 재상에게서 내시감에게 향하자 따르라는 듯 고개를 끄덕였다. 고민하던 무진이 느긋이 술을 즐기는 재상을 보았다.

물음은 없었지만 시선만으로도 충분했다. 재상이 비어 있는 술잔을 쓱 내밀자 고민하던 무진이 술을 따랐다. 무진의 잔을 받은 재상이 피식 실소를 지었다.

"이런 일은 젊은 사람이 해야 하는데 말이지. 폐하의 주변에는 그렇게 해 줄 사람이 너무 없어. 그나마 적합한 이는 하필 같은 여인을 보고 있으니…… 어찌하겠나. 이 늙은이라도 나서야지."

"폐하께서 위랑을 외면하셨다면 문성공을 부르셨을 것입니까?"

"저리 말라 죽어가는 것보다야 낫지 않은가?"

"재상!"

"여인을 얼마나 힘들게 했으면 제 어미가 화가 단단히 나서 나에게 서신을 다 보냈겠나! 어느 사내인지 딸 앞에 당장 데리고 오라는데, 내가 할 수 있는 선택이 달리 있겠느냔 말이지."

"위랑이 폐하의 여인으로 적당하다는 말씀이십니까? 그럼 재상께서 말씀하신 원한은 또 무엇입니까?"

무진의 물음에 재상의 입가에 미소가 감돌았다.

처음 본 민 부인은 지금의 수련과 똑같은 모습이었다. 여가와의 혼인이 깨진 후, 민 부인의 가문은 재상의 가문에 파격적인 조건으로 혼약을 제안하였다.

여상환과의 관계가 걸리기는 했지만 총명하고 행실이 바르다는 평을 듣는 여인이었기에 선뜻 모르는 척 혼약을 승낙하였다. 빠른 혼약을 위해 처음 본 민 부인을 그는 마음에 담았었다.

여상환의 아이를 가졌다는 민 부인에게 자신도 모르게 그 아이까지도 거둘 테니 혼약을 깨지 말라는 부탁을 먼저 한 것도 그였다. 하지만 그의 바람과는 달리 민 부인은 여상환에게로 돌아갔다.

"만약 민 부인이 여상환에게로 돌아가지 않았다면 위랑은 내 딸이 되어 있었을지도 모르지."

무진의 눈이 꿈틀댔지만, 재상은 여전히 미소였다.

여상환이 그리할 것이라는 걸 알면서도 민 부인은 돌아갔다. 여상환에게는 과분한 여인이었지만 깨진 혼약을 되돌릴 방법은 없었다.

깨어진 관계가 되돌아오지는 않았지만 종종 이름 없이 보내온 서신은 여상환의 위협에서 빠져나오는 데 각별한 도움이 되었다.

"제 수단으로 쓰려 했던 딸이 정적이자 원수인 폐하의 여인이 된다면 죽은 여상환이 얼마나 억울하겠는가?"

"……."

"죽기 직전까지 제 손아귀에 넣고 주무르려 했던 것을 정적인 내가 거둔다면, 지옥에서도 이럴 순 없다며 소리를 질러 대겠지. 살아 있을 때 하지 못한 것이 아쉽지만 이 정도도 나쁘지는 않군."

"위랑을 이용하시겠다는 것입니까?"

"아니. 위험한 맹수를 달래 보겠다는 것이네. 죽은 여상환은 아무것도 아니지만 살아 계신 폐하는 귀족들에게는 너무나도 위협적인 분이니 말일세."

어차피 재상이 나선다 한들 태휼이 움직이지 않으면 그만이었다. 민 부인이 요구한 것은 그저 수련의 정인을 데려와 달라는 것이었지만 상관없었다.

사생아인 수련은 절대 태휼의 무엇도 될 수 없다. 하지만 재상이 나선다면 이야기는 달랐다. 반대할 부인도, 후계를 이을 자식도 없으니 재상만큼 적당한 사람은 없었다. 빚을 갚았으니 그 안에서 조금의 이득을 취한다 한들 반대할 사람은 없었다.

하물며 이번 일이 민 부인이나 위랑에게 모두 좋은 일인 터, 태휼의 의도가 재상의 생각과 똑같기만 하면 그만이었다.

"황궁이 재미있어질 걸세."

十二章
엉키다

수련을 찾았다며 온 서신을 보는 부겸의 눈이 가라앉았다.

아끼는 수련이니 믿을 만한 자에게 맡길 것이라는 생각은 가지고 있었다. 하지만 수련을 재상의 먼 친척으로 만들어 놓았을 줄은 생각하지 못하였다.

심지어 수련의 양아버지로 만든 작자는 재상의 가문에서도 배척되었던 자, 그런 자의 그늘에 수련을 숨겨 놓으니 재상의 주변만 뒤졌던 부겸이 찾을 수 있을 리가 없었다.

"이걸 보낸 자는?"

"토주의 아들이라고 합니다. 본인의 말로는 위랑과 위랑을 대하는 아비의 행동이 의심스러워 서신을 보냈다고 하지만 또 마냥 그런 것은 아닌 듯하옵니다."

"원하는 대가는?"

부겸의 말에 서신을 가져온 이의 말문이 막히었다. 부겸의 입꼬리가 희미하게 올라갔다.

그도 여지를 얻지 못한 자인가? 안 된다며 고개를 젓는 수련이 아직도 눈에 선하였다.

어쭙잖은 권력에 맛 들인 놈이니 싫다며 거절하는 수련이 괘씸해 보였을 것이다. 하지만 그는 잘못된 선택을 하였다. 포상으로 수련을 달라고 하다니 어리석었다.

"적당히 손에 쥐여 주고 돌려보내라."

"문성공. 그는……."

"자격도 없는 자가 욕심을 내면 어찌 되는지 굳이 내가 알려 줄 필요는 없겠지. 어차피 황제가 직접 움직일 터, 적당히 돌려보내라."

어쩌면 이미 움직였기에 토주의 아들이 자신에게로 온 것일지도 모르는 일이었다. 자신의 것이라면 무슨 수를 써서라도 제 손아귀에 쥐는 이가 수련을 완전히 놓아줬을 리가 없었다.

수련이 있는 곳을 찾았지만 불안한 기분은 쉽게 사라지지 않았다. 하물며 현재 태휼이 머물고 있는 연주는 수련에게서 얼마 걸리지 않는 곳이었다.

포기한다고 했던 말이 진실이 아니라면, 실은 문성공과 다른 이의 눈을 속이기 위한 것이었다면. 부겸의 눈이 어둡게 가라앉았다.

"연주로 가겠다. 사람을 추려라."

부겸을 말리려던 시종이 고개를 숙였다.

어차피 말린다 한들 들을 부겸도 아니었고, 그를 유일하게 막을 영천왕은 도성에 없었다.

조용히 시종이 나간 후, 부겸이 받은 서신을 불에 태웠다.

태휼은 놓는다고 했지만, 부겸은 아니었다.

데려올 것이다. 무슨 수를 써서라도 같은 곳에서 함께 살아갈 것
이다.

※　※　※

손목을 잡혔다는 걸 자각하기도 전에 끌려가듯 움직였다. 혼자서
는 걷기조차 힘들었던 사람들의 사이를 그와 함께 걷자 순식간에
빠져나갔다. 붙잡힌 건 손목이었건만, 마음을 붙잡혀 버린 것처럼
벗어날 수 없었다.

눈앞이 뿌예졌다. 손목에서 느껴지는 그의 떨림에 심장이 제멋대
로 뛰어 댔다.

둘을 가로막던 사람들이 사라졌다. 어디로 끌고 가는 것일까?

"놔주세요."

분명 그녀의 목소리를 들었음에도 태휼은 멈추지 않았다. 얼마나
세게 쥐었는지 잡힌 손목이 핏기 없이 하얗게 되었다.

"놓아주세요."

조금 더 큰 목소리로 부탁했지만, 태휼은 놓아주지 않았다. 어느
새 그를 따라가는 길에 사람의 모습은 어디에도 없었다. 보는 사람
은 없었지만 이렇게 태휼에게 끌려가고 싶지 않았다.

그에게 잡힌 손목이 너무나도 아팠다.

"태휼. 아파요!"

수련을 보지 않고 가던 그의 걸음이 멈추었다. 손목을 붙잡았던
손에서 힘은 빠졌지만 잡은 손목을 풀어 주진 않았다.

그제야 태휼과 마주 보게 된 수련이 숨을 삼켰다. 진정하려 했지만 몸이 제멋대로 떨려 왔다. 분명 하고 싶은 말이 있었건만, 이 순간 떠오르는 게 없었다.

보고 싶었다.

쌍가락지에 마음을 담고 견디기에는 하루하루가 끔찍하게 고통스러웠다.

"제가 보내 달라 해서 보내 주신 것이 아닙니까?"

넉 달 만에 본 그의 안색은 여상환의 저택에서 처음 만났던 그때보다도 어둡고 차가웠다. 조금의 틈도 보이지 않는 태휼을 보던 수련이 입술을 깨물었다. 너무나도 말랐다.

잠은 제대로 잔 것인가? 황궁에 그를 시중드는 이들이 한둘이 아닌데 어찌 이리 안색이 안 좋단 말인가.

"보내셨다면 이러시면 안 됩니다. 왜, 어찌 또 이러시는 것입니까?"

앞에 있는 그를 바라보는 것만으로도 심장이 뛰었다. 하지만 마음과는 달리 입에서 나오는 말은 모질었다. 자신만 참으면 끝날 일이었다. 태휼에게 짐이 되고 싶지도 않았고, 흔들리는 자신 때문에 그가 다치는 모습도 더는 보고 싶지 않았다.

미치도록 그리워했지만, 지쳐 있는 그를 보자 외면하고자 했던 현실은 수련을 집어삼켰다.

"오늘 일은 그저 실수였습니다. 돌아가겠습니다. 놓아주세요."

"네 말 따위 듣지 않을 거다."

손목을 잡았던 손이 그녀의 손을 감쌌다. 그의 손이 수련의 손가락에 끼워져 있는 쌍가락지를 만졌다.

"그럼 왜 이걸 끼고 있는 건가?"

촉촉이 차오르던 것이 눈가 가득 채웠다. 손을 빼려 했지만, 그 마저도 쉽지 않았다.

"잊었다면서 왜 폐하가 아닌 이름을 부르는 건가?"

안간힘을 쓰며 숨기려 했건만, 그는 거침없이 다가와서는 서슴없 이 수련의 진심을 억지로 꺼내었다. 입술을 깨무는 수련을 보던 그 가 뺨에 나 있는 얇은 상처에 손을 가져갔다.

확실치 않은 기척을 쫓느라 나뭇가지에 베였던 상처, 그 상처를 따라 그의 손가락이 움직였다.

"전부 끝났다면서 왜 내 기척에 이렇게까지 반응했느냔 말이다."

숨기고 있던 것이 완전히 무너져 내렸다. 모질게 마음먹고 힘겹 게 다짐했던 일들이 그의 말 한마디에 완전히 부서져 버렸다.

그때의 기척을 착각이라 믿었었다. 그런데 착각이 아니었다. 새 벽에 느꼈던 기척은 바로 태휼의 것. 그가 왔다 간 것이었다. 새벽 의 정적에 밝혔던 본마음을 들었으면서도 그녀의 앞에 모습을 드러 내지 않았다.

짝!

수련의 손이 태휼의 뺨을 힘껏 쳤다.

"다 들었으면서…… 내가 당신을 어떻게 생각하는지 다 들었으 면서……."

창백하게 밀어 내던 모습은 어디에도 없었다. 화가 잔뜩 난 수련 이 매섭게 태휼을 노려보았다.

"당신 못됐다."

"수련아."

"진짜…… 당신 나쁘다."

그녀의 실수로 태휼을 사지까지 몰아댔다. 그를 다치게 한 수련은 먼저 태휼에게 다가갈 수 없었다. 하루에도 몇 번씩 자신의 잘못을 후회해도 되돌아갈 방법도, 그럴 자격도 없었다.

"수련아."

"내가 먼저 당신에게 갈 수 없다는 걸 알고 있으면서, 당신은 당신 하고 싶은 대로 하니 재미있었어요?"

"그런 게 아니었다."

"당신은! 당신은 하고 싶은 대로 언제나 다 하잖아요! 난 그럴수가 없는데…… 내가 먼저 다가가도 당신이 거부하면 난 아무것도 아닌데!"

그녀를 잡고 있는 사람이 황제여도 상관없었다. 수련이 있는 힘껏 태휼의 가슴팍을 후려쳤다. 그에게 미안해하며 그리워하던 순간이 지금만큼은 후회되고 또 후회되었다.

태휼은 언제나 자신의 손아귀에 그녀를 움켜잡고 휘두르려 하였다. 왜 언제나 이 사람에게 흔들리고 휘둘리는지 수련은 서럽고 화가 날 뿐이었다.

간신히 참고 있던 눈물이 왈칵 치밀었다. 그저 마음에 사람을 담는 일일 뿐이었건만, 태휼과의 연모는 너무나도 힘들었다.

"진정해!"

힘껏 내리치는 주먹보다도 서럽게 터트리는 울음이 그를 더 미치게 하였다. 울릴 생각으로 그녀를 잡은 것이 아니었다. 손에 잡히는 가는 손목이나 힘겹게 터트리는 울음에 수련이 쓰러져 버릴까 겁이 났다.

때리는 손을 붙잡고 그녀를 품에 안았다. 품에 갇혀 있으면서도 화가 안 풀렸는지 수련이 몸부림쳤다.

"당신 잊을 거야!"

"늦었어."

"진짜 잊을 거야! 다른 사람 만나서 당신 따위 다 잊고 살 거야."

까무러질 것처럼 몸부림을 치는 수련이 쓰러질 것처럼 위태로웠다. 발버둥 치는 수련을 달래듯 그의 손이 등을 어루만졌다.

"그러지 못하잖나? 못 잊잖아!"

발버둥을 멈춘 수련이 태휼을 응시하였다. 이제 제 마음을 속일 생각도, 마음을 숨기려는 수련을 참아 줄 생각도 없었다.

"이제 그만 속이자."

발버둥을 쳐도 빠져나올 수 없었다. 서러움과 분노에 밀어 내려 했지만 그는 꿈쩍도 하지 않았다. 언제나 한발 앞서서 움직이는 그에게 화가 나면서도 진정하라면서 쓸어 주는 손길에 미치도록 마음이 흔들렸다.

"당신하고 있으면 어떻게 해야 할지 모르겠어."

"그런 생각 이제 집어치우자."

"당신과 있으면 날 자꾸 잃어버려. 내가 또 잘못해서 당신이 다치면……."

"사람을 욕심내는 것이 잘못은 아니지 않나?"

작게 속삭이는 말이 단단히 막혀 있던 수련의 마음을 천천히 두드렸다. 눈에 그렁그렁 맺혀 있는 눈물을 조심스러운 손이 닦아 주었다. 좀 전까지도 놓아 달라며 반항하던 수련이 조용히 태휼의 손길을 받아들였다.

"그렇게 겁이 나면 넌 지금처럼 숨겨. 난 이제 숨길 생각 없다."

자신이 아닌 다른 사내에게 가는 수련의 모습 따위, 절대 지켜볼 생각 없다. 자신이 찾아내고 가졌던 빛, 태흘이 지금까지 찾아냈었던 것 중에 가장 귀한 것을 누구에게도 넘길 수 없었다.

말하기 위해 수련이 고개를 드는 순간, 그가 먼저 다가왔다.

차갑게 식었던 입술에 더운 열기가 밀려왔다. 멋대로 다가오는 것은 여전했지만, 억지로 그녀의 입술을 열려 하지 않았다. 언제나 자신이 원하는 대로 움직이던 태흘이 지금만큼은 그녀에게 맞추고 있었다.

더는 숨길 수 없었다. 아니 숨기고 싶지 않았다. 수련의 팔이 태흘의 허리를 감쌌다. 조심스러운 손이 그의 등에 닿는 순간, 수련이 그를 받아들였다. 코끝을 간질이는 숨소리, 약간의 틈도 없이 마주한 입술에서 오가는 체액이 억지로 참아 오던 갈증을 일깨웠다.

"아!"

거듭된 입맞춤에 붉게 달아오른 입술이 그의 눈을 완전히 사로잡았다. 이를 세워 입술을 깨물자 수련이 가쁜 숨을 내쉬었다. 얼마나 오랫동안 서로의 숨을 탐했는지 알 수 없었다. 닿았던 입술이 열기에 차오르고, 깨물리고 삼킨 입술이 붉어질 대로 붉어진 후에나 그가 입술을 떼고는 그녀를 바라보았다.

"하아."

그녀의 손이 태흘의 뺨을 감쌌다. 기억 속 깊이 그를 담으려는 것처럼 수련의 손이 태흘의 얼굴을 조심스럽게 어루만졌다. 이마에서 눈으로, 눈에서 코로 이어지던 손끝이 입술에서 멈추었다.

열기에 찬 입술에 그녀의 감촉이 느껴지자 태흘의 눈이 떨렸다. 입술 선을 따라 움직이는 손을 그가 붙잡았다.

수련의 손에 입술을 맞춘 태흘은 자신의 뺨에 그녀의 손을 갖다 댔다.

"가지고 싶어."

태흘을 보며 수련이 입을 열었다.

"당신 가지고 싶어."

내내 숨기고 감추었던 감정을 드러낸 수련은 태흘의 눈을 피하지도, 그의 손을 외면하지도 않았다. 조금의 떨림도 없는 눈이 자신에게 향하는 순간, 굶주린 맹수가 여인을 향해 미소를 지었다.

"가져라."

수련의 입가에 환한 미소가 생겨났다. 그의 목에 팔을 감으며 수련이 품 안으로 안겨 들었다. 그를 온전히 흔들 수 있는 유일한 여인, 스스로 품에 안겨 드는 여인의 체향을 맡으며 맹수가 위험한 미소를 지었다.

❀   ❀   ❀

어느새 해는 완전히 떨어져 있었다. 어두운 길에 둘뿐이었지만 무섭다는 생각은 들지 않았다. 잠시 가족을 떠올리기는 했지만, 이번만큼은 수련도 모든 것을 접었다.

지금은 태흘의 곁에서 그가 주는 연모에 마음을 주고 싶었다.

"힘든가?"

"안 힘들어요."

태휼이 어디로 데리고 가는지 알지 못했지만 수련은 걱정하지 않았다. 이젠 피하지도 거부하지도 않을 것이다.

　그녀의 손을 잡은 그의 온기가 좋았다.

　"어디 가는 거예요?"

　폐하라는 단어도, 나지막이 올리던 말도 없었다. 태휼을 대하는 수련의 말투는 폐하가 아니라 그저 마음을 나눈 정인에게 건네는 것처럼 편안하고 설레었다. 작게 속삭이는 말이 새가 지저귀는 것처럼 듣기 좋았다.

　수련을 보던 그가 편안한 미소를 지었다. 그 미소를 수련이 홀린 듯 바라보았다.

　"안 알려 주실 거예요?"

　"너와 둘이 있을 곳."

　"네?"

　동그랗게 뜬 눈에 거짓은 전혀 없었다. 태휼에게 여인은 그저 삶을 위한 수단일 뿐이었다. 그저 필요로 품에 안고 손아귀에 잡고 흔드는 존재, 그 이상도 그 이하도 아니었다.

　그러나 수련을 알고, 그녀에게 빠져드는 자신을 보며 지금까지의 생각이 어리석은 오만이라는 걸 깨달았다.

　어렵게 품에 안은 수련을 보내고 싶지 않았다. 재상도, 무진도 지금만큼은 그와 수련의 앞에 나서는 이들은 모두 목을 베어 버릴 것이었다.

　"내가 너무 욕심을 부리는 건가?"

　묻지 않아도 알 수 있었다. 그가 원하는 것처럼 그녀도 원했다.

　태휼이 내민 손을 수련은 붙잡았다. 그리고 이젠 다시는 그를 놓치고 싶지 않았다.

"……아니요. 같이 있을 거예요."

더는 피하고 싶지 않았다. 태흘이 그녀를 아껴 주는 것처럼 자신도 그를 마음에 담았다는 걸 보여 주고 싶었다. 이기적이고 탐욕적이라 손가락질 받아도 무섭지 않았다.

태흘의 손을 잡은 채, 자유로운 손으로 그의 목을 안았다. 품 안으로 들어오는 작은 몸피를 안으며 수련의 어깨에 태흘이 얼굴을 묻었다.

❋ ❋ ❋

처음은 아니었지만, 입술을 가득 채우는 그의 열기에 또다시 심장이 떨렸다. 어디인지도 모르는 곳에 도착했을 때 간신히 버텨 오던 태흘의 인내가 끊겼다. 사람의 기척이 느껴지지 않는 고즈넉한 저택에 들어서자마자 굶주린 야수가 제 손아귀의 먹이에 손을 뻗었다.

"흐읍."

터질 듯 가쁘게 내쉬는 숨조차 제 소유인 것처럼 그는 조금의 여유도 주지 않았다. 엉킨 혀에서 섞여 들어가는 체액을 경쟁적으로 삼켰다.

붉게 달아오른 입술을 단번에 삼키며 태흘이 수련을 안아 들었다.

"연모해요."

태흘의 얼굴을 손으로 감싼 수련이 작게 속삭였다. 내내 느꼈던 고통을 보상받듯 본심을 보이는 수련은 나긋하고 고왔다. 조용하게 속삭이는 목소리, 그의 얼굴을 어루만지는 서늘하지만 부드러운 손, 그만을 바라보는 눈, 미소를 지은 입술.

딱 한 번이라도 상관없었다. 수련이 자신을 바라볼 수만 있다면, 어떤 대가를 치러도 괜찮다고 생각했었다.

"연모한다."

밖에서 불던 서늘한 바람이 방 안으로 들어오자 완전히 사라졌다. 사람의 기척은 느껴지지 않았지만, 둘을 위한 준비는 완전히 끝나 있었다. 안고 있던 수련을 침상에 내려놓자마자 하얗고 가는 목에 그의 입술이 다가왔다.

신중하고 냉정하던 태휼은 이 순간 어디에도 없었다. 거짓을 모두 거둬 낸 둘 사이에 걸림돌은 아무것도 없었다. 온몸을 채우는 열기가 차가운 이성을 흐트러뜨렸다.

"흐읏."

목을 젖힌 수련에게서 나오는 더운 숨이 그의 귓가를 간질였다. 둘 사이의 열기가 뜨거워질수록 팽팽한 긴장감이 온몸을 집어삼켰다. 단단히 묶였던 허리 매듭을 풀자 미끄러지듯 하늘색 저고리가 몸을 타고 흘러내렸다.

거침없이 들어오는 손길에 반사적으로 몸을 움츠리긴 했지만 피하고 싶진 않았다. 그에게서 체온을 가져오듯 밤바람에 차가워진 몸에 점점 열이 차올랐다. 속적삼을 벗기자 보이는 새하얀 피부에 그도 모르게 입술을 갖다 댔다.

"하아."

지금까지 닿았던 무엇과도 비교할 수 없는 촉감이었다. 이를 세워 깨물자 여린 입술 밖으로 짧은 신음이 터져 나왔다. 처음으로 사내를 받아들이려는 몸짓이 부드러우면서도 아찔하게 고왔다.

"괜찮아."

몸의 혼란을 억지로 참으려는 수련의 이마에 그가 입술을 맞추었다. 태휼과 함께 있고 싶다는 마음과 지금 상황에서 도망가고 싶어 하는 두려움 사이에서 혼란스러워하던 수련이 그를 바라보았다.

떨리던 눈동자가 자신만을 바라보는 그의 시선에 빠져든 순간 망설임은 사라졌다. 나신의 수련이 조심스럽게 그에게 다가왔다. 더운 숨을 토해 내는 그의 입술 위에 입술을 맞추었다.

그 순간, 간신히 붙잡고 있던 모든 것이 사라졌다.

찢어 버리듯 입고 있던 옷을 벗어 버린 그가 여인을 침상에 눕혔다. 탐욕에 사로잡힌 사내의 눈이 품에 가둔 여인의 모든 모습을 눈에 담았다.

"보지 마세요."

붉게 달아오른 피부가 부끄러운 듯 가는 팔이 몸을 가리려 하였다. 작은 반항조차 손목을 붙잡고 들어 올리는 그의 손에 완전히 붙잡혔다. 신의 손을 가진 장인이 만들어 낸 것처럼, 그의 아래에 있는 여인은 보는 것만으로도 빠져들게 하는 매혹이 있었다. 가쁜 숨을 내쉬며 오르내리는 소담한 가슴에 그가 얼굴을 묻었다.

"하웃."

달아오른 열기가 몸에 닿는 촉감에 모두 쏠리는 기분이었다. 가슴골에 얼굴을 묻고 체향을 들이마시던 그가 작게 솟은 멍울에 입술을 맞추었다. 그의 혀에 닿은 유두가 삼키고 빨아들일 때마다 단단해졌다. 사람이 이렇게까지 사람을 미치게 할 수 있을까? 손목을 붙잡았던 손이 얼굴과 목을 타고 내려와, 가득 담겨 오는 가슴을 움켜잡았다.

"달다."

"태휼…… 저는…… 흐윽."

낯선 손길에 도망가려는 가는 몸피를 단단한 팔이 붙잡았다. 가슴에 연이어 잇자국을 만들어 내던 그가 가쁜 숨을 토해 내는 입술로 향하였다. 피가 보여 붉게 달아오른 입술의 열기를 식히듯 그의 혀가 부드럽게 쓸어내렸다. 뺨으로 느끼는 그의 숨이 따뜻하다 못해 더웠다.

불덩이를 품에 안고 있는 것처럼 가쁜 숨을 연이어 토해도 열기는 사라지지 않았다. 그를 허락하듯 입을 열자 거칠게 들어온 그가 모든 것을 집어삼킬 기세로 침범해 들어갔다.

그를 밀어 내는 대신 하얀 팔로 감싸며 더욱더 자신에게 밀착하였다. 그러는 사이 허리를 붙잡았던 손이 매끄러운 복부를 지나 모으고 있는 다리 사이로 움직였다.

"태휼! 거기는 안 돼요…… 하앗."

갑작스러운 침입자를 막듯 다리를 오므렸지만, 이미 그의 손가락은 가장 여린 살 깊숙이 들어간 후였다. 물기가 어려 있던 여성이 그의 촉감에 촉촉이 젖어 갔다. 스스로조차도 만질 수 없었던 여성 깊숙이 들어온 손가락이 여린 살을 건들자 수련의 눈가에 물기가 어렸다.

뭐라 말할 수 없는 감각이 그녀를 완전히 지배하였다. 이미 몸속 깊숙이 생겨난 불은 무슨 수를 써도 해소되지 않았다.

하지 말라는 말이 목 끝까지 치밀었지만, 입 밖으로 꺼낼 기운조차 없었다.

"흐윽."

흐느끼듯 터트리는 신음이 그를 미치게 하였다. 단단히 솟은 유두를 이를 세워 깨무니 손가락으로 지분거리는 여성이 더욱 젖어 들어갔다. 처음인 수련을 위해 애써 참고 있었지만 그도 이젠 한계였다.

그녀의 안에 자신을 묻고 싶었다. 누구도 건들지 않았던 그녀 깊숙이 자신을 느끼게 하고 싶었다. 처음이라 쉽지는 않을 터, 그녀를 아프게 할 것이라는 걸 알면서도 미칠 듯한 초조가 어서 그녀에게 자신을 묻으라며 끊임없이 충동질하고 있었다.

열락에 몸을 가두지 못하는 수련의 눈 옆에 입술을 맞추었다. 그 사이 수월하게 받아들일 수 있도록 다리를 벌린 그가 안으로 들어왔다.

"아악!"

지독히도 괴롭히던 열기 너머로 극심한 통증이 밀려왔다. 태휼의 어깨를 수련이 힘껏 움켜잡았다. 본능적으로 다리를 오므리려 했지만, 태휼의 손에 잡혀 있는 터라 꿈쩍도 할 수 없었다.

"흐읍."

너무나도 아팠지만, 미치도록 그리워했던 그였다. 참기 힘든 고통이었지만 그였기에 감당할 수 있었다.

눈가에 맺힌 눈물이 얼굴을 따라 흘렀지만, 울음을 터트리는 대신 그녀가 그를 향해 미소를 지었다. 고통스러워하는 수련의 모습에 주저하던 그가 그녀의 미소에 완전히 무너져 내렸다.

충분한 준비를 하고 들어왔어도 그녀의 여성은 참으로 작았다. 조금의 틈도 없이 밀착된 여성이 남성을 붙잡고는 쉽게 놔주지 않았다. 둔부를 손으로 감싼 그가 깊숙이 그녀의 안에 남성을 묻었다.

"흐읏."

입술을 깨물며 버텨 보려는 모습조차 고왔다. 그녀의 몸에 자신을 묻는 순간부터 느껴지는 전율이 그를 완전히 집어삼켰다. 조금의 자비라고는 없는 전진과 후퇴 속에서 언제나 단정하던 수련이 흐트러졌다. 새하얀 침상에 널브러진 검은 머리카락처럼 그의 움직임을 따라 그녀의 몸이 속절없이 흔들렸다.

처음으로 맛본 당과의 달콤함처럼, 그녀를 소유하고 있는 지금에도 줄지 않는 갈증이 그를 놔주지 않았다. 밀물이 들어왔다 빠지는 것처럼 그가 다가오고 빠져나갔다. 극심한 고통이 조금이나마 가라앉은 자리에 처음으로 느끼는 절정이 그녀를 지배하였다.

그녀의 깊숙이 자리 잡은 그 외에는 아무것도 느껴지지 않았다. 온몸 가득 휘감던 절정이 터지는 순간 그에게서 낮은 신음이 흘러나왔다.

"하앗."

몸속 깊숙이 들어오는 낯선 감각에 그녀가 몸을 떨었다. 침상에 쓰러지듯 늘어진 그녀를 태휼이 품으로 끌었다. 아직 수련의 여성 깊숙이 그가 남아 있었지만 빼고 싶지 않았다.

그의 품에 갇혀 있던 수련이 힘없이 미소를 지었다. 코끝에 달콤한 체향이 그를 다시 충동질하였지만 지칠 대로 지친 그녀를 다시 괴롭힐 수는 없었다.

팽팽한 긴장이 풀어진 수련의 눈이 무겁게 내려앉았다. 혼자서 버텨 내는 동안 오지 않았던 잠이 그가 곁에 있자 빠르게 다가왔다.

"미안해요. 저 잠시만……."

답을 하는 대신 따뜻하고 커다란 손이 그녀의 등을 천천히 두드렸다. 단단한 그의 품에서 그녀가 단잠에 빠져들었다.

＊　　＊　　＊

　　창가로 들어오는 햇살에 태휼이 눈을 찌푸렸다. 새벽녘에 잠시 잠든다는 것이 해가 중천에 뜬 다음에나 눈을 떠 버렸다. 오랜만에 달게 자서 그런지 한결 몸이 가뿐하였다. 밖을 보던 태휼이 옆에 느껴지는 온기에 고개를 돌렸다. 매섭던 눈이 어느새 부드럽게 변하였다.

　　어린아이처럼 몸을 웅크린 채, 수련이 깊게 잠들어 있었다. 자제하기에는 나신에 느껴지는 나긋한 몸피가 그의 절제를 흐트러뜨렸다. 힘들어한다는 걸 알면서도 깨어난 그녀를 제 욕심에 거듭 안았다.

　　연이은 절정에 기진한 수련이 그의 품에서 정신을 놓은 것이 새벽녘이었다. 그 후로 오랜 시간이 흘렀지만, 작은 몸 곳곳에는 그가 만든 흔적들이 한가득하였다.

　　"수련아."

　　낮은 목소리로 그녀를 불렀지만 미동조차 없었다. 그저 작게 오르내리는 소담한 가슴과 고르게 내쉬는 숨소리만이 들릴 뿐이었다. 수련의 허리를 감싼 태휼이 그녀를 품으로 끌어왔다. 움직임도 없이 자던 그녀가 옅은 신음을 흘렸다.

　　"……조금만 더 잘래요."

　　"아침이다."

　　"조금만…… 졸려요."

　　눈에 무언가가 씌어도 단단히 씐 것이 분명했다. 사내는 물론이고 여인의 투정을 받아 준 일 따위 절대 없던 일이었다. 그런 그에게 수련의 잠투정은 싫기보다는 기꺼웠다. 온전히 태휼에게 자신을 보이는 수련이 그를 다시 흔들어 댔다.

인내하는 것에 적응할 대로 적응한 그였건만, 수련에게만큼은 그 인내라는 것이 통하지 않았다.

"으음."

얼굴을 시작해서 내려오는 손길에 수련이 미간을 찌푸렸다. 아침인 건 알았지만 눈이 떠지지 않았다. 손가락 하나 움직일 힘도 남아 있지 않았건만, 그의 손은 가슴 위에 핀 소담한 꽃을 지분거리고 있었다.

밤새도록 안겼던 몸이 그의 손에 다시 열기를 피워 갔다.

"태휼. 하지 마요."

오랜만에 달게 자는 잠이었다. 그의 손을 피하듯 수련이 몸을 돌렸다. 그가 싫은 건 아니었지만 지금은 그가 주는 온기에 취해 조금만 더 자고 싶을 뿐이었다.

그를 거부하듯 수련이 몸을 돌렸지만, 태휼은 전처럼 화를 내지도 억지로 그녀의 몸을 틀지도 않았다. 그의 눈이 등에 새겨져 있는 각인을 조용히 응시하였다.

사생아 주제에 하는 짓이 대담하여 제 소유로 찍었던 낙인이었다. 한비에게 매질을 당했던 상처는 대부분 사라져 있었지만 그가 찍은 흔적만큼은 그대로였다. 그의 손가락이 낙인을 따라 천천히 움직였다.

자신의 것이라는 흔적, 하지만 이젠 이런 각인이 아니어도 수련은 제 품에 있었다.

수련의 허리를 감싸 품으로 끌고 온 태휼이 각인에 이를 세워 깨물었다.

"하읏."

허리를 감은 굵은 팔 때문에 몸을 비틀어도 빠져나갈 수 없었다. 아직은 낯설지만 익숙한 손이 허벅지 안으로 파고들었다. 몇 번이고 받아들였던 여성이 거침없이 들어오는 손길에 다시 젖어 들었다.

무섭게 밀려오던 잠이 어느새 완전히 깨 버렸다. 집요하게 남겨지는 손길에 가라앉았던 열기가 다시 불이 붙었다. 맹수에게 잡힌 초식동물처럼 그에게 잡혀 있는 몸은 조금도 움직일 수 없었다. 애써 참고 있던 숨을 토해 내는 순간, 그녀를 바닥에 엎드리게 한 그가 그 위를 타고 올라왔다.

거듭 만져진 여성이 충분히 젖어 있어도 그는 여전히 버거웠다. 이미 그에게 전부를 내준 몸이 밀려오는 남성을 저항 없이 받아들였지만, 온몸을 관통하는 고통에 수련은 입술을 깨물었다.

"하아."

침상을 붙잡으며 입술을 깨물었지만, 나오는 신음을 참기는 버거웠다. 녹아들 듯 부드러운 엉덩이를 붙잡은 그가 다시 깊숙이 여성에 남성을 묻었다.

"이렇게 깨우시는 법이…… 하아. 어디…… 있어요?"

"일어났는데 네가 있었으니까."

"그니까 왜…… 흐윽."

아픔을 조금이나마 줄이려 엉덩이를 들었지만, 온몸을 꿰뚫는 그의 기세는 조금도 수그러들지 않았다. 애액으로 촉촉이 젖은 여성은 그의 남성이 빠져나오고 들어갈 때마다 질척이는 소리를 냈다. 아침부터 적나라한 자세로 그를 받아들이는 것도 부끄러웠지만, 살이 맞닿으면서 나는 소리에 얼굴을 들 수 없었다.

하얗던 피부가 물리고 빨리면서 다시 붉게 달아올랐다. 그녀의 어깨를 붙잡은 채, 자신을 묻던 태휼이 이를 세워 각인을 깨물었다. 살짝 깨문 살에서 달콤한 내음이 코끝을 간질였다. 몇 번이고 품에 안았지만 그녀에게서 나는 살내음은 조금도 사라지지 않았다.

"하악."

고통스러워하던 신음이 어느새 색에 젖어 들었다. 신음을 터트리고 가쁜 숨을 내쉬어도 열기가 빠져나가기보다는 더욱더 몸을 가득 채워 갔다. 아랫배가 울릴 정도로 깊숙이 들어왔다가 빠지기를 여러 번, 흔들리는 몸을 잡으려 힘껏 침상을 붙잡았지만 그의 움직임을 막을 수 없었다. 성이 날 대로 난 남성이 그녀의 몸에 자신을 각인하듯 더욱 거칠게 움직여 댔다.

낮은 신음과 함께 등에 닿았던 그의 근육이 꿈틀거리는 것이 느껴졌다. 아랫배 깊숙이 터져 나오는 감각에 수련이 몸을 떨었다.

"하아."

힘이 빠진 몸이 침상에 널브러졌다. 흐트러진 머리카락 사이로 잇자국이 나 있는 각인에 뜨거운 입술을 눌렀다.

"태휼과 있다 보면 몸이 남아나질 않을 거 같아요."

수련의 정수리에 턱을 기대고 있던 그가 피식 실소를 지었다. 그자신조차도 이렇게까지 수련에게 빠져들 줄은 생각하지 못하였다. 귀하디귀하게 얻은 여인, 이제 그녀를 손아귀에서 놓아줄 생각은 없었다.

도망갈 생각은 꿈에도 하지 말라는 것처럼, 그가 품에 가두듯 수련을 품에 안았다.

❀ ❀ ❀

「나와 현이는 괜찮으니 걱정하지 말렴.」

인기척이 없다고 생각한 저택에 아침이 되자 사람의 인기척이 느껴졌다. 수련이 잠에서 깨자 방으로 들어온 여인이 그녀에게 서신을 건넸다. 단정하지만 힘 있는 글씨, 민 부인의 필체에 수련이 눈을 좁혔다.

"제가 할게요."

"극진히 모시라는 폐하의 명이셨습니다. 자, 이쪽으로 오세요."

무슨 정신으로 뭘 했는지조차 기억나지 않았다. 여인의 손에 이끌려 옷을 갈아입고 치장을 하였다. 어영부영 하라는 대로 따르고 나니 면경에 보이는 자신의 모습을 수련이 어색한 듯 쳐다보았다.

"저기…… 이 옷은 좀……."

"요즘 귀족 여식들께서 입으시는 의복입니다. 불편하세요?"

언제나 목 끝까지 단단히 여몄던 옷과는 완전히 달랐다. 가슴의 절반 이상 보이게 하는 얇은 비단에 허리는 얼마나 조였는지 숨조차 쉬기 어려웠다. 몸을 좀 가렸으면 싶건만, 위에 걸린 저고리는 얇기도 얇았지만 몸에 달라붙기까지 하였다.

이비와 한비가 입었던 것을 봤기에 낯설지는 않았지만 자신이 직접 입으니 불편한 것을 떠나 부끄럽고 남우세스러웠다.

하물며 그가 남긴 흔적이 온몸 곳곳에 남아 있었다. 얇은 옷 너머로 보이는 잇자국이 부끄러운 건 어쩔 수 없었다.

"아무래도 옷을 갈아입는 게 낫지 않을까요?"

"황은을 입으신 걸 부끄러워하실 필요가 없습니다. 아니면 혹 원치 않은 황은이기라도……."

"아니요. 그런 건 아닙니다. 다만 이런 옷은 입은 적이 없어서, 조금 어색하네요."

수련이 부끄러워하자 여인이 미소를 지었다. 황제가 홀로 휴식을 취하러 오던 곳에 처음으로 여인을 데리고 왔다. 오늘 방에서 내온 침상에는 초야의 흔적이 곳곳에 남아 있었다.

"폐하께서는 뒤쪽 정자에 계십니다. 안내해 드리겠습니다."

옷이 어색한지 앞섶을 가리는 수련의 옷매무새를 잡아 주며 여인이 미소를 지었다. 안내를 해 주려는 여인에게 자신이 가겠다며 손을 저은 수련이 뒤에 있다는 정자로 걷기 시작하였다.

사람의 마음이 참으로 간사했다. 어제까지 그녀를 괴롭히던 초조와 고통이 하룻밤 사이에 완전히 사라져 있었다. 몸에 남아 있는 흔적처럼 그가 그녀에게 보여 준 마음이 아직도 생생했다.

산을 걸어 올라가니 익숙한 인영이 눈에 들어왔다. 무엇을 보는지 손에 든 서신을 보는 태휼의 눈이 날카로웠다.

생각하는 그를 방해하는 것이 아닐까? 다가가던 수련의 걸음이 자리에서 멈추었다.

"이리 와."

수련에게 시선 하나 주지 않았건만, 꼭 보고 있는 사람처럼 그가 입을 열었다. 돌아가려던 수련이 태휼을 향해 조용히 걸어왔다. 수련이 가까이 다가오자 서신을 내려놓은 태휼이 눈을 좁혔다.

"그 옷은 뭐지?"

"이게 실은 시중을 들어 주신 여인께서 이리 입어야…… 태휼!"

앞섶을 붙잡은 채 다가온 수련이 손목을 잡고 당기는 힘에 어영부영 태휼의 다리 위에 앉은 모양새가 되었다. 불안하게 잡혀 있던 앞섶을 놓치면서 가리고 있던 가슴의 굴곡과 하얀 속살이 그의 시선 가득히 들어왔다.

부끄러운 손이 서둘러 붙잡으려 했지만, 그러한 반항은 태휼이 손목을 붙잡으면서 무산되었다. 어두운 밤도 아니고, 해가 중천에 떠 있는 이 시각에 그에게 보여 주고 싶지 않았다.

"비들이 입는 옷이군."

"그래서 갈아입고 싶다고 말하려 했는데 잘못 오해를 하시어서, 지금이라도…… 흐읏."

소담히 보이는 굴곡에 태휼의 입술이 닿았다. 온몸 가득 새겨져 있던 열꽃에 그의 입술이 닿자 수련이 몸을 떨었다.

그의 촉감에 피부가 빨갛게 달아올랐지만 피하지도, 밀어 내지도 않았다.

"곱다."

"아직 흔적이 남아 있어서 좀 그래요. 돌아가서 바꿔 입고 올게요."

"여기서는 이러고 있어."

이대로 좀 더 있고 싶었지만, 이미 붉어질 대로 붉어진 얼굴이 당장에라도 울음을 터트릴 것처럼 어찌할 바를 모르고 있었다. 이제는 품으로 들어온 여인, 곁에 둘수록 달콤한 당과처럼 그를 흔들어 댔지만 잠시라면 참을 수 있었다.

"몸에 남은 흔적은 따뜻한 물로 만져 주면 가라앉는다고 하더군."

"네?"

"내가 해 줄까?"

태휼에게도 저런 모습이 있었던가? 장난기 가득한 모습에 지어진 미소가 수련의 혼을 흔들어 댔다. 하지만 장난기 어린 물음에 담긴 뜻을 알아차린 수련의 얼굴이 창백해졌다.

"아니요! 제가 할 수 있어요!"

"제법 잘할 자신 있는데 말이지. 그냥 모르는 척 맡겨 보는 게 어때?"

따뜻한 목간 물에 흔적이 사라지기도 전에 한입에 잡아먹힐 것이 분명했다. 자신은 아니라고 부정하겠지만, 이미 수련을 보는 눈이 지난밤의 그것과 똑같았다. 자신도 모르게 수련이 풀어져 있던 앞섶을 다시 붙잡았다.

"저기…… 그러니까 다가오는 건 밤에……."

"오늘 밤에 해 달란 말인가?"

"아니요! 그러니까 목간은 제가 할게요! 혼자 할 수 있다니까요!"

당황하는 수련을 보던 태휼이 웃음을 터트렸다. 그녀를 옥죄던 가시덩굴을 치워 내자 그제야 수련이 그를 향해 미소를 지었다. 언제나 앞만 보고 가던 방향이 잠시 멈추었지만 상관없었다. 누구도 대신 할 수 없는 여인, 그 여인이 수줍게 내미는 손길을 받는 것만으로도 꿈처럼 아늑하였다.

"농까지 던지고…… 약 올리니 재미있죠?"

"글쎄?"

도망가려는 수련의 허리를 감싼 태휼이 그녀의 어깨에 얼굴을 묻었다. 날이 선 목소리도 흘기는 시선도 좋았다.

"네가 내 품에 있으니 다행이라는 생각은 든다."

조금은 가라앉았던 얼굴이 다시 붉게 달아올랐다. 마음을 연 수련은 그저 보는 것만으로도 무슨 생각을 하는지 알 수 있었다.

"저도……."

"잘 들리지 않는다."

"저도 같이 있어서 좋다고요."

작게 속삭이는 고백이 간지러웠다. 그의 생애에 연모는 더는 없다고 생각했었다. 충동적으로 시작된 관계, 힘들고 조심스럽게 시작된 관계였지만 다가오는 마음의 깊이는 여느 때보다도 깊었다.

"태휼. 그런데 여기서는 흑영의 기운이 느껴지지 않아요."

태휼의 품에 얌전히 안겨 있던 수련이 물었다. 무진과 비슷한 수준의 그녀였으니 태휼의 주변이 바뀌었다는 걸 모를 리가 없었다.

길게 늘어뜨린 수련의 머리카락을 손으로 어루만지며 태휼이 물음에 답을 하였다.

"무진도 모르는 곳이니 느껴지지 않겠지."

"흑영은 폐하의 곁에서 떨어진 적이 없잖아요?"

"내 모든 걸 무진이 알 필요는 없지. 이곳에서 시중드는 이들은 황궁과는 완전히 단절되어 있다. 내시감이 알고 있긴 하지만 그 늙은이가 말할 사람은 아니지."

종종 태휼이 이럴 때마다 무진은 마음을 졸였지만, 이곳을 알려줄 생각은 없었다. 어차피 밀린 정무나 특별히 지시해야 할 일은 사람을 보내 놓으면 그만이었다. 하물며 끊임없이 휘둘리는 통에 수련과 제대로 된 시간도 보내지 못하였다.

"며칠은 이곳에서 머물 생각이다."

그의 말에 수련이 눈을 내렸다. 태휼이 어떤 마음으로 그녀를 여기까지 데려왔는지 알 수 있었다. 태휼이 그녀를 아껴 주는 만큼 수련도 그를 어떤 마음으로 바라보는지 보여 주고 싶었다.

"태휼의 곁에 있을 거예요."

수줍게 속삭이는 목소리가 듣기 좋았다.

작은 몸피를 제 품 가득 끌어안으며 태휼이 편안한 숨을 내쉬었다.

※　※　※

일주일이 꿈처럼 흘러갔다.

이곳에 있는 동안은 황제도, 역적의 딸도 아니었다. 아무것도 묻지 않은 채, 조용한 시중을 드는 이곳의 궁인들처럼 잠시 모든 걸 잊고 함께 있는 걸 선택했다.

다리에 머리를 기댄 채, 잠든 태휼의 뺨을 수련이 감쌌다. 탁 트인 정경에서 부는 바람이 수련과 그의 머리카락을 가볍게 훑고 지나갔다.

날카롭고 차가운 그는 어디에도 없었다. 편안한 모습으로 고른 숨을 내쉬는 그를 수련이 오랫동안 어루만졌다.

한동안의 시간이 흐른 후, 감겨 있던 눈이 떠지자 수련이 나지막이 속삭였다.

"깼어요?"

잠시 눈만 감고 있을 생각이었건만. 몸에 습관처럼 배어 있는 긴장감에 태휼은 깊게 잠들지 못했었다. 모처럼의 단잠에 쌓였던 피로가 단번에 풀리는 기분이었다. 품에 묻었던 얼굴을 들자 그를 내려다보던 수련이 미소를 지었다.

뺨에서 느껴지는 그녀의 손을 자신의 손으로 감싼 그가 편안한 숨을 내쉬었다.

"한참 잔 건가?"

"그렇게 오래 자지는 않았어요."

"불편했겠군. 깨우지 그랬나?"

"안 불편했어요."

태휼과 있을 때의 수련은 더는 가족에게 돌아간다는 말을 하지 않았다. 몸을 일으킨 태휼이 수련과 눈을 맞추었다. 손을 뻗으면 품에 안겨 왔고, 마음이 닿으면 기진할 때까지 살내음을 맡고 그녀의 몸에 그를 각인했다.

이틀이라 생각했던 것이 사흘이 지났고, 그렇게 일주일이 지나갔다.

"태휼."

"음?"

"이젠 돌아가야죠."

"수련아."

"전 괜찮아요. 저 때문에 안 가시는 거였잖아요."

수련의 말에 태휼이 눈을 내렸다. 예전에는 숨길 수 있었던 것이 그럴 수 없게 되었다. 수련의 전부가 보이는 것처럼, 그녀 또한 이젠 태휼이 무슨 생각을 하는지 알아차렸다.

수련을 황궁으로 데려갈 생각은 변함이 없었지만 문제는 그 후였다. 태휼이 지킨다 한들, 수련 스스로가 헤쳐 나가야 할 부분도 분명 있었다.

그녀가 없는 삶은 이제 생각하지 않는다. 하지만 황궁으로 데려가기 전, 잠시나마 수련을 쉬게 하고 싶은 것도 있었다.

"태흘."

태흘이 좀처럼 말문을 열지 못하자 안겨 있던 수련이 눈을 감았다. 언제나 거침없이 원하는 것을 하던 태흘이 수련의 일에 한해서는 조심스러웠다. 그게 고마우면서도 한편으로는 미안했다.

"이젠 어머니도 마음껏 볼 수 있게 해 주실 거잖아요. 안 보여 주실 건가요?"

장난기가 가득 깃든 얼굴로 묻는 물음에 그가 실소를 터트렸다.

"안 보여 주면?"

"……."

장난이 장난으로 들리지 않는 것도 어쩌면 태흘의 성격 때문일 것이다. 품에서 빠져나온 수련이 경계하듯 눈을 좁히자 태흘이 손을 들었다.

"널 놓치는 짓은 한 번으로 충분해."

그의 말에 수련의 얼굴에 다시 미소가 생겼다. 마음을 연 수련은 한결 밝은 얼굴로 환하게 웃어 보였다. 저 모습 하나만으로도 곁에 둘 이유는 충분했다. 처음이자 마지막일지도 모르는 여인을 이젠 놓칠 리가 없었다.

"며칠만 더 있자."

"황궁을 너무 오래 비우셨어요. 전 정말로 괜찮아요."

"저녁에 나갈 거다. 이야기는 해 놓았으니 미리 준비하고 있어."

황제가 없는 황궁에서 또 무슨 일이 일어날지는 아무도 몰랐다. 자신만의 욕심으로 그를 이곳에 잡아 둘 수는 없었다.

언제나 수련보다 몇 발자국은 앞서 생각하는 그였다. 그녀가 알지 못하는 준비가 되어 있을 수 있지만 걱정이 되는 건 어쩔 수 없었다. 하지만 모처럼 편안하게 쉬는 그를 자신까지 괴롭히고 싶지는 않았다.

그의 손길이 이끄는 대로 품에 얌전히 안긴 수련이 눈을 감았다.

❋　❋　❋

태흘이 수련을 데리고 간 곳은 일주일 전, 그를 처음 만났던 객주였다. 혼자인 사내들이 종종 수련에게 시선을 주긴 했지만, 그녀의 눈에는 태흘만이 보일 따름이었다.

평범한 무복을 입고 있어도 황제로서의 존재감이 조금도 사라지지 않았다. 종종 그의 모습에 홀린 여인들이 다가왔지만, 서늘한 시선을 보는 순간 다가오던 걸음을 멈추었다.

붙잡고 있는 손에 힘을 주자 고개를 돌린 태흘이 입꼬리를 올렸다. 그녀에게만 여지를 주는 그의 모습에 수련이 미소를 지었다.

수련의 미소에 태흘이 미간을 살짝 찌푸렸다. 자신이 무슨 실수라도 한 게 아닐까? 당황한 수련이 입을 열려는 순간, 태흘의 입술이 눈 옆에 닿았다.

"태흘! 하지 마요!"

"뭐, 어때서 그런 눈으로 보는가?"

"누가 보기라도 하면 어쩌려고요!"

"누가 감히 내 여인에게 시선을 준다는 거지? 목부터 베어야겠군."

내 여인이라는 말에 심장이 떨리면서도 목을 베겠다는 말에 수련이 식은땀을 흘렸다. 진지한 눈으로 단호히 하는 말이 절대 농으로 들리지 않았다. 눈이라도 잘못 돌리는 날엔 애먼 사내의 목이 떨어질 터, 여지조차 남기지 않을 생각으로 수련이 그의 곁에 꼭 붙었다.

얌전한 강아지처럼 붙어 있는 수련을 감싸며 태휼이 객주 안으로 들어갔다. 그가 객주로 들어서자 몇 걸음 뒤에서 뒤따르던 흑영이 태휼의 주변으로 다가왔다. 무진의 모습에 수련이 경계한 것도 잠시, 붙잡아 주는 그의 손에 수련이 안도의 미소를 지었다.

태휼의 손짓에 흑영이 물러나자 태휼은 수련의 손에 끼워진 가락지를 만졌다. 한시도 떼어 놓지 않은 정표, 더 좋은 것으로 바꿔 주고 싶었지만 수련이 싫다며 거절하였다.

"연모해."

갑작스럽게 나오는 고백에 수련의 얼굴이 붉어졌다.

"저도 연모해요."

흑영을 의식하듯 작게 속삭이는 목소리가 듣기 좋았다. 밖이 아니라 저택이었다면 저 시선에 빠진 채, 옷부터 벗겼을 것이다. 몇 번이나 안아도 질리기는커녕 감정은 더 깊어졌다. 엇갈렸던 일 년이 무색하게, 흐르는 시간만큼이나 그녀에게 향하는 감정은 더욱 단단해졌다.

"혼인하자."

그의 말에 수련의 눈이 커졌다. 자신도 모르게 빠르게 뛰기 시작한 심장이 터질 듯이 울렸다. 황제인 그에게서 혼인이라는 말이 나왔다. 호연의 황제가 올리는 혼인은 딱 하나뿐, 황후를 맞이할 때뿐이었다.

"널 후궁으로 들일 생각은 없어."

"무리하지 마세요. 태흘의 곁에만 있으면 전 만족해요."

황후가 되고 싶은 것이 아니었다. 그저 그의 곁에서 함께하고 싶을 뿐이었다. 그녀가 아무리 노력해도 사생아, 그것도 역적의 여식이라는 낙인은 가려지지 않았다. 그런 그녀가 황후라니, 귀족들의 반발이 얼마나 심할지 눈에 선하였다.

"이비는 폐위시킬 거다. 황후가 될 여인을 죽이려 했으니 그에 맞는 대가를 치러야겠지."

"그러지 마세요. 저 하나로 귀족들과 대립하실 필요는 없어요."

그에게 더는 짐을 짊어지게 하고 싶지 않았다. 다른 여인과 함께 있는 그를 생각하는 것 자체로도 고통이었지만, 황제인 태흘에게 여인의 투기로 욕심을 부릴 수 없었다. 원치 않은 현실이었지만, 어쩔 수 없는 선택이라는 것도 분명히 존재했다.

"후궁이어도 같이 있을 수 있잖아요. 참을 수 있어요."

"정인을 잃는 건 한 번이면 충분해."

"……."

"내가 지켜 줄 수 없는 부분 또한 분명히 존재할 터, 최소한 네 지위가 널 지켜 주게는 만들어야지. 혼인하자."

지금까지 태흘이 지켜 온 것을 포기해야 할지도 모르는 일이었다. 수련을 황후로 만드느라 생긴 틈으로 귀족들은 매섭게 파고들 것이었다.

차마 입을 열지 못하는 수련을 물끄러미 보던 태흘이 잡고 있는 수련의 손을 자신의 입술에 갖다 댔다.

"그들이 휘두르는 대로 휘둘릴 너는 아니지 않나?"

이미 모든 것을 정한 듯 말을 꺼내는 태휼은 거침없었다. 진심이 담긴 눈을 보면서 더는 거절할 수 없었다. 태휼을 위해서라면 후궁보다는 당당히 황후로 머물고 싶은 욕심 또한 있었다.

　언제나 참기만 하고 숨기기만 하였다. 이제는 그러고 싶지 않았다.

　황후가 되라는 말을 하면서도 태휼은 조용히 수련의 답을 기다렸다. 말없이 태휼의 손을 보던 수련이 고개를 끄덕였다.

　"말도 잘 듣고, 착하다."

　어린아이를 타이르는 듯한 말에 수련이 미간을 모았다. 그것도 잠시, 태휼이 안도하는 기색에 어두운 표정을 지운 수련은 옅은 미소를 지어 보였다. 그에게 고운 모습만 보여 주고 싶고, 좋은 일만 해 주고 싶었다.

　단단히 붙잡고 있는 손만큼이나 시선이 강하게 얽혀 들었다.

❀　❀　❀

　부겸의 걸음이 멈추었다.

　눈앞에 보이는 모습에 내쉬던 숨조차도 멈췄다.

　마지막으로 보았던 위태롭고 불안한 모습은 어디에도 없었다. 태휼의 손을 꼭 붙잡은 채 보여 주는 미소가, 그가 보아 왔던 수련으로 보이지 않았다.

　태휼이 무슨 이야기를 했는지 안 된다며 수련은 걱정하는 얼굴로 고개를 젓기도 하였고, 조심스럽게 말을 하기도 하였다. 태휼을 외면하던 시선은 어디에도 없었다.

"왜……."

언제나 태휼보다 한발 뒤에 있는지 이해할 수 없었다. 수련을 마음에 담은 후부터 조금도 주저하지 않았고, 그녀의 마음 안으로 들어가려 최선을 다했었다.

그런데 왜 자신이 아닌가. 분명 끊어진 인연이었다.

"언제나 왜 저만 폐하께 모든 걸 내어 드려야 한단 말입니까?"

태휼의 손을 보던 수련이 조심스럽게 고개를 끄덕였다. 무슨 허락을 받은 것인가? 수련의 대답에 태휼의 표정이 여느 때보다도 밝았다.

저런 모습을 보기 위해 여기까지 달려온 것이 아니었다. 쉴 틈도 없이 연주의 온 곳을 돌아다니고 그녀의 어미에게 사람을 붙인 것이 아니었다.

곁을 지키다 보면, 그녀에게 자신의 마음을 보여 주다 보면 기회는 올 것이라 굳게 믿었었다.

"위랑은 폐하께서도 놓을 수 없는 여인이었겠지요."

굳건히 지키고 있던 믿음이 무너졌다.

태휼을 보며 미소 짓는 수련을 부겸이 오랫동안 바라보았다.

"이번만큼은 소인도 놓지 못하겠습니다."

무거운 숨을 내쉰 부겸이 몸을 돌렸다.

차갑게 내려앉은 눈으로 걸어가는 그의 걸음에는 조금의 주저도 없었다.

十三章
함께하다

이비의 궁 앞에 매달린 목 없는 시신은 썩을 대로 썩었고, 문드
러질 대로 문드러져 있었다.

처음 일주일 내내 이비는 아무것도 먹지 못한 채, 한비의 시신을
보며 구역질만 연신 해 댔었다. 보고 싶지 않다며 발악을 해도, 황
제가 보낸 내관들은 이비가 시신을 보도록 철저히 감시하였다.

해가 떠오르고 인기척이 느껴지자 이비가 힘겹게 몸을 일으켰다.
푸석해진 피부에 퀭한 눈이 예전의 미색은 완전히 사라진 지 오래
였다. 음식을 먹으려 해도 넘어가지 않았고, 눈을 감으면 머리가
없는 한비가 그녀의 목을 졸랐다.

"아!"

있어야 할 한비의 시신이 없었다. 자신도 모르게 벌떡 일어난 이
비가 창을 향해 달려갔다.

밖의 내관들이 목 없는 시신 위에 하얀 천을 올려 끈으로 단단히

묶고 있었다. 어두웠던 이비의 얼굴에 그제야 화색이 돌았다. 헝클어진 모습을 정돈할 생각조차 하지 못한 채 궁 밖으로 뛰쳐나왔다.

궁을 포위하던 병사들까지 하나둘 떠나는 모습이 보였다.

"폐하께서 날 용서해 주신 것인가?"

떠나는 병사를 붙잡으며 이비가 물었다. 평소였다면 절대 그러지 않았을 행동이었지만 넉 달 동안의 끔찍한 형벌로 이미 그녀의 이성은 넝마가 된 상태였다.

이비의 물음을 무표정으로 넘긴 병사가 다른 이들과 함께 궁 밖을 나갔다. 자신의 말을 무시하는 병사의 행동에 이비가 발끈한 사이, 궁으로 들어온 내관이 이비의 앞에 멈추었다.

내관의 손에 든 교지를 보는 이비의 눈에 빛이 감돌았다.

어서 읊으라는 듯이 이비가 내관 앞에 무릎을 꿇었다.

참으로 긴 시간이었다. 충분히 반성할 만큼 반성도 했고, 자신의 잘못이 무엇인지도 알았다. 하물며 눈엣가시 같은 한비도 죽었으니 이번만 잘 넘기면 그녀의 세상이었다.

"이비를 냉궁으로 보내 유폐한다. 그곳에서 비의 죄를 되새기며 자숙하라."

입꼬리가 올라가던 이비의 얼굴이 그대로 굳었다. 내관이 교지를 접자, 뒤에서 기다리던 내관이 이비의 양팔을 붙잡았다. 사색이 된 이비가 몸부림을 쳤다.

"무언가가 잘못되었다. 이건 아니야!"

"뭐 하는 것이냐! 죄인을 어서 냉궁으로 끌고 가지 않고!"

"이거 놓아라! 폐하를 뵈어야겠다! 폐하께 직접 말씀드리겠단 말이다!"

이마의 핏줄이 도드라지도록 소리를 질렀지만, 누구도 그녀의 소리에 귀를 기울이지 않았다. 궁을 빠져나와 끌려가는 이비의 옷이 찢기고 엉망이 되었지만 그녀를 끌고 가는 내관들은 눈썹 한 번 찌푸리지 않았다.

　　빠져나오려 했지만, 잡혀 있는 팔이 조금도 움직일 수 없었다. 헝클어질 대로 헝클어진 채 끌려가던 이비의 눈에 승정궁으로 부지런히 들어가는 내관과 궁녀의 무리가 보였다.

　　"저들은 왜 저리로 들어가는가? 승정궁은…… 승정궁은 출입이 금지되지 않았는가?"

　　"……."

　　"대답만 해 주게. 그럼 내 조용히 따라가겠네."

　　몸부림을 치는 이비를 고깝지 않은 눈으로 보던 내관이 퉁명스레 입을 열었다.

　　"승정궁의 새 주인이 오실 것이니 준비를 해야 하지 않겠습니까?"

　　새주인이라는 말에 이비의 눈이 커졌다. 멍청한 황후가 죽은 후, 철저히 버려져 있던 곳이었다. 그런데 새로운 주인이라니 그사이, 간택령이라도 내렸다는 것인가.

　　"자! 어서 가시지요."

　　"새, 새 주인은 누구인가! 그것만! 그것만 알려 주게."

　　걸음을 재촉하려던 내관이 거듭 물어보는 이비의 행동에 눈살을 찌푸렸다. 어서 이 죄인을 가두고 승정궁을 감독하러 가야 했다. 황제의 눈 밖에 난 후궁 따위가 문제가 아니었다. 새로이 승정궁으로 들어오는 황후가 될 여인에게 눈도장을 찍으려면 승정궁을 정리하는 틈에 자신도 끼어야 했다.

"위랑께서 들어오실 곳이오."

가쁘게 내쉬던 이비의 숨이 멈추었다. 반항하던 몸에 순식간에 힘이 빠져 버렸다. 충격으로 터진 핏줄로 붉어진 눈에서 한 방울씩 피가 떨어져 내렸다.

힘없이 끌려가는 이비의 얼굴에 천천히 분노가 자리 잡았다.

✽　✽　✽

"팔을 조금 더 들고, 시선은 정면을 봐야지."

객주에서의 일이 끝난 후, 태휼은 민 부인에게로 수련을 되돌려 보냈다. 그리고 삼 일 후, 무진을 데리고 온 태휼은 민 부인과 할 이야기가 있다며 모두를 내보냈다.

같이 있고 싶었지만 잠시면 된다는 말에 나간 것이 조금 전이었다.

무슨 이야기를 하는지 귀를 기울여도 들리지 않았다. 문에 조금 이라도 가까이 다가가고 싶었지만 앞을 단단히 지키는 무진 때문에 그마저도 쉽지 않았다.

"누님."

현의 물음에 상념에서 벗어난 수련이 어색한 미소를 지었다.

무슨 말이 오가는지는 알 수 없었지만, 태휼을 믿었다. 해 줄 수 있는 이야기라면 대화가 끝난 후에라도 알려 줄 터, 호기심을 접으며 수련이 다시 현에게 눈을 돌렸다.

눈이 보이지 않는 것이 무색할 정도로 능숙한 손으로 민 부인이 태휼의 앞에 차를 내밀었다. 그가 잔을 받아 들자 몇 걸음 뒤로 물러난 민 부인이 몸을 숙였다.

"오늘은 황제로 온 것이 아니니 일어나라."

"다른 목적으로 오셨다 한들 소인에게는 폐하이십니다. 어찌 그리하겠습니까?"

나이 든 여인에게서 그가 마음에 둔 여인의 모습이 겹쳐 보였다.

"수련이 누굴 닮았는지 보이는군."

태흉의 입에서 나오는 딸의 이름에 민 부인의 입가에 옅은 미소가 감돌았다. 신분이 있는 사내라는 생각은 했지만, 황제라고는 꿈에도 알지 못했다. 조용히 자리를 지키는 민 부인을 보던 태흉이 들고 있던 찻잔을 내렸다.

"짐의 욕심으로 그대에게서 딸을 두 번이나 빼앗게 되었다. 그대에게 미안하게 생각한다."

여상환의 사생아로 끌고 갔었던 것이 한 번, 그리고 이제 그녀를 황후로 만들기 위해 한 번 더 민 부인에게 수련을 데리고 와야 했다. 후계를 이을 자식이 없는 재상이 수련을 자식으로 받아들이기로 하면서 사생아라는 문제는 해결할 수 있었다.

"수련이 재상의 딸로 받아들여져도, 소인에게는 여전히 귀한 딸입니다. 능력 없는 어미와는 달리 도움이 되는 분께 보내는 것이니 서운할 일도, 안타까워할 일도 없습니다."

단호히 꺼내는 말에 조금의 주저도 없었다.

황후와 똑같았던 국대부인과는 확실히 달랐다.

자신의 자식이 아니라며 수련을 버려도 상관없을 여상환이 왜 악착같이 수련과 민 부인을 데리고 있었는지 조금은 알 것 같은 기분이었다.

"곧바로는 어렵지만 그래도 한 달 안에 도성으로 올라오게 될 것이다. 수련이 원할 때마다 입궁하게 할 터, 그때까지는 떨어져 있더라도 감수해 줬으면 싶다."

서늘하고 단호한 말투였지만, 그 안에서 느껴지는 것은 수련을 향한 배려였다.

며칠 만에 돌아온 수련은 더는 힘들어하지도, 지쳐 보이지도 않았다. 죄송하다는 말을 하며 품에 안겨 오는 딸에게서는 전에 없던 생기가 느껴졌다.

그것만으로도 자신은 충분했다.

"소인은 딸에게 해 준 것이 없습니다. 그리고 소인의 가문도 또한 그렇습니다."

민 부인의 말에 태휼이 눈을 좁혔다. 태휼의 분위기가 바뀌자 민 부인이 자신도 모르게 숨을 들이마셨다. 여지를 주듯이 말을 걸어도 결정적인 부분에서는 사람의 목을 옥죄는 위압감이 느껴지는 사내였다. 수련이 마음에 담기는 했으나 쉬운 사내는 아닐 터, 그럼에도 저런 사내가 먼저 수련을 원한다 말했으니 허언은 아닐 것이었다.

"수련으로 덕을 보려는 민가를 신경 쓸 필요는 없다는 건가?"

여상환과의 혼인이 깨어진 후, 민가는 서서히 몰락해 갔다. 어떻게든 다른 가문과의 혼약으로 재기를 노렸지만 그마저도 뜻대로 되지 않은 후였다. 말을 듣지 않았던 딸이 낳은 사생아가 황후가 된다는 것을 알면 수를 쓸 터, 민 부인은 그걸 사전에 잘라 내라는 말을 하고 있었다.

"현명하게 키우려 했지만 어미가 부족하여 딸아이에게 힘든 짐만 짊어지게 하였습니다."

"그녀는 단 한 번도 그대를 원망한 적이 없었다."

"정이 많아 제가 소중히 여기는 것에는 무모할 정도로 지켜 주려 애쓰는 여린 아이입니다. 조심하는 법을 가르친다는 것이, 견디고 또 견디는 법만 배우게 한 부족한 어미입니다. 그럼에도 폐하께 감히 부탁드립니다."

"말하라."

"언젠가는 지금 보이지 않는 흠이 보일 수도 있고, 부족한 모습에 눈살을 찌푸리실 수도 있을 것입니다. 그럼에도 어여삐 여겨 아껴 주십시오. 어미로서 드릴 부탁은 그것뿐입니다."

자신이 하고 싶어 하는 일은 단 한 번도 입 밖으로 꺼내지도, 표현도 하지 않던 딸이었다.

그랬던 딸이 처음으로 욕심내는 정인이었다. 하물며 황제 또한 딸과 같은 뜻이라면 민 부인은 더는 여한이 없었다.

"짐이 더 절박하게 원하는 여인인데 아끼지 않을 리가 있는가. 황제이기 전에 사내로서 약조하겠다."

담백한 말이었지만 대답으로는 충분하였다. 눈으로 보이지는 않았지만 태휼을 향해 민 부인이 깊게 몸을 숙였다.

대화가 길어지자 수련이 언제나처럼 마루에 자리를 잡았다. 불어오는 바람에 몸을 맡기며 수련이 눈을 감았다. 바람을 느끼던 수련의 입가에 옅은 미소가 감돌았다.

얼마 전만 해도 먼 곳에서 지켜보는 그의 기척에 정신없이 산을 올랐었다. 끝났다는 것을 알면서도 사람의 마음이라는 것이 생각하는 대로 정리되지 않았었다.

끝났다고 생각했었던 관계.

"왜 여기에 있지?"

어느새 다가온 그가 뒤에서 수련을 껴안았다. 등에서 느껴지는 따뜻한 체온에 수련이 미소를 지었다.

"이야기는 끝나셨어요?"

수련의 어깨에 턱을 기댄 태휼이 편안한 숨을 내쉬었다. 허리를 팔로 끌어오자 수련이 등을 그의 가슴에 가깝게 붙였다. 그의 심장 고동이 작은 등으로 생생히 느껴졌다.

끝났다고 생각했던 인연은 어느새 단단히 서로에게 묶여 있었다.

"네가 누구를 닮았는지 알겠더군."

태휼의 말에 수련이 고개를 돌렸다. 가라앉은 그의 눈을 보던 수련이 힘없이 미소를 지었다. 어깨를 감싸고 있는 태휼의 팔을 손으로 감싼 수련이 눈을 감았다.

"여상환은 언제나 제가 그를 닮았다고 그랬었죠."

"사람 볼 줄 모르는 놈이 욕심만 많아서 전부 제 것이라 했겠지. 황제인 내 눈을 믿어라. 넌 민 부인을 많이 닮았다."

단호한 태휼의 말이 심란한 수련을 다독였다. 전에는 서늘하고 단호한 그의 어조가 두렵고 꺼려졌건만, 이제는 그의 말에 위로받고 웃을 수 있었다. 한번 가지기 시작한 욕심은 점점 자신조차 겁이 날 정도로 마음 깊숙이 퍼져 갔다.

"어머니와 무슨 이야기를 하셨어요?"

술을 마시지도 않았건만, 품에 안긴 여인에게서 나는 살내음이 그를 취하게 하였다. 마음 같아서는 당장 황궁에 데려다가 즉위식부터 준비하게 하고 싶었지만, 그건 자신만을 위한 이기적인 결정이 될 뿐이었다.

"부인의 허락도 없이 널 재상의 양딸로 보내게 된 거에 미안하다고 했을 뿐이다."

"어머니께서 뭐라고 하셨어요?"

"재상의 양딸로 가게 되어도 자신의 귀한 딸이라더군."

태휼의 대답에 수련이 그럴 줄 알았다는 것처럼 입꼬리를 올렸다. 태휼에게 완전히 몸을 맡긴 수련이 그의 체온을 조용히 느꼈다. 내내 핍박당하며 힘들게 살았어도 누구보다도 강한 민 부인이었다.

"다른 이야기는요?"

"없었다."

"그런데 그렇게 길게 계셨다고요?"

수련의 물음에 어깨에 입술을 묻을 뿐, 더는 말하지 않았다. 더는 말하지 않자 닦달하는 대신 수련이 다시 정경을 향해 고개를 돌렸다.

무슨 말이 오갔는지 모르지만 싫은 말은 아닐 것이었다. 태휼이나 민 부인이나 모든 이야기를 꺼내는 성격은 아니었기에 마음속 깊이 호기심을 억눌렀다.

기분 좋게 불어오는 바람 외에 다른 소리는 들리지 않았다. 오랜 시간 말없이 서로의 체온에 몸을 맡긴 채, 앞의 정경을 보기만 했다.

"태휼."

"음."

"부족하지만 잘할게요."

속삭이는 목소리였지만, 말하는 어조는 여느 때보다도 또렷했다. 그녀를 안고 있는 팔에 힘을 주며 태휼이 눈을 감았다. 미친 듯이 몰아치던 살기가 그녀의 앞에서는 사그라졌다. 채워지지 않던 공허

가득히 들어온 여인, 그렇기에 그녀가 필요했다.

"있는 그대로도 충분해."

"무슨 일이 있어도 곁에 있을게요."

도망치려 했던 과거를 사과하듯 수련은 곁에 있겠다는 말을 종종 하였다.

어떤 고백보다도 더 설레는 말에 태휼의 입가에 진한 미소가 생겨났다.

❄ ❄ ❄

사공은 자신의 앞으로 도착한 물건을 보며 눈을 좁혔다.

사공이라는 자리만 지켰을 뿐, 현재 그의 상황은 끈 떨어진 연과 같았다. 그의 세력이 완전히 없어진 것은 아니었지만, 주축이었던 이들은 태휼의 명으로 한직으로 물러난 후였다.

재기를 노려 보려 했지만 태휼의 눈이 곳곳에 있는 상황에서 쉽지 않았다. 하물며 태휼이 연주에서 다시 만난 위랑을 황후로 들이겠다는 선언을 한 후였다.

"아직 쓸모가 있다는 건가?"

어디서부터 손을 대야 할지 막막한 순간 부겸이 사공을 향해 손을 내밀었다. 부겸이 보낸 상자에 있는 건 검은색의 작은 병, 그 안에 든 것이 무엇인지는 묻지 않아도 알 수 있었다.

"그깟 계집이 무엇이라고 그토록 믿어 온 폐하를 저버릴 생각을 다 하신 것이오?"

마치 부겸이 앞에 있는 것처럼 그의 물음이 허공을 헤맸다. 부겸이 먼저 손을 내밀었다면 사공으로서는 거절할 이유가 없었다. 한동안 앉아 있던 사공이 머릿속으로 그림을 그려갔다.

"문성공은 같이하기에는 폐하와 너무 닮았지."

하물며 같은 여인을 마음에 담은 것까지도 똑같았다. 차이라면 태휼은 선두에서 모두를 끌어오는 식이었고, 부겸은 한 걸음 뒤에서 사람을 흔드는 식이라는 것뿐이었다.

부겸이 완전히 태휼을 등졌다는 건가? 만약 위랑을 향한 집착으로 그리한 것이라면 사공에게는 기회였다.

"적당히 권좌에 올리고 이용할 수만 있다면 앞으로의 일은 어려울 것이 없을 텐데 말이지."

하지만 부겸만을 믿고 움직이기에는 그가 태휼과 각별한 사이였다는 것이 마음에 걸렸다.

위랑이 황후로 정해진 지금, 사공이 끌고 올 세력은 하나뿐이었다.

"다시 도성으로 들어올 기회를 저버릴 민가가 아니지."

가문의 오점이라며 버렸던 여식이 낳은 사생아가 황후가 된다는 사실만으로도 민씨 가문은 이미 혼란일 것이다. 사생아를 죽이려 했던 과거는 그들에게 중요하지 않았다. 그들에게 중요한 것은 민의 성을 받은 여인이 황후가 된다는 것뿐이었다.

탁자에 놓여 있는 종을 흔들자, 밖에 있던 이가 조용히 걸어왔다.

"서신을 하나 써 줄 테니 발이 빠른 이를 준비시켜라. 서둘러야한다."

사공의 말에 고개를 숙인 이가 바쁜 걸음으로 방을 나갔다.

태휼이 이미 손을 썼을 수 있지만, 권력에 맛이 들 대로 든 가문을 충동질하는 일은 어렵지 않았다.

어차피 엇갈린 관계, 이비가 황후가 될 수 없다면 결국 사공이 가문을 위해 가야 할 방향은 달라야 했다. 여상환이 했던 일을 그가 하지 못할 리가 없었다.

권좌의 주인을 바꾸는 일.

성공한다면 사공의 앞날은 더는 걱정할 필요가 없었다.

부겸이 준 약병을 바라보는 사공의 눈에 위험한 빛이 감돌았다.

※　※　※

"사공의 목줄을 완전히 끊어 버리면 그를 따르던 이들이 들고 일어설 것입니다."

민 부인의 일을 끝낸 태휼이 마지막으로 향한 곳은 재상이 머물고 있는 연주의 고택이었다. 인사를 하려는 수련에게 쉬고 있으라며 침소로 보낸 태휼이 재상의 보고를 들으며 눈을 좁혔다.

"그들을 달랠 최선은 위랑을 황후가 아닌 후궁으로 들이는 것이지만, 그러실 폐하가 아니시지 않습니까?"

후궁이라는 말에 살기를 드러내는 태휼을 보며 재상이 고개를 저었다. 황궁에서는 위랑을 잡아먹지 못해 안달이었건만, 이제는 누가 그녀에게 해코지라도 할까 싶은지 이를 바짝 세우고 있었다.

저리 귀하게 여길 것이었다면 진즉 아끼고 보듬었으면 되었을 것을, 굳이 애꿎은 이들만 고생 아닌 고생만 내내 하였다.

'지금이라도 잘되었으니 다행이지만 말이지.'

흐르는 피조차도 얼음일 거라 생각했던 태휼이 수련의 곁에 있을 때만큼은 완전히 다른 사람이 되었다. 디디는 발걸음조차 잘못

될까 봐 꼭 붙잡은 손에 한시도 그녀에게서 떨어지지 않았다.

다른 이들에게는 바늘조차 들어가지 않을 차가운 표정으로 짧은 답을 하는 것이 전부였지만, 모든 것에서 그녀만은 예외인 듯 십수 년 만에 재상은 처음으로 태휼도 편안히 웃을 줄 아는 사내라는 것을 알게 되었다.

"재상의 양딸이기 전에 여상환의 사생아로 더 알려진 그녀다. 외척이 된 그대가 조용히 있다면 그들 또한 섣불리 목소리를 높이지는 못할 터, 설명 여론을 모아 반대를 하더라도 그녀를 죽이려 했었던 일을 겉으로 꺼내면 쉽게 달려들지는 어려울 것이다."

설령 달려들더라도 흠이 없는 이들은 없었다. 권력에 기생하여 이익을 얻은 그들은 제압하는 일은 어렵지 않았다.

이제는 그들이 적의를 드러내는 것보다 수련이 그의 곁에서 사라지는 일이 두려운 태휼이었다.

"수련을 황후로 세우는 일은 변하지 않는다. 그러니 그대는 그에 맞게 준비해라."

태휼의 말에 재상이 깊게 고개를 숙였다. 하지만 잠시 후, 고개를 든 재상이 주저하듯 조심스럽게 말을 꺼냈다.

"폐하께서 누구보다도 문성공을 믿으시는 것은 알고 있습니다."

"그 이야기는 꺼내지 마라."

태휼이 재상의 말을 단칼에 잘랐다. 수많은 형제와 사촌의 목을 베었음에도 태휼은 부겸만큼은 다르게 대하였다. 신뢰하는 영천왕의 아들이라는 것도 이유였지만, 부겸은 태휼의 적의에서 언제나 벗어나 있었다.

하지만 이번만큼은 재상도 물러날 생각이 없었다.

"사공을 살려 놓으신 건 실은 문성공을 시험하려 하심이 아닙니까?"

"……."

"이미 폐하께서도 아시겠지만 문성공이 사공과 서신을 주고받았다는 정황을 찾아냈습니다. 수를 쓰기 전에 먼저 움직이셔야 하옵니다."

재상의 말에도 굳게 다문 입은 열리지 않았다. 대부분의 황족이 태휼의 등을 돌렸을 때, 부겸만큼은 곁을 지켰었다. 여상환의 술수에 흔들리는 듯했으면서도 결국 부겸이 선택한 사람은 태휼이였다.

"문성공이 누구를 마음에 두고 있는지 아시지 않습니까?"

"그만."

"여인을 잃은 사내는 때로는 굶주린 맹수보다도 위험한 법입니다. 그 날카로운 이빨을 어찌 달래려 하시는 것입니까? 지금 문성공을 멈추게 할 사람은 누구도 없습니다."

"……."

"버리셔야 하옵니다."

재상의 말을 듣던 태휼이 불쾌한 듯 입꼬리를 올렸다. 태휼에게 저주를 퍼붓는 황족부터 억울하다며 살려 달라는 이들까지 후환을 될 자를 제거하는 일에 단 한 번도 주저한 적이 없었다.

수련을 향한 감정을 숨기지 않았던 부겸이였다. 하물며 태휼이 놓았던 수련을 찾으려 사람까지 풀었던 부겸이였다. 부겸이 태휼에게 적의를 가지는 순간, 가장 큰 위협이 될 것이 틀림없었다.

"폐하. 수련 아가씨께서 드셨사옵니다."

침소에서 쉬라고 했건만, 그녀의 성격에 그것 또한 쉽지 않았을 터였다. 현명하고 강했지만, 자신이 지키고자 하는 것에는 무모할 정도로 애쓰는 여인, 그녀의 어미가 말한 대로 수련은 뛰어난 장점만큼이나 그 장점이 약점이 될 수 있는 여인이었다.

"폐하."

"부겸의 일은 덮어라. 그리고 수련을 들라 하여라."

남녀 간의 관계로는 절대 인정할 수 없어도 수련이 부겸에게 가지고 있는 호감까지 상처 입히고 싶지 않았다.

적어도 황궁으로 돌아가기 전까지는 모든 걸 잊고 편안히 있게 해 주고 싶을 뿐이었다.

문을 열고 들어오는 수련을 향해 태휼이 미소를 지었다. 그의 미소를 보던 수련의 눈이 곱게 휘었다.

✽　　✽　　✽

조금 전까지 냉정한 조언을 건네던 재상의 입에서 나온 말에 태휼이 눈을 좁혔다. 그새 살기 어린 눈으로 바뀐 태휼이 재상을 노려보았지만, 오랫동안 태휼의 곁에 있던 재상은 눈 하나 깜짝하지 않았다.

"짐을 놀리고자 함인가?"

"양딸을 황후로 들이는 일을 어찌 농으로 하겠습니까? 그러니 석 달은 소인이 데리고 있으면서 황후로 필요한 것을 가르치겠습니다."

목 끝까지 욕지거리가 치밀었지만 손을 잡은 수련을 생각하며 간신히 억눌렀다.

"일부러 수련이 온 후에 이야기를 꺼내는 것이었군."

"소인도 살길 하나는 마련해야 하지 않겠습니까?"

"폐하."

재상의 앞이었기에 이름을 부르지는 않았지만 수련이 그의 손을 힘껏 붙잡았다. 하루도 곁에 떼 놓을 수 없거늘 재상은 대담하게 석 달을 자신을 데리고 있겠다고 말하고 있었다.

"그게 아니면 간택령을 내리셔서 직접 데리고 가시든지요? 아, 물론 그것도 최소한 일 년은 필요로 하지 않겠습니까?"

"해보자는 것인가?"

"폐하. 안 돼요. 참으세요!"

당장에라도 재상을 향해 나가려는 태휼을 수련이 간신히 붙잡았다. 재상이 왜 그러는지 알기에 뭐라 말할 수는 없었지만 석 달이나 떨어져 있으라니 수련으로서도 선뜻 그러겠다 말할 수 없었다.

"넉 달도 떨어져 계셨으면서 고작 석 달이 길다고 이 늙은이를 쥐 잡듯 잡으시는 것입니까?"

"당장 데리고 가도 시원찮거늘 아버지라는 자가 이리 고깝게 나오는 건가?"

"아이고. 딸아. 폐하께서 이 늙은이를 죽이시려고 하는구나."

예전에 짧게 본 재상은 이러지 않았건만, 이렇게 능구렁이처럼 태휼을 흔드는 모습은 또 처음이었다. 졸지에 양아버지와 정인 사이에서 낀 수련은 울상이 되었지만, 정작 사달을 만든 재상은 모처럼의 재미에 흠뻑 빠진 뒤였다.

아직은 어색해하는 수련을 부드러운 눈으로 바라본 재상이 화가 날 대로 난 태휼을 향해 느긋이 말하였다.

"폐하를 놀리고자 함이 아니라, 제대로 해야 다른 귀족들이 폐하께 만들어진 틈을 노릴 것이 아닙니까? 이게 전부 연모에 눈이 뒤집힌 폐하를 위한 소인의 충심에서 하는 말입니다."

"그들이 어떻게 달려들든 결국은 적의를 드러낼 터, 그들이 무서워 수련을 곁에 두지 못할 정도로 짐은 약하지 않다."

예전의 황제였다면 기꺼이 재상의 말에 동조했을 것이다. 수련이 황후로 즉위하지 못하는 석 달 동안 마음껏 귀족들을 풀어 주고 그들을 옥죌 함정을 만들었을 것이다. 하물며 그들의 방심을 유도하듯 황후보다도 먼저 후궁으로 들이는 생각조차 했을 태흘이였다.

수련의 존재가 태흘을 약하게 만들고 있다는 것이 아니었다. 다만 그녀를 곁에 둔 후부터 자신도 모르게 힘을 추구하는 그의 방식이 달라지고 있었다.

사공이나 여상환은 태흘의 변화를 꺼렸을 테지만 재상은 달랐다. 어찌 바뀌든 재미있어질 터, 저 변화가 최악으로 바뀐다면 그건 태흘의 그릇이 그 정도밖에 안 된다는 것뿐이었다.

"즐거워 보이는군."

"진심으로 즐겁습니다. 폐하께서 그동안 소인을 얼마나 괴롭히셨습니까? 황후가 될 딸과 처신을 잘하는 아들까지 생긴 것도 복이건만 이렇게나 폐하께 재미난 일을 하게 해 주시니 그저 황은이 망극할 뿐이옵니다."

모르쇠로 일관하는 재상을 보며 태흘의 눈이 무겁게 가라앉았다. 황후로 들이기 전까지 재상보다는 태흘이 아쉬운 것이 더 많았다. 황후로 들이려는 여인이 수련만 아니었다면 얼마든지 재상의 손을 들어 줬을 테지만 이번만큼은 그도 물러날 생각이 없었다.

삼 일도 문제가 심각해지는데 석 달이라니 피가 졸다 못해 생각만으로 짜증이 치밀었다.

불편한 태흘의 기색을 살피던 수련이 재상을 향해 고개를 돌렸다.

"저기 재상……."

"아버지라 부르셔야지요."

"……아버지."

아직은 낯설어하는 수련을 보며 재상이 눈을 내렸다. 여상환의 피를 받은 사생아. 하지만 그럼에도 그녀에게서 처음 마음에 담았던 여인의 모습이 보였다. 수련이 어색한 만큼 그도 아직 수련을 완전히 받아들이지는 못했지만 상관없었다.

이것이 인연이라면 인연일 터, 느지막이 얻은 딸을 아끼고 보듬어 볼 생각이었다.

"소녀가 폐하께 말씀드리겠습니다."

재상과의 태휼의 분위기가 살벌해지자 중간에 있던 수련이 앞으로 나섰다. 태휼을 응시하던 재상이 자리에서 일어났다.

"그럼 소인은 주변을 좀 둘러보고 오겠습니다. 그때까지 말을 마무리하시지요."

능청스럽게 답을 하고 나가는 재상을 외면하고 태휼이 입을 꾹 다물었다.

재상의 기척이 완전히 사라진 후, 자리에서 일어난 수련이 태휼을 향해 무릎을 꿇었다. 무릎에 머리를 기대는 수련을 태휼의 큰 손이 어루만졌다.

"걱정하지 마라. 재상에게는 이야기를 해 놓겠다."

"아니요, 태휼. 석 달이잖아요. 참을 수 있어요."

"내가 못 참아."

단호히 꺼내는 말에 약간의 틈도 보이지 않았다. 얼굴에 느껴지는 그의 손을 느끼며 수련이 눈을 감았다.

"재상의 말씀에 틀린 게 없잖아요. 석 달을 허송세월로 보내겠다는 것도 아니고 황궁에서 필요한 일을 배우는 것이니 하기 싫다며 거부할 이유가 없어요."

"수련아."

"태훌과 만나고 과분할 정도로 많은 연모를 받았어요. 이젠 저도 준비해야지요."

"내가 있는데 무엇을 또 준비한단 말인가. 저 뱀 같은 늙은이의 말에 속지 마라. 어차피 황궁으로 들어오면 그만인 일이야."

"그러기 싫어요."

주저 없이 나오는 대답에 태훌이 눈을 좁혔다. 고개를 들어 그를 바라보던 수련이 그의 품에 얼굴을 묻었다.

"전 주연처럼 무조건 잘못했다며 몸을 숙이지도, 태훌이 주는 힘에 의존하며 받들기만 하지도 않을 거예요. 당신이 힘들면 같이 힘들어할 거고, 당신이 기뻐하면 함께 기뻐할 거예요. 그러기 위한 준비라면 전 꺼리지 않아요. 그리고 당신에게 힘이 되는 일이라면 얼마든지…… 저분의 딸도 될 수 있어요."

"……."

"태훌이 없이 버틴 넉 달은 정말로 힘들었지만, 이제는 당신이 내 곁에 있으니까 괜찮아요. 제가 괜찮으면 태훌도 괜찮을 거예요."

괜찮지 않다는 말이 목 끝까지 치밀었지만, 자신을 위해 참겠다는 수련에게 더는 고집을 피울 수 없었다. 능구렁이 백 마리는 삶아 먹은 노인이었지만, 여상환과는 확실히 다른 이였다.

좀처럼 누구를 거두지 않는다는 말을 하는 노인이 제 입으로 딸이라 말한 이상, 아끼고 보듬을 것이다. 설령 다른 수를 쓰려 해도 그녀의 곁에 있을 흑영이 곧바로 태홀에게 보고할 것이니 걱정할 필요는 없었다.

일어나 있는 수련의 어깨에 얼굴을 묻은 태홀이 고개를 끄덕이자 그녀가 작은 안도의 숨을 내쉬었다.

"말도 잘 들으시고 착하시네요."

며칠 전 자신이 했던 말을 수련이 그대로 따라 하자 태홀이 실소를 지었다. 그것도 잠시, 수련과 눈을 마주친 그가 단언하듯 또렷한 어조로 말하였다.

"정확히 석 달이다. 그 이후로는 네가 무슨 말을 하든, 재상이 무슨 수를 쓰든 널 황궁으로 데려가겠다."

미소를 지은 수련이 고개를 끄덕였다.

품에 안긴 여인의 등을 두드리며 태홀이 무거운 숨을 내쉬었다.

이튿날, 태홀을 태운 마차와 수련과 민 부인을 태운 재상의 마차가 연주를 떠났다.

수련과 민 부인이 머물 처소를 제 눈으로 확인한 후에나 태홀이 황궁으로 출발하였다.

❀   ❀   ❀

태홀이 황궁으로 들어왔지만, 이비의 삶에는 변화가 없었다.

조만간 이비가 폐위될 것이라는 소문만 무성할 뿐, 그녀가 머무는 냉궁에는 그녀의 시중을 드는 궁녀 두 명 외에는 누구의 발길도 없었다.

어떻게든 태홀을 만나고자 수를 썼지만 이미 태홀에게서 버림을 받았다는 소문 때문인지 그마저도 쉽지 않았다.

"내 여기만 나가면 가만히 두지 않으리라."

특히 위랑이라는 같잖은 이름으로 태휼을 현혹시킨 그 계집만큼은 쉽게 죽이지 않을 것이다. 빛조차 들어오지 않는 습하고 어두운 냉궁, 가만히 앉아 있을 뿐인데도 입김이 새어 나오는 곳에서 이비의 눈에 살기가 맺혔다.

"이비 마마. 사공께서 마마께 가져다 드리라 하셨어요."

사가에서 은밀히 들어온 궁녀가 이비의 앞에 작은 함을 내려놓았다. 함을 열자마자 보이는 작은 병에 이비가 자리에서 주저앉았다. 놀란 궁녀가 그녀를 부축하러 왔지만 창백한 이비가 손을 저었다.

"필요 없어진 딸을 죽이실 생각이십니까?"

"이비 마마!"

이비의 말에 놀란 궁녀가 자리에서 무너졌지만, 충혈된 눈의 이비는 함의 병을 물끄러미 볼 뿐이었다.

아무리 박정한 아버지여도 바보는 아니었다. 아직 폐위되지 않은 이비는 쓸모가 있었다. 이대로 죽이기보다는 살릴 방법을 찾을 터, 문제는 그렇게 생각하기에는 어찌하라는 서신조차 없었다.

"죽일 생각이었다면 자진을 권하시는 게 아니라 음식에 독을 타 죽이시려 했을 것이다. 딸을 잃은 억울한 아버지라는 모습이 동정을 사기에는 더 좋지."

"이비 마마. 무슨……."

이비의 눈이 주저앉아 있는 궁녀에게로 향하였다. 서신이 없다는 소리는 증좌를 남기면 안 된다는 것, 하지만 이비에게 전할 말을 궁녀에게 남겼다는 것과 같았다.

"아버지께서 무슨 말을 하셨느냐? 혹 남기신 말이 없다면 최근 누구와 만남을 자주 하셨느냐?"

"이비 마마…… 저는……."

"혼을 내려는 것이 아니다. 그저 네가 본 것을 나에게 알려 주면 그만이야. 말하거라."

"따로 말씀을 하시지는 않았습니다. 다만 이 함을 주신 분이 문성공이라는 말씀을 다른 사람에게 하시는 걸 들었을 뿐입니다."

궁녀의 말에 이비의 몸에서 힘이 빠져나갔다. 하지만 곧 창백했던 이비의 얼굴에 화색이 돌았다.

"그래. 사내라면 제 것을 빼앗기고 가만히 있을 리가 없지."

"마마."

"하지만 날 제 손의 패로 쓰려 하다니, 참으로 괘씸하고 무례한 자이지 않은가!"

굴욕적이고 치욕스러워도 지금은 부겸의 손이라도 잡고 여기서 나가야 한다. 결국 서신 없이 온 병은 이비에게는 이곳을 빠져나갈 해결책이자 그녀를 시험하는 도구였던 것이었다.

독을 먹어서까지 그 자리를 지킬 자신이 있는가? 부겸이 자리에 있었다면 이비에게 그리 말했을 것이 틀림없었다.

"모두 나가거라."

"이비 마마."

안에 든 것이 무엇인지 알아야 할 이유도, 궁금하지도 않았다.

이대로 폐위되어 나가느냐? 아니면 목숨을 걸어서라도 버티느냐?

처음부터 고민할 이유는 없었다.

하얀 서신에 무언가를 부지런히 적은 이비가 병의 뚜껑을 열고 주저 없이 안에 든 것을 입에 털어 넣었다.

투둑.

"쿨럭."

바닥에 퍼져 가는 핏방울을 보며 미소를 지은 이비가 천천히 의자에서 무너져 내렸다.

❀　　❀　　❀

황제가 황궁으로 돌아온 지도 벌써 한 달이 지나 있었다.

위랑을 황후로 세우겠다는 선언에 황궁이 뒤집혔던 것도 잠시, 차근차근 진행되는 즉위식과 반대하는 대신들이 연이어 비리로 옷을 벗게 되자 반발은 천천히 사그라졌다.

"오늘 이비께서 처소를 옮기셨습니다."

"……."

자신이 지은 죄의 대가를 달게 받겠다면서 이비가 독을 마셨다. 황궁의 독이라 일주일 내내 정신을 차리지 못했지만 다행히 해약을 먹어 목숨만은 건지게 되었다.

깨어난 이비가 죄인으로 황궁을 나가느니, 귀신이 되어서라도 황궁에서 죽겠다며 발악을 하자 기다렸다는 듯 사공이 대전 앞에 머리를 풀고 석고대죄를 하기 시작하였다.

하루 이틀이면 끝날 것으로 생각했던 석고대죄가 길어지고, 지금까지의 공을 봐서 사공과 이비를 용서해 달라는 대신들의 청이 이어지자 태휼은 수련을 황후로 세우는 조건과 이비의 목숨을 구명하는 조건으로 그녀를 원래의 자리로 되돌렸다.

"이비 마마의 처소에 모시는 이들은 전부 바꾸었습니다. 조금이라도 다른 수를 쓰시려 하면 곧바로 보고하라는 명을 내렸사옵니다."

내시감의 보고에도 가라앉은 눈은 미동도 없었다.

이비를 진맥한 태의는 그녀가 마신 독이 황족들에게만 은밀히 전해지는 독 중 하나라는 말을 꺼냈다. 황제인 태휼 또한 당연히 알고 있는 독, 문제는 이비가 마신 독의 양이었다.

정확히 죽지 않을 정도의 독의 양, 그 양을 아는 사람은 태휼을 포함해서 네 명이었다. 그리고 당장 이비에게 그렇게 손을 쓸 사람은 태휼이 아는 한 하나였다.

"적의를 숨기지 않겠다는 말이겠지."

태휼의 말에 보고를 하던 내시감이 고개를 푹 숙였다. 누구인지 말하지 않았어도 누구를 말하는지 알 수 있는 말이었다.

수련이 황후로 내정된 후, 부겸이 자택에서 두문불출하고 있다는 건 알 사람은 아는 사실이었다. 하지만 알면서도 내시감은 귀를 닫았다.

"그리고 이건 수련 아가씨께서 보내오신 서신이옵니다."

내시감의 보고에 태휼의 눈이 옅게 꿈틀거렸다.

수련이 살아 돌아왔어도 태휼의 분위기는 조금도 나아지지 않았다. 아니 도리어 더 최악으로 치달았다. 지금까지 곁에서 고생했던 것을 보상받듯 재상은 태휼에게서 수련을 꽁꽁 감추었다.

내시감의 서신을 받아 든 태휼이 무거운 숨을 내쉬었다. 처음 며칠은 수련이 보내오는 서신으로 서늘한 분위기가 풀리기는 했지만 서신은 서신일 뿐이었다. 잠시나마 황궁으로 보내라는 말에도, 심지어 정무를 핑계로 재상의 자택으로 향해도, 굳게 닫힌 안채의 문은 열리지 않았다.

황후의 자질을 익히기 위함이니 참으라고 했지만, 태휼의 눈에는 그저 황제인 그에게 재상이 부리는 심술로 보일 뿐이었다.

속을 보이지 않던 태휼에게서 무거운 신음이 들려오자 내시감이 숨을 삼켰다. 태휼의 무거운 한숨에 안에 들어 있던 내관들이 자신도 모르게 몸을 움츠려 댔다.

"폐하. 밤이 깊었사옵니다. 침수 준비를 해 놓겠습니다."

"혼자 있고 싶다. 모두 나가라."

내시감의 말을 단칼에 자르며 태휼이 다시 장계로 손을 뻗쳤다. 서늘한 그를 보던 내시감이 조용히 밖으로 걸음을 옮기었다.

❀　❀　❀

잠시 이야기를 하자는 재상의 말에 수련이 차를 그의 앞에 내밀었다. 수련이 가져온 차를 마신 재상의 입가에 미소가 생겨났다.

"폐하께 서신은 받으셨습니까?"

양딸로 수련을 들였어도 존대를 하는 재상의 말투는 변함이 없었다. 말을 놓으라는 수련의 부탁에 어차피 황후로 즉위하면 결국 또 존대를 해야 하니 바꿀 이유가 없다는 말로 부탁을 거절하였다.

"바쁘신지 답은 없으셨습니다."

"바쁘셔서가 아니라 피가 달달 졸아들어서 그러겠지요. 답신이 오기 전까지는 절대 서신을 주지 마시지요. 이 아비 또한 사내이기는 하지만 사내에게는 전부를 보이실 필요도, 주실 필요도 없습니다.

특히 폐하같이 모든 걸 얻으신 분에게는 더더욱 그러한 법입니다."

재상의 말에 수련이 옅은 미소를 지었다. 무조건 자신의 말을 따르라며 다그치고 혼을 내던 여상환과는 확실히 달랐다. 황후로서 필요한 지식을 가르칠 때는 그보다도 엄격했지만, 그게 아닐 때는 수련에게 자신이 들었던 이야기를 해 주기도 하였고 그게 아니면 수련에게 이야기를 꺼내 보라고 하면서 생각을 덧붙이기도 하였다.

그러던 와중 민 부인과 재상 사이에 있었던 인연도 더불어 듣게되었다. 사람이라는 것이 알 수 없었지만 이런 식으로 인연을 맺을 줄은 생각조차 하지 못했었다.

"아버지의 말씀을 폐하께서 들으셨다면 어떻게 말씀하실지, 생각만으로도 조금은 두렵습니다."

"지금도 이 아버지를 들들 볶고 계시지요. 혹 이 아비가 원망스러우신 겁니까?"

"아니요! 아닙니다! 소녀가 부족해서 그리한 것을 어찌 그러겠습니까?"

정색하며 말하는 수련을 보던 재상이 너털웃음을 터트렸다.

늘그막에 갑작스럽게 얻게 된 딸이었지만 꺼리거나 밉지 않았다. 달라진 신분을 이용하려 하지도 않았고, 버거울 수 있는 재상의 가르침을 밀어 내지도 않았다.

제 어미와 똑같은 모습의 딸. 아비의 피를 물려받지 않은 것이 다행이라면 다행이었다.

"많이 가라앉기는 했지만 황후에 즉위하는 일로 귀족들의 반발이 심상치 않습니다."

"제가 부족한 것이 많기 때문이 아니겠습니까?"

"황후의 자리에 누가 올라가든 반발은 쉽게 가라앉는 것이 아닙니다. 혹 따님이라면 어찌 반발을 가라앉히시겠습니까?"

갑작스러운 물음에 수련이 생각하듯 고개를 숙였다. 잠시 주저하던 수련이 재상을 보며 입을 열었다.

"처소로 들어오는 자객에게 제가 다치면 되지 않겠습니까?"

대담할 정도로 무모한 말에 재상의 눈이 커졌다. 잠시 후, 고개를 숙여 가며 재상이 박장대소를 터트렸다. 재상의 모습에 놀란 수련이 조심스럽게 입을 열었다.

"혹 소녀가 잘못 대답한 것입니까?"

당혹스러워하는 수련을 보던 재상이 웃음을 멈추고는 물끄러미 그녀를 바라보았다.

태흉이 두려워 고하지 못하는 자들이 수련의 황후 즉위를 막으려 자객을 보내오고 있었다. 그걸 이용하려는 수련이 대담하기도 하고, 안쓰럽기도 하였다.

"잘못 대답하셨습니다. 자객에 의해 황후가 될 여인이 다치면 수를 쓰던 귀족들이 입을 다물겠지요. 하지만 잊으시면 안 됩니다. 폐하의 진노는 자객을 보낸 귀족들뿐만이 아니라 따님을 거둔 이 아비부터, 호위를 맡긴 흑영에, 내관들까지 모두 영향을 미칠 거라는 사실을 말이지요."

"아……."

미처 알지 못했던 사실을 알게 된 수련이 짧게 신음을 흘렀다. 당황한 수련을 보던 재상이 내려놓은 찻잔을 들었다.

"일을 꾸밀 때, 자신을 상하게 하는 일은 가장 마지막에 해야 하는 것입니다. 조만간 황후가 되실 분이 그런 위험한 생각을 품으시면 안 됩니다. 무엇보다도 따님은 여인에게 욕심을 보이지 않으시던 폐하께서 처음으로 곁에 두시겠다는 말씀을 꺼내게 만든 이가 아닙니까?"

"……제가 경솔하였습니다."

"많은 이들이 따를 것이고, 또한 많은 이들이 적의를 보일 것입니다. 언제나 잊지 말아야 할 사실은 따르는 이들을 생각하시고 아끼시어, 스스로를 아끼셔야 한다는 말입니다."

날카로운 가르침에 수련이 말문을 닫았다. 세 치 혀로 몇 번이나 목숨을 잃을 뻔했으면서도 섣불리 생각하고 판단하였다.

쉽지 않은 자리, 아직 배워야 할 것이 너무나도 많았다.

"그럼 다시 묻겠습니다. 어찌하면 귀족들의 반발을 잠재울 수 있겠습니까?"

한동안 고민하던 수련의 안색이 어느새 어두워졌다. 자신이 생각한 방법이 마음에 들지 않는지 미간을 잔뜩 모으고 있던 그녀가 잠시 후, 굳어진 얼굴로 입을 열었다.

"이비와 후궁을…… 받아들여야 할 것 같습니다."

내키지는 않았지만, 제일 나은 방법임에는 틀림없었다.

황후와 함께 후궁을 받아들인다면 귀족들의 반발은 멈출 터, 그걸 알면서도 인정하고 싶지 않았다.

"후궁까지는 받아들일 필요는 없습니다. 이비만 받아들인다면 사공이 나설 터, 이번 일로 타격을 입은 사공의 입장에서도 이비 외에 후궁이 느는 건 탐탁지 않아 할 것입니다. 내키지는 않겠지만 이비만 받아들이세요."

"……."

"꺼려지십니까?"

아니라고 말하려던 수련이 결국 깊은 한숨을 내쉬며 고개를 끄덕였다.

"황궁을 나가시겠다고 두 비에게 몸을 숙이신 적도 있지 않으십니까?"

"그때는……."

반발하려던 수련이 말을 삼켰다. 적어도 그때는 태흘에 대한 연모가 없을 시기였다. 가족을 보겠다며 발버둥을 쳐 대도 어림없다며 작은 여지조차도 주지 않았던 냉정하고 잔인한 황제로만 알았던 때였다.

하지만 지금은 아니었다. 후궁으로 태흘의 곁에 머무는 이비의 모습을 떠올리는 것만으로도 화가 치밀고 눈앞이 깜깜해지는 기분이었다. 태흘의 위치가 그럴 수밖에 없다는 것을 알면서도 어느새 생겨 버린 투기에 자신도 모르게 그녀를 흔들어 대고 있었다.

"이비를 받아는 들이되 여지는 주지 마시지요."

심란해하는 수련을 보던 재상이 대수롭지 않게 말을 꺼내었다.

"어쨌든 이비는 따님보다는 황궁에 노련한 여인이지요. 그녀에게 적의를 드러내시라는 말씀이 아닙니다. 받아는 들이되 그녀에게 흔들리지는 마십시오. 이비에게 당했다면 참지 마시고 그대로 갚아 주시라는 말씀입니다. 그게 황후입니다."

진심 어린 조언이 마음속 깊숙이 들어왔다. 해가 저물 때부터 시작된 대화는 밤이 깊을 대로 깊어진 다음에나 끝이 났다.

"아가씨! 이제 나오세요?"

수련이 나오자 밖에서 기다리던 정화가 쪼르르 그녀에게 달려왔다. 수련이 재상의 자택에서 머물자 태율은 시중을 들던 정화와 궁인 몇을 뽑아 그녀의 곁으로 보내 줬다. 살아 계셔서 다행이라며 펑펑 울음을 터트리는 정화에게 수련은 몇 번이나 미안하다는 말을 계속했었다.

"좀 늦어졌네요."

"아가씨. 말씀을 놓으시지요. 그리고 정화 넌 행실에 조심하라 하지 않았느냐!"

믿을 수 있는 이라며 보내온 엄 상궁은 활발한 정화와는 달리 말수가 거의 없었다. 그럼에도 황궁에 오래 머문 자의 연륜 때문인지 한마디, 한마디 꺼내는 말에 무게가 느껴지는 여인이었다.

정화가 고개를 푹 숙이자 수련이 상궁을 향해 눈을 내렸다.

"제가 편한 대로 그래서 그래요."

"조만간 황후가 되실 아가씨이십니다. 작은 일이라도 다른 이들에게는 허점이 될 수도 있는 법, 아랫사람들에게는 말을 놓으시지요."

"그리하겠습니…… 그리하겠네."

아직은 어색한 말투로 수련이 답을 하였다. 아직 황궁에 들어가기 전에도 이렇게 힘든데, 들어가고 나서는 또 얼마나 고된 일이 계속될지 가늠조차 할 수 없었다.

그럼에도 시간이 서둘러 갔으면 하는 바람도 있었다. 품에 남기고 간 그의 온기가 아직도 생생했지만, 직접 보는 것과 서신을 주고받는 건 확연히 달랐다. 잠시라도 얼굴을 볼 수 있다면 좋으련만, 하지만 일부러 신경을 써 주는 재상에게 그런 고집을 부릴 수 없었다.

"역시 어렵네요."

수련의 미소에 굳어졌던 상궁의 눈매가 부드럽게 풀렸다.

귀하게 여기고 제 몸처럼 아끼라는 엄명을 듣고 모시게 된 여인이었다. 아직 배워야 할 일이 더 많았지만, 다른 귀족들과는 사뭇다른 여인을 모시게 된 것이 엄 상궁에게도 나쁜 일은 아니었다.

"그럼 침소로 돌아가시⋯⋯."

말을 잇는 엄 상궁의 팔을 수련이 힘껏 잡아끌었다. 무슨 일이냐며 묻기도 전에, 그녀가 있던 자리에 날카로운 표창이 박혔다. 어느새 나타난 세 명의 흑영과 병사들이 그녀의 주변을 둘러쌌다.

그리고 흑의로 온몸을 가린 이들이 주변을 포위했다.

"아가씨를 모시게."

"아니요. 이곳에 있겠습니다."

어설프게 움직이려다가는 병사들의 동선이 흐트러질지도 모른다. 자객이 한두 번도 아니었고 이제는 그러려니 하였다.

재상의 말대로 누가 황후가 되든 찬성하는 이와 반대하는 이가모두 있었다. 태휼의 곁에 머물겠다고 한 이상 자신이 감당해야 할일이었기에, 자객을 보는 수련의 눈이 차분히 가라앉았다.

자객 따위에 흔들리지 않는다. 그녀의 눈이 목숨을 노리고 달려드는 자객을 향하였다.

병사와 흑영을 제친 자객이 목표를 향해 검을 올렸다.

이대로 계집의 목만 베어 버리면 그가 맡은 임무는 끝, 곧 어마어마한 포상이 그에게 주어질 터였다. 하지만 검이 목으로 향하기직전에 계집의 넓은 옷소매가 펄럭였다.

"윽!"

들고 있던 검을 놓친 자객이 몸을 빼려 했지만, 어느새 자객에게로 다가온 수련이 목을 움켜잡은 후였다. 그녀의 다리에 자신의 다리가 얽혔다는 것을 감지하기도 전에 붕 뜬 몸이 바닥에 곤두박질쳤다.

자객이 기절하자 수련이 다른 방향을 향해 몸을 돌렸다.

자신을 지키는 것도 모자라 데리고 있는 궁녀까지 지켜 내는 수련을 보며 흑영이 고개를 절레절레 저었다.

'누가 누구를 지킨단 말인가.'

검술은 보지 않았기에 알 수 없었지만 체술은 무진에 맞먹었다. 죽이지만 않을 뿐, 작정하고 움직였다면 어떻게 죽었는지도 알 수 없게 목숨을 거둘 만한 실력이었다.

생각보다도 많은 수 때문에 종종 그녀를 향해 밀고 들어오는 자객이 있었지만 그때마다 여지없이 수련의 손이 자객을 노리며 움직였다.

"후우."

흑영이 어찌 보는지 알지 못한 채, 공격해 오는 자객을 쓰러뜨린 수련이 가쁜 숨을 내쉬었다. 하지만 곧 쓰러진 자객에게서 단검을 꺼낸 수련이 기척이 느껴지는 방향으로 몸을 돌렸다.

"아?"

분명 자객의 기척을 느꼈었다. 그런데 그녀가 느꼈던 자객은 이미 등에 긴 검상을 입은 채, 고통스러운 신음을 삼키고 있었다. 흑영이나 병사가 했다고 생각하기에는 뒤에서 느껴지던 기척이 전혀 없었다.

순식간에 일어난 일에 눈을 좁힌 사이, 이번에는 흑영과 병사들 사이에 있던 자객 몇이 온몸에 피를 뿜으며 바닥에 곤두박질쳤다. 자객을 제거하던 흑영이 수련을 바라봤지만, 그녀 또한 모르겠다는 얼굴이었다.

자객을 없애던 움직임이 멈추자, 상황이 불리하다 판단한 자객들이 등을 돌려 도망가기 시작하였다. 하나둘씩 자리를 빠져나가자 병사들이 자객을 쫓으려 하였다.

"쫓지 마라!"

병사를 붙잡듯 흑영이 소리치자 달려가던 걸음이 멈추었다. 어차피 도망가는 자객을 붙잡아 봤자 얻을 수 있는 정보는 없었다. 돈만 주면 누구든지 목을 베는 이들이었다. 그들에게 증좌가 남아 있을 리가 없었다.

더군다나 혹여 병사들이 자리를 비운 사이, 새로운 자객이 들이닥친다면 그것만큼 최악의 상황이 없었다.

"시신을 치운다! 서둘러라."

병사들에게 명을 내린 흑영이 수련을 향해 고개를 숙였다. 평소였다면 고개를 숙이는 흑영에게 감사하다는 말을 꺼냈을 수련이 지금만큼은 다른 곳에 완전히 정신이 팔려 있었다.

"아가씨."

"……."

"아가씨!"

수련을 따라 정화가 눈을 돌렸지만 보이는 건 아무것도 없었다.

"아무것도 없는데요. 뭐가 보이시는 거예요?"

"네? 아! 미안해요. 뭐라고 하셨죠?"

무언가에 혼이 팔린 듯 시선을 고정하던 수련이 정화의 물음에 어색하게 답하였다. 물어 보았자 대답을 듣기에는 어려운 상황이라 판단한 정화가 호기심을 삼켰다.

"병사들이 시신을 치운다고 하니까 어서 처소로 가세요."

"좀 도와 드리는 게 낫지 않을까요?"

"아가씨께서 처소로 가시는 게 도와 드리는 거예요. 어서요!"

혹여 수련이 다른 생각을 할까 싶었던 정화가 서둘러 옷자락을 붙잡았다. 정화에 이어 엄 상궁까지 재촉을 해 대니 더는 고집을 피울 수 없었다.

그녀와 흑영의 안내를 받으며 걸어가던 수련이 다시 느껴지는 기척에 고개를 돌렸다.

자객을 저지하면서도 느끼지 못했던 떨림이 서서히 그녀를 채워 갔다. 다른 사람들이 있는 상황에서 입 밖으로 꺼낼 수는 없었지만 분명 이 기척을 가진 사람은 그뿐이었다.

마치 그녀에게만 존재를 알리려는 것처럼 짧게 느껴지는 기척에 수련이 희미한 미소를 지었다. 혹여 정화나 엄 상궁에게 들킬까 싶은 수련이 붉게 달아오르는 얼굴을 푹 숙였다.

❀　❀　❀

잘 준비를 하던 정화가 수련을 보며 고개를 갸웃거렸다.

자객과 만난 일이 있는 이후부터 수련이 이상했다. 열려 있는 창문을 하염없이 보기도 하였고, 입고 있는 침의를 몇 번이고 확인하기도 하였다.

혹 무슨 일이 있으시냐고 물어도 아무것도 아니라며 고개를 저었지만 분명 숨기는 무언가가 있었다.

"아가씨."

정화의 물음에 창을 보던 수련이 무슨 일이냐는 듯 고개를 돌렸다. 이번에야말로 수련이 무엇을 숨겼는지 알아내겠다는 굳은 의지로 정화가 말하려는 순간, 엄 상궁의 손이 정화의 입을 막았다.

"실은…… 읍! 읍!"

"아가씨. 이만 물러나겠습니다."

정화의 말문을 단단히 막은 엄 상궁이 고개를 숙였다. 평소였다면 무슨 일이 있느냐며 멈추었을 수련 또한 오늘은 무슨 연유에서인지 그녀의 말에 고개를 끄덕였다.

엄 상궁과 정화가 나가자 수련이 조용한 걸음으로 닫힌 문으로 다가갔다. 마치 약속이라도 한 것처럼, 문을 지키던 병사도 어둠 속에 몸을 숨기던 흑영도 없었다.

애써 침착하려던 심장이 제멋대로 뛰기 시작하였다. 괜찮다며 참아 왔지만 벌써 한 달이었다.

끼이익.

문을 여는 소리조차도 크게 들리는 것처럼 입 안이 바짝 말랐다. 혹시 그가 오는 와중에 누가 지나가기라도 한다면 그건 그거대로 난감한 일이었다.

주변에 인기척이 확실히 없는 것을 확인한 수련이 열었던 문을 닫았다. 하지만 문이 닫히기도 전, 먹이를 채 가듯 억센 손이 그녀를 뒤에서 껴안았다.

"아!"

다시 열리려던 문이 그의 손에 단단히 닫혔다. 누가 올지도 모른다는 말을 꺼내기도 전에 그녀의 몸을 돌린 그가 달콤한 숨결을 토해 내는 입술에 자신의 입술을 묻었다.

서늘한 피부에 느껴지는 열기가 살을 태우듯이 뜨거웠다. 그동안의 갈증을 토해 내듯 감긴 혀에서 섞이는 체액을 남김없이 빨아들였다.

"흐읍."

입 안에 자신을 새기듯 까칠한 혀가 여리한 살을 훑어 내기도, 고른 치열을 어루만지기도 하였다. 수련이 가쁜 숨을 힘들게 내쉬자 그의 입술이 붉게 달아오른 아랫입술을 담뿍 삼켰다.

"태, 태휼."

오랜만에 듣는 목소리가 간신히 억누르고 있던 욕망을 거세게 부추겼다. 이를 세워 작은 입술을 잘근 깨물었던 그가 열기로 가득 찬 눈으로 품 안의 여인을 바라보았다.

"하아."

잠시나마 그가 놓아주자 수련이 길게 숨을 내쉬었다. 얇은 침의 안에 느껴지는 작은 몸피도, 코끝을 흔들어 대는 그녀의 살내음도 모두 그만의 것이었다.

그도 모르게 작은 목에 얼굴을 묻고 약한 살을 빨아들였다. 수련은 이대로 그와 함께하고 싶기도 했지만, 한 달 만에 만나는 그를 제대로 보고 싶었다.

목에 묻고 있는 그의 얼굴을 손으로 감싸자 태휼의 눈이 수련을 향하였다.

어디가 끝인지 알 수 없을 정도로 깊게 가라앉은 검은 눈, 그 눈

너머로 느껴지는 열망이 수련을 삼키지 못해 안달이 나 있었다.

"그동안 잘 지내셨어요?"

"아니."

침의 너머로 보이는 하얀 속살을 보던 태휼의 눈이 떨렸다. 황제의 체면이고, 권위고 지금만큼은 어떤 것도 필요 없었다. 태휼이 다시 품 안을 파고들려 했지만 놀란 수련이 그의 어깨를 붙잡았다.

"무슨 일 있으셨어요?"

"음."

수련의 물음에 태휼의 미간이 모아졌다. 일이라면 충분히 있었다. 이제는 자신의 여인이건만 그놈의 법도가 또 무엇이며 황후로서 준비해야 할 일이 무엇이 그렇게 많기에 볼 수 없었던 건지, 생각할수록 속에서 화가 치밀었다.

대답하는 대신 침의를 묶고 있는 옷고름에 손을 먼저 가져갔다. 대답은 하지 않고 옷부터 벗기려는 그의 행동에 수련이 눈을 모았다.

"태휼은 저 안 보고 싶으셨죠?"

"죽을 거 같아."

"네?"

흘러내리는 침의로 아슬아슬하게 몸을 가린 수련이 붉게 달아오른 얼굴로 태휼을 올려다보았다. 아무것도 모른다는 얼굴로 바라보는 맑은 눈이 그를 다시 흔들었다. 그녀의 오금과 겨드랑이를 파고든 팔이 수련을 가볍게 안아 들었다. 흘러내리는 침의 너머로 보이는 가슴의 굴곡과, 그 위에 작게 피어 있는 연분홍빛 유두가 달빛에 곱게 비쳤다.

침상에 그녀를 눕힌 태휼이 위로 올라탔다. 침의 너머로 보이는 둔덕에 더운 입술이 닿자 수련이 파르르 몸을 떨었다.

말을 걸어도 더는 통하지 않을 분위기에 결국 수련이 몸을 가리고 있던 침의를 스스로 벗었다. 홍조를 띤 얼굴로 그에게 허락의 손길을 내미는 순간, 굶주리고 있던 짐승이 기꺼이 그녀에게 달려들었다.

입고 있던 옷이 힘없이 바닥에 떨어졌다. 나신을 감추려는 여인의 허리를 두꺼운 팔로 감싸 자신의 몸 안으로 끌어당겼다.

"하아."

곱게 파인 쇄골에 입술을 묻고 혀로 핥자 녹아들 듯 부드러운 피부가 작게 떨었다. 어깨를 잡고 있던 손이 담뿍 쥐어지는 가슴을 한 움큼 가득 쥐었다.

가슴 위에 작게 핀 꽃을 손가락으로 비틀자, 짧은 신음 소리와 함께 그녀가 손으로 입을 막았다.

"막지 마."

"하지만…… 누가 오면…… 하웃."

붉어지는 몸만큼이나 그녀의 입에서 흘러나오는 신음소리가 그를 유혹하는 듯 이성을 흔들어 댔다. 거듭 들어도 싫지 않건만, 입을 막으려는 수련의 팔을 붙잡아 머리 위로 올렸다.

가쁜 숨을 내쉬는 가슴골에 얼굴을 묻으려던 태휼이 갑자기 행동을 멈추었다.

"태휼. 왜요? 무슨 일……."

속삭이던 수련이 느껴지는 기척에 숨을 삼켰다. 소리 없는 비명을 지른 수련이 태휼에게 빠져나오려 했지만, 아무리 바동거려도 그에게서 벗어날 수 없었다.

"이거 놔주세요! 지금이라도 나가야 한다고요!"

당황한 수련이 소리 없이 입을 뻥끗댔지만 말없이 창을 보던 태휼이 그녀를 향해 입꼬리를 올렸다.

바동거리던 몸이 경직되었다. 안 된다며 말하려는 순간, 굶주린 그가 다시 그녀에게 달려들었다.

❀　❀　❀

안채로 걸어오던 재상이 온몸을 훑고 지나가는 살기에 걸음을 멈추었다.

"이제 겨우 한 달이건만 그걸 못 참으셔서 오셨습니까?"

혹시나 하는 마음에 찾아온 걸음이었건만 결과는 역시나였다. 언제나 시중을 들던 엄 상궁과 정화라는 궁녀는 물론이고 주변을 지키는 병사조차도 없었다. 사람의 목숨을 쥐락펴락하듯 찍어 내리는 저런 살기를 가진 사람은 재상이 아는 한 황제인 태휼밖에 없었다.

"재상. 오늘은 돌아가시는 것이 어떠하신지요?"

어느새 나타난 흑영이 재상을 향해 몸을 숙였다. 수련의 처소를 지키던 이들이 여기까지 나온 것을 보면 한계는 한계였던 듯싶었다.

이제야 좀 혈색이 돌아온 딸을 그새를 못 참고 괴롭히려 하다니 조금은 고깝게 보이기까지 하였다.

흑영의 제지에도 한 걸음 더 걸어가자 태휼의 살기가 더 강하게 재상의 목을 졸랐다.

"비들에게 손도 대지 않으시기에 여인에게 관심이 없는 줄 알았더니만 아주 내 딸은 한입에 털어 먹으시려 하는군."

"재상! 말씀을 낮추시지요."

"어차피 듣고 계시겠지만 전하시게. 아직까지는 내 딸이니 적당히 취하시라고 말일세."

안 된다는 수련의 목소리가 얼핏 들리기는 했지만 찰나였다. 불이 꺼진 방을 보던 재상이 고개를 저으며 몸을 돌렸다.

젊은 사내와 여인의 연모를 늙은 자신이 어찌 막을 수 있겠는가. 하물며 제 것에 대한 소유욕만큼은 타의 추종을 불허하는 황제였다. 마음까지 준 정인이니 정인의 살내음에 흔들리지 않을 사내는 없을 터, 그저 내일 아침에는 딸의 모습을 볼 수 있기를 바랄 뿐이었다.

안채로 가려는 시종을 물리며 재상이 천천히 자신의 처소로 걸어갔다.

❀　❀　❀

목을 뒤로 젖히는 수련에게서 열에 들뜬 신음이 새어 나왔다.

재상의 기척이 사라지는 순간부터 그를 막는 건 아무것도 없었다. 한 달이나 떨어져 있었지만 그가 남겼던 흔적과 열기가 각인처럼 몸에 남아 있었다. 부끄러워 제대로 보지도 못하는 은밀한 곳에 손을 넣은 그는 거침없이 안으로 들어왔다.

"흐윽."

안을 헤집는 손가락의 감촉이 예민한 내벽을 거침없이 희롱하였다. 까칠한 손가락으로 긁어 내렸다가도, 어떨 때는 부끄러워하는 그녀를 달래듯 조심스럽게 애무하기도 하였다.

자신의 입에서 나오는 신음이 부끄러워 입술이라도 물고 버티려 하면 열기를 가득 담은 입술이 그 위에 포개졌다. 그의 손길에 속수무책으로 젖어 드는 여성만큼이나 색에 잠겨 드는 신음이 방을 채웠다.

"하웃."

부끄럽다는 생각조차 온몸을 채워 가는 열기에 촉촉이 잠겨 들었다. 다급히 그녀를 안으려 했던 행동이 꼭 속이기 위한 술수였던 것처럼, 그의 행동은 거칠기는 했지만 서두르는 기색이 없었다. 달금한 숨을 삼키듯 거듭 입술을 맞추던 그가 아직 솜털이 남아 있는 귓불을 질근 깨물었다.

자신도 모르게 수련이 잡고 있는 그의 어깨에 손톱을 세워 박았다.

"태……휼."

힘겹게 터져 나오는 그의 이름에 태휼이 힘든 눈썹을 꿈틀댔다.

당장에라도 그녀에게 자신을 묻으라고 충동하는 남성을 억지로 참아 냈다. 아직은 아니었다. 밤은 길었고, 흐트러진 모습으로 혼란스러워하는 그녀는 눈이 멀어 버릴 것처럼 곱고 매혹적이었다.

"제발…… 흐윽."

수련의 눈가에 맺혀 있는 눈물을 그가 삼켰다. 여성을 지분거리던 손을 빼자 손가락 가득 맑은 애액이 묻어 나왔다. 그의 손에 묻은 자신의 흔적에 수련의 얼굴이 붉게 달아올랐다.

젖어 있는 손가락을 그가 혀로 핥자 수련이 눈을 질끈 감았다.

"그러지 마세요! 그건…… 하앗."

하지 말라며 몸을 일으키려는 수련의 가슴을 다른 손이 담뿍 움켜잡았다. 소담한 가슴에 그의 손자국이 붉게 새겨졌다. 손가락에 묻어 있는 액을 먹은 그가 탐욕스러운 미소를 지어 보였다.

저런 모습을 보일 때마다 그가 여느 때보다도 거칠어진다는 것을 알고 있는 수련의 얼굴이 창백해졌다. 본능적인 느낌에 수련이 태휼에게 손을 뻗으려는 찰나, 그의 손이 오므리던 허벅지를 붙잡았다.

"안 돼요! 거기는…… 제발."

다리를 오므리는 것으로 그를 막으려 했지만, 이미 단단히 잡힌 다리는 조금도 움직일 수 없었다.

"흐윽. 하아악."

촉촉이 젖은 여성 깊숙이 들어오는 혀에 수련이 몸을 떨었다. 누구에게도, 하물며 자신조차 제대로 본 적이 없는 곳이었다. 그런 곳에 그가 얼굴을 묻고 촉촉이 젖은 애액을 빨아들이고 있었다. 안된다며 발버둥을 쳤지만, 빠져나오기는커녕 더욱 깊숙이 혀가 밀고 들어왔다.

예민한 여성 깊숙이 느껴지는 열기와 욕망이 부끄러움을 이겨냈다. 반항하던 몸짓이 어느새 그의 머리카락에 손을 파묻고 색에 젖은 신음을 연신 토해 내고 있었다. 언제나 서늘했던 그녀의 작은 몸피가 델 듯이 뜨거워졌다.

충분히 준비되자 여성에 묻었던 얼굴을 들었다. 몇 번이고 그녀를 품에 안고 또 안았건만, 저 모습으로 바라볼 때마다 그를 완전히 흔들어 댔다.

가쁜 숨을 내쉬는 수련의 이마에 입술을 갖다 대었다. 그를 위해 제 힘껏 다리를 벌리고 있었지만 이대로 들어갔다가는 고통에 눈썹을 찌푸릴 것이 분명하였다. 그를 조금이나마 수월하게 받아들이도록 허벅지를 붙잡은 그가 천천히 젖은 여성에 남성을 가져갔다.

"흐읏."

다시 입술을 깨물려 하는 수련의 입술을 그가 자신의 입술로 덮었다. 그를 받아들인 것이 처음도 아니었건만, 미간을 찌푸린 수련은 여전히 시작을 버거워하였다.

남성이 움직이려 하자 그녀도 모르게 그의 남성을 힘껏 움켜쥐었다. 생생하게 느껴지는 여린 내면의 감촉에 그의 미간이 꿈틀댔다.

나락으로 빠져드는 기분이 이런 것이라면 거부하고 싶지 않았다. 매끄러운 둔부를 붙잡은 그가 천천히 허리를 움직였다. 가쁜 신음을 내쉬던 수련이 고개를 돌리자 매끄러운 목이 그의 시야 가득 들어왔다.

그녀의 목에 입술을 묻자 생생히 뛰는 맥이 느껴졌다. 그만의 여인, 품에 안을 때마다 그녀가 주는 만족이 미약처럼 그를 미치게 하였다.

"흐윽."

천천히 시작되었던 움직임은 고통에 젖어 있던 여인의 신음이 달게 바뀌면서 점점 빠르게 몰아쳤다. 끝없이 몰아치는 전진과 후퇴 속에서 그가 움직이는 대로 그녀가 맞춰 갔다. 폭풍이 몰아치듯 서로의 입에서 나오는 더운 숨이 방을 뜨겁게 달구는 듯하였다.

살이 부딪치는 소리만큼이나 격한 숨소리가 엉켜 들어갔다. 서로만의 존재를 확인하는 유일한 시간, 격하게 몰아치는 열락이 절정을 이루는 순간 사내의 굵은 팔이 여인의 허리를 붙잡고 자신을 밀착시켰다.

"하악."

여전히 생소한 감각이 여성으로 시작하여 온몸을 지배해 갔다. 여성에서부터 가득 채워지는 그의 흔적에 수련이 몸을 떨었다. 편안한 숨을 내쉬며 그가 수련의 가슴골에 얼굴을 묻었다.

그를 받아 내느라 지친 그녀의 위에서 내려와야 했지만 그러기에는 수련의 살내음이 미치도록 좋았다. 깊게 살내음을 맡은 그가 몸을 내리려는 찰나 수련의 팔을 그를 감쌌다.

"잠시만…… 잠시만 이대로 있어 주세요."

"무거워."

"안 무거워요. 잠시만요."

힘이라고는 하나도 없는 목소리였지만, 그를 진정시키기에는 충분한 속삭임이었다. 달큼한 살내음에 몸을 맡기며 태휼이 눈을 감았다.

❋ ❋ ❋

기절하듯 잠들어 있던 수련이 깼는지 감고 있던 눈을 떴다.

정신을 차리려 손을 들던 수련이 온몸에 밀려오는 고통에 미간을 찌푸렸다.

"더 자."

나지막이 들려오는 목소리가 눈을 깜박이던 수련이 고개를 올렸다. 잠에서 깼는지 턱에 머리를 기댄 채, 태휼이 수련을 물끄러미 바라보고 있었다.

"왜 벌써 일어나셨어요?"

낮게 가라앉은 목소리에 깃든 걱정이 그를 미소 짓게 하였다. 저 모습에 흔들려 몇 번이나 품에 안아 버렸다. 거듭된 정사는 지칠 대로 지친 수련이 정신을 놓듯 힘없이 품에 안긴 후에나 끝이 났다.

태흘의 큰 손이 수련의 뺨의 닿자 힘없는 미소가 생겨났다.

"조금이라도 쉬셔야죠."

"난 이게 쉬는 거다."

그의 생애, 여인에게 이렇게까지 빠져들 거라고는 생각하지 못했었다. 홀로 침수를 드는 일에 익숙해져 있었건만, 고작 몇 달 사이에 그녀가 곁에 없는 것으로도 지독히도 공허한 기분이 들었다.

"아직 어둡다. 더 자도 돼."

"이미 깼는걸요."

눈을 비비며 수련이 태흘의 품 안으로 들어왔다. 부드럽게 안겨드는 여체에 눈썹을 작게 꿈틀거렸지만, 다시 생기려는 열망을 이성으로 억지로 잠재웠다.

수련을 달래는 것인지, 다시 열기가 차오르는 하부의 남성을 달래려는 것인지 태흘의 손이 작은 어깨를 천천히 어루만졌다.

"이비가 제 처소로 돌아갔다."

"아……."

지친 그녀에게 말하고 싶지 않은 내용이었지만 이젠 그녀도 알아야 할 일이었다. 이런 분위기에서 꺼내고 싶진 않았지만 그녀에게 더는 황궁의 상황을 숨길 수 없었다.

"네가 황후가 되기 전에 정리하고 싶었건만, 독한 목숨이 죽지 않을 정도로만 독을 먹고 살아났더군. 직위를 박탈하고 폐서인으로 내보내고 싶었건만, 목숨을 걸고 한 도박이 황궁에서 통하였다."

"이비는 받아들여야 할 거라고 아버지께서도 말씀하셨어요. 귀족들의 반발이 심하니 이비를 받아들이는 대신 황후의 자리에 오르라고 하시더라고요."

"황족들이 쓰는 독이었다. 정확히 죽지 않을 양만 음독했더군. 이비가 그 양을 알 리가 없지."

태휼의 품에 몸을 맡기고 있던 수련이 자리에서 몸을 일으켰다. 그럴 리가 없다는 눈이 태휼을 바라보았지만 그의 눈은 여전히 어둡게 가라앉아 있었다.

태휼의 눈을 오랫동안 바라보던 수련이 무거운 한숨을 내쉬었다. 아니기를 바랐건만, 태휼이 말해 주는 상황은 그녀의 바람과는 달랐다.

"문성공이 이비의 뒤에 있다는 말씀이군요."

"재상이 부겸의 이야기는 꺼내지 않았나 보군."

"달갑지는 않아도 이비를 받아들이라는 말씀만 하셨어요. 제가 양딸이 되기는 했지만 그렇다고 과거가 바뀌는 건 아니니까요."

"재상은 네가 황후가 되기 전에 부겸을 제거하라고 말했었다."

태휼의 말에 놀란 수련의 말문이 막혀 버렸다. 차마 더는 말을 잇지 못하는 수련을 태휼의 눈이 조용히 응시하였다. 부겸을 걱정하는 수련의 모습이 탐탁지는 않았지만, 예전처럼 불같이 화가 치밀지는 않았다.

수련의 마음이 자신에게 있다는 것을 알고 있기 때문일 터, 그럼에도 왠지 모를 심술이 생겨나는 것은 그 또한 사내이기 때문일 것이었다.

"넌 내가 어찌 처리를 해야 된다고 생각하지?"

수련의 눈이 태흘의 눈을 조용히 응시하였다. 말없이 바라보던 수련이 태흘의 뺨에 자신의 손바닥을 갖다 댔다.

"폐하께서는 이미 답을 가지고 계시는 것 같아요."

수련의 대답에 태흘의 입가에 미소가 생겨났다. 예전에는 어찌 그리 엇갈렸는지 이해가 되지 않을 정도로 마음을 연 수련은 태흘의 생각을 잘 읽어 냈다. 내관이나 대신들이 그러했다면 불쾌하고 화가 났을 테지만 마음을 준 여인이 그러하니 그마저도 기분이 좋았다.

"이리 와."

태흘이 팔을 올리자 일어나 있던 수련이 품 안으로 안겨 왔다. 어깨를 가리는 긴 머리카락을 어루만지며 태흘이 입을 열었다.

"난 좀 부겸을 부러워했던 것 같다."

생각지 못한 말에 놀란 수련이 묻고 있던 얼굴을 들어 태흘을 바라보았다. 그런 수련의 정수리에 턱을 기대며 그가 말을 이었다.

"난 누군가에게 하자는 말을 꺼내는 것보다 스스로 움직이는 걸 좋아하지. 그에 반해 부겸은 주변의 도움을 제법 잘 끌어오는 편이다. 누구의 방법이 정답이라고는 할 수 없지만 내 방식은 반발을 많이 사는 반면 부겸의 방식은 상대의 호의를 얻어 내는 데 어려움이 없지. 내 성격으로는 부겸의 방식은 어려운 일이야."

단 한 번도 자신에 대해 먼저 말을 꺼내는 법이 없는 그였다. 하물며 태흘은 자신의 본심을 꺼내는 이가 아니었다. 그랬던 그가 수련에게 자신의 본심을 말하고 있었다.

"대신 태흘의 방식은 따르는 사람에게 신뢰를 주실 수 있잖아요. 태흘이 앞서 나가니 아무리 위험한 일이어도 다들 기꺼이 따르잖아요."

"너를 포함해서 말인가?"

그의 물음에 수련이 미소를 지었다. 물음에 답을 하지는 않았지만 미소만으로도 대답은 충분하였다.

"피에 미친 황제에, 광기에 정신을 놓은 황제라는 말을 들어도 부겸은 언제나 내 편에 있었다. 다른 사촌이나 심지어 형제들마저도 권좌에 앉을 나에게 검을 겨눌 때, 부겸은 그래도 내 곁에서 내 명을 따라 주었지."

"……."

"무모한 수일지는 몰라도 믿어 볼 생각이다."

그의 본심을 들은 다른 이들은 위험한 생각이라며 뜻을 거두라는 말을 할 것이다. 실제로도 무모하고 어리석은 일이었다. 적의를 드러낸 황족, 그것도 상위의 황위 계승권을 가진 부겸을 감수하겠다는 생각 자체가 태휼에게는 위험한 일이었다.

그럼에도 태휼은 뜻을 거둘 생각이 없었다.

"만약 태휼의 생각이 잘못되었다면요?"

수련의 물음에 태휼이 고민하듯 한동안 말이 없었다. 머리카락과 등을 어루만지는 다정한 손길만이 계속되던 중에 그가 입을 열었다.

"내 생각이 잘못되었다면 결국 내가 감수해야겠지."

"같이 감수하셔야죠."

당돌하게 나오는 대답에 그가 고개를 숙였다. 수련이 태휼을 보며 고운 미소를 지어 보였다. 그녀의 눈을 조용히 응시하던 그가 피식 실소를 지었다. 주저 없이 나온 대답이 차갑기만 하던 그의 마음에 온풍을 불게 하였다.

충동으로 제 손아귀에 가두었던 여인이 어느새 그와 같은 곳을 보며 그의 생각을 가장 잘 이해해 주는 정인이 되어 있었다. 누구도 다가올 수도, 다독여 줄 수도 없었던 그의 마음속 깊이 수련이 다가왔다. 다정하면서도 단호한 말이 그의 생각에 힘이 되었다.

"그래. 같이."

고운 곡선을 그리는 입술에 입술을 묻었다. 입을 열어 그를 받아들이던 수련이 연신 달콤한 숨을 내쉬었다.

"좀…… 쉬셔야지요. 이리 무리하시면……."

엉킨 혀에서 쉬어야 한다는 말이 거듭 나왔지만, 태휼은 대답하는 대신 수련과 밀착하는 것을 선택했다.

"달다."

"……하아."

몸은 고단했지만 태휼이 원하기에 밀어 내고 싶지 않았다. 다가오는 그를 받아들이듯 수련이 그의 목에 팔을 감았다. 그녀의 허락에 조심스러웠던 몸짓은 점점 더 과격하게 흘러갔다.

깊은 밤이 흐르고, 새벽해가 떠오를 때까지도 서로를 탐하는 몸짓은 계속되었다.

"아얏."

따뜻한 물에 몸을 담그려던 수련이 신음을 삼켰다. 엄 상궁의 심부름에 뒤늦게 목간으로 들어온 정화가 수련의 몸을 보며 비명을 질렀다.

"아가씨!"

놀라는 정화에게 괜찮다며 미소를 짓기는 했지만, 물에 들어가는 것조차 주저할 정도로 몸에 남겨진 흔적들이 아팠다. 몰래 집 안으로 들어온 태흘에게 안긴 것이니 힘들다는 내색조차 하면 안 되었지만, 그러기에는 온몸 곳곳에 남아 있는 멍과 열꽃이 좀처럼 가라앉지 않았다.

"소리를 낮추어라."

"황은이라 하시더니 폐하께서는 아가씨를 잡아 드신 것입니까? 피멍이며 잇자국까지 목간이 아니라 의원을 부르셔야 하는 것이 아닙니까!"

"목소리를 낮추라 하였다!"

엄 상궁의 엄포에 항변을 하던 정화가 입을 다물었다. 하지만 황은이 저런 것인 줄은 꿈에도 상상하지 못하였다. 한 달 내내 고운 피부에 상처 하나 생기지 말라며 지극정성으로 시중을 들었건만, 황제의 방문 한 번에 온몸이 상할 대로 상해 있었다.

"곧 가라앉아요. 걱정하지 마요."

"그래도……."

"내가 말한 것이나 어서 가져와라."

엄 상궁의 말에 정화가 가져온 병을 내밀었다. 마개를 연 엄 상궁이 따뜻한 물에 내용물을 천천히 부었다. 물이 뿌옇게 변하면서 나는 향에 수련이 눈을 좁혔다.

"타락입니다. 몸의 열꽃을 가라앉히는 데 도움이 될 것입니다."

"이리 귀한 것을 어찌 물에 섞는단 말입니까? 며칠만 두면 가라앉을 것을 괜한 짓을 하셨습니다."

각 지역에서 후궁으로 들어온 여인들이 황궁을 가득 채웠을 때는 먹을 타락조차 구하기 힘들었던 적도 있었다. 피부를 하얗게 해 준다는 말에 매일 목간을 해 대는 후궁들로 인해 오죽하면 타락으로 목간하는 것 자체를 금지했던 시기도 있었다.

특히 이비와 한비는 서로 경쟁하듯 사가에서 타락을 들여와 몸단장을 해 대기도 했었다. 두 비가 쓰던 양에 비하면 비교조차 할 수 없을 정도로 적었건만 타락이라는 말에 수련이 손을 저었다.

"황은을 받으신 몸입니다. 어찌 소홀히 대할 수 있단 말입니까? 많은 양도 아니고, 조금만 만져 드리면 한결 나아지실 것입니다."

나아질 것이라는 말에 수련이 흔들렸다. 여전히 피부는 따가웠지만 그래도 엄 상궁이 손으로 만져 주니 한결 나아졌다. 미간을 찌푸리던 얼굴에 그제야 화색이 돌았다.

수련에게 오기 전까지 수많은 후궁의 시중을 들었지만, 황제가 이렇게까지 흔적을 남기는 여인은 수련이 유일했다. 정치적인 의도가 아닌 진심 어린 마음으로 그녀를 황후로 세우려 함일지도 모른다는 생각이 들었다.

"오늘은 쉬시는 것이 좋겠습니다. 재상께는 소인이 말씀드리겠습니다."

"아니요. 괜찮아졌으니 그대로 하겠습니다. 어찌 사사로이 그리하겠습니까?"

"이 상태로 거듭 안기시면 피부에 난 생채기가 흉이 될 수도 있습니다. 오늘만큼은 소인의 말을 따르시지요. 그리고 다시 말씀드리지만 앞으로 아가씨를 모실 이들입니다. 말을 놓으시지요."

딱딱하게 느껴질 정도로 단호한 말이었지만 틀린 말은 없었다.

아직 남녀 간의 일에 무지한 수련이 부끄러워 묻지 못하는 것을 먼저 말해 주는 엄 상궁이 내심 고맙기까지 하였다.

"고맙습니…… 고맙네."

그녀보다도 나이가 많은 이에게 말을 놓기가 쉽지 않았다. 목간을 끝낸 후, 새 의복으로 단장한 수련의 저고리에 엄 상궁이 홍옥 노리개를 달았다. 푸른 매듭에 세 개의 홍옥이 달린 노리개는 화려한 문양이 있지는 않았지만 시선을 끌게 하는 기품이 있었다.

"홍옥은 액을 막고 고운 아기씨를 가지시라는 의미로 다는 것입니다."

아기씨라는 말에 수련의 얼굴이 목간에 들어갈 때보다도 더 붉게 달아올랐다. 아직 혼인을 하지도 않은 처자가 아기라니, 그런 의미의 노리개를 달 수는 없었다.

당혹스러워하는 수련의 얼굴을 보던 엄 상궁이 괜찮다는 듯 미소를 지었다.

"처녀가 홍옥 노리개를 하고 있으면 액을 막으라는 의미만 있을 뿐입니다. 다만 아가씨께서는 황은을 입으셨으니 아기씨를 욕심내셔도 되지 않겠습니까?"

사내를 모르는 것도 아니었건만, 홍조가 오른 수련은 더는 말을 꺼내지 못하였다. 모든 치장을 끝낸 수련이 목간에서 나와 처소를 향해 걸음을 옮겼다.

하지만 그것도 잠시, 수련의 걸음이 멈추었다.

"아가씨."

수련이 걸음을 멈추자 엄 상궁과 정화의 걸음 또한 멈추었다. 사람이라고는 전혀 없는 곳에 시선을 두던 수련이 엄 상궁을 향해 고개를 돌렸다.

"잠시 혼자 걷고 싶소. 자리를 좀 비켜 주시게."

"아가씨."

"잠시면 되네."

수련의 말에 엄 상궁이 고개를 숙였다. 정화와 궁녀를 데리고 그녀가 완전히 사라진 후, 수련이 천천히 계단을 내려왔다. 사람의 모습이라고는 전혀 없는 곳에 서 있는 그를 수련이 말없이 바라보았다.

시선과 시선이 마주했다. 전의 밝았던 모습은 어디에도 없었다.

무모한 선택일지도 모르지만 태휼은 그를 믿겠다고 하였다. 날카로운 그의 적의가 자신을 향하게 되더라도 태휼은 자신이 감수하겠다는 말을 하였다.

태휼이 그를 믿는다면 그녀 또한 믿었다.

"문성공."

수련의 부름에 부겸이 미소를 지었다.

＊　　＊　　＊

오랜만에 본 수련은 밝아진 표정만큼이나 여유가 느껴졌다.

화색을 도는 하얀 얼굴에 엷게 띤 홍조가 참으로 고왔다. 입가에 살짝 맺힌 미소가 굳이 어떻게 지냈느냐고 묻지 않아도 답을 알 수 있었다.

"어찌 들어오신 것입니까? 혹 아버지를 뵈러 오신 것입니까?"

"재상은 내가 이곳에 있는지 모르오. 알았다면 당장 직접 나와 날 데려갔겠지."

"그럼 어찌……."

"자객들에게 섞여 들어오는 게 어려운 일은 아니더군."

"아……."

시선을 피하지 않는 수련을 보며 부겸이 가까이 다가갔다. 여느 여인이었다면 다가오는 사내의 존재에 몸을 사리거나 떨었을 테지만 부겸을 보는 수련은 그대로였다.

바로 앞까지 다가간 부겸이 수련을 조용히 응시하였다.

"내가 자객을 보냈을지도 모르는데 이리 평온해도 괜찮은가?"

"어제의 자객들은 소녀를 죽이는 데 실패했으니 만약 문성공께서 그 자객의 배후에 계셨다면 오늘 이렇게 오시지 않으셨겠죠."

수련의 대답에 부겸이 힘없이 실소를 터트렸다. 약할 때는 한없이 약하면서도 주저 없이 자신의 생각을 말할 때의 그녀는 사내 못지않은 강함이 느껴졌다. 온화한 분위기 안에 깃들어 있는 그녀만의 빛이 여느 때보다도 고와 잠시도 눈을 뗄 수 없었다.

"폐하의 앞에서 의견을 또렷이 말하는 그대가 신기했지. 사내들도 버거워하는 폐하의 앞에서 여인이 그럴 수 있을 거라고는 생각하지 않았거든."

부겸의 말에 수련이 눈을 내렸다. 하루하루가 숨을 쉬는 것조차 답답할 때, 부겸과의 대화에서 잠시나마 여유를 찾았다.

"소녀가 무모했던 것이겠지요."

"태화전에서 그대를 두 번째로 만났던 날, 폐하께 그대를 달라는 부탁을 했었지. 내 부탁에 대한 답변은 위랑이 자신의 여인이니 다가가지 말라는 것이었네."

"……."

"그런데 나도 모르게 다가가고 있었더군. 그대라면 함께하는 것도 나쁘지 않다고 생각했었어."

한 걸음 떨어져 있던 부겸이 수련의 바로 앞까지 다가왔다. 그녀만의 향이 부겸의 코끝을 간질였다. 수련은 부겸에게 아무것도 느끼지 못한다고 했었다. 그토록 미운 말만 토해 내는 태휼에게는 흔들려도 부겸만큼은 아니라며 밀어 내기만 하였다.

그런데도 그녀를 놓을 수 없었다. 그녀의 마음이 자신이 아닌 태휼에게 향해 있다고 몇 번이나 말했어도 포기가 되지 않았다.

"한 번만 날 안아 줄 수 있겠나?"

"문성공."

"그럼 지금 하려는 모든 일 포기하지."

부겸의 말을 들은 수련의 눈이 커졌다. 흔들리는 눈이 의도를 살피듯 부겸을 보았지만, 그는 말을 꺼냈을 때와 조금도 변화가 없었다. 한 번만 여지를 주면 모든 것을 버리겠다는 부겸을 향해 수련이 손을 뻗었다. 하지만 그녀의 손은 부겸에게 가는 대신 허공에서 멈추었다.

"사람의 마음이 어찌 그런 것으로 정리되겠습니까?"

속을 들킨 것처럼 부겸의 미간이 살짝 꿈틀댔다. 흔들리는 눈을 물끄러미 보던 수련이 그에게서 물러났다.

부겸에게 여지를 주지 않으려 노력했었다. 답답한 황궁에서 잠시나마 웃을 수 있는 좋은 말벗으로 생각하며 행동한 일이 결국 그에게 이런 결과를 가져오게 하였다.

태휼이 믿었던 유일한 이를 자신의 행동 하나로 틀어지게 하였다. 어떻게 이야기를 해야 할까? 이미 태휼과 거리를 두기 시작한 부겸에게 어떻게 말해야 할지 아무리 생각해도 답이 나오지 않았다.

부겸을 보며 수련이 몸을 숙였다.

"죄송합니다, 문성공."

몇 번이고 생각해도 그녀의 머릿속에서 나오는 답은 하나뿐이었다.

자신은 아니라 생각했지만, 결국 그녀에게서 여지를 보았기에 일어난 일이었다. 자신 때문에 태흘과 부겸 사이에 간격이 생겨났다.

"잠시나마 문성공께 약한 모습을 보여 드렸습니다. 확실히 선을 그었어야 했음에도 소녀 또한 어리석은 이라 잠시의 온기에 마음을 맡겼었습니다."

"그게 아니지 않은가! 난……."

"폐하가 아니면 안 됩니다."

수련의 말이 부겸의 심장에 날카로운 상처가 되었다. 숙였던 몸을 든 수련의 눈이 촉촉이 젖어 들었다.

처음이자 마지막으로 욕심을 내었다. 그토록 돌아가고자 했던 가족보다도 더 많이 욕심내고, 그에게 무거운 책임이 될 것이라는 걸 알면서도 곁에서 평생을 함께하고 싶어졌다.

"이제 폐하가 아니면 저도 안 됩니다. 폐하가 내밀어 주신 손을 더는 놓고 싶지 않습니다."

그녀가 만든 마음의 상처가 점점 더 크게 벌어졌다. 그녀에게서 자신의 자리를 기대하지도 않았지만 이렇게까지 잔인하게 그를 밀어 낼 거라고는 생각하지 못하였다.

마음 한구석에 남아 있던 인내가 서서히 무너졌다. 자신의 것이 되기를 갈망했던 여인은 그에게 조금의 마음도 없었다.

"언제나 폐하가 부러웠지. 난 일일이 설득을 해 가며 사람을 움직일 때 폐하는 그저 걸어가기만 하면 그뿐이었거든. 무슨 수를 써도 난 폐하처럼 될 수 없었어."

지난밤 태휼의 품에서 들었던 내용과 비슷했던 말이 부겸에게서 흘러나왔다. 방향만 다를 뿐, 태휼과 부겸의 생각은 비슷했다. 서로에게 충분히 도움이 될 수 있는 관계가 자신의 존재 하나로 비틀려 버렸다.

"폐하께 화가 나. 아무리 진정하려 해도 서운한 게 가시질 않아."

어느새 다가온 부겸이 수련의 팔을 붙잡았다. 멀어졌던 거리가 어느새 코앞으로 가까워졌다. 놀란 수련이 부겸의 손을 붙잡았지만, 그는 꿈쩍도 하지 않았다.

바로 앞에 있는 수련의 목에 보이는 붉은 흔적에 부겸의 눈이 흔들렸다. 옷으로 가리고 있었지만, 군데군데 보이는 열꽃이 그의 심장에 깊은 상처를 만들어 냈다.

"그러니 이번 한 번만큼은 내 욕심대로 움직이겠어."

수련이 곁에 있다면 가시지 않는 패배감도, 얻지 못한 공허함도 사라질 터였다. 그녀만 제 곁에 있어 준다면 자신의 삶 또한 바뀔 것이 틀림없었다.

태휼의 여인이 되었어도 상관없다.

마음이 원하는 대로, 이성이 아닌 감정이 움직이는 대로 행동할 것이다.

수련을 잡은 팔에 힘을 주려는 순간, 부겸의 목에 서늘한 기운이 닿았다.

"문성공. 물러나시지요."

"폐하의 개 주제에 황족에게 검을 댄단 말인가?"

"이 상황을 막지 못해도 소인은 죽습니다. 아직 재상께는 말씀드리지 않았으니 조용히 물러나시지요."

목에 검을 겨눈 흑영의 단호한 말에 부겸이 눈썹을 꿈틀댔다. 겁없이 날뛰는 흑영을 제압하는 일은 어렵지 않다. 어찌할지 고민하던 찰나, 부겸의 손을 푼 수련이 거리를 벌렸다.

복잡한 눈으로 부겸을 보던 수련이 고개를 저었다.

철저한 거부. 매정할 정도로 차가운 외면이 부겸을 다시 밀어 냈다.

목에 있는 흑영의 검을 밀어 낸 부겸이 몸을 돌렸다. 재상의 저택에서 나갈 때까지 그는 단 한 번도 수련을 돌아보지 않았다.

❋　❋　❋

저택을 나온 부겸의 입가에 비릿한 미소가 생겼다.

각오하고 나온 걸음이었지만 그 대가는 너무나도 고통스러웠다.

'폐하가 내밀어 주신 손을 더는 놓고 싶지 않습니다.'

주저 없이 나오는 말이 그가 내민 손을 매섭게 거절하였다. 죄송하다며 몸을 숙여도, 예전처럼 자신의 마음을 숨기려 하지 않았다.

'폐하가 아니면 안 됩니다.'

"나도 그대가 아니면 안 되는 것을······."

한 번이라도 기회를 주었다면 이렇게까지 화가 나지 않았을 것이다. 하지만 태휼에게는 몇 번이나 주었던 기회를 부겸에게는 한 번도 내어 주지 않았다. 언제부터 시작된 연모였을까? 우습게도 수련에 대한 감정이 호기심에서 연모로 바뀌었는지 기억조차 나지 않았다.

그저 그의 곁에 있는 수련을 보고 싶을 뿐이었다.

"그대가 나에게 기회를 주지 않으니."

바람이 불어왔다.

온기를 품은 바람이 부드럽게 불어왔지만 부겸의 굳은 표정은 풀리지 않았다.

"내 직접 기회를 만들어야지."

사람의 마음이 어찌 그런 것으로 정리될 수 있느냐는 말을 꺼냈다. 그 순간 꼭꼭 숨겼던 부겸의 본심이 완전히 드러나 버렸다. 그녀가 여지를 주면 마음을 접겠다는 말을 꺼냈지만 부겸은 자신을 너무나도 잘 알았다.

그녀가 여지를 주는 순간, 흑영이고 뭐고 그녀를 강제로 데리고 사라졌을 것이다.

"문성공. 사공께서 긴히 뵙자고 하십니다."

부겸이 나오자 기다렸다는 듯 사공의 사람이 다가왔다. 저승길에서 손을 내밀어 줬더니만 그새를 못 참고 도와 달라며 매달리는 행세가 우스웠다.

사공을 살려 놓은 것을 후회하지 않는다. 그가 생각한 가장 위험하고 은밀한 일, 그 중앙에 있을 이는 부겸이 아니라 사공이어야 했다.

"폐하의 눈이 곳곳에 있는데 어찌 쉬이 만날 수 있겠는가?"

"문성공."

"때가 되면 당연히 봐야 할 터, 그때까지 알아서 준비라는 것을 해야 하지 않겠나?"

"……."

"나를 보기 전에 최대한 사람부터 모으라고 하게. 우리가 사냥해야 할 맹수는 참으로 날카로운 이빨을 가진 사내이니 말일세."

담으면 안 되는 여인을 마음에 담았을 때부터 정해진 결말이었을지도 모른다.

누구의 검이 더 날카로운지는 겨루어 봐야 아는 법, 이젠 그에게도 선택은 없었다.

❈　❈　❈

민 부인과 인사를 끝낸 수련이 재상의 앞으로 걸어왔다.

그녀가 재상의 양딸로 들어온 지 정확히 석 달이 되는 날에 태휼은 마차를 보내왔다. 황궁으로 돌아가는 날, 한 달의 준비 기간이 끝나면 즉위식이 열릴 터였다.

깊게 몸을 숙이는 수련을 보던 재상이 같이 몸을 숙였다.

"이젠 이 아버지에게 고개를 숙이시면 아니 되십니다. 한 달 뒤가 즉위이기는 하지만 이젠 공공연한 호연의 황후 마마이시니 그에 맞게 아랫사람들을 대하셔야 합니다."

애써 참으려 했건만, 어느새 붉어진 눈이 촉촉이 젖어 들었다.

평생 아버지의 정이라는 걸 알지 못할 것으로 생각했다. 수련에게 아버지는 어머니와 동생을 겁박하고 자신의 이익을 위해 그녀를 이용하는 여상환뿐이라 믿었다.

짧은 시간이었지만 과분한 가르침과 마음을 받았다.

"감사드립니다."

"아비에게 그런 말을 하시는 것이 아닙니다."

"아버지께서 알려 주신 가르침, 마음속 깊이 새기겠습니다."

"종종 승정궁으로 찾아뵙겠습니다. 화려한 다과는 필요 없으니 마마께서 이 늙은 아비에게 차 한 잔만 대접해 주시지요."

너털웃음을 지으며 가볍게 꺼내는 말에 결국 참았던 눈물을 터트렸다. 애써 복받치는 감정을 추스르는 수련의 등을 두드리며 재상이 미소를 지었다.

눈물을 닦고 마차가 있는 문으로 향하였다. 재상이 손을 젓자 굳게 닫힌 문이 열리며 황궁에서 보낸 마차가 제 모습을 드러냈다.

남아 있는 눈물 자국을 지우며 마차로 가던 수련이 걸음을 멈추었다. 믿을 수 없는 모습에 수련이 놀란 눈으로 재상을 바라보았다.

인자한 모습은 온데간데없이 사라진 재상이 심술궂은 말투로 마차 앞에 서 있는 이를 바라보았다.

"마차의 호위가 든든하니 이 늙은이는 걱정하지 않아도 되겠습니다."

재상의 농에 마차 앞의 사내가 즐거운 듯 입꼬리를 올렸다.

언제나 입고 있던 용포 대신 청의의 무복을 입고 있었지만 본래 가지고 있는 기운이 없어지는 것은 아니었다. 황궁에서 기다리고 있어야 할 태휼의 모습에 수련의 눈이 놀란 토끼처럼 동그랗게 변하였다.

"그새를 못 참아 소인의 집으로 오신 것입니까?"

"그대를 믿기가 쉽지 않아서 말이지."

"설마 소인이 황후가 될 딸을 숨기기라도 할 것 같았사옵니까?"

"그럴 리가. 다만 그 심술을 또 부릴지도 모른다는 생각은 하였지."

재상과의 신경전에 당황한 수련이 서둘러 태휼에게 걸어왔다. 그 정도만 하시라는 듯 태휼의 손을 꼭 붙잡는 수련의 얼굴에는 곤혹스러움이 가득이었다. 재상과의 신경전은 상관없었지만, 이제야 제 곁으로 데리고 가는 수련을 힘들게 하고 싶지는 않았다.

"가자."

태휼이 손을 내밀자 수련의 얼굴에 홍조가 일었다.

만인의 위에 서 있는 황제, 지금까지 그 누구에게도 먼저 손을 내밀지 않았던 그가 수련에게만큼은 기꺼이 자신을 굽히었다.

아직 남아 있는 위협은 많았지만 지금만큼은 잠시 접어 두었다.

태휼의 손을 붙잡은 수련이 그를 보며 고운 미소를 지었다. 황후가 될 여인이 마차에 오르고, 길게 늘어선 행렬이 천천히 이동하였다.

十四章

대립하다

황궁으로 돌아왔어도 당장 상황이 변하는 건 아니었다.

아직 황후로 즉위한 것이 아니었기에 예전의 처소를 쓰고 있기는 했지만, 그녀에게 배치된 사람들은 전과는 확연히 달랐다.

하루에 세 번, 황제가 직접 보낸 스승에게서 황후로서 필요한 지식을 배웠다. 그 후에 엄 상궁이 직접 고른 상궁과 궁녀가 수련에게 필요한 다과와 몸가짐을 가르쳤다. 전과는 다른 배움과 가르침이 어색하기는 했지만, 수련은 힘들다는 말은커녕 내색조차 하지 않았다.

"아가씨."

남은 시간에 바람을 쐬고 돌아온 수련이 가득히 쌓여 있는 장계에 눈을 좁혔다. 수련의 눈이 정화를 향하자 고개를 푹 숙인 그녀가 작은 목소리로 말하였다.

"태화전의 내관들께서 놓고 갔어요."

167

"태화전?"

"그리고 이건 아가씨께 전해 드리라면서 내관님이 주고 가셨어요."

정화가 내미는 서신을 연 수련이 미간을 좁혔다. 자신이 잘못 보 았다고 생각한 수련이 눈을 깜박이고는 다시 서신을 보았지만, 적 혀 있는 내용은 조금도 바뀌지 않았다.

당혹스러운 표정의 수련이 곁을 지키던 엄 상궁을 바라보았지만, 정작 곁눈질로 서신을 본 엄 상궁은 연신 미소만 띠었다.

「내관에게 시켜 놓았더니 엉망으로 만들어 놓았다. 해야 할 일이 많으니 짐 대신 그대가 정리를 해서 직접 가져오라.」

붉어진 얼굴로 서둘러 서신을 접은 수련이 산처럼 쌓여 있는 장 계로 걸어갔다. 가까운 장계를 펴 든 수련의 얼굴이 창백해졌다. 들고 있던 것을 내려놓은 그녀의 손이 다른 장계를 집어 들었다.

필요한 내용이 빠져 있거나, 아니면 잘못된 장계들뿐이었다. 이 런 것들이었다면 분류는커녕 정리조차 하지 못했을 터, 태흘의 의 도를 안 수련의 얼굴이 붉어졌다.

"폐하께서 어지간히 아가씨를 태화전으로 부르고 싶으셨나 봅니 다."

"한 달만 참으면 될 일을…… 어찌 이리 남우세스럽게 부르신단 말인가!"

한 달 동안 몸을 정결히 한 후 즉위식을 해야 한다는 법도에 정 작 당사자인 태흘은 코웃음을 쳤다. 문제는 귀족들은 물론이고 황 궁에 일하는 이들까지 절대 법도를 어기면 아니 되신다며 목소리를 높인 것이었다.

그들이 뭐라 하든 자신은 하고 싶은 대로 하겠다며 태홀이 고집을 부렸지만, 그의 고집은 자신의 목에 칼을 대며 안 된다는 내시감에 결국 굽힐 수밖에 없었다.

하루가 다르게 태홀의 심기는 불편해졌지만, 평소였다면 몸을 떨며 고개를 숙였을 내관조차 이번만큼은 쉽게 물러나지 않았다.

"낮에는 괜찮으니 잠시 뵈러 가시지요."

안 된다는 말을 할 줄 알았던 엄 상궁이 허락하자 수련의 얼굴에 화색이 돌았다. 몸을 사리기는 했지만, 그녀 또한 태홀이 보고 싶은 건 사실이었다.

재상의 자택에서는 그래도 이삼 일에 한 번은 보았었건만, 황궁에서는 보는 눈이 많으니 그마저도 쉽지 않았다.

"가마를 준비하겠습니다. 정화와 먼저 치장부터 하시지요."

"치장은 이 정도면 충분하니 걷겠다. 날도 더운데 그러지 마라."

황궁에서 머무는 시간이 늘어 가면서 어느새 바꾸기 힘들어했던 말투로 자리에 맞게 바뀌어 있었다. 하지만 바뀐 것은 말투뿐, 그녀의 행동은 위랑이었던 시기와 달라진 것이 별로 없었다.

"아가씨."

"예전에도 가마 없이 걸어 다녔었다. 물론 필요할 때는 타야겠지만, 오늘같이 걷기 좋은 날에 굳이 그러고 싶진 않아."

여지도 없이 자르는 말에 엄 상궁이 고개를 숙였다. 아직 황후는 아니었지만, 그럼에도 말을 거스르기 어려운 힘이 있었다. 마음만 먹는다면 모든 것을 누릴 수 있는 자리였건만 수련은 욕심을 내지도 관심을 가지지도 않았다. 황후가 될 여인이 가마를 타지 않으니 기세등등하게 가마를 타고 유세를 부리던 귀족 부인들도 눈치를 보기 시작하였다.

여리고 우유부단했던 전 황후 같지도 않았고, 그렇다고 가문의 세에 패악을 부리던 후궁과도 달랐다. 자신의 상황에 중심을 맞추는 여인이니 내내 흔들렸던 내명부가 변할 수도 있겠다는 기대감조차 생겨났다.

열린 문으로 나가는 수련을 따르며 엄 상궁이 고개를 깊게 숙였다.

❋   ❋   ❋

태화전으로 들어서는 수련의 걸음이 멈추었다.

날이 유난히 맑았건만, 하늘을 보는 태휼의 얼굴은 여전히 서늘했다. 자신의 본심은 물론 어떤 생각을 하고 있는지도 절대 표현하지 않는 황제, 그렇기에 마음이 있었으면서도 좀처럼 다가가기 어려웠다.

"왜 이리 늦었지?"

"걸어오느라 조금 늦었습니다."

예전에는 눈을 마주치는 일조차 부담스러웠던 그의 모습이 이제는 다르게 다가왔다. 싸늘하고 딱딱한 어조조차 투정을 부리는 것으로 들리는 것을 보면 뭐가 씌어도 단단히 씐 것이 분명했다.

"폐하께서는 무슨 일로 밖에 나와 계시는 것입니까? 언제나 이 시간에는 집무실에 계시잖아요."

"안 오면 가 보려 했다."

다정히 꺼내는 물음에도 태휼의 말은 차갑기만 하였다. 하지만 목소리만 그럴 뿐, 수련을 바라보는 눈은 부드러우면서도 그 특유의 갈증이 느껴졌다. 그가 왜 저러는지 알고 있었기에 수련은 미소만을 지어 보였다.

"저에게 장계를 보내셨잖아요. 그걸 확인하고 오느라 더 늦었어요."

"두 개만 열어 봐도 무슨 의도로 보냈는지 뻔히 알았을 것을, 일부러 모르는 척하는 건가?"

내관들이 본다며 피하려는 수련의 손을 태휼이 날렵하게 챘다. 차라리 재상의 집에 있을 때가 수련을 보기는 훨씬 수월하였다.

이건 조금만 수련이 있는 방향을 보려 해도 내시감부터 궁인들까지 눈에 불을 켜고 노려보기 일쑤였다. 그놈의 법도 따위가 무엇이라고 마음에 깊이 둔 여인에게 가까이 가지도 못하게 하는지 화가 치밀었다.

"그래도 장계라니…… 황궁의 여인이 내정에 관심을 가진다며 오해를 살 수 있지 않겠습니까?"

"언제는 관심이 없었던가?"

더할 나위 없이 부드럽고 다정한 어조였지만 그 안에 담긴 말은 태휼의 성격답게 날카롭고 정확하였다. 핵심을 지적하는 말에 수련이 차마 아니라는 말은 꺼낼 수 없었다.

여인으로 배워야 하는 것보다도 사내들이 배우는 것을 먼저 배웠다. 수를 놓고 옷을 만들기보다는 글을 배우고, 정치적 상황을 읽는 법을 더 먼저 익혔다. 이제는 관심을 가지면 안 된다는 사실을 알면서도 한편으로는 미련이 남기도 하였다.

"그래도…… 내명부의 여인이 어찌……."

수련은 황궁의 법도를 지키는 게 맞는다고 생각하는 듯했지만 태휼의 생각은 달랐다. 법도는 법도일 뿐이었다. 다만 수련을 황후에 앉히는 데 있어 흠을 남기고 싶지 않았기에 모르는 척 장단을 맞춰 주고 있을 뿐이었다.

"네가 알고 있는 걸 썩힐 생각은 없다. 하물며 손이 모자라는 상황에서 믿고 맡길 이가 있으니 기꺼이 내정에 간섭하게 할 것이다. 어차피 말은 나올 터, 그것까지 네가 걱정할 필요는 없어."

수련이 나서는 순간, 약점을 찾아낸 귀족들은 그녀를 흠집 내기 위해 득달같이 달려들 터였다. 그것조차 자신의 책임이니 신경 쓰지 말라는 말에 안 된다며 말을 꺼낼 수 없었다.

다독이는 말은 아니었지만 그럼에도 그만의 배려에 더는 안 된다며 고집을 부릴 수 없었다.

답을 하는 대신 수련이 태휼의 손을 꼭 붙잡았다. 그녀만의 대답에 태휼의 입가에 옅은 미소가 감돌았다.

"실수하면 다른 이들과 똑같이 처벌할 터, 그게 아니더라도 결국은 내가 직접 확인하니 부담을 가지지 마라."

"손이 많이 가실 거예요."

"언제는 안 그랬나?"

태휼의 말에 수련이 눈을 좁혔다. 몸을 사릴 때는 언제고 눈을 흘기는 그녀를 보며 태휼이 즐거운 웃음을 터트렸다.

고작 태화전 주변을 걷는 것뿐이었지만 오랜만에 함께하니 그마저도 즐거웠다. 손으로 느껴지는 그의 온기에 몸을 맡기며 수련이 내내 있었던 몸의 긴장을 풀었다. 그 모습에 태휼이 눈을 좁혔다.

"누구를 위한 법도인지 모르겠다."

"그래도 한 달만 조심하면 되는걸요."

순진한 대답에 태휼이 다시 깊은 한숨을 내쉬었다. 곁에 두고 질릴 때까지 품에 안고 체향을 맡아도 모자를 판에, 이게 무슨 짓인지 생각할수록 이해가 되지 않았다.

태휼이 길게 한숨을 내쉬자 보다 못한 수련이 그의 팔에 몸을 기댔다.

미치도록 달콤한 체향이 그를 괴롭히자 태휼의 미간이 꿈틀댔다.

"또 날 들었다 놓았다 하려는 건가?"

태휼의 투정에도 수련의 얼굴에 번져 있는 미소는 전혀 흔들리지 않았다. 수련의 입장에서는 태휼을 달래기 위해 저지른 것일 테지만, 그의 입장에서는 그녀의 살내음이 여간 곤혹스러웠다.

그럼에도 멀리 떨어져 있는 것보다야 이렇게라도 곁을 지키니 미치도록 치솟던 짜증이 조금은 가라앉는 기분이었다.

"일도 많으신데 이제는 돌아가셔야지요."

돌아가자는 수련의 말에 태휼의 안색이 차갑게 변하였다. 헤어져 있는 내내 자신은 미칠 것 같았지만, 곁을 지키는 수련은 여전하였다.

왠지 모르게 손해 보는 기분, 지금까지 원하는 모든 걸 얻었던 그였건만 앞에 있는 작은 여인만큼은 제 마음대로 되지 않았다.

"난 그래도 보고 싶었는데 넌 아니었나 보군."

"세상에! 아니에요. 폐하! 그럴 리가요!"

태휼의 짧은 말에 수련이 펄쩍 뛰었다. 다만 해야 할 일이 많은 그를 개인적인 욕심에 잡아 둘 수 없었기에 꺼낸 말이었다. 하물며 이대로 계속 있다가는 내시감이 올 터, 태휼을 곤혹스럽게 만들고 싶지 않았다.

"그럼 말해 봐라."

태휼의 답에 수련의 눈이 뒤를 따르는 내관과 궁인에게로 향하였다. 함께 걷는 상황에서도 그보다는 주변을 더 신경 쓰는 수련의 행동에 태휼의 눈이 가라앉았다. 화가 난 듯 태휼이 몸을 돌리자 수련이 그를 붙잡았다.

어서 말하라는 듯 채근하는 시선에 수련이 까치발로 태휼의 귓가에 다가갔다.

이어서 들려오는 작은 귓속말, 당장에라도 터질 듯이 붉게 달아오른 얼굴에 속삭이는 목소리가 그의 귀를 간질였다.

싸늘했었던 표정도 잠시, 웃음을 터트린 태휼이 수련의 손을 다시 붙잡았다.

"고작 몇 바퀴 태화전을 돈다고 죄를 짓는 건 아니지 않은가. 잠시라도 같이 걷자."

그의 기분이 풀려서 다행이라는 생각을 하면서도 한편으로는 그에게 놀림을 당한 기분이 들었다. 많은 이들 앞에서 조심스럽게 한 고백에 터질 듯이 뛰는 심장이 좀처럼 진정되지 않았다.

태휼의 손을 꼭 잡으며 수련이 고개를 푹 숙였다.

❋ ❋ ❋

"남들의 이목은 생각지 않고 행동하는 것이 어찌나 오만하고 꼴보기 싫은지 폐하의 뒤를 따르는 내관들의 얼굴 또한 전부 굳어졌었습니다."

궁녀의 안마를 받으며 눈을 감고 있던 이비가 길게 숨을 내쉬었다. 땀을 뻘뻘 흘리는 궁녀의 노력에도 불구하고 눈을 뜬 이비는 불쾌한 기색이 역력했다. 이비가 손을 들자 안마를 하던 궁녀가 뒤로 물러났다.

한쪽 손은 턱을 받친 채, 이비가 손가락으로 서안을 두드렸다.

처소로 돌아왔지만, 완전히 바뀐 사람들은 이비를 무시하기 일쑤였다. 태화전의 늙은이가 고르고 골라 보낸 이들이라 포섭하는 일도 수월치 않았다.

그럼에도 꾸준히 움직이고, 설득하여 하나씩 제 사람으로 만들어 갔다. 태화전에서 보내온 사람들이 그녀를 따르자 황궁 밖으로 쫓겨났었던 자신의 사람들조차 하나씩 궁으로 불러들였다.

"그래 봤자 가문의 힘이면 그만인 것을, 그 늙은이나 폐하가 참으로 무지하지 않은가?"

이비의 입가에 비릿한 미소가 감돌았지만, 절대 목소리를 높이지 않았다.

"제 여인에게는 모두 줄 것처럼 굴면서, 따르지 않는 대신들의 옷을 벗기고 목을 벤다. 참으로 폐하답지 않으냔 말이지."

"이비 마마. 목소리를 낮추시지요."

돌아온 지 얼마 안 된 문 상궁이 서둘러 이비의 말을 막았다. 하지만 그녀의 제지에도 이비는 눈썹 하나 꿈틀대지 않았다.

"그럴 필요가 있느냐? 사실인데 말이지."

말을 끝낸 이비가 이를 바득 갈았다. 평온한 목소리와는 달리 주먹을 쥔 손에 핏줄이 도드라졌다. 황후로 세우는 것도 있을 수 없는 일이었건만, 황제는 그녀에게 위랑 시절에 했었던 일을 그대로 맡긴다는 선언까지 하였다.

내명부에 틀어박혀 있어도 시원찮을 계집에게 내정을 맡긴다니, 더 받아들일 수 없는 것은 그에 따른 책임을 태휼이 모두 짊어지겠다는 발언이었다.

"언제부터 여인에게 그토록 많은 여지를 주셨단 말입니까?"

그녀는 물론이고 황궁의 어느 여인도 얻지 못했던 특권이었다. 고작 그딴 계집이 뭐라고 나올 것도 없는 치마폭에 태휼은 자신을 완전히 내려놓았다.

"황후가 되기 전에 수를 써야 하건만······ 그 전에 한번 밟아 놓는 것도 재미날 텐데 말이지."

주제도 모르고 태휼의 총애만 믿고 날뛰는 것을 이대로 지켜볼 수는 없었다. 재상의 가문이라고 해도 양딸인 그녀를 위해 나설 이가 아니었다. 하물며 태휼의 명 때문에 억지로 받아들인 딸에게 재상이 애정을 가질 일 또한 없었다.

가문의 힘이라고는 전혀 없는 계집, 하물며 황궁이 돌아가는 것조차 어떤지도 알지 못하는 것에게 이대로 무너질 수 없었다.

"너, 이리로 오거라."

태화전에서 있었던 일을 고자질하러 온 궁녀를 이비가 손가락으로 불렀다. 가까이 다가온 궁녀에게 이비가 머리 장식 하나를 뽑아 던졌다.

얼굴에 화색을 띤 채 꾸벅이는 궁녀를 향해 이비가 작게 속삭였다.

이비의 속삭임에 움직임을 멈춘 궁녀가 놀란 눈으로 그녀를 바라보았다.

"어려운 일은 아니지 않니?"

"그렇긴 합니다만 혹 일이 잘못되면……."

"이번 일만 잘되면 지금 네가 받은 것을 한 개 더 받을 수 있을 텐데 그래도 싫다 할 것이냐?"

이비의 속삭임에 궁녀의 눈이 손에 들고 있는 머리 장식으로 향하였다. 장식에 달린 보옥이며 금으로 된 장식이 팔면 한몫 단단히 챙길 수 있었다. 이런 것을 한 개 더 받을 수 있다 하니 고민할 겨를이 없었다.

몇 번이나 몸을 숙인 궁녀가 밖으로 나가고, 이비가 다시 손을 들었다. 그러자 뒤에서 기다리던 궁녀가 다시 이비의 어깨를 주물렀다. 안마를 하는 궁녀 외에 모두를 내보낸 문 상궁이 곁으로 다가왔다.

"말이 새어 나가면 마마께서 곤욕을 치르실 수 있사옵니다."

"말이 새어 나가기 전에 저 궁녀를 없애면 그만이니라. 내가 이리 모욕을 당했는데 그것은 폐하의 총애도 모자라 황후가 된다 하지 않느냐!"

"……."

"제 멍청한 언니처럼 한번 당해 보아야지. 그래야 서로 공평해지지 않겠느냐?"

이비의 입가에 즐거운 미소가 생겨났다. 이미 한 번 해 봤던 일이니 두 번 하지 못하라는 법은 없었다. 하물며 걸리더라도 사내들의 눈에는 사소한 것으로 보일 수 있으니 덮는 것 또한 어렵지 않았다.

"누가 내명부의 진정한 주인인지 똑똑히 보여 주겠다."

먼 곳을 내다보는 이비의 입가에 비웃음이 가득 생겨났다.

❊　❊　❊

"이제 슬슬 다과회를 열어 보심이 어떠하신지요?"

엄 상궁의 말에 서책에 시선을 주던 수련이 고개를 돌렸다. 무슨 소리냐는 물음에 엄 상궁이 미소를 지었다.

"황후에 즉위하시면 따로 귀족 부인들과 자리를 마련하기 어려울 것입니다. 차라리 즉위하시기 전에 자리를 마련하는 것이 좋지 않을까 싶습니다."

엄 상궁의 얼굴은 화사했지만 수련은 이상하게도 내키지 않았다. 앞으로 황후에 오르면 종종 그들과 다과 자리를 만들어야 하는 건 알았지만, 예정에 없는 다과회라니 꺼려지는 것도 분명 있었다.

"아직 즉위한 것도 아닌데 너무 나서는 것이 아닌가?"

"이 주 뒤면 즉위하실 분이니 다과회 정도는 열어 보시는 것도 나쁘지는 않을 듯하옵니다. 기특하게도 처소의 궁녀들이 다과회를 여실 준비를 미리 해 놓았다고 하오니 모르는 척 열어 보시는 것도 괜찮지 않겠습니까?"

엄 상궁의 말을 듣던 수련이 생각하듯 열린 창으로 시선을 돌렸다.

앞일을 위해서라도 하는 것이 맞았지만, 한편으로는 내키지 않는 일을 하는 것이 영 탐탁지 않았다. 하물며 자신에게는 한마디 말도 없이 미리 준비가 되어 있는 다과회라는 것이 내내 마음에 걸렸다.

"다과회까지는 아니더라도 인사를 나누는 정도라면 괜찮겠지."

"그럼 준비하겠습니다."

인사를 마치고 나가려는 엄 상궁을 보는 순간, 수련의 눈이 커졌다.

잊고 있었던 과거가 주마등처럼 지나갔다.

"엄 상궁! 잠시만."

수련의 놀란 어조에 나가려던 엄 상궁이 걸음을 멈추었다. 엄 상궁의 곁에 있던 정화도 무슨 일이시냐는 듯 수련을 바라보았다. 잠시 둘을 보던 수련이 굳었던 표정을 풀었다.

"아가씨. 무슨 일이신지요? 혹 다과가 부담되신다면……."

"처음 해 보는 다과회니 어떻게 준비를 하는지 나도 알아야 하지 않겠나. 내 간섭하겠다는 건 아니지만 부탁 몇 가지만 하겠네."

수련의 말에 엄 상궁이 정화를 보았지만, 그녀도 모르겠다는 얼굴이었다.

둘을 보던 수련의 눈이 가라앉았다. 그녀의 생각이 너무 앞서 나간 것일지도 모른다. 어쩌면 혼자 지레짐작으로 착각하는 것일 수 있었다.

하지만 그러기에는 위랑으로 있었던 시기의 기억이 아직도 생생했다.

가까이 다가온 둘을 향해 수련이 낮은 목소리로 말을 꺼내었다.

＊　＊　＊

몇몇 하급 귀족의 부인으로 보이는 이들만 자리를 잡은 가운데 흙빛을 띤 엄 상궁이 조심스러운 눈으로 수련을 살폈다. 분명 황궁을 출입할 자격이 있는 귀족 부인들에게 오늘 날짜와 장소를 단단히 일러둔 터였다. 반드시 가겠다는 답을 들었건만, 정작 날이 되니 오는 이들이 없었다.

"어찌 된 일인가? 제대로 사람을 보내서 전한 것이 맞기는 한 것이냐!"

엄 상궁의 물음에 정화가 고개를 숙였다.

"분명 연희루에 미(未)시까지 오시라 하였습니다. 혹시라도 잘못 전달할까 싶어 보내는 이들을 몇 번이나 확인하고 또 확인했었습니다."

정화의 말을 듣던 수련이 옅은 미소를 지었다. 준비하겠다며 엄 상궁이 몸을 돌리는 순간 수련이 떠올린 사람은 주연이었다. 황후로서 무언가를 해 보려고 했어도 후궁들의 기세에 눌려 아무것도 하지 못했던 그녀가 떠오른 순간, 목 안의 가시처럼 신경 쓰이던 것의 정체가 무엇인지 알게 되었다.

"그저 내 설레발이기를 바랐건만."

"아가씨. 지금이라도 사람을 다시 보내겠습니다."

"그러지 마라. 일이 참 재미있게 되지 않았는가?"

달라진 분위기에 엄 상궁이 숨을 삼켰다. 조금만 말을 잘못 꺼내도 목이 베일 것처럼 서늘한 기운이 주변을 무겁게 짓누르고 있었다.

이비와 한비의 조롱에 힘없이 당한 주연이 이 상황을 어떻게 받아들였을지 눈에 선하였다. 작은 상처에도 눈물을 펑펑 흘렸던 그녀였으니 후궁들의 농락에 맥없이 당했을 것이었다.

"누구를 의심하기보다는 자신의 탓을 먼저 했었던 너니까 누가 원흉인지, 누구 술수인지도 알지 못했겠지."

"아가씨."

"적어도 예전의 황후 마마께서는 그러셨을 것이다. 아니 그런가?"

엄 상궁이 고개를 푹 숙였다. 자신의 탓이었다. 분위기에 휩쓸려 수련에게 섣불리 말한 것이 잘못이었다. 누구의 술수인지 생각하지 않아도 뻔했지만, 그렇다고 증좌도 없이 섣불리 말을 꺼낼 수도 없었다.

"엄 상궁 마마님!"

다급한 걸음으로 다가온 궁녀가 수련의 앞에 몸을 숙였다.

"현재 이비 마마의 처소에 부인들이 모여 계시다고 하옵니다. 그곳에서 다과를 하고 계시다고……."

"왜 그곳인가! 분명 이곳으로 오시라 하지 않았는가!"

"그저 사소한 장난을 즐기고자 했겠지. 진정하게."

"아가씨! 이건 분명……."

"대신 장난에 대한 대가는 치르셔야겠지."

낮게 흘러나오는 말에 엄 상궁이 숨을 삼켰다. 앉아 있던 수련이 일어나자 불안한 분위기 속에서 자리를 지키고 있던 부인들 또한 일어났다. 그들을 머릿속에 전부 담으며 수련이 미소를 지었다.

"부인들께는 먼저 죄송하다고 말씀드리고 싶습니다. 사정이 이렇게 된 터라 마땅히 오늘 자리는 취소하는 것이 맞으나 만약 부인들께서 괜찮으시다면 반 시진 뒤에 다과 자리를 가질까 합니다. 그때까지는 이곳의 궁인들이 최선을 다해 부인의 시중을 들 터이니 양해를 부탁드려도 되겠습니까? 물론 일이 있으신 분은 일어나셔도 괜찮습니다."

이비에게 모욕을 당했음에도 수련의 분위기는 변함이 없었다.

황후가 될 여인이, 후궁으로 오랫동안 내명부의 주인으로 머물던 여인과 대립하였다. 졸지에 두 여인들 사이에서 상황을 봐야 하는 처지가 되었지만 이상하게도 모두 자리에서 일어나고자 하는 마음은 없었다.

이비에게 속수무책으로 당했다기에 수련의 행동이 너무나도 태연하였다. 전황후와 이복자매라는 말은 있었지만, 황후와 수련은 너무나도 달랐다. 황궁에서 누구도 이비의 행동에 저렇게까지 평온하게 대응한 여인은 없었다.

기다리겠다는 의미로 부인들이 몸을 숙이자 수련이 엄 상궁을 향해 고개를 돌렸다.

"일전에 내가 말해 놓은 것은 해 놓았는가?"

수련의 물음에 엄 상궁이 자신도 모르게 짧게 탄성을 내뱉었다. 그때는 이해할 수 없었던 것, 하지만 이제는 그게 무엇을 위한 준비였는지 알 수 있었다.

"곧바로 준비시키겠습니다."

"제가 저지른 일을 보고자 할 터이니 아직 황궁을 빠져나가거나 몸을 숨기지는 않았을 터, 모두 찾아내라."

"그리하겠습니다."

고개를 숙인 엄 상궁이 몇몇 궁인과 함께 서둘러 밖으로 나간 후, 수련이 정화를 바라보았다. 불안해하는 정화에게 수련이 괜찮다는 듯 미소를 지었다.

태휼은 그녀가 하고 싶은 대로 마음껏 할 수 있게 책임져 주겠다고 하였다. 그와 함께할 생각만으로 돌아온 황궁이었다. 그가 그녀에게 많은 것을 주는 만큼 수련 또한 이비와의 관계를 확실히 정리해 그의 걱정을 덜어 줄 책임이 있었다.

"이비의 궁으로 가겠다."

수련이 앞장서자 그 뒤를 정화와 궁인들이 뒤따랐다.

이제 겨우 시작일 뿐이었지만, 호락호락하게 당해 줄 생각 따위 없었다.

저 스스로 뛰어든 삶. 황제인 그의 곁에 얼마나 많은 여인이 또 머물게 될지는 알 수 없었지만 하나는 확실했다.

빼앗기고 휘둘리면서 사는 삶은 이제 없다.

그의 뒤를 따르며 살지 않을 것이다. 그와 같은 곳을 보며 함께 걸어갈 것이다.

※　※　※

"이비 마마께서는 날로 고와지십니다. 힘든 일이 있으셨던 터라 좋지 못한 모습을 보게 될까 걱정하였습니다만 이리 고우신 모습을 보니 한결 마음이 놓입니다."

"그러게 말입니다. 언제나 이리 의젓이 자리를 지켜 주시니 내명부의 기강이 굳건한 것이 아니겠습니까?"

부인들이 터트리는 웃음소리가 방 너머에 서 있는 수련에게 똑똑히 들려왔다. 태흉에게 총애를 얻지는 못했어도 여전히 이비는 무시할 수 없는 존재였다. 하지만 방 너머로 들려오는 부인들의 말은 수련은 물론이고 다른 이가 들어도 거슬릴 만큼 도가 지나쳤다.

"아가씨. 오셨습니까?"

태휼의 총애만 입고 방자하게 날뛰는 계집이라는 말이 나올 즈음 소식을 들은 문 상궁이 가까이 다가왔다. 문 상궁의 인사에도 눈썹 하나 움직이지 않던 수련이 굳게 닫혔던 입을 열었다.

"열어라."

자신의 험담이 절정을 이룰 때, 들어가려는 수련을 보며 문 상궁이 입꼬리를 올렸다. 평온한 모습이었지만 저 속이 어떨지 생각만 해도 고소하였다. 고작 황제의 호기심으로 데려온 계집이 잠깐의 부귀영화에 방자하기가 이루 말할 수 없었다. 어차피 황궁에서 세를 잡는 사람은 가문이 탄탄한 여인이었다. 고작 양딸로 들어온 수련이 사공의 친자식인 이비를 이길 수 있을라 없었다.

마음 같아서는 당장 문을 열어 저 계집이 수모를 당하는 모습을 보고 싶었지만, 그래도 황궁의 법도가 있으니 한 번은 말려야 했다.

"한창 이비 마마와 부인들께서 즐겁게 다과를 하고 계시니 오늘은 이만 돌아가심이 어떠신지요. 지금 들어가시는 건 예의에 어긋나는 일이 아닐까 싶습니다."

문 상궁의 저지에 수련이 고개를 돌렸다. 문 상궁과 눈을 맞춘 수련이 미소를 지었다. 갑작스러운 미소에 문 상궁이 당황한 사이, 수련이 차분히 말하였다.

"정화야."

수련의 부름에 앞으로 나선 정화가 문 상궁을 향해 손을 휘둘렀다.

짝!

"마마님!"

뺨을 맞은 문 상궁이 바닥에 쓰러지자 주변의 궁녀들이 비명을 질렀다. 방에서 들려오던 왁자지껄한 소리가 순간 멈추었다. 문 상궁의 뺨을 후려친 정화가 수련의 옆으로 몸을 돌렸다.

놀란 눈으로 뺨을 감싸고 있는 문 상궁을 향해 수련이 미소를 지은 그대로 말을 이었다.

"제 주인의 흠을 가리기는커녕 보란 듯이 드러내려 하다니 그래 가지고 그대가 비를 모시는 상궁이라 할 수 있는가?"

"아가씨!"

"본디 목을 베어야 함이 맞지만 내 아직 확인할 것이 있으니 엄 상궁과 후에 들어오라. 열어라."

한 치의 자비도 느껴지지 않는 서늘한 말에 궁녀가 문을 열었다.

정적만이 가득한 방을 천천히 둘러보던 수련이 이비와 눈을 마주쳤다. 당당한 이비와 시선을 마주친 수련의 눈에 빛이 감돌았다.

살기 위해 몸을 숙이고, 손을 잡으려 했었던 시기도 있었다. 그 랬던 여인과 이제는 태휼을 놓고 대립하는 지경까지 이르렀다.

한비와 이비가 했었던 일은 자신 또한 해야 한다.

들어오라는 말도 없었지만, 수련은 부인들이 모여 있는 처소로 걸음을 옮겼다.

부인들의 시선에도 아랑곳하지 않고 다가오는 수련을 보며 이비가 이를 갈았다.

처음 만날 때부터 불쾌한 계집이었다. 진즉에 목을 베었어야 했 건만, 지금까지 살려 놓은 것이 화근이었다.

태연한 수련의 모습에 화가 치밀었지만, 이비는 분노를 터트리는 대신 미소를 지었다. 황궁에 무지한 계집이니 이번 기회에 황궁이 어떤 곳인지 똑똑히 보여 줄 생각이었다.

이비의 미소를 받으며 수련이 말없이 그녀의 앞에 걸음을 멈추었다.

그녀의 시선을 받던 이비가 눈썹을 꿈틀댔다. 대화를 나눈 것은 아니었으나 수련의 시선이 무엇을 요구하는지 알아차린 이비가 입술을 깨물었다.

'망할 것.'

수련의 뜻을 알아차린 이비가 분노에 몸을 떨었다. 뺨이라도 후려치고 싶었지만 주먹을 쥐는 것으로 간신히 참아 냈다. 받아들일 수는 없었지만, 어찌 되었든 수련은 황제가 직접 선택한 황후 내정자였다. 아직 즉위를 하진 않았지만, 현재 서열로는 이비보다도 위에 있음이 분명하였다.

상석에서 내려온 이비가 몸을 숙이자, 그녀가 앉았던 자리에 수련이 앉았다. 숨조차 내쉴 수 없는 무거운 분위기 속에서 수련이 앉아 있는 부인들을 향해 눈을 돌렸다.

"몸이 좋이 않으시다 들었사옵니다. 어찌 여기까지 걸음을 하신 것인지요?"

기다렸다는 듯이 이비가 수련에게 먼저 말을 꺼냈다.

"글쎄요. 내 몸이 좋지 않다는 말은 여기에서 처음 들었습니다. 난 분명 미시까지 연희루로 오시라는 말씀만 전했을 뿐인데 말이지요."

수련의 하대에 이비의 눈에 불이 일었다. 이제 겨우 황궁에 돌아온 지 이 주밖에 되지 않았건만, 당연한 듯 하는 행동이 고까웠다. 태휼의 총애가 아니었다면 아무것도 아니었던 계집이거늘, 같잖게 하는 행동에 이비는 물론이고 부인들의 입가에 비웃음이 감돌았다.

하지만 정작 당사자인 수련은 불쾌한 기색은커녕 태연한 얼굴로 말을 계속하였다.

"내 판단이 부족해서 그런지는 몰라도 이해가 가지 않는 것이 있습니다. 내 몸이 안 좋다면 한 분이라도 제 침소로 오셔서 상황을 보실 수 있었을 터인데, 단 한 분도 오시지 않았더군요."

"……."

"내가 아픈지 안 아픈지 상관없었다는 말이 아닙니까? 마치 처음부터 이 사람의 호의 따위 무시해도 괜찮다고 생각하는 것처럼 말이지요."

조곤조곤 이어지는 말에 부인들의 입가에 맺혀 있던 미소가 멈추었다. 전의 황후는 오해였다는 말을 하며 울음을 터트리며 어찌할 바를 몰라 했었다.

미소를 짓고 있었지만, 그녀의 작은 입에서 흘러나오는 말은 섬뜩하였다. 감히 황후가 될 자신을 모욕했느냐는 힐난 아닌 힐난에 부인들이 시선을 피하듯 고개를 숙였다.

하지만 정작 일을 벌인 이비는 눈썹조차 꿈틀대지 않았다. 마치 이 정도는 예상했다는 듯 이비가 가뿐히 답을 하였다.

"아가씨의 말씀이 전달되는 과정에서 오해가 생긴 듯하옵니다. 신첩은 아가씨께서 몸이 좋지 않으시다는 소식에 조금이라도 도움이 될 듯하여 이리하였습니다만 아가씨께 누가 될 줄은 몰랐습니다."

이비의 말에 수련이 부드러운 미소를 지었다. 그녀의 행동에 태연함을 가장하던 이비의 미간이 찌푸려졌다.

'저것이 웃어?'

아픈 수련을 대신하여 이비가 다과회를 열었다. 그런 이비의 배려에 감사하기는커녕 황후가 될 여인은 다과회 중간에 난입하여 부인들과 이비에게 패악을 부렸다. 몇 마디의 대답만으로 이비는 수련을 그렇게 만들었다.

이제 곧 황후가 될 여인이 이비를 견제하여 패악을 부렸다는 소문이 널리 퍼질 것이었다.

"그럴 리가요. 어찌 이비의 배려를 제가 모를 수 있겠습니까? 다만 그저 진실을 알고 싶을 뿐입니다."

"무슨 진실을 말씀하시는 것입니까?"

진실이라는 단어가 이렇게까지 거슬리게 느껴지는 것도 처음이었다. 여기까지 왔을 때는 꿍꿍이가 있을 터, 하지만 아무리 수련을 노려봐도 그녀가 무슨 생각인지 알 수 없었다.

속마음을 파헤칠 기세로 노려보는 이비의 눈을 보며 수련이 입꼬리를 올렸다.

이 상황을 제압하는 데 태휼의 힘은 필요 없다. 아니 무슨 수를 써서라도 태휼의 도움만큼은 받고 싶지 않았다. 당한 만큼 갚으라 했던 재상의 가르침이 아직도 생생했다.

"내 몸이 좋지 않았다면 당연히 사람을 보내 오늘의 다과 자리를 취소했을 것이오. 그런데 난 사람을 보내지 않았습니다. 그렇다면 누가 이 사람을 모함할 의도로 사람을 보낸 것이 아니겠습니까? 왠지 여기에 계신 분들은 누구인지 아실 것 같군요."

수련의 말에 미간을 찌푸렸던 이비의 얼굴에 화색이 돌았다. 결국 저 계집이 할 수 있는 최선은 원흉을 잡아내는 것뿐이었다. 머리 장식 따위에 움직이는 궁녀 따위 지금 잡으려 해 봤자 도망갔거나 다른 궁녀들 사이에 숨어들었을 것이었다. 하물며 잡는다 한들 궁녀 따위가 어찌 이비가 시켰다며 그녀를 가리킬 수 있겠는가.

188

결국 이번 일은 이비의 생각대로 될 터였다.

"오늘같이 좋은 날, 언성을 올릴 일은 삼가는 것이 좋을 듯하옵니다. 물론 아가씨께서는 충분히 노여워하실 수 있는 일이지만, 또 어찌 오해라는 것이 밝혀지지 않았습니까? 아직 아가씨께서 황궁의 생활에 익숙지 않아 아랫것들이 저지른 실수인 듯하니 넓으신 아량을 베푸시지요. 아가씨의 사정만큼이나 부인들도 배려하셔야지요. 그게 윗전이 아니겠습니까."

정색하던 부인들이 이비의 말에 굳었던 얼굴을 풀었다. 개중에는 터지려는 웃음을 참으려 입술을 깨무는 이들도 있었다.

귀족 부인들과의 다과 자리에 패악을 부리는 것도 모자라 배려가 부족하여 아랫사람의 실수조차 덮지 못하는 옹졸한 여인으로 만들어 버렸다. 하물며 그릇이 작으니 윗전임에도 사람들이 따르지 않는다는 조롱까지 더해졌다.

가르치는 어조로 차근차근 말을 꺼내니 그 모습이 마치 황실의 어른인 이비가 아랫사람인 수련을 가르치는 모양새가 되었다.

재미난 모습에 여인들이 참고 있던 웃음을 터트리려는 찰나 정색한 수련이 부인과 이비를 향해 낮게 일갈하였다.

"지금 이비께서 날 우롱하고자 함이십니까? 어찌하여 이비께서는 자꾸 본질을 흐리시려 하는 것인지 이해가 되지 않는군요."

"......"

"다과를 주선한 사람은 저입니다. 그리고 난 다과를 취소한다며 사람을 보내지 않았습니다. 그럼 누군가가 날 사칭하여 이런 분란을 만들었다는 것입니다. 혹여 이들이 그 술수에 이런 실수를 저질렀어도, 황실의 윗전이신 이비께서는 제대로 확인하셨어야지요.

이비께서는 저와는 달리 이리 많은 이들이 따르지 않으십니까?"

정색하던 수련과 미소를 짓고 있던 이비의 표정이 교환하듯 바뀌었다.

옹졸하여 사람이 따르지 않는다며 수련을 우롱하던 것이, 어느새 제대로 확인을 하지 못한 이비의 경솔함을 탓하는 분위기가 되었다. 한마디, 한마디 말을 주고받을 때마다 분위기가 시시각각 변하였다. 내쉬는 숨조차도 조심스러울 정도로 팽팽한 긴장 속에서 엄 상궁의 목소리가 들려왔다.

"아가씨. 엄 상궁입니다."

"들어오라."

수련의 말에 안으로 들어온 엄 상궁이 모두를 향해 몸을 숙였다. 하지만 이들의 시선은 엄 상궁이 아니라 그녀의 뒤에 병사들에게 붙잡혀 있는 궁녀를 향해 있었다.

머리 장식을 주었던 궁녀의 모습에 눈을 좁힌 깃도 잠시 이비가 미소를 지었다.

"저 아이가 누구인가?"

"여기 계신 부인들께 아가씨의 몸이 좋지 않다며 다과회를 취소한다는 말을 전달한 궁녀입니다. 이 궁녀의 말에 속은 이들이 잘못된 말을 전달했다는 증언도 이미 얻었습니다. 또한 사주한 자가 건넨 머리 장식 또한 발견하였습니다."

"그럼 그 궁녀의 죄를 벌하면 될 것이지 왜 여기까지 데리고 왔는가? 어디 소속의 누구인가?"

"내 침소에서 시중을 드는 궁녀입니다."

수련의 말을 들은 이비의 입가에 미소가 번져 갔다. 참아야 한다는 것은 알지만 새어 나오기 시작한 비웃음이 좀처럼 가라앉지 않았다. 그녀만이 아닌 듯 고개를 숙인 부인들 사이에서도 실소가 터져 나왔다.

"오호호. 죄송합니다. 아가씨. 저도 모르게…… 이번 일은 조용히 넘기셔야 하겠습니다. 굳이 이 이상 아가씨의 치부를 보이실 필요가 없지 않습니까?"

방을 가득 채우는 비웃음에 정화가 입술을 깨물었다. 이비를 제압할 수 있을 듯하면서도 쉽지 않았다. 원흉을 잡았지만, 달라지는 것은 전혀 없었다.

이대로 물러나야 하는 건가? 그래도 황후가 되시기 전부터 이런 식으로 우롱을 당하다니 정화의 눈에 눈물이 맺혔다.

하지만 정작 당사자인 수련은 침착하였다.

"누가 시켰느냐?"

수련의 말에 궁녀가 낮게 몸을 숙였다.

"소인이야 윗전께서 시키신 대로 따랐을 뿐입니다. 그런데 누가 시켰느냐고 물으시면 소인이 또 무슨 말을 어찌 꺼내겠습니까?"

궁녀의 대답에 이비가 나서려는 찰나 수련이 먼저 입을 열었다.

"네 말대로 윗전인 내가 시켰다면 일부러 머리 장식까지 줘 가며 시킬 필요는 없겠지. 또한 술수를 쓰려 했다면 고신에도 말을 하지 않을 정화나 엄 상궁에게 시켰겠지. 무엇보다도 내가 시킨 일이었다면 널 이곳에 끌고 올 것이 아니라 후환을 없애려 했겠지. 그것도 황궁 밖에서 말이다."

느릿하고 천천히 꺼내 나오는 말이 소름 끼치도록 섬뜩하였다. 비웃음이나 실소를 터트리며 조롱하던 부인들조차 수련의 기세에 자신도 모르게 몸을 떨었다. 조롱하던 이비조차 입을 열고만 있을 뿐이었다.

하지만 이대로 분위기를 되돌릴 수 없다. 무거운 분위기를 억지로 깨며 이비가 입을 열었다.

"오늘 일은 신첩이 경솔하였습니다. 그러하니 오늘은 이만……."

"이비의 하해와 같은 배려에는 진심으로 감사드립니다. 하지만 사소하게는 오해나 크게 보았을 때는 섣불리 생각할 수 없는 일이지요. 곧 황후가 될 저와 내명부의 기둥이셨던 이비를 이간질하고 우롱한 일입니다. 어찌 그런 큰일을 사소히 넘길 수 있겠습니까? 일이 일어난 지금, 확실히 뿌리를 뽑아야지요."

수련을 짓밟으려 했던 계획은 어느새 자신이 저지른 죄를 덮어야 하는 상황이 되어 버리고 있었다. 조금만 건드려도 울음을 터트리며 근거 없는 말이나 쏟아 내던 전 황후와는 확실히 달랐다. 이비의 머릿속이 분주히 돌아가기 시작했다.

알 수 없는 시선으로 이비를 보던 수련이 다시 궁녀를 향해 물었다.

"누가 사주한 일이냐?"

"저는 그저 시키는 대로……."

"그러니 누가 시켰느냐 묻고 있는 것이 아니냐?"

수련의 엄포에 궁녀의 얼굴이 창백해졌다. 머리 장식 한 개에 현혹되어 저지른 일이 이렇게까지 될 줄은 전혀 생각하지 못하였다. 그저 몇 푼씩 받는 금전이 좋아 수련의 상황을 보고한 것이 전부였다. 대수롭지 않게 넘어갈 것이라 생각했거늘 상황은 궁녀의 마음대로 되지 않았다.

궁녀의 눈이 이비를 향하였다. 살려 달라는 무언의 호소를 보던 이비의 눈이 매섭게 변하였다. 수련을 가리키라며 눈짓을 보내자 어찌할 바를 모르는 궁녀의 눈에 눈물이 맺혔다.

수련은 매질 몇 번에 끝내겠지만, 이비는 자신을 죽일 것이었다. 차라리 매질을 당하겠다는 마음으로 궁녀가 고개를 든 순간, 수련이 먼저 엄 상궁을 향해 입을 열었다.

"당장 이것의 목을 베어라."

"아가씨!"

"어찌하여 내가 너에게 물었거늘, 네 눈은 날 보지 않고 이비를 바라보고 있는가! 끝까지 나와 이비의 사이를 이간질하고자 함이 아닌가!"

팽팽했던 긴장감이 수련의 명령 하나에 완전히 터져 버렸다. 장난으로 시작했던 일이 장난으로 흘러가지 않자, 그제야 부인들 사이에서 파란이 일었다.

내명부의 일이어도 이 정도의 소란이라면 최소한 태화전의 내관이라도 상황을 보러 왔어야 했다. 하지만 이런 소란이 계속되고 있음에도 누구도 새롭게 들어오는 이가 없었다.

이제야 그녀가 누구의 선택으로 이 자리까지 오게 되었는지, 그녀의 뒤에 또 누가 있는지 오만했던 부인들의 눈에 똑똑히 보이기 시작하였다.

"소인들이 무지하였습니다. 노여움을 푸시옵소서."

"다시는 이런 일이 없을 것이옵니다. 노여움을 거두시옵소서."

거듭 사과하던 부인들이 힐난하듯 이비를 쳐다보았다. 부인들의 시선에도 입술만을 깨물 뿐, 이비가 움직이지 않자 수련이 다시 엄 상궁을 향해 소리를 높였다.

"엄 상궁은 뭐 하고 있느냐? 어서 목을 베지 않고!"

"이비 마마이십니다! 이비 마마께서 시키셨습니다!"

"무슨 말을 하는 것이냐!"

다급한 이비가 나섰지만 이미 죽을지도 모른다는 공포에 정신을 놓은 궁녀에게 이비는 더는 보이지 않았다.

"이비 마마께서 다과회만 취소시킨다면 주셨던 머리 장식을 하나 더 주신다고 하였습니다! 소인 이비 마마께서 같은 머리 장식을 가지고 계신 것을 똑똑히 보았나이다! 소인이 잘못하였나이다. 살려만 주십시오! 제발 살려면 주세요!"

말을 끝낸 궁녀가 서럽게 울음을 터트렸다. 수련의 시선이 이비에게로 향하자 피가 배도록 입술을 깨물었다.

그저 제 주제도 모르는 것에게 황궁의 이치를 깨닫게 해 주고 싶었을 뿐이었다. 그랬던 일이 도리어 저 계집의 모략에 빠져 자신의 목을 조르는 일이 되어 버렸다.

이렇게 끝날 일이 아니었다. 틀어져 버린 일에 이비가 속으로 아차 했지만 이미 상황은 늦을 대로 늦어 있었다. 궁녀의 말을 듣고서 방이라도 뒤지면 상황이 어찌 될지는 불 보듯 뻔하였다.

결국 수련의 앞으로 걸어간 이비가 몸을 깊게 숙였다.

"신첩이…… 신첩이…… 경솔하였습니다. 신첩이 잘못하였습니다."

몸을 숙인 이비를 보던 수련이 자리에서 일어났다.

"오늘은 이만하겠다. 궁녀를 끌어내라."

"살려 주세요! 잘못하였습니다!"

궁인들의 손에 궁녀가 끌려 나가자 숨 막히도록 답답한 정적이 방 안을 무겁게 짓눌렀다. 상석에 선 채, 부인들과 이비를 보던 수련이 정화를 향해 고개를 돌렸다.

"이곳에 온 지 반 시진이 넘었던가?"

"네. 아가씨. 슬슬 연희루에 다과 자리로 가셔야 하실 듯합니다."

"오신 부인들께 더 누가 될 수는 없겠지."

수련의 말이 이어질수록 자리를 지키고 있는 부인들의 안색이 하얗게 질려 갔다. 지금의 행동은 수련이 이비만을 잡고자 한 자리가 아니었다. 자신에게 온 부인부터 신경 쓰겠다는 간접적인 말에 처소에 있는 부인들의 눈은 바쁘게 돌아가기 시작하였다.

상석에서 내려온 수련이 몸을 숙인 이비의 앞에 섰다.

더없이 차가운 눈으로 이비를 내려다본 수련이 부인들도 들으라는 것처럼 단호히 말하였다.

"오늘은 이비께서 직접 경솔했다며 몸을 숙이셨으니 이만 넘어가겠습니다. 허나 의도적으로 하신 일이라면 오늘로써 접으시지요. 이후로는 황후로 여러분을 맞이할 것이니, 그때는 내 앞에서 어찌 행동하시는지 똑똑히 지켜보겠습니다."

말을 끝낸 수련이 이비의 처소를 나갔다. 거침없이 걸음을 옮기는 그녀의 뒤로 엄 상궁과 정화가 따라 나갔다.

지독한 정적이 흐르는 처소에서 이비의 아래에 앉아 있던 부인 몇이 일어났다.

"이비 마마. 잊고 있었던 약조가 떠올랐습니다. 소인들은 이만 물러나겠습니다."

처음 일어난 부인을 시작으로 썰물처럼 자리를 지키던 이들이 방을 빠져나갔다. 밀물이 빠지듯 웅성거리며 빠져나가는 부인들 사이에서 속삭이는 대화가 방 안의 이비에게까지 또렷이 들렸다.

"이리 끈 떨어진 연인 줄 알았으면 오지 않았을 것을. 괜히 우리만 황후 마마가 되실 분의 눈 밖에 난 것이 아닙니까?"

"그나저나 약조가 무엇이신데 이리 바쁘신 것입니까? 혹……."

"조용히 하세요! 아직 다과가 시작된 게 아니라 했습니다. 지금이라도 늦지 않았으니 몸을 숙이며 들어가면 받아 주실 것입니다."

서둘러야 한다며 움직이는 부인들의 목소리를 들으며 이비가 몸을 일으켰다.

충혈된 눈에서 흘러내리는 눈물이 바닥을 적셨지만, 이비는 미동조차 없었다.

굳게 쥔 주먹에서 한 줄기 피가 떨어지는데도 고통조차 느껴지지 않았다.

✽　✽　✽

불조차 켜지 않은 어두운 방에서 침의를 입은 이비가 침상에 앉아 있었다.

하루가 멀다 하고 수련과 이비 사이에 있었던 일이 황궁의 모든 이들의 입에 오르내렸다. 이비의 심술에 황후가 될 여인이 차분히 상황을 정리했다는 소문은 어느새 황궁을 너머 귀족들의 입에까지 오르내렸다. 이비의 행적이 하나씩 드러나자 하루가 멀다 하고 찾아오던 귀부인들의 발걸음이 완전히 끊겼다.

그들의 입방정이야 얼마든지 참을 수 있었다. 하지만 소문을 듣고 온 사공의 말은 참으려 해도 머릿속에서 사라지지 않았다.

'아비를 도와주실 생각이 아니라면 조용히 궁에 계시지요.'

예전에는 무슨 계획을 가지고 있는지 알려 주던 사공이 이비의 앞에서 입을 닫았다. 분명 문성공과 무언가를 준비하고 있다는 것을 알면서도 거듭 물어 대는 이비에게 그저 눈을 감고 있으라는 말뿐이었다.

"적어도 아버지께서는 제 편을 들어 주셔야지요."

아무것도 모르는 시절부터 이비를 황후로 만들어 주겠다는 말을 해 댔었던 사공이었다. 비록 후궁으로 입궁하기는 했지만, 누구도 그녀의 위에 세우지 않겠다며 단언하던 사공이 바뀌었다.

사공을 믿었기에 그녀 또한 최선을 다하였다. 누구에게도 지지 않으려 자신을 가리고 어떻게든 태휼의 눈에 들려 원치 않는 수를 써 대기까지 했었다.

그 결과가 겨우 이런 것이었단 말인가. 태휼에게 외면받고, 가문에게 버림받았다. 이대로라면 결국 이비는 잊혀진 후궁이 될 뿐이었다.

"고작 실수 몇 번에 딸을 버리시려 함입니까?"

수련을 확실히 제거하지 못한 이비의 실수도 있었지만, 어설프게 수습하려 한 사공의 문제도 있었다. 자신의 상황은 생각하지 않은 채, 문성공의 건네는 손만 잡으려는 사공을 떠올리던 이비의 입가에 비웃음이 자리하였다.

"나도 살아야겠습니다."

간신히 딱지가 생겨났던 손바닥에 이비의 손톱이 다시 파고들었다. 몸의 고통은 더는 느껴지지 않았다. 하지만 대수롭지 않게 여겼던 계집에게 모든 걸 빼앗길지도 모른다는 초조와 분노가 그녀의 이성을 무너뜨리고 있었다.

"이비 마마. 유 내관 들었습니다."

낮은 목소리로 고한 문 상궁이 문을 열자 조심스럽게 안으로 들어온 유 내관이 깊게 몸을 숙였다. 아비의 힘을 빌릴 수 없는 상황에서 사람을 구하던 중, 내관의 대우조차 받지 못하는 유 내관이 눈에 들어왔다.

비록 세력을 잃기는 했지만, 어쨌든 내시감의 측근에서 일을 돕던 이였다. 수를 꾸미기에는 이만한 이가 없었다.

"나나 너나 그다지 신세가 좋지는 않구나."

"이비 마마."

"그렇기에 내 너를 선택할 수밖에 없었다. 난 도저히 이렇게 만든 원흉이 황후가 되는 꼴은 도저히 볼 수 없더구나."

이비의 말을 듣던 유 내관의 눈에 불이 일었다. 고작 계집 하나 때문에 앞날이 탄탄했던 그의 미래가 완전히 바뀌었다. 차기 내시감은 물론이고, 일개 내관만큼의 대우도 받지 못하는 상황이었다.

고작 역적의 사생아 하나 때문에 그의 황금빛 인생이 틀어져 버렸다.

"소인 또한 그 모습만큼은 두고 볼 수 없사옵니다."

"어찌하겠느냐? 내가 해 보려는 도박에 너도 한번 참여해 보겠느냐? 성공한다면 네가 원하는 그 자리를 얻을 것이고, 실패한다면 목숨을 잃어야 하겠지만 말이다."

그녀가 하고자 하는 말이 무엇인지 묻지 않아도 알았다. 그리고 이째서 그에게 도박을 해 보자며 손을 내밀었는지도 알 수 있었다.

황후가 되기 전에 치르는 마지막 의례, 그곳을 따라갈 수 있는 사람은 궁녀들과 내관들뿐이었다. 태화전에서 밀리기는 했지만, 손을 쓰지 못할 정도로 무력한 그는 아니었다.

어차피 더는 피할 곳이 없다. 이대로 대접받지 못한 채 퇴물 취급을 받거나, 아니면 수련의 죽음 이후에 대세가 될 이비와 손을 잡는 것뿐이었다.

수련이 잘되는 모습만큼은 죽어도 보고 싶지 않다. 그렇다면 그의 선택은 하나였다.

"보름에 출발하는 것으로 알고 있사옵니다. 황궁의 법도로는 절대 사내들은 갈 수 없으니 흑영도, 폐하도 움직이실 수 없을 것입니다. 대신 이비 마마께서 조금은 손을 써 주셔야 할 것이옵니다."

조금의 주저도 없이 손을 잡는 유 내관을 보며 이비가 입꼬리를 올렸다. 끈 떨어진 연이라는 소리도, 가문에게조차 외면받는 후궁이라는 굴욕도 상관없다. 태휼의 분노가 황궁을 뒤집겠지만 그것조차도 견뎌 낼 수 있었다.

황후가 될 그것만 죽으면 그만, 그럼 모든 것이 예전으로 돌아올 것이다.

'내 전부를 잃으니 폐하의 전부가 사라지는 것이 낫지 않겠습니까?'

자신이 황후가 될 수가 없다면 그 누구도 황후가 되지 못할 것이다.

기척을 죽인 유 내관이 사라지고 정적만이 흐르는 방에서 이비의 눈에 광기가 스며들었다.

❀　❀　❀

　파란의 중심에 있으면서도 정작 당사자인 수련은 평소처럼 시간을 보냈다. 저녁이 되고, 침의로 갈아입은 수련이 침상에 누웠다. 무언가에 쫓기는 불안은 아니었지만, 저녁부터 시작된 두근거림이 가라앉지 않아서 그런지 쉽게 잠이 오지 않았다.

　천장에 시선을 둔 채, 가만히 누워 있던 수련이 기척을 느끼고는 침상에서 일어났다. 저녁 내내 있었던 두근거림의 정체를 깨달은 듯 수련의 눈이 닫혀 있는 창으로 향하였다.

　잠시 엄 상궁과 정화가 있는 문을 보던 수련이 조심스럽게 창문을 열었다.

　"태휼."

　오랜만에 듣는 이름에 태휼이 입꼬리를 올렸다. 태휼의 미소를 보던 수련의 얼굴에 어느새 홍조기 일었다. 수련의 시선이 태휼의 주변을 서둘러 살폈다. 언제나 그의 뒤를 따르던 내시감도, 하물며 무진의 기척조차 없었다.

　"혼자 오신 거예요?"

　"몰래 오는데 줄줄이 데려오면 안 되겠지."

　태휼이 손을 내밀자 수련이 그 손을 잡았다. 열린 창 너머로 반쯤 몸을 내밀어야 했지만, 상관없었다. 손으로 느껴지는 그의 온기가 그녀의 떨림을 서서히 가라앉혔다.

　"곧 즉위할 황후는 무척이나 두렵고 냉정한 분이라 가까이 가기 어렵다던데, 내 눈에는 사뭇 다르게 보이는군."

　"아버지께서도 그러시더니 태휼까지도 그러시는 건가요? 놀리지 마세요."

"잘하고 있다는 거다. 나긋한 네 모습은 나 혼자 봐도 충분하지."

가볍게 던지는 말이 사람의 심장을 제멋대로 흔들어 댔다. 만인에게 두렵고 무서운 황제였지만 그녀에게 태휼은 두렵기보다는 안심이 되었고, 무섭기보다는 믿을 수 있는 이였다.

"아가씨. 혹 불편한 일이라도 있으신지요?"

목소리를 들은 엄 상궁이 조용히 묻자 자신도 모르게 수련이 손으로 입을 막았다.

"아가씨?"

"아니다! 아무 일도 없다!"

동그란 눈으로 서둘러 대답하는 모습이 꼭 사냥꾼과 마주친 놀란 토끼 같았다. 재미있다는 듯 미소를 짓는 태휼을 보며 수련이 눈을 흘겼다.

"걸리면 크게 곤욕을 치를 수도 있는 일인데 웃음이 나오세요?"

"걸리면 그만이지. 꼭 그리 숨을 삼킬 필요가 있던가?"

"태휼은 폐하이시니 괜찮겠지만 전 아니라고요. 엄 상궁께 크게 한 소리 들을 거예요."

정말로 무섭다는 듯 고개까지 절레절레 젓는 수련을 보며 태휼이 실소를 터트렸다. 감정을 드러내기보다는 담담하게 맡은 일을 하고 있다는 보고를 받기는 했지만, 막상 그의 앞에 있는 수련은 내내 들었던 말과는 사뭇 달랐다.

엄 상궁의 기척이 사라지자, 수련이 한숨을 폭 내쉬었다. 그 모습을 보던 태휼이 잡고 있던 수련의 손을 놓았다.

"잘 지내는지 보았으니 되었다."

"벌써 가시게요?"

"침의를 입은 걸 보면 누워 있었던 것이 아니었나? 잠시 얼굴만 보러 왔으니 이만 돌아가겠다."

어서 잠자리에 들라는 말을 한 태휼이 몸을 돌렸다. 멀어지는 그를 보던 수련이 자신도 모르게 손을 뻗어 그를 붙잡았다. 지난번, 돌아가겠다는 수련에게 태휼이 왜 신경질을 부렸는지 조금은 알 것 같은 기분이었다. 며칠 만에 본 그였지만, 하고 싶은 이야기도 많았고 조금이라도 그의 곁에 머물고 싶었다.

"태휼. 잠시만요. 잠깐만 기다리세요."

"음?"

태휼의 대답은 듣지도 않은 채, 수련이 안으로 사라졌다. 천이 미끄러지는 소리가 나더니만 어느새 옷을 갈아입은 수련이 창문 밖으로 발을 올렸다. 황궁에 들어온 이후로 입어 온 옷과는 달리 수련이 입은 건 위랑 때 입었던, 소매와 치마폭이 좁은 옷이었다.

"너."

"황궁에 들어올 때 짐 사이에 몰래 넣어 놓았어요. 혹…… 싫으세요?"

태휼이 말이 없자 미소를 짓던 수련이 그의 눈치를 살폈다. 약간은 놀란 눈으로 수련을 보던 태휼이 아니라는 듯 고개를 저었다.

"널 황궁으로 데려온 이후로 잠시 잊고 있었다. 내 여인이 그리 호락호락한 이는 아니었지."

태휼의 말에 수련이 활짝 미소를 지었다. 곱게 파인 볼우물이 달빛에 유난히 고와 보였다. 잠시 얼굴이나 볼 생각으로 온 걸음이었지만, 떨어지지 않으려는 수련을 다시 돌려보낼 생각은 없었다.

"아!"

"숨어 있자."

아무런 기척도 느껴지지 않자, 태휼이 수련을 안아 들었다.

갑자기 달라진 높이에 비명을 삼킨 것도 잠시, 태휼의 품으로 수련이 안겨 들었다. 그의 품에 얼굴을 묻고 숨을 들이마시니 세상을 다 얻은 것처럼 안심이 되었다.

태화전으로 간다 싶었건만, 태휼은 갑자기 방향이 다른 곳으로 향하였다. 생각했던 곳에 다 오자 태휼이 안고 있던 수련을 내려놓았다.

"여기는……."

태휼만이 알고 있었던 곳, 황궁을 나가기 직전에 그가 그녀에게 보여 줬던 곳이었다.

그와 그녀만이 알고 있는 곳. 정자 안에 들어오는 달빛 때문인지 그다지 어둡다는 생각은 들지 않았다.

그의 손길에 따라 무릎에 앉은 수련이 태휼의 손을 자신의 손으로 감쌌다.

"내일모레 출발이던가?"

"네. 오후 늦게 출발한다고 들었어요."

수련의 대답에 태휼이 눈을 좁혔다. 그가 왜 그러는지 아는 수련이 말없이 눈을 내렸다.

"법도잖아요."

"쓸데없는 법도지. 지금도 충분히 잘하고 있는데 뭘 또 죽은 사람의 물건에 의례까지 지낸단 말인가."

"그래도 해야 하는 거잖아요."

황후로 즉위하기 전, 선제 황제와 황후들의 물건을 보관한 사당으로 가서 의례를 치르는 것이 황궁의 법도였다. 전에는 어디를 가든, 어떤 관례였든 관심도 없었건만, 막상 수련이 그런다 하니 영 마음에 차지 않았다.

"하룻밤만 갔다 오면 되는걸요."

"내관 열두 명에 궁녀 다섯이 가는 것이 전부인데 마음에 찰 리가 있나."

"이번 의례가 끝나면 즉위식만 남잖아요."

수련의 대답에도 굳은 표정은 풀리지 않았다. 그를 보던 수련이 무릎에서 내려와 옆으로 자리를 옮겼다. 수련이 이끄는 대로 몸을 옮긴 그가 그녀의 무릎에 머리를 기댔다.

태휼의 입에서 흘러나오는 편안한 숨에 수련의 입가에 미소가 맺혔다.

"태휼."

"음."

"요즘 거의 못 쉬셨죠?"

답을 하는 대신 수련의 허리에 태휼이 얼굴을 묻었다. 가늘고 부드러운 손가락이 머리카락을 파고들자 태휼이 편안한 숨을 내쉬었다.

몸을 나누며 연모를 속삭이지 않아도 조용한 곳에서 함께 있는 순간만큼은 내내 느끼지 못했던 편안함을 느꼈다. 혼자서 억지로 참아 내고 버텼었던 과거와는 다르다. 지금은 손을 뻗으면 얼마든지 그녀의 손을 잡아 주고 기대게 해 주는 이가 있었다.

"조심히 갔다 올게요."

여전히 내키지 않았지만, 노력하는 그녀에게 더는 투정을 부릴 수 없었다. 몸을 일으킨 태휼이 작은 뺨을 손가락으로 천천히 쓸었다. 곱디고운 자신만의 여인, 호연의 모든 것을 가진 그였지만, 앞의 여인에 관한 일은 제 마음대로 되는 일이 없었다.

호위도 없이 보내는 것이 마뜩잖았지만 화를 낸다 한들 바뀌지도 않았다.

수련을 품에 안은 태휼이 그녀의 등을 천천히 두드렸다.

"그저 의례인걸요. 걱정하지 마세요."

"나 없이 황궁을 나가는 것만으로도 마음에 들지 않는다."

"조심 또 조심할게요."

"다른 사람들이 온전히 돌아와도 네가 무사하지 않으면 모두 목을 벨 것이다."

"태휼!"

"너만 다치지 않으면 돼. 그러니 네가 살아올 생각부터 해라."

농이라고는 전혀 느껴지지 않는 어조로 꺼내는 말에서 진심이 느껴졌다. 겁박으로 느낄 수 있는 말이었지만, 지독히도 태휼스러운 말이었다.

태휼의 등을 손으로 어루만지며 수련이 고개를 끄덕였다. 그녀의 대답에도 그가 굳어 있자 수련이 먼저 태휼에게 다가갔다. 달빛에 붉게 달아오른 모습이 언제나 그의 이성을 흔들어 댔다.

수련은 수줍은 입술에 열기를 머금고는 그에게 다가왔다. 그녀 특유의 체향에 몸을 맡기며 태휼이 수련을 안은 팔에 힘을 주었다.

十五章

시라지다

보름이 되고, 가야 할 시간이 되자 마차 앞에 수련이 섰다.

황궁에서 두 시진 정도 떨어진 곳이었기에 하루면 충분히 갔다 올 수 있었지만, 정작 마차 앞에 선 수련의 얼굴은 어두웠다. 무거운 한숨을 내쉬던 수련이 자신의 약지를 물끄러미 바라보았다.

지난밤, 수련의 손을 붙잡고 있던 태휼이 가락지에 금이 나 있는 걸 발견했다. 다른 장신구는 몰라도 가락지만큼은 언제나 애지중지 끼고 다녔기에 금이 갈 줄은 상상조차 하지 못했었다.

태휼은 괜찮다고 했지만 자신의 부주의 때문에 그렇게 된 것 같아 마음이 무거웠다.

"아가씨. 출발할 시간입니다. 마차에 오르시지요."

"아…… 가야지."

수련이 떨리는 숨을 길게 내쉬자 엄 상궁이 미소를 지었다.

"소인도 이번 길은 처음인지라 많이 떨립니다. 소인이 이러한데

206

아가씨께서도 많이 떨리실 듯하옵니다."

엄 상궁의 말에 수련이 힘없이 미소를 지었다. 둘의 대화를 듣고 있던 정화가 쪼르르 엄 상궁의 옆으로 다가왔다.

"아가씨. 서둘러 가시는 게 좋을 것 같아요. 궁녀들에게 들었는데 어두워지면 사당에서 원통하게 죽은 귀신들이 나온대요."

정화의 말에 엄 상궁이 눈을 좁혔다. 그렇게 말조심하라고 했건만, 또 어디서 애먼 소리를 듣고 와서는 수련 앞에서 두서없이 떠들고 있었다. 귀신 이야기를 계속 꺼내려는 정화를 말리며 엄 상궁이 낮게 일갈하였다.

"선제 폐하와 선황후 마마의 유품이 모여 있는 곳이다! 어디 원혼 따위가 그런 곳에 들어갈 수 있겠느냐! 내 몇 번이나 입을 조심하라 했거늘! 그렇게 혼나 놓고 또 입을 놀려!"

낮지만 매서운 엄 상궁의 호통에 정화가 고개를 푹 숙였다. 방법은 달랐지만, 걱정해 주는 둘의 모습에 수련이 어두웠던 표정을 풀었다. 여전히 손가락이 허전한 듯, 자신도 모르게 가락지를 끼고 있었던 약지를 연신 어루만졌다.

"가락지가 신경 쓰이시는 것입니까?"

엄 상궁의 물음에 수련이 눈을 내렸다. 아니라고 말하지 못하는 수련을 보던 엄 상궁이 어쩔 수 없다는 듯 고개를 저었다. 원하면 황궁의 모든 보옥을 다 소유할 수 있으면서도 수련은 눈길조차 주지 않았다. 도리어 엄 상궁이나 정화가 수련에게 맞춰 가져올 뿐, 정작 당사자인 그녀는 자신이 한 장신구에 욕심은커녕 관심조차 없었다.

그런 수련이 몸에서 한시도 떨어뜨리지 않았던 것이니 지금 마음이 어떨지 더 묻지 않아도 알 수 있었다.

"하루만 나갔다 오는 것이니 그때면 충분히 고쳐 놓았을 것입니다. 처소로 부른 장인이 새것처럼 말끔히 고쳐 준다 하지 않았습니까?"

"괜찮겠지?"

"돌아오실 때쯤이면 말끔한 가락지가 아가씨의 처소에 도착해 있을 것입니다. 태화전에서 직접 보낸 자이니 실력이야 걱정할 필요가 없지 않겠습니까? 그러니 마음 놓으세요."

엄 상궁의 말에 수련이 애써 미소를 지었다. 자신의 부주의로 일어난 일이니 더는 풀이 죽은 모습을 보일 수 없었다.

치맛자락을 붙잡은 수련이 마차에 오르자, 엄 상궁이 마부에게 시선을 주었다.

내관 열두 명에 궁녀 다섯 명으로 이루어진 행렬이 황궁 밖으로 천천히 움직이기 시작하였다.

마차가 출발하자 수련이 떨리는 숨을 내쉬었다. 그저 하룻밤만 태휼과 떨어지는 것뿐이었다. 가락지 때문인지는 몰라도 내내 마음속 깊게 생겨 있던 불안이 좀처럼 가라앉지 않았다.

'하룻밤이니까.'

엄 상궁이 했었던 말을 새기며 수련이 창밖으로 시선을 돌렸다.

❀　❀　❀

황궁의 문이 열리고 빠져나오는 마차를 부겸이 마른 눈으로 보았다. 수련은 알지 못했지만, 태휼은 부겸이 수련의 곁으로 다가오는 것을 철저히 경계하였다.

건너 들려오는 소식에는 황궁에서 수련이 잘 버텨 내고 있다는 이야기가 들려왔지만, 그 소식에 안도하기보다는 불안하고, 불편하였다.

'어차피 황궁인 것을.'

잘 버텨 내도 결국은 황궁이었다. 지금은 태휼의 아낌없는 총애가 있으니 괜찮을 수도 있겠지만 이후의 삶은 또 어찌 될지 알 수 없었다.

"음?"

마차를 따라 나오는 내관을 보던 부겸이 눈을 좁혔다.

즉위하기 전, 소수의 인원만을 데리고 황후가 될 여인이 의례를 지내러 가는 건 알고 있었다. 하지만 그렇다고 넘기기에는 마차를 에워싼 내관의 모습이 심상치 않았다.

"사당에 인사를 드리러 가는 내관들이 전부 무장을 했다?"

하물며 황궁 내관들이 하는 무장과는 거리가 멀었다. 자세히 보지 않는 한 알 수 없을 정도로 그들의 무장은 은밀했다.

수련이 탄 마차를 보던 부겸이 큰 그림을 보듯 주변의 기를 살폈다. 태휼이 보낸 것으로 느껴지는 흑영이 다섯, 그리고 주변을 따르는 병사들이 총 스무 명이었다. 태휼이 고심해서 고른 이들인 듯, 마차 주변을 따라 움직이고 있음에도 기척이 거의 느껴지지 않았다.

"폐하께서 가만히 있을 리가 없지."

기를 느끼며 주변을 살피던 부겸이 멀지 않은 곳에서 보이는 유 내관의 모습에 눈을 좁혔다. 그 순간 마차를 호위하던 내관과 눈을 마주친 유 내관이 고개를 끄덕이는 것이 눈에 들어왔다. 둘의 모습에 부겸의 미간이 딱딱하게 굳었다.

분명 사공은 이비는 걱정하지 말라고 하였다. 그들과 손을 잡는 대신 부겸이 원한 것은 황제의 권좌, 그리고 수련이였다.

이미 모든 준비가 끝난 상황에서 사공이 수련에게 무리수를 둘 리가 없었다. 자칫 잘못 행동하면 그동안의 노력이 물거품이 된다는 걸 사공이 잘 알고 있었다.

"이비가 독단으로 움직이는 건가?"

유 내관은 스스로 무언가를 꾸밀 그릇도 아니었고, 그럴 만한 힘이 있는 것도 아니었다. 하지만 이비가 유 내관을 움직이는 것이라면 불가능한 일도 아니었다. 사공이 나선 것이라면 몰라도 이비가 나섰다면 수련을 어찌할지 생각하지 않아도 뻔하였다.

객주에 앉아 있던 부겸이 일어나자, 뒤에 대기하던 이가 가까이 다가왔다.

"문성공."

"지 마차를 따라간다."

말을 끝낸 부겸이 주저 없이 이 층에서 몸을 날렸다. 부겸을 따라 뒤에 있던 이들 또한 부지런히 몸을 날렸다.

❁　❁　❁

"아가씨. 앞으로 오를 산세가 험하니 마차를 멈추겠다고 합니다."

"그리하라."

대답을 한 수련이 열린 창에 시선을 두었다. 몇몇 느껴지는 기척이 있었지만, 흑영 외에는 모두 생소한 기운이었다. 사내나 병사들은 올 수 없었지만, 태휼이 그냥 보냈을 리가 없었다. 하물며 마차를 호위하는 내관들도 무장을 하고 있었다.

가는 날까지 걱정한 그였으니 이런 조치도 취한 것이리라. 그의 마음이 느껴지자 수련의 입가에 미소가 생겨났다.

마차가 멈추고, 문이 열리자 수련이 조심히 밖으로 나왔다. 코를 간질이는 풀 냄새에 굳어 있던 수련의 입가가 풀렸다.

수련의 모습을 보던 엄 상궁이 미소를 지었다.

"이제 반 시진만 가마를 타고 올라가시면 사당에 도착할 거라 합니다. 피곤하시지요?"

"마차에만 있었는데 피곤할 일이 무엇이 있겠는가?"

이비나 한비였다면 흔들리는 마차에서 고단하다며 투정을 부렸을 것이었다. 하지만 수련의 얼굴에는 힘든 내색조차 없었다. 특별한 출신만큼이나 여타 귀족 여인들과는 분명히 달랐다.

"의례만 잠시 지내고 오면 될 일이니 너무 걱정하지는 마십시오."

괜찮다며 미소를 지어도 좀처럼 표정에 힘이 없었다. 출발할 때부터 느꼈던 이유를 알 수 없는 불안함과 불쾌함 때문이었지만, 엄 상궁은 그녀가 고단해서 그런 것이라 생각하였다.

엄 상궁의 말을 들으며 수련이 천천히 주변을 둘러보았다. 내관과 궁녀들이 밝히는 불이 아니었다면 한 치 앞을 내다보기 어려울 정도로 어두웠다. 숲의 정적이 좋기는 했지만, 왠지 모르게 마음속 깊이 있는 불안한 마음을 더욱 부추겨 댔다.

"아가씨."

수련의 곁으로 쟁반을 든 내관이 가까이 다가왔다. 쟁반에서 나는 향에 수련이 자신도 모르게 미간을 좁혔다. 굳은 표정의 수련을 향해 내관이 몸을 숙였다.

"몸을 보호하는 탕약입니다. 사당은 음기가 많은 곳이라 몸에 좋지 않으니 올라가시기 전에 반드시 드리라는 내시감의 말씀이 있었습니다. 드시지요."

떠나기 직전까지 보았던 내시감은 수련에게 별다른 말을 하지 않았다. 언제 또 저런 명을 내렸는지는 알 수 없었지만, 지금만큼은 내관이 내미는 탕약을 마시고 싶지 않았다.

도대체 무엇이 들은 것인지 향을 맡는 것만으로도 속을 헤집는 기분이었다. 옷소매로 코를 막으며 수련이 미간을 좁혔다.

"굳이 몸이 아프지 않은데 그 탕약을 먹어야 하는가? 내 속이 좋지 않아 그 탕약만큼은 먹고 싶지 않네만."

"내시감께서 지극정성으로 준비한 것입니다. 조금이라도 드시지요."

싫다며 고개를 저었지만, 탕약을 준비한 내관도 쉽게 물러나지 않았다. 꺼리는 눈으로 엄 상궁을 보사, 그녀가 직접 나섰지만, 내관은 마시라는 말만 반복할 뿐이었다.

유난히 검붉은 탕약을 받아 든 수련이 미간을 잔뜩 좁혔다. 탕약의 쓴맛을 몸서리치게 싫어하는 그녀였다. 검붉다 못해 끈적거리는 탕약을 보던 수련이 한 모금 입에 물었다.

"읍."

수련이 손을 펴자, 기다리던 엄 상궁이 가지고 있던 손수건을 내밀었다. 입가에 묻은 탕약을 닦아 내는 듯했지만, 수련은 몰래 수건에 입 안에 물고 있던 탕약을 뱉어 냈다.

입 안 가득 채우는 쓴맛에 몸서리를 치며 수련이 고개를 저었다.

"탕약은 이만하겠네."

수련이 손을 젓자, 엄 상궁이 내관을 돌려보냈다. 수련이 마시는 걸 확인한 내관이 두말없이 뒤로 물러났다. 입 안의 쓴 기운이 좀 사라지자, 미안한 마음에 수련이 눈을 내렸다.

"내 속이 좋지 않은 것 같다. 일부러 준비해 준 것일 텐데……."

"촉박한 일정에 고단하셔서 그런 듯싶습니다. 아가씨께서는 탕약을 즐겨 하시는 분도 아니시니 더더욱 입에 맞지 않으셨을 것입니다. 너무 마음에 두지 마시지요."

언제나 세심하게 살펴 주는 엄 상궁의 말에 수련이 고마운 듯 눈을 내렸다.

그사이 준비가 모두 끝났는지 탕약을 가져왔던 내관이 가마에 오르시라며 고개를 숙였다.

탕약의 쓴맛이 사라지자, 이번에는 머리가 아프기 시작하였다. 엄 상궁의 말대로 급하게 마차를 타고 와서인지 몸이 점점 땅으로 꺼지는 기분이었다.

하지만 여기까지 온 이상, 되돌아가자는 말도 할 수 없었다. 좋지 않은 몸을 억지로 참으며 수련이 가마에 올랐다.

사당에 도착하여 가마에서 내린 수련의 안색은 창백할 대로 창백해져 있었다.

"아가씨."

창백한 안색에 놀란 엄 상궁이 다가왔지만, 수련은 손을 저었다. 마음 같아서는 괜찮다는 말이라도 해 주고 싶었지만, 그마저도 쉽지 않았다.

속이 울렁거리는 것은 물론이고, 괜찮았던 머리까지 지끈거리며 아팠다. 탕약이 맞지 않았던 건지, 온몸을 휘젓는 고통이 좀처럼 가라앉지 않았다.

"혼자 들어가야 한다고 들었다."

"몸이 좋지 않으시면 잠시 쉬었다가 들어가시는 것이 어떠십니까?"

"쉽게 가라앉지 않을 것 같다. 그리고……."

주변을 보던 수련이 엄 상궁을 향해 작게 속삭였다. 놀란 엄 상궁이 입을 열려는 순간 수련이 하지 말라는 듯 손에 힘을 주었다.

확실하지는 않았다. 그저 몸이 안 좋아서 드는 불안일지도 모른다. 하지만 탕약을 먹은 후부터 몸의 감각이 제멋대로였다. 분명 탕약을 뱉었건만, 남아 있는 약의 효과인지 몸을 가누는 것만으로도 버거웠다. 혼자라면 어떻게든 움직일 수 있지만, 정화와 엄 상궁은 예외였다.

잡으려는 엄 상궁의 손을 떼어 낸 수련이 숨을 내쉬며 사당 안으로 들어갔다.

사당을 밝히는 촛불조차 꺼져 있는 사당 안으로 들어가며 수련이 입술을 깨물었다. 그저 몸이 좋지 않아 드는 불안이기를 바라며 수련이 걸음을 옮겼다.

한 걸음, 또 한 걸음.

사당에 울리는 걸음 소리를 들으며 걸어가던 수련의 발걸음이 멈추었다.

"오셨습니까?"

사당의 안쪽에서 나타난 사내의 모습에 수련이 눈을 좁혔다. 아끼던 가락지에 금이 갔을 때부터 느꼈던 불안이 결국 현실이 되어 수련의 목을 조르기 시작하였다.

"유 내관."

그저 자신의 착각이기를 바랐다. 태연한 척 몸을 세우고 있었지만, 한 걸음도 제대로 내딛기 힘든 상황이었다. 유 내관을 따라 나타나는 내관을 본 수련이 자신도 모르게 미간을 좁혔다.

탕약을 마셔야 한다며 고집을 부리던 내관을 포함하여 사당까지 오는 데 따라왔던 이들의 절반이 유 내관의 뒤에 서 있자 수련이 힘든 입을 억지로 열었다.

"자네가 움직인 건가?"

"이제 그만 맞지 않는 옷은 벗으셔야지요? 하긴……."

"……."

"다른 사내의 맛을 알고 나면 그 버거운 옷 따위 입고 싶어도 입지 못하실 테지만 말이지요."

무기와 무기가 부딪치는 소리가 날카롭게 들려왔다. 병사들의 고함 소리에 정화와 엄 상궁의 비명 소리가 섞이자 수련이 몸을 돌렸다.

"도망치라고 해 봤자 늙은 상궁과 어린 궁녀의 걸음이지요. 혼자 보내진 않을 테니 안심하시지요."

비아냥대는 유 내관의 말을 넘기며 밖으로 나가려던 수련의 몸이 순간 휘청거렸다. 좋지 않았던 몸이 극한에까지 치달았다. 어떻게든 움직이려 했지만, 무거워질 대로 무거워진 몸이 생각처럼 움직여지지 않았다.

"꽁지가 빠지게 도망가도 시원찮을 판에 어찌 그리 느리게 움직이십니까? 아! 탕약을 뱉어서 괜찮다고 생각하신 것입니까?"

"하아. 하아."

유 내관의 조롱에 대답할 기운조차 없었다. 점점 아늑해지는 정신을 추스르려 피가 배어 나오도록 입술을 깨물었지만, 그마저도 힘이 들어가지 않았다. 일어나려는 수련의 턱을 유 내관이 매섭게 붙잡았다.

"입술만 닿아도 약효는 충분히 있다더군요. 지금은 몸이 무겁겠지만 곧 사내를 받아들일 정도로 열기가 차오를 테니 조금만 참으시지요. 제 직접 아가씨를 위해 구한 최음제란 말입니다. 효과를 보여 주셔야지요."

아늑해지는 정신을 억지로 다잡으며 수련이 유 내관을 향해 몸을 날렸다. 유 내관의 목을 붙잡은 수련이 힘껏 정강이를 후려쳤다.

"윽!"

바닥에 곤두박질치는 유 내관을 지나 수련이 사당 밖으로 정신없이 뛰었다. 굳게 닫혀 있는 사당 문을 열자 보이는 참상에 수련의 눈이 커졌다.

"아가씨! 피하십시…… 컥!"

누가 누구를 위해 싸우는지도 알 수 없었다. 수련에게 도망치라 외쳤던 내관이 다른 내관이 휘두르는 검에 피를 흘리며 쓰러졌다. 흐릿해지는 정신을 억지로 추스르며 수련이 밖으로 빠져나왔다.

'태휼!'

지금은 최대한 여기서 빠져나가는 것이 우선이었다. 이곳에 태휼은 없었지만, 지금은 그를 생각해서라도 이 상황을 벗어나야 했다.

검을 휘두르는 내관의 손목을 쳐 낸 수련이 몸을 비틀거렸다. 유 내관의 말처럼 약 효과가 바뀌는 것인지 끝없이 내려앉던 몸에 서서히 열기가 차오르고 있었다. 달려드는 내관들의 공격을 막아 낸 수련이 연신 가쁜 숨을 내쉬었다.

한편 사당에서 수련의 모습을 보던 유 내관이 킥킥거리며 웃음을 터트렸다.

"어차피 사내 품에서 허덕일 것을 무엇을 그리 악착같이 버티려 하십니까? 어차피 양기를 얻지 못해도 죽을 테니, 차라리 사내의 품에서 즐거움이나 찾다가 가시는 것이 낫지 않겠습니까?"

유 내관의 웃음소리조차 메아리처럼 머릿속에서 울려 퍼질 뿐이었다. 몸에 퍼지기 시작한 열기에 숨조차 내쉬기 어려웠다. 당장 쓰러져도 이상하지 않을 상황에서 수련은 악착같이 버텨 냈다.

그저 이 상황만 벗어나겠다는 생각뿐이었다. 살아서 돌아간다고 하였다. 하물며 다른 사내에게 안기는 일 따위 죽어도 받아들일 수 없었다.

그녀를 공격하는 내관들을 피해 움직이던 수련이 발을 잘못 디뎠다. 중심을 잃은 수련이 비탈길에 굴렀다.

그녀를 가득 채우던 열기는 어느새 전부를 태울 듯 타오르는 불이 되었다. 머리로는 도망가야 한다는 걸 알면서도 무거워질 대로 무거워진 몸은 머리와는 다르게 움직였다.

내관끼리 이어지던 싸움은 뒤이어 난입한 흑영과 자객의 싸움으로 번졌다. 어떻게든 수련을 지키려 했지만 유 내관이 데려온 자객의 수가 예상외로 많았다.

"흐윽."

돌부리에 발이 걸린 수련이 힘없이 무너졌다. 넘어진 무릎에서 피가 흘렀지만, 오를 대로 오른 열 때문인지 그마저도 제대로 느껴지지 않았다. 점점 흐릿해지는 눈을 억지로 뜨며 수련이 다시 몸을 일으켰다.

"저기 있다!"

따돌렸다고 생각한 목소리가 들려오자 수련이 걸음을 재촉하였다. 그저 지금의 상황에서 벗어날 수만 있다면 무슨 짓이든 할 수 있었다. 죽는 것보다도 두려운 건 태휼이 아닌 사내에게 겁간을 당할지도 모른다는 두려움이었다.

한 걸음도 떼기 버거웠지만, 공포가 한계에 다다른 몸을 억지로 채근하였다.

"아악!"

뒤따라오던 자객의 손이 수련의 머리채를 붙잡았다. 바닥에 곤두박질친 수련이 자객이 끄는 대로 속절없이 끌려갔다. 바닥에 뒹굴면서도 수련의 손톱이 자객의 손목을 긁었다.

"망할 년! 얌전히 좀 있어!"

"컥!"

자객의 발이 수련의 배를 힘껏 걷어찼다. 수련이 정신을 놓을 때까지 발로 차 대던 자객은 흙바닥에 수련의 몸이 늘어지자, 그제야 긴 숨을 토해 냈다.

"곧 죽을 년이 반항은…… 퉤!"

침을 뱉은 자객이 수련을 한쪽 어깨 위로 들어 올렸다. 이대로 죽여도 상관없었지만, 그들을 고용한 내관은 반드시 자신의 앞에서 계집을 안은 후에 죽이라 하였다.

"뭐 어차피 죽을 년이니 즐기는 것도 나쁘지 않지."

손에 잡히는 여체가 나쁘지 않았다. 황제가 품은 계집이라니 평소에 안았던 것들과는 다를 터, 자객의 입가에 음흉한 미소가 생겨났다.

산을 울리던 전투 소리가 어느새 사라져 있었다. 코를 마비시키는 역한 피 냄새와 뒹구는 시신만이 산을 가득 채웠다.

발에 걸리는 시신을 옆으로 차 내며 자객이 가까이 다가오는 이에게 눈짓하였다. 어깨에 늘어져 있는 수련을 보는 자객의 입가에 미소가 생겨났다.

"즐기기만 하면 되는 건가?"

"그 망할 내관 놈이나 불러오라고. 없는 놈들이 더하다고 안지도 못할 계집을 제 앞에서 안으라는 건 또 뭐냔 말이지."

"우리야 계집을 안기만 하면 그만이지. 계집이 죽기 전에 서두르자고. 다른 놈들을 불러오지."

말을 끝낸 자객이 사라지자 수련을 안고 있던 자객이 피식 실소를 터트렸다.

최음의 효과도 좋았지만, 독으로도 뛰어난 약이었다. 사내의 정을 받으면 해독이 될 터였지만, 어차피 죽일 계집이었다. 쉽지 않게 온 기회를 마다할 이유가 없었다.

미리 봐 두었던 자리로 수련을 데리고 가는 자객에게서 흥겨운 휘파람 소리가 났다.

짝!

뺨에서 느껴지는 고통에 수련이 힘겹게 눈을 떴다. 정신을 차리려 고개를 흔들려는 순간, 다른 쪽 뺨에서 똑같은 소리가 울렸다.

"컥. 컥!"

"망할 년! 정신 차리란 말이다!"

지금까지의 굴욕을 보상받듯 유 내관이 연거푸 수련의 뺨을 때렸다. 힘을 실어 휘두르는 손에 입 안이 터지고, 입술이 찢어졌다. 터진 입술에서 피와 함께 가쁜 숨이 흘러나왔다.

제 몸조차 못 가누는 수련의 턱을 붙잡은 유 내관이 들고 있던 약을 수련의 입에 들이부었다. 역한 냄새에 수련이 몸부림을 쳤지만, 턱이 잡힌 터라 약을 거부할 수도 없었다.

수련이 억지로 약을 삼키자 유 내관이 킥킥 웃음을 터트렸다.

"극락 속에서 죽으면 되겠구나."

유 내관의 목소리가 들리긴 했지만 무슨 내용인지는 알 수 없었다. 이미 온몸에 가득 찬 약과 새로 먹은 약의 효과로 이미 수련의 정신은 반쯤 나가 있었다.

그녀의 입에서 흐르는 피를 보던 유 내관이 잡고 있던 수련을 바닥에 던졌다. 옷에 묻은 먼지와 피를 털어 내듯 주름을 편 유 내관이 그녀가 잘 보이는 자리로 걸음을 옮겼다.

걱정할 거라고는 아무것도 없었던 그의 미래를 저 계집이 엉망으로 만들었다. 마음 같아서는 오랫동안 괴롭히고 또 괴롭혀서 미치게 한 후에 죽이고 싶은 마음이었지만 아쉽게도 시간이 허락하지 않았다.

"자. 어서 시작해! 서두르란 말이다!"

유 내관의 재촉에 자객들이 눈살을 찌푸렸지만 어차피 틀린 말도 아니었다. 이번 일만 끝나면 당분간은 일하지 않아도 될 재물이 충분히 들어올 것이었다. 하물며 황제가 직접 품던 계집을 안을 기회였으니 내관의 신경질적인 잔소리쯤이야 얼마든지 귓등으로 넘길 수 있었다.

쓰러져 있는 수련의 어깨를 붙잡고 돌린 사내가 끈적끈적한 눈으로 전신을 훑었다. 상처와 흙으로 몰골은 엉망이었지만, 잠시나마 즐기기에는 나쁘지 않았다.

굵은 사내의 손이 수련의 옷을 찢자 유 내관의 입가에 진한 미소가 감돌았다.

드디어 저 눈엣가시 같은 계집이 무너지는 모습을 볼 수 있게 되었다. 어두웠던 자신의 미래에 다시 빛이 돌아오고 있었다.

"어서…… 어서…… 아?"

좀 더 가까이 보려 걸어가던 유 내관의 걸음이 멈추었다. 믿을 수 없다는 눈이 어깨에 박혀 있는 검으로 향하였다. 바닥에 떨어지는 피에 유 내관이 눈을 좁혔다.

자신의 피일 리가 없다. 갑작스럽게 일어난 일에 유 내관이 숨을 삼키는 순간, 검에 잘린 유 내관의 팔이 허공을 날았다.

"아아악!"

유 내관의 비명에 수련에게 다가가던 자객의 움직임이 멈추었다. 어둠 속에 보이는 사내의 모습에 주섬주섬 벗었던 옷가지를 입었다. 사내의 눈이 쓰러진 수련에게 잠시 향하였다.

입에서 흐르는 피의 양이 심상치 않았다. 유 내관의 팔을 자른 검을 든 사내가 달려드는 자객을 향해 검을 휘둘렀다.

❀　❀　❀

몸 안에 불덩이가 타오르는 기분이었다.

눈을 떠 보려 안간힘을 썼지만 아무것도 보이지 않았다. 어떻게든 움직여 보려 했지만 줄에 묶인 것처럼 손가락 하나도 움직여지지 않았다.

"흐윽."

고개를 뒤로 젖힌 수련이 가쁜 숨을 내쉬었다. 시원한 바람을 마시고 싶었지만, 그것조차도 여의치 않았다. 열이 치솟을 때마다 피가 거꾸로 올라오는 기분이었다.

"컥."

연거푸 숨을 들이마시고 내쉬던 수련이 별안간 굵은 핏덩이를 뿜어냈다.

'태휼.'

자신의 실수로 태휼이 죽을 뻔했었던 그날처럼 지금의 상황이 꿈이기를 바랐었다. 죽어야 한다면 적어도 그의 곁에서 죽기를 바랐었다. 이제야 그의 손을 붙잡고 함께 갈 마음을 먹었건만, 결국 현실은 이런 식이었다.

'한 번만⋯⋯.'

이룰 수 없는 바람이라는 걸 알면서도 그가 보고 싶었다. 아주 잠깐이라도 진짜 그를 볼 수 있다면 적어도 지금 그녀를 옥죄는 공포가 조금은 사라질지도 모른다는 생각마저 들었다.

어쩌면 그녀의 것인지도 모를 혈향이 코를 마비시켰다. 움직일 수 없는 것과는 반대로 그녀의 몸 안에서는 중독된 피가 제멋대로 몰아쳤다.

"하아."

수련이 몸을 비틀면서 괴로운 숨을 길게 토해 냈다. 점점 숨을 쉬기가 힘들어졌다.

안간힘을 쓰며 버텨 내면서 정신이 한계에 다다르자, 심연 깊은 곳으로 끌려가듯 수련의 정신이 희미해졌다.

'태휼?'

그럴 리가 없었건만, 그가 느껴졌다. 아무것도 보이지 않던 눈앞에 그의 모습이 보였다.

다시는 볼 수 없을 거라 생각했던 태휼이 보이자 수련의 입가에 희미한 미소가 생겨났다. 언제나 안정을 주던 그의 온기를 느껴 보려는 듯 수련이 손을 뻗었지만, 이상하게도 닿지 않았다.

'조금만……'

하지만 그녀의 바람과는 달리 태휼은 수련을 지켜보기만 할 뿐, 다가오지 않았다. 지친 수련이 힘없이 손을 내리려는 찰나, 태휼이 그녀를 품에 안았다.

폭풍처럼 몰아치던 열기가 서서히 가라앉았다. 죽기 직전까지 몰아치던 고통이 조금씩 안정되자 막혔던 공기를 마시듯 수련이 숨을 길게 내쉬었다.

태휼이 주는 온기에 몸을 맡기며 수련이 힘겹게 붙잡고 있던 정신을 내려놓았다.

"왜…… 왜…… 당신이…… 컥."

오른팔이 잘린 유 내관이 자객들을 학살한 이를 보며 소리를 질렀다.

"그냥 기분 나빠서."

언제나 단정하게 다녔던 그가 얼굴에 묻은 피를 닦아 내며 미소를 지었다. 그 모습은 기괴하면서도 시선을 뗄 수 없는 매혹이 느껴졌다.

바닥에 떨어져 있는 자객의 옷가지로 피를 막으며 유 내관이 몸을 떨었다. 분명 사공과 손을 잡았다고 했다. 사공과 함께 황제를 끌어내리고 새로운 권좌에 앉겠다는 맹세를 했다고 하였다.

그런데 왜 이곳에 있는 것인가! 왜 이곳에서 그의 일을 훼방 놓는단 말인가!

"문성공. 왜 이러시는 것입니까? 사공과…… 손을 잡으신 것이 아니었습…… 쿨럭."

다가오는 유 내관의 목에 부겸이 검을 대었다. 자객의 피로 흥건한 검이 목에 닿자 유 내관이 비명을 지르며 자리에 주저앉았다.

엉망이 된 수련의 옷이 찢기는 순간, 복잡했던 머릿속이 하나로 정리되었다. 사지가 잘린 자객들이 살려 달라며 매달렸지만, 부겸의 검은 약간의 자비도 주지 않았다. 저리 험하게 다뤄질 여인이 아니었다. 보듬고 아껴서 환하게 웃었을 때 누구보다도 고운 여인이었다.

"내 마음이 이리하라는데, 답이 있던가?"

"문성공!"

"그리고 넌 네가 지은 죄의 대가를 받아야겠지."

부겸의 모습에 유 내관이 숨을 삼켰다. 부겸의 모습에서 태휼이 보이고 있었다. 미소를 지으며 다가오는 모습이 마치 보이지 않는 검을 휘두를 때의 태휼과 똑같다는 걸 그는 알고 있을까? 하지만 지금은 모습이 같다며 막연히 지켜볼 때가 아니었다.

"문성공. 사, 살려 주십시오! 그저…… 그저 앞으로의 대업을 위해 걸림돌을 제거하고자 했을 뿐입니…… 아악!"

남아 있는 팔에 핏줄기가 뿜어져 나왔다. 잘린 것은 아니었지만, 어깨에서 팔꿈치까지 내려오는 검상이 깊었다. 고통스러워하는 비명 소리가 주변을 가득 채웠지만 부겸은 태연했다.

"네 개인적인 욕심을 채우려 했을 뿐이지."

"문성공! 이러지 마십시오! 이비 마마를, 사공께서…… 어찌…… 보시겠습니까?"

"쓸 만한 패는 널리고 널렸지. 고작 너 따위가 죽는다고 세상이 바뀔 것 같은가?"

코웃음을 치며 부겸이 검을 들어 올리자, 유 내관의 얼굴이 창백해졌다. 이비와 사공으로 위기를 모면해 보려 했지만, 부겸에게는 조금도 통하지 않았다.

이대로 죽을 순 없다. 이제 곧 황금빛 미래가 그의 앞에 펼쳐질 것이었다.

"해약! 해약이…… 컥. 필요하지 않으십니까? 소인이…… 소인이 해약을 가지고……."

"수련을 죽일 생각으로 온 놈이 무슨 해약을 가지고 있겠냐? 그리고 해약이 있었다면 저기에 죽어 있는 놈들이 먼저 내놓았겠지."

잠깐의 거짓말로 위기를 모면하려 했던 유 내관이 바닥에 주저앉았다.

"살려, 살려 주십시오! 시키시는 모든 일을 할 터이니 제발 목숨만…… 목숨만…… 아악!"

살려 달라며 매달리는 유 내관의 허벅지를 부겸의 검이 다시 베었다. 팔의 상처만큼은 깊지 않았지만, 걷기는 어려울 정도의 상처였다.

"아아악!"

고통스러운 비명을 지르며 구르는 유 내관을 부겸이 무심히 쳐다봤다.

"살려 달라 했으니 살려 줄 것이다."

"아아악!"

"분노하신 폐하께도 화풀이가 필요하지 않겠나? 그러니 폐하께 죽어라."

피 바닥에서 구르는 유 내관을 보던 부겸이 몸을 돌렸다. 자객들의 시선 사이에 놓인 수련이 목을 젖히고 가쁜 숨을 내쉬고 있었다. 약 효과에 달아오른 피부가 델 듯이 뜨거웠다.

손에 기를 모은 부겸이 수련의 얼굴과 목을 부드럽게 쓸어내렸다. 고통스러워하며 숨조차 내쉬지 못하던 수련이 부겸의 기운에 힘든 숨을 길게 토해 냈다.

얼굴과 목을 쓰다듬던 손길이 전신으로 이어졌다. 태흉만큼은 아니었지만, 부겸 또한 기를 다룰 수 있었다. 이대로 두면 최음제였던 약이 독으로 변할 것이었다.

부겸의 이마에 땀이 송골송골 맺혔지만, 자신의 기를 수련에게 건네는 행동을 멈추지 않았다. 제멋대로 날뛰던 수련의 기가 어느 정도 진정되자 부겸이 그녀를 안아 들었다.

"문……성공."

수련을 안고 가려는 부겸을 보며 유 내관이 거듭 불렀다. 입 외에는 움직이지 못하는 그가 자비를 달라며 호소하였다. 눈물범벅이 된 얼굴을 경멸스럽게 쳐다본 부겸이 주저 없이 사라졌다.

남아 있던 자객들이 부겸을 향해 몸을 날렸지만, 몇 걸음 가지 못하고 나타난 이들에게 목이 베였다. 주변을 정리하던 이가 부겸을 발견하고는 몸을 숙였다.

안고 있는 수련에게서 다시 열이 오르는 것이 느껴졌다. 임시로 억눌러 온 약 효과가 다시 발휘하기 시작했는지 수련의 이마에 땀이 송골송골 맺히기 시작했다.

"태……휼."

귀를 기울이지 않으면 들리지 않은 작은 목소리에 나오는 이름에 부겸의 눈이 어둡게 가라앉았다. 수련의 이마에 뺨을 대자 따뜻하다 못해 뜨거운 열기가 느껴졌다.

"살려 놓은 놈들은 말을 할 수 없게 만들어라. 폐하는 어디까지 오신 건가?"

"이비의 계획을 먼저 알아차린 사공이 어떻게든 시간을 끌어 보려 한 듯싶습니다. 아무리 서둘러도 반 시진 후에나 이곳에 오실 수 있을 것 같습니다."

"그때까지 흔적을 모두 지워라."

유 내관에게 남겨진 검상만 보더라도 태휼은 부겸이 나섰다는 걸 알아차릴 것이다. 억지라는 것을 알면서도 심술을 부리고 싶었다. 자신은 가질 수 없는 여인, 그 여인을 가진 태휼에게 자신의 고통을 알려 주고 싶을 뿐이었다.

말을 끝낸 부겸이 수련을 안은 팔에 힘을 주었다. 힘없이 안기는 그녀에게서 나오는 더운 숨이 부겸의 목을 간질였다.

산의 중턱에 봐 놓았던 곳으로 간 부겸이 적당한 자리에 그녀를 눕혔다. 어둑해진 산에서 불어오는 바람이 차가웠지만, 정작 수련의 몸은 불덩이였다. 수련이 열기에 몸을 비틀자 찢어진 옷 사이로 하얀 살결이 그의 시선을 사로잡았다.

손으로 건네는 양기로는 약 기운을 억누르는 데 한계가 있었다. 자신도 모르게 옷을 벗으려 하는 수련의 손목을 부겸이 붙잡았다.

"답답해."

"안 된다."

"더워."

부겸의 저지에도 이미 정신을 놓은 수련이 무의식적으로 입고 있던 옷을 벗었다. 상처투성이였지만, 옷 사이로 보이는 살결이 그를 흔들기에는 충분했다. 고개를 뒤로 젖힌 수련의 눈에 핏줄이 도드라지는 걸 본 순간 부겸은 주저하지 않았다.

"흐음."

밤바람에 차갑게 식은 입술이 더운 열기를 토해 내는 수련의 입술 위에 머물렀다. 팔을 붙잡은 손에서도, 마주하는 입술에서도 끊임없이 부겸이 자신의 기를 수련에게 건네었다.

손목을 붙잡았던 손이 부드러운 몸을 지나, 가는 허리를 붙잡았다. 밀착된 몸에서 느껴지는 열기조차 부겸을 흔들기에 충분했다.

"하아……."

수련의 열기에 전염되듯 부겸의 몸에도 열기가 차올랐다. 낯선 감촉에 잠시 밀어 내기는 했지만, 부겸의 양기를 받은 그녀가 살기 위한 본능으로 그를 받아들였다. 그녀를 살리기 위한 행동이었지만, 이미 이성을 잃기 시작한 머리는 모르는 척 그녀를 가지라며 부겸을 충동질하고 있었다.

붉게 달아오른 입술로 가쁜 숨을 내쉬는 수련의 모습이 미치도록 고왔다. 수련이 그에게 마음이 없다는 것을 알면서도 그녀를 제 소유로 품에 안고 싶었다.

"수련."

이런 식으로 그녀를 안으면 안 된다는 걸 알면서도 수련의 모든 것이 부겸을 충동질하였다. 지금의 행동이 용서받을 수 없다는 것을 알고 있으면서도 부겸은 그녀가 미치도록 가지고 싶었다.

수련을 살릴 것이다. 지금 이 상황에서 수련을 살릴 수만 있다면 평생 그녀의 저주를 들어도 상관없었다.

곱게 파인 쇄골에 부겸이 얼굴을 묻었다. 그녀의 몸에서 나는 체향이 그의 열기에 불을 지폈다. 몸에 남아 있던 찢어진 옷가지가 어느새 바닥에 흘러내렸다.

"싫어……."

쇄골에 입술을 맞추던 부겸의 행동이 멈추었다.

열기에 가득 찬 부겸의 눈과 물기에 촉촉해진 수련의 눈이 마주쳤다.

"수련?"

이름을 불렀지만, 초점을 잃은 눈은 여전히 허공을 맴돌 뿐이었다. 부겸의 손이 수련의 뺨을 조심히 감쌌다. 힘없이 어두웠던 눈이 부겸을 바라보았다.

오랫동안 바라보던 수련이 옅은 미소를 지어 보였다.

"태휼……."

부겸의 심장에 차갑고 날카로운 것이 스미었다. 상처받은 눈이 품에 있는 수련을 원망하듯 바라보았다. 부겸을 바라보던 수련이 힘겹게 손을 올렸다. 힘겹게 닿은 손가락이 천천히 부겸의 얼굴을 어루만졌다.

"무서……웠어요."

"……."

"당신을 봐서…… 당신이 곁에 있어서…… 다행이야."

말을 끝낸 수련이 정신을 잃었다.

조금 전까지 그를 미치게 흔들어 댔던 열락이 식어 내렸다. 수련의 몸에서 내려온 부겸이 힘없이 실소를 터트렸다. 아닐 것이라 몇 번이나 부정하고 부정했던 진실을 마주한 기분은 참담했다.

부겸은 절대 수련의 마음을 얻지 못할 것이다.

그의 평생, 수련이 부겸을 보며 마음을 여는 일 따위도 없을 것이다.

"그래서 그대가 좋아."

가질 수 없는 감정이었기에 더 욕심이 나는 것일지도 모른다. 자신의 곁에 억지로 붙잡아 놓으면 한 번은 기회가 올지도 모른다는 작은 위안이었던 것일 수도 있다.

하지만 자신의 것이 아니다.

생의 마지막이 될 수 있는 지금, 수련이 보고 있는 이는 태휼이였다.

"이후의 벌은 달게 받겠어."

부겸이 입고 있던 장옷을 벗었다. 겉옷을 벗은 부겸이 수련을 향해 다가왔다.

＊　　＊　　＊

한 걸음, 또 한 걸음.

피 웅덩이 사이에서 태휼이 걸음을 옮길 때마다 몸을 숙인 이들이 숨을 삼켰다. 내관부터 그가 보냈던 병사들, 그리고 처음 보는 자객까지 차분한 눈이 하나씩 지켜봤다.

갑작스럽게 입궁한 사공과의 대담으로 수련에 대한 보고가 늦어졌다. 평소보다도 더 많은 이들을 붙여 놓았으니 괜찮을 것이라 애써 자신을 추스르며 여기까지 왔다.

"수련과 같이 보냈던 흑영은?"

"사당 옆에서 발견되었습니다."

보고를 하는 무진의 이마에서 맺혀 있던 땀이 흘러내렸다. 흑영 다섯에 딸려 보낸 이들만 스물이었다. 어지간한 자객들은 충분히 상대할 인원이었지만 문제는 이들을 공격한 적이 너무 많았다는 것이었다.

시신을 살펴본 것만으로도 육십이 넘었다. 살아남은 자들의 말로는 산의 모든 곳에 자객이 있는 것 같은 느낌까지 들었다고 하였다. 몇 번이나 확인하고 살폈으니 괜찮을 것으로 생각했다.

"소인의 불찰입니다. 소인이 오만하였습니다."

무진의 뒤에서 짧은 단말마가 울렸다. 비릿하게 느껴지는 혈향에 고개를 숙이고 있던 무진이 고개를 돌렸다. 혈전에서 살아남은 병사들과 자객의 몸에서 흐르는 피가 바닥을 적셨다.

순식간에 일어난 일에 몇몇 궁인이 비명을 지르며 자리에 주저앉았다.

231

무진의 눈이 죽은 이들에게서 태흘에게로 향하였다.

"폐하."

무진의 말을 넘기며 태흘이 자신이 죽인 이들의 앞까지 걸어갔다. 무척이나 태연한 모습이었지만, 속에서는 터지려는 분노를 힘겹게 억누르고 있었다. 누가 누구인지 알 수 없는 상황이라면 살아 있는 자들조차 황궁의 사람인지 자객인지 알 수 없다는 말이었다.

하물며 목숨을 걸고 지켜야 할 수련을 지키지 못한 것만으로도 이들이 죽을 이유는 충분했다.

'조심 또 조심할게요.'

귓가에 속삭이는 소리가 아직도 선명하건만, 당장 그의 곁에 있어야 할 수련은 어디에도 없었다. 수련이 처음이자 마지막으로 홀로 나가는 것이었으니 수를 쓸 것이라는 건 알고 있었다. 그녀 스스로도 몸을 지킬 수 있었으니 그 정도의 병력이면 충분하다고 생각했었다.

"폐하."

산을 뒤지던 흑영이 태흘의 앞에 몸을 숙였다. 흑영의 뒤를 따르던 병사들이 들 것에 끌고 온 것을 태흘의 앞에 내려놓았다. 그리고 그 옆에 같이 놓인 옷을 본 태흘의 눈에 핏기가 도드라졌다.

"폐…… 폐……."

들것에 실려 온 유 내관이 눈물이 가득한 눈으로 태흘을 불렀지만, 그의 눈은 같이 가져온 옷에 고정되어 있었다. 갈기갈기 찢긴 옷이 흙과 피로 얼룩져 있었지만 누구의 옷인지 묻지 않아도 알고 있었다.

태흘의 손이 수련의 옷 위에 오랫동안 머물렀다. 그 모습에 공포에 질린 궁인 몇이 자신도 모르게 뒷걸음질을 쳤다. 스산하게 부는 바람 외에 숨소리조차 쉬기 어려운 무거운 분위기가 깊게 내려앉았다.

"시신은?"

"옷 외에는 보이지 않았습니다. 또한 아가씨를 보시던 상궁과 궁녀 또한 보이지 않았습니다."

태흘의 눈이 그제야 들것에 있는 유 내관에게 향하였다. 차가운 눈이 유 내관의 몸에 남아 있는 검상을 살폈다. 잘린 팔과 사지의 검상을 살핀 태흘이 실소를 흘렸다.

"폐…… 폐……."

"말할 필요 없다."

수련은 죽지 않았다.

유 내관의 사지에 난 검상을 보는 것만으로도 누가 수련을 데려갔는지 알 수 있었다.

"누가 너에게 그랬는지 알고 있다."

모든 걸 이해한다는 듯이 나오는 말에 유 내관의 눈에 눈물이 벌컥 샘솟았다. 부겸은 태흘이 자신을 죽일 것이라 했지만 착각이었다. 이 상황을 듣기 위해서라도 태흘은 그를 살릴 것이다. 목숨만 구할 수 있다면 유 내관은 평생 태흘에게 자신의 전부를 바칠 수 있었다.

하지만 그러한 착각은 복부를 천천히 베기 시작한 무형의 검에 산산이 조각났다.

"컥!"

"그리고 널 왜 살렸는지 또한 알고 있지."

수련을 부겸이 데리고 가면서 유 내관을 살려 놓았다면 이유는 하나였다.

이번 일의 원흉. 부겸이 나서지 않았다면 수련을 죽였을 사람이 누구인지 보여 주는 증좌였다.

이딴 놈 하나 죽인다고 치밀기 시작한 화가 가라앉을 리가 없었다.

살아 있다는 걸 확인했지만, 어떤 상태인지 알 수 없었다. 하물며 그녀를 데리고 간 사람이 부겸이었기에 더더욱 안심할 수 없었다.

부겸도 부겸이었지만, 걱정되는 건 수련이었다.

살아만 있으면 된다. 무슨 일을 겪었든, 어떤 모습을 하고 있든 그에게는 아무 상관도 없었다. 하지만 수련의 성격으로는 자신이 겪은 일을 감당하지 못할지도 모른다.

"아아악!"

끔찍한 참상에 궁인은 물론이고 흑영조차 고개를 돌렸다. 유 내관의 몸에서 뿜어져 나오는 피가 태흘의 얼굴에 묻었지만 미동조차 없었다. 사지가 베인 몸에 다시 검상이 생기고, 피가 뿜어져 나왔다. 곧이어 비명을 지르던 목울대에서 붉은 피가 흘러내렸다.

고통스러운 몸부림을 치던 유 내관의 움직임이 천천히 멈추었다.

"짐승의 먹이나 되게 버려라."

연이어 나오는 명령이 두렵다 못해 섬뜩하였다. 궁인은 물론이고 가까이에서 태흘을 모시던 무진조차 고개를 들 수 없었다. 지은 죄가 있는 것도, 그렇다고 태흘에게 목이 베인 것도 아니었지만 그와 한 공간에 있는 것만으로도 목에 검이 닿아 있는 것처럼 움직일 수 없었다.

황후를 맞이한다고 했기에, 그리고 그 황후가 될 여인과 무척이나 다정한 모습을 보여 줬기에 잠시 잊고 있었다. 광기와 분노에 자신을 놓던 황제. 압도적인 힘만큼이나 조금의 실수에도 자비를 내리지 않던 냉혈한이 황제였던 것을 다시금 깨닫기 시작하였다.

"수련을 찾아와라."

억눌러 오던 광기가 서서히 태흘의 이성을 먹어 치웠다.

살아 있다는 걸 확인했으니 데려와야 했다. 단 하나뿐인 존재, 수련을 부겸에게 빼앗겼다.

유 내관의 검상 외에는 남긴 흔적은 없었기에 공식적으로는 움직일 수 없었지만, 분명 그녀를 데려간 사람은 부겸이었다.

그녀가 무너지면 자신이 무너진다. 귀하디귀한 존재, 그녀가 무너지기 전에 서둘러야 했다.

"산을 전부 태워도 좋다. 찾아내."

"누가 누굴 데리고 갔다고?"

다급히 전해 오는 소식에 사공이 눈을 좁혔다.

황궁에서 퇴궁하려는 순간, 이비의 움직임이 심상치 않다는 보고를 들었다. 그저 여인의 투기로 치부하려 했지만, 지난번 일로 버리다시피 한 유 내관과 손을 잡았다는 말이 이상하게도 마음에 걸렸다.

서둘러 알아보라는 지시와 함께 피곤하다는 태휼과 억지로 자리했다. 무슨 일을 저질렀는지는 알 수 없었지만, 성공한다면 가문에 나쁜 일은 아니라는 판단에서였다.

　수련에게 문제가 생겼다는 말에 태휼이 황궁을 뛰쳐나가고, 상황을 알아온 시종에게서 모든 일을 듣게 되었다.

　'죽기를 바랐건만.'

　성공했다면 앞으로의 걱정 자체가 없었건만, 아쉽게도 일은 실패였다. 그러던 중, 수련을 부겸이 데리고 사라졌다는 보고를 들었다. 집무실에서 머리를 굴리던 사공이 옆에 앉아 있는 장남을 향해 눈을 돌렸다.

　"하늘이 우리를 돕고 있구나."

　"아, 아버지. 우리 가문이 관여되어 있다는 것을 아시면……."

　"무슨 소리를 하는 것이냐? 가문이라니…… 이비께서 독단으로 하신 것이 아니냐."

　몸을 사리는 장남을 보며 사공이 쓴 입맛을 억지로 다셨다. 무모할 정도로 자신의 것을 지키려 하는 이비와는 달리 장남은 욕심이 없었다.

　가문을 물려받아야 할 이가 저리 유약한 것이 마음에 걸렸지만, 지금은 허약한 장남에게 신경 쓸 겨를이 없었다.

　"문성공이 건들면 안 되는 것을 건드렸구나."

　생전 여인에게 관심조차 없던 황제가 제 손으로 황후로 올리겠다는 선언을 한 여인이었다. 제 손에 넣은 것을 절대로 놓지 않는 황제에게 부겸은 정면으로 도전한 것이 되어 버린 셈이었다.

　"이젠 문성공을 믿을 수밖에 없겠구나. 폐하와는 확실히 다른 길을 가겠다는 선언을 한 것과 다름이 없어."

"아버지."

"서로 물어뜯게 해야겠다."

사공의 말에 장남이 눈을 좁혔다. 황궁은 물론 호연을 발칵 뒤집을 일임에도 사공은 주눅 들기보다는 기쁜 듯 미소까지 짓고 있었다. 사공의 미소가 불안하게 느껴지는 것은 자신만의 착각일까? 사공을 말리려 입을 여는 순간, 사공이 그를 막았다.

"황후 즉위식을 길일로 잡아 놓았다. 즉위식이 취소되어도 가문의 모든 병력은 움직일 것이다."

"아버지! 그건 반역입니다! 당장 폐하께서 아시기라도 하면……."

"그러니 입을 다물란 말이다! 이미 시작된 일이니 말릴 생각 따위 하지 말아라."

"……."

"금족이 눈을 시퍼렇게 뜨고 있는 상황에서 영천왕이 움직이지는 못할 터, 지금이 바로 하늘이 우리 가문에게 주신 기회구나."

이대로 태흘에게 당할 수 없었기에 권좌의 주인을 바꾸려 하였다. 가문을 지키기 위해서라면 때로는 도박도 필요한 법이었다.

그랬던 그의 마음에 서서히 욕심이 깃들었다. 가문을 지키기 위해서 권좌의 주인을 바꾸느니 차라리 그 자리의 주인이 될 수 있다면.

사공의 눈에 위험한 빛이 감돌았다.

여인을 놓고 싸우는 사내들이니 서로가 서로를 물어뜯다가 공멸할 수도 있는 법이었다. 하물며 둘이 대립하다가 누가 이겨도 결국은 서로에게 치명타일 것이 분명하였다.

"우리 이비 마마께서 가문을 위해 큰일을 하셨군."

"이대로라면 이비 마마께······."

"이젠 어쩔 수 없지. 버리는 수밖에."

자신의 딸임에도 버린다는 말이 자연스럽게 흘러나왔다. 사공의 말에 놀란 장남이 숨을 삼켰지만, 그는 조금도 흔들리지 않았다.

유 내관이 태흘에게 죽은 이상, 다음 상대는 유 내관을 충동질한 이비였다. 이 상황에서 어설프게 이비를 구하려 했다가는 도리어 사공까지도 태흘에게 먹힐 수 있었다.

"폐하의 황은조차 한 번도 얻지 못했던 비 마마이십니다. 이대로 저버릴 수는 없습니다!"

"그래서 비와 함께 죽기라도 하겠다는 것이냐?"

사공의 말에 더는 어떠한 말도 꺼낼 수 없었다. 말문이 막힌 장남을 보던 사공이 단호한 눈으로 바라보았다.

"마음 단단히 먹어라. 넌 그저 상황이 흘러가는 대로 따르기만 하면 된다."

사공의 엄포에 주눅 든 장남이 힘없이 고개를 끄덕였다.

몸을 기대고 있는 탁자를 두드리며 사공이 눈을 좁혔다. 부겸이 수련을 어디로 데리고 갔는지 알 수 없었지만, 어차피 손을 잡았으니 다음에 물어보면 그만이었다.

아끼는 여인을 잃은 태흘은 점점 무너질 것이었다. 부겸을 충동질하는 것과 동시에 둘의 틈을 파고들 수만 있다면 권좌는 자신의 것이 될 터였다.

"사공. 이비 마마께서 급히 사람을 보내셨습니다."

"그럴 필요 없다. 더는 할 이야기가 없으니 황궁으로 돌아가라 해라."

지금 이비와 엮이면 사공이 배후에 있다는 오해만 들을 터였다. 지금은 잘라 내야 할 때, 도리어 태휼의 의심을 피하기 위해서라도 이비는 버려야 했다.

만나겠다며 고집을 부리는 이를 내쫓으라는 말을 하며 사공이 몸을 일으켰다.

밖에서 일어나는 소란을 외면하는 사공의 입가에 묘한 미소가 감돌았다.

✳ ✳ ✳

감히 얼굴을 들 생각조차 하지 못했다.

황궁에 입궁한 태휼이 맨 처음 향한 곳은 수련의 침소였다. 주인도, 주인을 모시던 궁인조차 없는 침소에 선 태휼이 깊게 숨을 내쉬었다.

공허한 방 안에 말없이 서 있던 태휼이 서안을 향해 고개를 숙였다. 서안의 가운데에 그가 수련에게 주었던 쌍가락지가 놓여 있었다. 태휼의 시선을 보던 내시감이 고개를 숙였다.

"아가씨께서 돌아오시면 바로 보고 싶다 하시어 미리 가져다 놓은 듯하옵니다."

"고쳤나?"

답을 하지 못하는 내시감을 보던 태휼이 피식 실소를 지었다. 살아서 부겸이 데려갔다는 것만 알 뿐 어느 하나 명확히 아는 것이 없었다. 하물며 수련을 데리고 간 부겸이 어디에 있는지조차 알 길이 없었다.

고치지 못한 가락지처럼, 갈기갈기 찢겨 피에 젖어 있는 수련의 옷 외에 태휼이 가진 건 없었다.

"네가 결국 짐의 목줄을 틀어쥐려는 것인가?"

"폐하."

"나가라."

지금 태휼을 막을 사람은 누구도 없었다. 자칫 그를 잘못 건드렸다가는 목이 베일 터, 겁에 질린 궁인들과 내관들에게 눈짓을 한 내시감이 조용히 방 밖을 나갔다.

혼자 남은 방에서 태휼이 수련의 가락지를 손에 들었다. 당장에라도 부서질 것처럼 생긴 금이 손끝에 또렷이 느껴졌다.

"크큭."

천천히 시작된 비웃음이 점점 커졌다. 몸을 숙여 가며 터트리는 웃음이 즐겁기보다는 음산하고 처절하였다. 한참 동안 웃음을 터트린 태휼이 숨을 길게 내쉬었다. 핏줄이 터진 눈이 충혈되어 있었다.

첫 정인이 여상환에게 어이없이 죽었을 때도 이런 기분이었을까? 솔직히 너무 오래전 일이라 그때의 감정이 어땠는지 기억조차 나지 않았다. 제 손으로 수련을 보냈을 때와 지금의 감정은 완전히 달랐다.

수련을 만나면서 천천히 가라앉았던 광기가 제 모습을 드러냈다.

그의 세상이 사라졌다.

"내 세상을 **빼앗았으니**……."

그의 전부가 부서지고 무너졌다.

"너희들의 세상도 무너져야겠지."

살아 있을 것이다.

어떤 모습으로 있던 그녀가 살아 있다는 건 의심하지 않았다.

하지만 어떤 모습으로 살아 있을지는 그도 장담하지 못했다.

곱고 고운 자신만의 여인. 한순간도 놓치고 싶지 않았기에 곁으로 데려온 귀한 여인이었다.

"내시감."

낮게 부르는 목소리에 문이 열리며 내시감이 안으로 들어왔다.

우둑 소리와 함께 태흘이 손을 펴자 손에 쥐고 있던 가락지가 산산이 부서졌다.

"이비는?"

"내관과 병사들로 궁을 포위하였습니다."

충혈되었던 눈이 가라앉은 태흘이 입꼬리를 올렸다. 유 내관의 뒤에 누가 있었는지 증좌 따위 없어도 충분히 알 수 있었다.

"이비에게 가겠다."

"폐하. 지금은……."

"이비가 짐에게 해 줘야 할 이야기가 많지 않은가? 직접 가서 듣겠다."

오늘 하루가 무척이나 길었다. 하지만 태흘을 말려 줄 사람은 황궁 어디에도 없었다.

그저 걸어가는 것뿐인데도 한기가 몰아쳤다.

지금 황궁에 있는 이들이 할 수 있는 건, 그저 앞서가는 태흘의 뒤를 따르는 것뿐이었다.

불안한 눈이 연신 궁 밖을 살폈다.

일이 잘못되었다는 것을 안 순간, 궁을 빠져나가기 위해 사공에게 손을 내밀었다. 태횰이 총애하는 수련을 죽이려 한 이상, 황궁에 있다면 결국 죽음뿐이었다.

이비의 마지막 부탁을 사공은 매정하게 거절했다. 도리어 스스로 저지른 일이니 스스로 벌을 받으라며 내치기까지 하였다.

"이대로 죽을 수 없어."

어떻게든 궁을 빠져나가려 했건만, 눈치 빠른 내시감이 먼저 병사와 내관을 움직였다. 태횰이 오기 전에 어떻게든 살아날 궁리를 해야 했다. 이대로, 절대 이대로 죽을 수 없었다.

"내가 어떻게 여기까지 왔는데!"

그것만 죽으면 끝날 일이었다. 문제는 그 계집이 죽었는지 살았는지는 알지도 못한 채, 사라져 버렸다. 이번 고비만 넘기면 된다. 이번만 넘긴다면 하늘은 자신을 황후로 선택할 것이다.

"폐하께서 오셨습니다."

내시감의 목소리에 이비가 숨을 삼켰다. 핏기라고는 하나도 없는 얼굴이었지만 애써 입술을 깨무는 것으로 자신을 참아 냈다. 차가운 표정으로 다가오는 태횰을 향해 이비가 몸을 숙였다.

분명, 이번 일에 그녀가 관련되어 있다는 증좌는 없다고 하였다. 모든 일의 원흉은 유 내관이지 자신이 아니었다. 그렇게 자신을 다잡고 또 다잡았다.

"폐하! 신첩, 소식을 듣고 얼마나 놀랐는지 뭐라 말을 꺼낼 수가 없었사옵니다. 아가씨께서는 어찌 되셨습니까?"

그녀의 태연한 말을 듣던 태횰이 부드러운 미소를 지어 보였다. 오랜만에 보는 그의 미소에 이비의 눈이 커졌다. 저 미소에 흔들리면 안 된다는 걸 알고 있으면서도 시선을 뗄 수 없었다.

황궁에 들어온 순간부터 지켜보기만 했었던 황제, 그를 향해 이비가 손을 뻗었다.

"네가 원하는 대로 되었다."

이비의 손가락이 닿기 직전, 스산하게 들려오는 목소리에 그녀의 손이 멈추었다.

"폐하?"

"수련은 없어지고, 이 빌어먹을 황궁에 너 하나만이 남았구나."

뛰고 있던 심장이 바닥에 쿵 내려앉는 기분이었다. 태휼에게서 거둔 손가락이 부들부들 떨기 시작했지만, 이비는 애써 자신을 추슬렀다.

증좌를 내민 것도 아니었고, 그저 던지는 말일 뿐이었다.

자신은 죄가 없다.

"폐하. 신첩은 무슨 말씀을 하시는지 모르겠습니다."

"짐이 널 가벼이 보았다. 얌전하지는 않아도 상황을 보는 눈을 가졌기에 한 번도 아니고 두 번이나 섣부른 짓은 하지 않을 줄 알았다."

"폐하!"

"사공이 좀 더 날뛰기를 바랐기에 살려 놓은 것이 결국 짐의 목을 움켜쥐고 흔들 줄이야."

부드럽고 다정한 분위기가 온데간데없이 사라졌다. 온몸을 옥죄는 공포에 자신도 모르게 이비의 이가 떨렸다. 핏기라고는 거의 없이 창백한 얼굴이 당장에라도 죽을 것처럼 새하얘졌다. 증좌가 있느냐며 억울하다는 말을 꺼내야 했건만, 목에 가시라도 걸려 버린 것처럼 아무 소리도 나지 않았다.

"폐…… 폐…… 아아악!"

어떻게든 말을 해 보려던 이비의 뺨에 핏방울이 튀었다. 이비를 따라 숨조차 내쉬지 못하던 문 상궁을 포함한 궁녀와 궁인들이 태흘이 휘두르는 검에 쓰러졌다.

여인의 분 냄새로 가득했던 방이 혈향으로 가득 찼다. 어떻게 죽는지도 모른 채 죽은 사람들의 몸에서 터져 나오는 피가 방을 붉게 물들었다.

"아아악! 아아아악!"

바닥에 주저앉은 이비가 옷을 물들이는 피에 비명을 질렀다. 발버둥 치던 이비의 손에 물컹거리는 것이 잡히자 자신도 모르게 고개를 돌렸다.

자신이 잡았던 것이 문 상궁의 머리라는 것을 깨달은 이비가 그대로 정신을 놓았다.

"폐하! 살려 주세요!"

"……."

피 바닥을 기어서 다가온 이비가 태흘의 다리를 붙잡았다.

"그저 그 계집이 미워서! 미워서 장난을 쳤을 뿐입니다! 신첩은 그저 장난으로 한 것입니다! 유 내관이! 유 내관, 그놈의 충동질에 신첩이 어리석게 넘어간 것입니다. 신첩은 아무것도 몰랐습니다! 아무것도 몰랐습니다!"

숨겨야 한다는 생각도, 발뺌해야 한다는 이성도 사라진 지 오래였다. 태흘은 자신을 죽일 것이다. 그것도 누구보다도 고통스럽고 끔찍하게 죽일 것이다.

살고 싶다. 그저 살고 싶을 뿐이었다.

"유 내관의 농락입니다! 그놈의 농락에 신첩이 어리석게 당했습니다! 살려 주세요! 폐하! 한 번의 자비만 내려 주시면 무엇이든지 하겠습니다! 폐하! 살려 주세요!"

자비를 갈구하는 이비를 보며 비틀린 미소를 지었던 태휼의 눈에 분노가 스며들었다.

화풀이를 해 봤자 달라지는 것은 없다. 결국 그의 잘못이었다.

법도든 무엇이든 간에 그녀와 함께 갔다 왔어야 했다.

가기 직전 느꼈던 그녀의 손길이 아직도 생생했다. 그녀와 함께라면 조금은 다른 삶을 살게 되어도 괜찮을 것 같았다.

하지만 이젠 수련이 없다.

'무섭다는 말조차 제대로 못하는 너인데……'

넝마인 옷을 잡는 순간 태휼의 손을 흥건히 적신 건 수련의 피였다. 채 마르지 않은 피를 보는 것만으로도 수련이 어디를 다쳤는지, 어떤 몸인지 알 수 있었다.

"살려 주세요! 폐하!"

"어떤 모습이어도 상관없다."

"폐하!"

"상상조차 하기 싫은 끔찍한 일을 당했어도 상관없다!"

"폐하! 제발!"

허공을 헤매던 태휼의 눈이 이비를 향하였다. 태휼에게 자비를 구하느라 눈물범벅이 된 얼굴이 흉하였다.

"짐의 오만과 너의 교활함이 오늘의 사달을 만들어 냈다."

몸을 숙인 태휼이 매달리다시피 붙어 있는 이비의 목을 붙잡았다. 약간의 힘만 줘도 목이 꺾여 죽일 계집, 하지만 태휼은 붙잡을

망정 힘은 주지 않았다.

쉽게 죽이지 않을 것이다.

"살고 싶으냐?"

"폐하! 폐하!"

"수련을 데려와라."

울부짖던 이비의 말이 뚝 끊겼다. 절망스러운 눈으로 보는 이비에게 태휼이 입꼬리를 올렸다.

"사공에게 부탁을 하든, 이번처럼 자객을 쓰든 상관없다. 짐의 앞에 데려와라."

"폐, 폐하!"

"그럼 네 목숨을 살려 주긴 하마."

사공이 그녀를 버린 상황에서 수련을 찾는 일은 불가능하였다. 하물며 누가 데려갔는지도 알 수 없는 상황에서 죽었을지도 모르는 수련을 찾아오라는 명령은 차라리 그냥 죽으라는 말이었다.

살려 달라며 이비가 다시 매달리려 하자 태휼이 죽은 궁녀들 사이로 이비를 던졌다. 비명을 지르며 이비가 태휼을 향해 기어 왔지만, 그녀를 보는 그의 눈은 싸늘했다.

"한 번만! 한 번만 살려 주세요! 폐하! 신첩이 잘못하였습니다!"

이비의 간청을 귓등으로 넘기며 태휼이 몸을 돌렸다. 태휼이 방 밖으로 나가자 열려 있던 문은 다시 굳게 닫혔다. 두려움에 이성을 놓은 이비가 연신 문을 두드렸지만, 굳게 닫힌 문은 열리지 않았다.

十六章

겨누다

수련이 사라진 후, 지옥 같은 사흘이 계속되었다.

그녀를 데리고 간 줄 알았던 부겸은 태연히 나타나 자신은 영천 왕에게 갔다 왔을 뿐이라는 답을 하였다. 그리고 그의 대답이 사실로 밝혀지자 수련의 존재는 완전히 사라져 버렸다.

직접 황후로 세우려던 여인이 시신조차 찾지 못한 채 사라지자, 황제는 누구보다도 차갑고 냉정하게, 그리고 그 누구보다도 잔인하게 자신을 놓아 버렸다.

조금이라도 의심스러운 행동을 하는 순간, 지위의 고하를 막론하고 황군이나 흑영에 의해 끌려갔다. 몸이 없는 대신들의 머리가 황궁 곳곳에 매달렸다. 잠시나마 조용했던 황궁은 황제의 분노로 하루하루가 살얼음판이었다.

"왜 다들 그리 굳어 있는가?"

상석에 앉은 태휼의 입가에 그려진 미소가 여느 때보다도 부드럽고 여유로웠다. 하지만 그렇기에 누구도 먼저 말을 꺼낼 수 없었다. 차라리 분노를 터트리는 것이 나았다.

참으로 즐겁고 여유로운 미소로 태연히 목숨을 거두었다. 살려 달라며 자비를 구하여도 웃고 있는 태휼은 조금의 용서도 없이 그들과 그들의 가문을 거두었다.

"폐하. 죄인을 데려왔습니다."

굳게 닫혀 있던 대전이 문이 열리며 내관들 손에 이비가 끌려왔다. 곳곳에 묻은 피에 반쯤 나가 버린 정신이 예전의 그 이비라고는 생각하기 어려운 모습이었다.

넝마인 이비를 보던 사공이 조용히 고개를 돌렸다.

"분명 짐은 즉위식 전까지 수련을 데리고 오라고 하였다."

"……."

"하긴 여인에게 미친 황제가 어찌 움직일지 보는 것도 재미나기는 하지. 안 그런가?"

도발하는 태휼의 말에도 대신들의 고개는 좀처럼 올라가지 않았다. 노여움을 거두라는 말조차 목숨을 걸어야 할 상황이었다.

태휼의 말을 듣던 사공이 다시 이비를 향해 고개를 돌렸다. 눈과 눈이 마주치고, 이비의 몸이 사공을 향해 움직였다.

"아버지! 살려 주세요."

힘없이 목소리가 애절하다 못해 처절했다. 수련을 찾아오라는 말을 마지막으로 이비는 시신과 피 웅덩이 속에서 사흘을 갇혀 지냈다.

"아버지. 제발……."

이비의 모습을 보던 태휼이 피식 실소를 지었다. 차가운 눈이 이비를 지나 사공을 향하였다.

"사공은 딸을 위해 할 말이 있는가?"

태휼의 물음에 사공이 말없이 이비를 바라보았다. 버리기로 마음먹었지만 그럼에도 딸이었다. 가문을 위해서 키우기도 했지만, 그가 정성을 쏟은 만큼 똑똑한 아이이기도 하였다.

이비를 보던 사공이 태휼을 향해 몸을 돌렸다. 비웃듯이 바라보는 태휼의 앞에 사공이 몸을 숙였다.

"저기 있는 여인은 소인의 딸이기 전에 호연의 죄인입니다."

단칼에 자르는 사공의 말에 이비의 몸에서 힘이 빠져나갔다. 마지막으로 빛났던 눈은 사공의 말을 끝으로 완전히 빛을 잃어버렸다.

애끓는 부녀의 모습을 보고 있음에도 태휼의 눈은 변화가 없었다.

"그럼 저 죄인을 죽임으로써 내 황후가 될 여인을 데려간 이들에게 경고해도 되겠는가?"

태휼의 도발에 사공의 몸이 분노로 잠시 움찔거렸지만, 겉으로 드러내는 대신 감정을 감추었다. 이비를 미끼로 태휼은 사공을 끊임없이 도발하고 있었다. 사공이 분노에 자신을 드러내기를, 그리하여 사공의 목숨까지 거둘 생각으로 움직이고 있었다.

그의 얕은 속임수에 넘어갈 생각 따위 없었다.

"폐하의 처분대로 하시지요."

사공의 차분한 대답에 태휼이 코웃음을 쳤다. 태휼이 피곤하다는 듯 손을 젓자 문이 열리며 들어온 내관이 이비의 앞에 탕약을 내려놓았다.

앞에 놓인 탕약을 보던 이비가 공포에 질린 눈으로 태휼을 바라보았다.

"수련이 흘린 피만큼 너도 쏟고 가야지 않겠는가?"

다정하고 느긋한 목소리였지만 이비를 보는 그의 눈은 살기에 맺혀 있었다. 겁에 질린 이비가 자신도 모르게 뒷걸음치려 하였다.

도망치려는 이비를 붙잡은 내관들이 억지로 입을 벌렸다.

"커, 컥."

발버둥을 치며 도망가려 했지만, 벌린 입으로 들어오는 탕약을 막을 수 없었다. 컥컥거리며 몸부림치던 이비가 울컥 피를 토해 냈다. 몸부림이 멈추자 내관들이 한 걸음 뒤로 물러났다.

검은 피를 왈칵 쏟아 낸 이비의 사지가 뒤틀렸다. 고통스러운 몸짓으로 대전의 바닥을 긁어 댔지만 누구도 가까이 다가가지 않았다.

이비의 모습을 보는 태흘의 눈가에 광기가 머물렀다.

광기에 정신을 놓은 폭군. 약간의 자비조차 비웃음으로 넘겨 버리는 잔혹한 황제.

자신이 받은 모욕은 배로 반드시 되돌리는 사내.

"지금 수련을 데리고 있는 이가 누구인지 알면 똑똑히 전하라."

피를 토하는 이비의 눈과 귀로 검붉은 피가 흘렀다. 바닥을 흥건히 적시던 이비의 움직임이 천천히 느려지고 있었다.

"즉위식은 그대로 할 것이다."

"폐, 폐하. 어찌 황후가 될 여인이 없는 상황에서 즉위식을 할 수 있겠사옵니까?"

"데리고 오면 되지 않은가?"

이비의 움직임이 완전히 멈추었다. 처참히 죽은 시신 앞에서 누구도 그녀를 보지 않았다.

놀라는 대신들을 느긋이 바라보며 태흘이 미소를 지었다.

"즉위식 안으로 수련을 데려와라. 그러지 않으면 지금 저것의 자리에 또 다른 누군가가 있게 되겠지."

숨조차 내쉬기 두려운 분위기가 대전을 무겁게 짓눌렀다. 겁에 질린 대신들을 보던 태휼이 빙긋 미소를 지으며 이비의 시신 앞까지 걸어왔다. 자신의 흘린 피 위에서 죽은 이비를 보던 태휼이 차갑게 명령하였다.

"이비의 사지를 잘라 도성을 통하는 모든 문에 묻어라. 도성으로 들어오는 모든 자들이 이비의 시신을 밟고 들어올 수 있게 하라."

태휼의 명령에 사공이 말없이 눈을 감았다.

대전에서의 일이 끝난 태휼이 주저 없이 밖으로 걸음을 옮겼다. 그의 기운이 완전히 사라지자 다리가 풀린 대신들이 제자리에 주저앉았다.

그들을 보던 사공이 죽은 이비의 시신을 조용히 바라보았다.

황제는 미쳤다.

그러니 바꿀 것이다.

"아가씨? 아가씨!"

몽롱한 정신 사이로 들리는 목소리에 수련이 떠지지 않는 눈꺼풀을 억지로 들어 올렸다. 당장에라도 눈물이 쏟아질 것처럼 촉촉한 정화와 거듭 수련을 부르는 엄 상궁이 눈에 들어왔다.

몽롱한 정신으로 몸을 일으키려는 수련을 엄 상궁이 붙잡았다.

"아직 일어나시면 안 됩니다. 누워 계세요."

"엄 상궁."

"사흘을 내내 의식이 없으셨어요. 일어나지 마세요."

"여긴…… 어디인가?"

수련의 물음에 엄 상궁이 숨을 삼켰다. 답을 하지 못하는 엄 상궁을 지난 시선은 자신이 누워 있는 침상을 천천히 살폈다. 태화전도, 그렇다고 자신의 침소도 아니었다. 눈을 떴지만 몸의 힘이라고는 하나도 없었다. 여전히 속을 울렁거렸고, 머리는 어지러웠다.

"아가씨. 여긴……."

주저하던 엄 상궁이 조심히 입을 열려는 순간, 닫혀 있던 문이 열리고 부겸이 안으로 들어왔다. 힘없이 누워 있던 수련의 몸에 힘이 들어갔다. 부겸을 보던 수련이 엄 상궁을 바라보자, 좀 전과는 다르게 딱딱하게 굳은 표정을 지은 엄 상궁이 천천히 수련을 일으켰다.

"처음 본 얼굴이 폐하가 아니라서 실망한 건가?"

평온한 부겸과는 다르게 수련의 얼굴에는 긴장이 역력하였다. 부겸의 물음에 아니라고 말하려던 수련이 고개를 끄덕였다.

"아니라고는 못 하겠습니다."

본심을 숨기지 않는 그녀를 보며 부겸이 미소를 지었다.

자신의 여인이 아니라는 것을 알면서도 놓을 수 없었다. 수련을 잃은 태휼이 처참히 무너지고 있다는 것을 알면서도 부겸은 이제야 손아귀에 들어온 그녀를 태휼에게 보내고 싶지 않았다.

수련의 옆에 앉은 부겸이 가까이에 서 있는 엄 상궁을 보았다.

"그녀와 할 이야기가 있다. 나가라."

부겸의 말에 정화는 몸을 일으켰지만, 수련을 부축하고 있는 엄 상궁은 미동조차 하지 않았다. 경계하는 시선을 받으며 부겸이 수련을 바라보았다.

"내가 그대에게 해코지라도 할 줄 아나 보군."

"해코지를 하셨습니까?"

창백한 얼굴에 지쳐 있는 모습이었지만 부겸에게 물어보는 눈은 또렷했다. 부겸의 손이 수련의 손을 붙잡았다. 당황한 수련이 손을 빼려했지만 부겸은 놓지 않았다.

붙잡힌 손에서 그의 기가 느껴졌다. 그가 강제로 주는 기운을 받아들이자 몸이 한결 가벼워졌다. 부겸의 기운을 받아들이며 수련이 기억을 더듬었다.

유 내관과 자객들 사이에서 쓰러진 것까지는 기억에 있었다. 하지만 부겸을 만난 기억은 없었다.

"문성공께서 절 안으신 것입니까?"

"만약 내가 그대를 안았다고 말하면 어찌하겠나?"

거침없는 물음에 거침없는 대답이 이어졌다. 둘의 대화를 듣고 있는 엄 상궁의 얼굴은 창백했지만, 부겸과 대화를 하는 수련은 어느 때보다도 침착하려 애썼다.

부겸의 얼굴을 평온했지만 그렇기에 무서웠다. 하지만 피할 곳도, 하물며 숨을 곳조차 없었다. 아직 몸이 나아진 건 아니었지만, 되도록 생각하려 애썼다. 그리고 나오게 된 결론, 부겸을 보던 수련이 고개를 저었다.

"문성공께서는 절 안지 않으셨습니다. 안으셨다면 지금 그런 눈으로 절 보실 리가 없죠. 무엇보다도 절 안으셨다면 엄 상궁이 이리 지키려 하지도 않았을 테고요."

불안해하면서도 답을 찾으려는 모습에 부겸이 작게 웃음을 터트렸다. 약으로 엉망이 된 몸에 정신조차 위태로웠지만 그럼에도 어떻게든 버티려 하였다.

사내가 가지고 있는 강함과는 또 달랐다. 가문이 가진 힘을 휘두르지도, 막강한 힘으로 주변을 억누르는 것도 아니었건만 그럼에도 주변을 진정시키는 강함이 그를 유혹하였다.

"내가 그대를 안았다면 지금쯤 완전히 해독되었겠지."

"문성공."

"폐하였다면 그대를 안지 않아도 해독시켰겠지만 난 아직 그 정도는 아니거든. 무엇보다도 내 품에서 다른 사내를 찾는 여인을 안을 정도로 굶주리지는 않았다."

태휼에게 보란 듯이 수련의 옷을 벗겨 유 내관의 옆에 두었다. 열기에 몸부림치는 수련을 벗은 겉옷으로 단단히 묶어 여기까지 데려왔다.

"제가 폐하를 찾았습니까?"

침착했던 수련의 표정이 미세하게 무너졌다. 물기 어린 눈이 굳이 묻지 않아도 누굴 떠올리는지 알 수 있었다. 마음속 깊이 간직하던 마음이 비틀렸다. 언제나 그녀에게 최우선은 태휼뿐, 부겸에게는 조금의 기회도 없었다.

손을 잡고 있는 부겸이 자유로운 손으로 수련의 뺨을 감쌌다.

그의 손길을 수련이 거부하자 부겸이 단호한 목소리로 말하였다.

"이렇게라도 양기를 받지 않으면 그대는 죽어."

반항하던 수련의 몸이 멈추었다. 얌전해진 그녀를 보며 부겸이 말을 보탰다.

"독을 해독하지 못했으니 당분간은 얌전히 있어야 할 것이오."

"폐하께 가야 합니다."

"황후 즉위식 날이 될 때까진 그대는 내 소유요. 사공도, 폐하도 건드리지 못해."

수련의 말을 단호히 잘라 낸 부겸이 안심하라는 듯 미소를 지어 보였다. 그저 사소한 기분 탓일지도 모른다. 어쩌면 단순히 부겸이 사공의 사람이 아니기를 바라는 마음에서 나오는 착각일 수도 있었다.

사공과 손을 잡고 태흉을 노리는 듯하면서도 단 한 번도 부겸에게서 사공에 대한 이야기를 들은 적이 없었다.

"문성공의 마음은 어디에 계신 것입니까? 사공입니까? 폐하이십니까?"

수련의 물음에도 부겸의 미소는 변하지 않았다. 그녀의 기가 가라앉자 부겸이 잡고 있던 손을 모두 뗐다. 부겸이 손을 거두자 상황을 지켜보던 엄 상궁이 수련을 자신의 품으로 끌었다.

엄 상궁의 품에 안겨 있으면서도 수련의 눈은 부겸을 보고 있었다.

"내가 그대를 살렸으니 이젠 나를 좀 도와줘야겠어."

"문성공."

"곳곳에 날 지켜보는 눈이 많아. 그러니 같이 데려온 둘의 목숨을 생각해서라도 신중히 움직였으면 싶군."

자리에서 일어난 부겸이 노려보는 엄 상궁을 향해 태연히 입을 열었다.

"네 주인을 잘 모셔라. 자칫 독이 온몸에 번질 수 있으니, 그 전에 알려야 할 것이다."

말을 끝낸 부겸이 수련을 말없이 바라보았다. 하지만 그것도 찰나, 부겸이 주저 없이 몸을 돌렸다.

❋　❋　❋

지금까지 참아온 광기를 터트리듯 태휼은 거침없이 대신들을 숙청하였다. 대전의 바닥에 흥건히 흐른 피가 하루도 마를 날이 없었다. 묶인 채, 무릎을 꿇은 이들이 공포에 몸을 떨었다.

"아직도 찾지 못했나?"

"폐하. 소인은! 소인은 억울하옵니다."

"억울하겠지. 그렇게나 열심히 증좌를 숨겼는데 밝혀졌으니 말이야."

태휼의 말을 끝으로 말을 잇던 죄인의 몸이 바닥에 쓰러졌다. 이미 고여 있는 피 웅덩이를 죄인의 몸에서 흐르는 새 피가 다시 채워 갔다.

태휼의 시선이 죽은 죄인에게서 다른 죄인으로 옮겨갔다. 자신의 차례라는 걸 안 죄인이 황제 앞에 이마를 박았다.

"폐하! 소인이 그날 병사를 움직인 건 죄인 이비가 소인에게 거짓된 명을 내렸기 때문이었습니다! 소인 그 말에 속아 사병을 내어 준 것밖에 없습니다! 살려 주시옵소서! 만약 사실을 알았다면 절대 그리하지 않았을 것입니다!"

"그래서 짐이 기회를 주지 않았나?"

"그건……."

"수련을 데려오라 하였다. 시신이 발견되지 않았다는 건 살아 있다는 소리가 아닌가? 어찌하여 그날 사병은 내어 준 네가 아무것도 모를 수 있는가?"

태흘의 말에 말문이 막힌 죄인이 분주히 머리를 굴렸다. 이대로 죽을 수는 없었다.

일이 성공했다면 걱정하지 않을 일이었건만, 멍청한 이비가 어설픈 수로 일을 처리해서 이런 사달을 만들어 냈다.

죄인의 눈이 사공을 쳐다보았지만 그의 시선을 사공이 애써 외면하였다. 진실을 말하면 사공에게 목숨을 잃을지도 모르는 일이었지만, 피해가 가지 않는 선에서 입을 연다면 살아날 가능성이 분명 있었다.

"소인은 그저 이비가 하는 말을 따랐을…… 컥!"

하나씩, 또 하나씩 태흘의 검에 쓰러졌다. 죽은 이들을 천천히 살피던 태흘의 입꼬리가 올라갔다.

"알면서도 숨긴다는 건가?"

자신이 죽인 이들을 보던 태흘이 비웃음을 터트렸다. 낮지만 섬뜩한 웃음에 대전에 있는 이들이 몸을 떨었다. 한참 동안 웃음을 터트리던 태흘이 분노를 토해 내듯 숨을 길게 내쉬었다.

"이제 열흘 남았다."

"……."

"데리고 오라."

태흘의 말이 들릴 때마다 심장이 내려앉는 기분이었다. 참사를 만들어 낸 태흘의 마지막 말은 언제나 수련을 데려오라는 것뿐이었다. 수련이 사라진 기간에 조금이라도 의심스러운 이들은 여지없이 태흘의 검에 목이 베였다.

태휼의 눈이 사공과 반대편에 서 있는 부겸을 번갈아 보았다. 오랫동안 부겸을 보던 태휼이 권좌를 향해 몸을 돌렸다.

"나가라."

태휼의 말이 끝나자 기다렸다는 듯이 대신들이 걸음을 재촉하였다.

"문성공은 짐을 보고 가라."

대신들이 빠져나간 자리, 마지막으로 걸음을 옮기는 부겸을 향해 태휼이 입을 열었다. 태휼의 부름에 부겸의 걸음이 멈추었다. 그의 앞에서 걸음을 옮기던 사공의 움직임조차 멈추었다.

"사공은 짐에게 할 말이 있는가?"

"아니옵니다, 폐하."

태휼의 물음에 사공이 고개를 숙였다. 무슨 이야기가 오고 갈지는 알 수 없지만 지금 자칫 잘못 행동하면 곧 있을 대업에 어떤 악영향을 줄지 알 수 없었다.

잠시 부겸을 보던 사공이 대전 밖으로 나갔다. 둘만이 남아 있는 대전에서 부겸이 말없이 태휼을 응시하였다.

광기 어린 미소도, 비틀려 분노에 자신을 놓은 모습도 없었다.

몸을 숙인 부겸을 향해 태휼이 입을 열었다.

❋　❋　❋

"폐하께서는 미치셨소! 이대로 당하기만 할 것이오?"

"이대로 있다가는 대업을 치르기도 전에 모두가 죽을 것이오!"

내내 몸을 숙이며 억누르던 분노가 사공의 저택에 모이자마자 터져 나왔다. 수련이 사라진 이후부터 시작된 태휼의 광기에 살아

남은 이들은 이미 공포에 질릴 대로 질려 있었다.

어서 대업을 이루자는 호응에도 사공의 굳은 입은 좀처럼 떨어지지 않았다.

황제는 미쳤다. 그건 분명 사실이었다.

하지만 그럼에도 정체를 알 수 없는 씁쓸함에 입 안이 썼다.

'은밀히 손을 잡은 이들이었다.'

오랫동안 준비해 왔던 이들이었다. 사공의 숨은 사병을 데리고 있던 이들도 있었고, 비밀리에 모아 놓은 재산을 대신 관리하는 이들 또한 있었다. 하물며 태휼이 멸문시킨 가문 중에는 수련을 핑계 삼아 황궁으로 들어오려 했던 민가도 있었다.

'수를 쓰는 건가?'

수련이 사라지던 날, 태휼에게서 도망치려 한 자객들이 살아남은 궁인들로 위장하여 빠져나오려 했었다. 그랬던 자객들의 수작질은 그들을 전부 죽인 태휼에 의해 무산되었다.

그 안에서 무슨 일이 일어났는지 어떻게 된 것인지 아는 사람은 수련을 데리고 온 부겸뿐이었다.

"차라리 그 계집을 황제에게 보내고 즉위식에 병사를 일으킴이 어떠하신지요? 도리어 황제를 방심하게 만들 수 있지 않겠습니까?"

"그 계집이 사라졌기에 황제가 무너지고 있지 않소? 그런데 그 계집을 돌려주라니 있을 수 없는 일이오!"

사공이 말이 없자 모여 있는 귀족들 사이에서 설전이 벌어졌다. 황제의 광기에 질린 이들은 수련을 돌려보내라는 말을 꺼내고 있었고, 반대에서는 유용한 인질이니 데리고 있어야 한다는 의견이 팽팽히 맞서고 있었다.

고성이 오고 가자 결국 사공이 손을 들었다.

"문성공이 데리고 있는 계집은 황제를 잡을 중요한 인질이오. 쉽게 내어 줘서는 안 돼요."

"사공! 하지만 이대로라면 모두 죽습니다."

"제 자신의 광기도 제어하지 못하는 황제요. 열흘 후면 모든 일이 끝날 터, 적어도 우리의 대업이 성공하기 위해서는 그 계집은 나라를 망하게 했다는 오명을 안고 죽어야 하오. 광기에 미친 황제와 함께 말이오."

사공의 말에 시끄럽게 오가던 고성이 멈추었다.

머릿속을 가득 채우던 고민을 멈추며 사공이 앞에 놓인 식은 차를 단숨에 들이켰다. 황제가 미치든 안 미치든 상관없다. 이미 모든 준비가 끝났다.

황후가 될 여인이 없는 즉위식 날, 태휼은 사공의 손에 죽게 될 것이다.

"문성공께서 드시었습니다."

밖에서 들려오는 소리에 모두의 시선이 문으로 향하였다.

닫혀 있던 문이 열리고, 안으로 들어온 부겸이 모두를 바라보았다.

"폐하와는 무슨 대화를 하시었습니까?"

"이미 태화전의 내관에게 들은 것이 아니었나?"

"다른 이에게 듣는 것과 본인에게 듣는 건 또 다르지요."

사공의 대답에 부겸이 피식 실소를 지었다. 태휼과의 대화에서 특별한 것은 없었다. 그걸 알기에 사공도 저런 표정으로 그에게 물어보는 것이리라.

"끝까지 갈 생각이냐는 물음에 내 결심을 보여 드렸을 뿐이오."

부겸의 대답에 그제야 사공이 미소를 지었다.

상석에 앉아 있던 사공이 부겸을 향해 고개를 숙였다. 사공이 양보하는 상석에 앉은 부겸이 자신을 바라보는 시선에 미소로 답하였다.

"황후 즉위식까지 얼마 남지 않았다. 그때까지만 버티면 우리가 바라는 모든 것이 손에 들어올 터, 어차피 끌어낼 황제가 아니었던가?"

"지당하신 말씀입니다, 문성공."

"대신 대업의 증좌는 만들어야 하지 않겠나?"

대업의 증좌라는 말에 사공이 눈을 좁혔다. 사공의 시선에도 아랑곳하지 않은 채, 부겸의 눈이 자리에 앉아 있는 귀족들을 한 명씩 바라보았다.

태흉과의 대화는 모두 끝났다. 모든 상황이 그가 바라는 대로 끝나게 될지, 다른 사람이 원하는 대로 마무리될지 알 수 없었지만 지금은 그가 할 수 있는 최선을 할 생각이었다.

"대업을 이룬 후에는 공의 여부에 따라 그에 맞는 보상을 해야 하지 않겠는가? 내 직접 권좌에 앉으면 제일 먼저 그것부터 할 터, 지금부터라도 누가 나와 함께할 것인지 논의를 하는 것이 나쁘지 않다고 본다."

보상이라는 말에 대신들의 눈에 빛이 감돌았다. 목숨을 거는 대신 당연히 받아야 할 대가였다. 미래의 보상을 생각한다면 부겸이 원하는 대업의 증좌는 얼마든지 만들어 줄 수 있었다.

서로 증좌를 만들겠다며 말을 꺼내는 찰나, 그들을 진정시킨 사공이 부겸을 바라보았다.

"대업의 증좌도 좋지만 신뢰의 교환이라는 것부터 해야 하지 않 겠습니까?"

"무슨 교환을 말하는 것인가?"

여상환의 곁에서 끝까지 살아남아 권력을 얻었던 이답게 사공은 호락호락하지 않았다. 사공의 굳은 눈을 한참 동안 바라보던 부겸이 입꼬리를 올렸다.

이제 와서 무엇을 또 주저하고 피하려 하겠는가? 이미 시작한 일, 끝내는 것도 부겸이 해야 할 일이었다.

"문성공께서 숨겨 놓은 그 계집, 우리들의 앞에 데려다 놓으시지 요. 그럼 문성공께서 원하는 그것, 얼마든지 만들어 드리겠습니다."

사공의 말에 부겸의 눈썹이 꿈틀댔다. 부겸을 의심하지 않는다. 태휼과 완전히 틀어진 그를 시험할 생각은 없다.

대업을 위한 제물로 수련이라는 계집만 한 것이 없었다.

딱딱하게 굳은 부겸을 보던 사공이 말을 마무리하였다.

"우리의 대업을 행하는 날, 그 계집을 폐하를 막는 방패로 세울 것입니다."

❀   ❀   ❀

"잘 데리고 있는 건가?"

단둘만이 남은 대전에서 태휼이 부겸에게 처음으로 한 물음이었 다. 태휼을 지켜보던 부겸이 힘없이 긴 한숨을 내쉬었다.

"지금이 폐하의 본모습이신 것입니까?"

광기와 분노에 자신을 놓은 모습은 어디에도 없었다. 마치 조금

전까지 꿈을 꾼 것처럼 권좌에 앉은 태휼은 누구보다도 냉정했고 차분하였다. 지금까지의 모습이 거짓이라는 것일까? 하지만 그렇게 속단하기에는 태휼은 영악하고 교활했다.

"잘 데리고 있느냐 물었다."

"몸이 나아진 것은 아니지만 잘 지내고는 있습니다."

"……."

"소인의 곁에서 말이지요."

도발하듯 이어져 나오는 대답에 태휼의 눈에 살기가 맺혔다. 잠시 후, 감정을 가라앉히듯 태휼이 눈을 감았다 떴다. 깊게 가라앉은 눈이 부겸의 속마음을 꿰뚫어 보듯 오랫동안 바라보았다.

태휼의 시선을 정면으로 받던 부겸이 결국 무거운 숨을 내쉬었다. 태휼과 마주하는 일은 역시 쉽지 않았다.

태휼의 저런 눈을 수련을 어떻게 받아들였을까? 모든 걸 꿰뚫어 보려는 저 날카로운 눈에서 그녀가 태휼에게 마음을 줄 무언가가 있었다는 것일까? 몇 번이고 생각한들 부겸은 알 수 없었다.

"어디까지 가 볼 셈이냐?"

"가지지 못한 고통을 폐하께서도 아시지 않습니까?"

"여지를 주지 않는 것이 무조건 밀어 내는 것은 아니지 않나?"

"……."

"짐도 한때는 그 여지를 얻어 보려 간신히 버텨 내는 그녀에게 상처를 입혔지."

태휼의 말에 부겸이 조용히 숨을 들이마셨다.

언제나 태휼의 앞에서 부겸은 무기력해졌다. 마음을 숨긴들 언제나 그는 자신보다 먼저 보았다. 하지만 이미 모든 일은 시작되었다.

자신의 검이 어디까지 태휼에게 영향을 줄지는 그 자신도 알 수 없었다.

부겸이 품에 넣어 놓았던 단검을 꺼내 태휼의 앞에 내밀었다.

"이것이 소인의 대답입니다."

태휼이 단검을 받아 들자 부겸이 몸을 일으켰다. 태휼을 향해 큰 절을 한 부겸이 서슴없이 대전을 나갔다.

모두가 사라진 대전에서 태휼이 오랫동안 부겸이 건넨 단검을 바라보았다.

"폐하. 밤이 깊었사옵니다. 이만 침수를 드시는 것이 어떠하신지요?"

술을 기울이는 태휼의 옆으로 내시감이 조용히 아뢰었다. 환하게 뜬 달을 보며 술잔을 기울이던 태휼이 몸을 숙인 내시감을 물끄러미 쳐다보았다.

"너도 나이가 들어 가나 보군. 잔소리가 늘었다."

"어찌 소인이 폐하께 그리할 수 있겠사옵니까? 다만⋯⋯."

당황하는 내시감을 보던 태휼이 피식 실소를 지었다. 꽤 많은 술을 마셨음에도 취하지 않았다. 조금은 술기운에 정신을 맡길 수 있었다면 좋았으련만, 오랫동안 단련한 정신과 체력이 그의 마음과는 다르게 전혀 변화가 없었다.

빈 잔을 내려놓자 주저하던 내시감이 술을 채웠다. 내시감이 채운 잔을 받아 든 그의 눈이 밝게 뜬 달을 오랫동안 쳐다보았다.

"달이 밝다."

"⋯⋯."

"같이 보면 좋았을 것을……."

태휼의 말에 내시감이 고개를 숙였다. 지금 태휼의 시중을 드는 사람은 내시감 외에 누구도 없었다.

대전에서의 태휼과 이곳에서의 태휼은 완전히 달랐다. 그렇기에 더욱 무거운 분위기가 계속되었다. 오랫동안 말없이 달을 보던 태휼이 무진의 기운을 느꼈다.

기운이 느껴지는 곳으로 눈을 돌리자, 어느새 다가온 무진이 태휼을 향해 한쪽 무릎을 꿇었다.

"폐하의 말씀대로 사공이 움직이는 것을 확인했습니다."

"부겸은?"

"송구하옵니다. 사공의 자택에서 나오는 문성공을 뒤따랐지만 놓쳤사옵니다."

무진의 말에 태휼이 말없이 잔의 술을 비웠다. 어차피 기대하고 시킨 명은 아니었다. 하물며 부겸은 그와 방향이 다를 뿐, 하는 짓은 그와 비슷하였다. 부겸을 뒤따라 수련을 찾을 생각 따위 애초부터 없었다.

"판을 깔아 놓았으니 이젠 움직이려 할 터, 준비는?"

"거의 마무리되었습니다."

술을 비운 태휼이 그만 마시겠다는 듯 잔을 거꾸로 뒤집었다. 태휼의 손가락이 잔이 놓인 탁자를 톡톡 두드렸다.

수련이 살아 있다는 사실을 의심한 적은 없었다. 다만 어떤 모습으로 견디고 있을지 상상하는 것만으로도 피가 끓어올랐다. 하지만 대전에서처럼 광기를 드러내는 대신 태휼은 조용히 감정을 갈무리했다.

'조금만 참아라.'

태휼이 광기를 부리면 부릴수록, 제 분노에 정신을 놓고 광포해질수록 인질로서 수련의 가치는 올라갔다. 태휼의 약점으로 수련을 쓸 수 있다는 생각을 하게 되면 사공은 그녀를 해코지하지 않을 것이었다.

수련이 있기 전부터 광인이라 들었던 그였다. 잔혹한 소문에 광인 짓을 보탠다 한들 달라지는 것은 없었다.

'제 상황에 도취되면 사공은 스스로 수련을 데리고 올 것이다.'

사공의 성격상, 제 손에 들어온 패를 쓰지 않을 리가 없었다. 억지로 수련을 찾지 않을 것이다. 불만을 가진 이들이 손을 잡았다면 머지않아 그에게 수련을 앞세워 검을 겨눌 것이다.

"정신은 미치라고 하는데 이런 상황일수록 냉정해야 하는 게 황제겠지."

"폐하."

"그래서 이 자리가 쉽지 않다. 물론 그렇다고 양보할 생각도 없지만 말이다."

품에 넣어 놓았던 부겸의 검을 꺼낸 태휼이 입꼬리를 올렸다. 이제 열흘 후면 그가 선포한 황후 즉위식이었다. 어찌 될지는 아무도 몰랐지만 하나는 확실했다.

그의 미래에 곁을 지키는 사람은 수련이였다.

탐욕스러운 그는 단 하나도 다른 이들과 나눌 생각이 없다.

"침소로 가겠다."

태휼의 말에 내시감이 몸을 숙였다. 내시감의 안내를 받으며 걸어가는 태휼의 눈에 다시 살기가 감돌았다.

❀　　❀　　❀

　마차에서 내리는 부겸을 보자 문을 지키고 있던 병사들이 고개를 숙였다.

　열어 주는 문으로 들어간 부겸이 처음 본 건 밖에 나와 있는 수련이었다. 몸에 있는 독 때문인지 햇빛 아래 있는 그녀의 모습이 유난히 하얗고 위태로웠다.

　"왜 나와 있나?"

　부겸의 목소리에 하늘을 보던 수련이 고개를 돌렸다. 미소를 지은 부겸과는 달리 수련의 표정은 담담했다. 태휼에게 보여 주었던 달콤한 미소도, 빛을 가득 품은 눈도 없었다.

　부겸을 바라보는 눈에서 어떤 감정도 느껴지지 않았다.

　"밖으로 나갈 수 없다 뿐이지. 움직이지 말라고 하지는 않으셨습니다."

　몸이 좋지 않을 뿐, 답을 하는 그녀는 여전하였다. 같은 공간에 함께하고 있었지만 서로가 바라보는 방향은 달랐다. 그저 하늘을 보는 것처럼 보였지만 수련이 보는 방향이 황궁이라는 걸 누구보다도 부겸이 알고 있었다.

　"폐하의 광기가 나날이 심해지고 계시네. 하루가 멀다 하고 목이 베여 나가는 귀족들이 늘어 가고 있지."

　초점이 없던 눈에 그제야 빛이 생겨났다. 태휼의 이야기에만 반응하는 수련을 보며 부겸이 미간을 좁혔다. 새삼스러운 일도 아니었지만 그럼에도 적응이 되는 것도 아니었다.

　"사공의 계획대로 되고 있지 않은가?"

"문성공의 계획은 아니신지요?"

"……."

"문성공의 눈에는 그런 폐하의 모습이 그저 광기로 보이셨습니까? 그렇다면 지금까지 문성공께서는 폐하를 잘못 보셨던 것일 테지요. 하지만 그건 아니라고 생각합니다."

"그럼 지금 폐하께서 하시는 모든 행동에 뜻이 담겨 있다는 건가?"

부겸의 물음에 수련의 안색이 달라졌다. 부겸을 외면하듯 고개를 돌린 수련의 눈이 촉촉해졌다. 수련의 모습을 보던 부겸이 입 안의 쓴 물을 억지로 삼켰다.

잔혹하게 이비를 죽였을 때부터 태휼이 무슨 생각으로 그랬는지 알고 있었다. 광기에 진심으로 자신을 놓았다면 태휼이 죽일 첫 번째 사람은 이비가 아니라 부겸이었다.

이비와 사공에게 분노를 터트릴망정 태휼은 부겸에게 어떠한 감정을 내보이지 않았다.

태휼이 광기에 자신을 놓은 것처럼 위장하는 이유는 단 한 가지, 태휼의 약점인 수련을 지키기 위함이었다.

멀리 떨어도 있어도 서로의 생각을 알았다. 그조차도 확신을 가지기 어려웠던 태휼의 행동을 수련은 들은 것만으로도 알아차렸다.

"내가 폐하의 생각을 이미 알고 그에 맞춰 생각하고 있다는 건가? 그대가 잘못 알고 있을 수 있겠군. 내가 폐하의 편이었다면 그대를 진즉 황궁으로 보냈겠지."

"문성공을 믿습니다."

"그대를 안지 않아서?"

268

"그것도 이유라면 이유겠지요."

미소라고는 하나도 없었지만 부겸을 보는 수련의 얼굴은 좀 전보다는 나아져 있었다. 거리를 두고 서 있던 수련이 부겸에게 천천히 걸어왔다.

물끄러미 부겸을 보건 수련이 조심스러운 손길로 뺨을 감쌌다. 뺨을 감싸는 손길에 당황한 것도 잠시, 부겸의 손이 수련의 손을 감쌌다.

"내가 그대를 안고서 거짓을 말하는 것일 수 있지 않은가?"

"원치 않게 문성공께 안겼다면 몸이 먼저 거부했겠지요. 그게 아니더라도…… 저도 어찌 말해야 할지 모르겠습니다만 폐하께서 믿으신 것처럼 저도 그저 믿어 보려 합니다."

패배감에 얼룩져 있던 감정을 쓰다듬듯 수련의 말이 부겸의 상처받은 마음을 천천히 어루만졌다.

"얼마나 제가 알고 있는지 모르지만 폐하께서는 폐하의 생각이 있으실 것입니다. 그리고 그 생각을 아시는 문성공께서는 그에 맞춰 움직이시는 것으로 생각하겠습니다. 그게 제가 할 수 있는 최선입니다."

언제나 생각하고 또 생각했었다.

분명 기회는 태흘이 아니라 자신이 먼저였다. 그가 먼저 움직였다면 수련이 지켜볼 사람은 태흘이 아니라 자신이었을 것이다.

왜 자신은 수련을 먼저 붙잡지 못했는가!

"그대가 틀렸어."

"……."

"모두의 신뢰를 얻는 대신 그대를 사공에게 내어 줄 것이다."

뺨에 닿아 있는 수련의 손을 부겸이 떼어 냈다. 유난히 창백한 그녀를 바라보며 부겸이 미소를 지었다. 그녀 하나를 보냄으로써 모두를 하나로 모을 수 있다면, 태휼이 앉은 그 자리에 부겸이 앉을 수만 있다면 그는 당연히 그리할 것이다.

"사공에게 갈 것이다. 준비하게."

넓은 공간에 모여 있는 귀족들의 얼굴이 비장하였다. 그들을 지켜보던 사공이 상석의 부겸에게 눈을 돌렸다. 사공의 시선을 받은 부겸이 옆에 시선을 주자 기다리던 사내가 앞에 있는 귀족에게 들고 있던 종이를 내려놓았다.

검지에 피를 낸 사람들이 자신의 이름을 쓰고 그 아래 지장을 찍었다. 그렇게 자신의 일이 끝나면 다른 이가 종이를 받아 똑같이 행하였다.

신뢰의 증좌를 만들 때마다 사공의 눈이 또한 날카롭게 변하였다. 백지에 하나씩 이름이 써지기 시작하고, 마지막으로 사공의 앞에 종이가 놓였다.

"사공."

종이를 보기만 할 뿐, 행동을 하지 않자 옆에 있던 귀족이 낮게 불렀다. 그의 부름에도 미동도 없던 사공이 잠시 부겸을 보았다.

사공의 생각대로 태휼이 움직이지 않는 것처럼 부겸도 그러는 것일 수 있다. 하물며 함께하자며 손을 내밀었을 뿐, 부겸은 적극적으로 나서지 않았었다. 그랬던 그가 직접 나서겠다는 말을 꺼내자마자 기다렸다는 듯이 증좌를 요구했다.

'달콤한 포상과 함께 말이지.'

자신은 이비와도, 여상환과도 달랐다.

혹시라도 모를 상황에 대비하여 부겸의 바로 옆에 붙인 사람만 아홉이 넘었다. 그들에게서 어떠한 의심스러운 정황도 듣지 못했다. 하물며 수련을 데려오라는 사공의 제안에 그날로 그녀를 데려오기까지 하였다.

그럼에도 왜 이리 불쾌한 기분이 든다는 말인가.

시종이 내미는 단검을 받아 든 사공이 손에 상처를 냈다. 천천히 자신의 이름을 쓴 사공이 모두의 이름이 적힌 각서를 시종에게 건네자 증좌를 받아 든 시종이 부겸에게 조심스럽게 내밀었다.

대업을 원하는 이들의 이름을 천천히 훑어본 부겸이 미소를 지었다.

"불안한가?"

"무슨 말씀이십니까? 문성공."

"내가 이걸 폐하께 역모의 증좌라며 내밀 수도 있지 않겠나?"

부겸의 말에 숨 막히는 정적이 내려앉았다. 속마음을 들킨 사공의 미간이 옅게 꿈틀거렸다. 긴장한 이들과는 달리 느긋한 얼굴의 부겸이 의자에 몸을 맡겼다.

손에 들고 있는 종이를 보던 부겸이 장난기 어린 눈으로 종이의 이름을 다시 훑었다.

"사공의 눈에는 내가 그리 쉽게 보였나 보군."

"문성공께서 잘못 보신 것입니다. 어찌 소인이……."

무거운 정적 속에서 종이 찢는 소리가 유난히 크게 들렸다. 경악하며 바라보는 시선에도 아랑곳하지 않고 갈기갈기 종이를 찢은 부겸이 자리의 옆에 놓여 있는 화로에 찢은 종이를 버렸다.

종이 타는 냄새가 방을 가득 채웠다. 굳어 있는 귀족들을 보던 부겸이 킥킥 웃음을 터트렸다.

"뭐 그리 놀라는가? 그대들은 날 시험해 놓고 정작 난 그대들을 시험하면 안 된다는 건가?"

"……"

"이젠 서로 시험을 끝냈으니 대업만 남았군."

굳은 눈으로 부겸을 보던 사공이 헛웃음을 터트렸다. 어이없다는 듯이 시작된 헛웃음은 이윽고 박장대소로 바뀌었다.

태휼에게 줄 역모의 증좌를 만들 목적으로 저리하는 것으로 생각했다. 자신들과 손을 잡았으면서도 실은 황제의 편에서 그들을 충동질하는 것이라 의심하고 불신했었다.

"크하하하! 소인이 문성공께 한 방 먹었습니다! 아하하!"

몇 번이고 의심하고 또 의심했지만 결국은 믿을 수밖에 없었다.

수련을 데리고 온 것도 모자라 배신의 여지가 될 각서조차 없애 버리는 행동을 보며 더는 부겸을 의심할 수 없었다. 사공이 웃음을 터트리자 그제야 경악하던 다른 귀족들의 얼굴 또한 풀어졌다.

비록 모든 일이 끝나면 죽을 사내였지만, 적어도 지금만큼은 그가 보여 주는 진심을 믿어 볼 생각이었다.

"우리의 대업은 성공할 것입니다. 문성공, 아니 폐하."

호연의 황제는 바뀔 것이다.

용도만 끝나면 계획대로 죽일 인간이었지만, 잠시나마 종이 황제로 세울 의향은 충분히 있었다.

"연회가 준비되어 있으니 이제 자리를 이동하시지요."

말을 끝낸 사공이 몸을 일으켰다.

사공을 따라 귀족들이 자리에서 일어나고, 그들을 따라 부겸이 걸음을 옮겼다.

※　※　※

시끄럽게 들려오던 연회 소리가 멈추자 침상에 앉아 있던 수련이 피곤한 숨을 내쉬었다. 납치된 이후 처음 만나는 사공이 제일 먼저 한 일은 수련의 뺨을 후려치는 것이었다. 자신이 직접 이비를 버려 놓고는 지금의 일이 모두 수련 때문이라며 탓을 하는 사공을 보며 수련은 아무런 잘못이 없다는 얼굴로 고개를 들었다.

수련의 당당한 모습에 사공이 다시 손을 들었지만, 지켜보던 부겸이 사공의 손을 잡았다. 부겸의 제지에 결국 사공이 손을 거두었지만, 대신 자택 가장 깊숙한 곳에 수련을 감금하였다.

하루가 멀다 하고 병장기가 부딪치는 소리와 병사들의 음담패설이 들려왔지만, 눈을 감고 귀를 닫는 것으로 수련은 자신을 참아냈다.

"문성공! 이러시면 안 됩니다!"

"비켜라!"

잠시 자리에 누우려던 수련이 밖에서 들려오는 부겸의 목소리에 몸을 일으켰다. 평소와는 다르게 흐트러진 말투가 왠지 모르게 불안하게 느껴졌지만 엄 상궁과 부겸 사이에서 일어나는 실랑이를 외면할 수 없었다.

천천히 문을 열자 당황한 엄 상궁이 소리부터 질렀다.

"아가씨! 닫으십시오!"

엄 상궁의 말보다도 먼저 부겸이 수련의 앞에 턱 하니 섰다. 짙은 취기와 흐트러진 매무새가 묻지 않아도 어떤지 알 수 있었다. 열린 문을 잡은 부겸이 수련을 보며 미소를 지었다.

부겸이 처음으로 무섭게 느껴졌다.

"문성공."

"내 마침 그대와 할 말이 있었는데 잘되었군."

사공의 집에 오기 전까지 부겸은 그녀에게 독을 억누르게 할 때를 제외하고는 조금도 가까이 다가오지 않았었다. 하지만 지금은 아니었다. 안 된다며 잡아끄는 엄 상궁을 밀어 내면서까지 방으로 들어오려 하고 있었다.

자객에게 봉변을 당할 뻔했던 기억이 다시 떠오른 수련이 뒷걸음질을 쳤다. 그보다도 먼저 부겸의 손이 수련의 팔을 붙잡았다.

"문성공! 이러시면 안 됩니다! 이분이 누구신지 문성공이 더 잘 알고 계시지 않습니까?"

방으로 들어가려는 부겸을 엄 상궁이 억지로 붙잡았다. 엄 상궁의 저지에 안으로 들어가지 못하자 부겸이 신경질적으로 소리를 질렀다.

"이 망할 계집을 끌어내라!"

부겸의 명령에 밖에 있던 이들이 엄 상궁을 끌어냈다. 그와 동시에 방 안으로 들어온 부겸이 문을 닫았다. 부겸에게서 빠져나오려 수련이 팔을 비틀었지만, 사내인 그에게서 빠져나오는 일이 쉽지 않았다.

"놓아주세요."

절박한 부탁에도 부겸은 팔을 놓기보다는 말없이 입꼬리를 올릴 뿐이었다. 어떻게든 피해 보려 움직이던 수련이 순간 느껴지는 기색에 고개를 돌렸다. 분명 조금 전까지는 느끼지 못했던 기운이었다. 마치 어찌하고 있는지 지켜볼 생각처럼 창밖으로 느껴지는 기색이 한둘이 아니었다.

"무슨…… 앗!"

창밖의 기색에 신경이 팔린 사이에 부겸이 수련을 안아 들었다. 놀란 수련이 발버둥을 쳤지만 그녀를 단단히 잡은 부겸은 거침없이 침상으로 걸어갔다. 수련을 침상에 내려놓은 부겸이 자연스럽게 그녀의 옆에 누웠다. 창백한 수련이 도망가려 했지만, 그보다도 먼저 허리를 붙잡은 부겸이 품으로 수련을 끌었다.

"문성공! 놓아주세요!"

"……."

"이건 아닙니다! 싫단 말입니다!"

겁에 질린 수련이 발버둥을 쳤지만, 단단한 줄에 묶인 것처럼 부겸은 꿈적도 하지 않았다.

짙은 술 냄새만큼이나 부겸의 체향이 곁에서 느껴졌다. 태휼도 아닌 다른 사내에게 이렇게 안기고 싶지 않았다. 밖에서 느껴지던 기척도, 안 된다는 엄 상궁의 고함도 들리지 않았다.

무리하면 안 된다는 것을 알면서도 지금만큼은 부겸에게서 빠져나가고 싶은 마음뿐이었다.

"속일 생각이라면 제대로 해야 하지 않겠나?"

발버둥 치던 몸부림이 멈추었다. 당황한 수련이 부겸을 향해 고개를 들었다.

귀를 기울이지 않으면 들리지 않을 작은 목소리였지만 품에 안겨 있는 수련에게는 여느 때보다도 또렷이 들렸다. 놀란 눈의 수련을 보던 부겸이 빙긋 미소를 지었다.

"믿는다고 하지 않았나?"

둘을 지켜보던 기척이 좀 전보다도 또렷이 느껴졌다. 마치 부겸과 수련이 나누는 대화를 들으려는 것처럼 창문에 귀를 댄 이들의 모습이 희미한 불빛 너머로 보이기까지 하였다.

두려움에 창백했던 수련이 안도의 숨을 내쉬었다. 그 모습을 부겸이 말없이 바라보았다.

짙은 술 향이 느껴지긴 했지만 수련을 보고 있는 부겸에게서 더는 취기가 느껴지지 않았다.

한 번도 제대로 보여 주지 않았던 부겸의 진심이 보였다. 그 순간, 어떻게 행동해야 하는지 알아차렸다.

복잡한 눈으로 그를 바라보던 수련이 눈을 감았다. 반항을 멈춘 수련의 정수리에 턱을 기대며 부겸이 눈을 감았다.

"오늘만입니다."

부겸만큼이나 작은 소리로 대답한 수련이 내키지 않는 손으로 그의 등을 어루만졌다. 기가 담긴 손이 수련의 몸을 천천히 어루만졌다. 창백하던 얼굴에 미약하게나마 혈색이 돌아왔다.

눈을 감고는 있었지만 잠들지 못하는 수련을 물끄러미 바라보던 부겸이 조심히 그녀의 손에 가져온 것을 건네었다. 건네는 것을 받아 든 수련이 놀란 눈으로 그를 바라보았다.

가죽의 촉감이 손끝에 느껴지기는 했지만 분명 부겸이 건넨 것은 단검이었다.

본심을 보이고, 신뢰의 증거를 보이자 수련의 눈이 말없이 부겸을 바라보았다.

독 기운에 핏기라고는 하나도 없었지만, 그를 바라보는 눈은 예전이나 지금이나 티 없이 맑았다.

"피곤하군."

자신의 것은 될 수 없는 여인이었지만 상관없었다. 이후에 있을 태휼의 분노가 두렵기는 했지만 지금만큼은 모든 것을 잊고자 했다. 한동안 수련을 바라보던 부겸이 눈을 감았다.

처음부터 태휼의 편이었던 것은 아니었다. 그저 마음이 가는 대로 행동을 하다 보니 여기까지 다다랐다. 지금의 상황이 포상이라면 부겸은 거부하고 싶지 않았다.

처음이자 마지막인 기회.

진심으로 연모하는 여인의 품에서 부겸이 참아 온 긴장을 풀었다. 사공과의 기 싸움으로 쌓여 있던 긴장이 풀리면서 피로가 밀려왔다.

고른 숨을 내쉬며 잠든 부겸을 수련이 오랫동안 바라보았다.

❀ ❀ ❀

하루하루가 빠르게 지나가고, 어느새 일주일이 흘러갔다.

잠시 후면 황후가 될 여인이 없는 상황에서 즉위식이 시작될 터였다.

이상하리만큼 날이 좋았다. 환한 햇빛이 들어오는 방 안에 앉아 있던 태휼이 감고 있던 눈을 떴다.

"내시감."

태휼의 부름에 문이 열리고 내시감이 안으로 들었다. 평소보다도 긴장한 노인의 모습에 태휼이 입꼬리를 올렸다.

"산전수전 다 겪은 네가 불안한 것이냐?"

"폐하. 이 늙은이가 무엇을 또 알겠습니까?"

고개를 숙인 내시감의 목소리가 미약하게 떨렸다. 그를 물끄러미 보던 태휼이 자리에서 일어났다. 태휼이 서자 내시감의 뒤에서 기다리고 있던 이들이 소리 없는 걸음으로 다가갔다.

머리를 올리고, 의대를 갖추었다. 미리 준비했던 일인 만큼 움직이는 이들의 손은 능숙하고 빨랐다. 떨고 있는 궁인들과는 다르게 시중을 받는 태휼은 여느 때와 똑같았다. 다들 말은 없었지만 오늘 무슨 일이 일어날지 모두가 알고 있었다.

시간이 흐를수록 담담했던 태휼에게도 긴장이 스며들었다.

다만 궁인들과는 다르게 역모에 대한 공포나 권좌에서 끌려 내려올지도 모른다는 두려움은 절대 아니었다.

조금만 참으면 수련을 볼 수 있었다. 또한 오랫동안 지지부진하게 끌고 온 줄다리기 같은 상황 또한 충분히 정리될 터였다.

"나가자."

준비를 끝낸 태휼의 눈에 옅은 살기가 스며들었다.

거침없이 태화전을 나가는 태휼의 뒤로 내시감과 궁인들의 걸음이 뒤따랐다.

지난밤, 내려놓은 명령에 의해 열린 세 개의 문을 지나자 즉위식이 있을 경회전이 시선 가득 들어왔다. 앞의 광장을 지나 높게 뻗은 계단을 거침없이 올라간 태휼이 열려 있는 문을 응시하였다.

열린 문으로 들어오는 병력이 거침없었다. 병력의 움직임에 땅이 울리고, 그들이 내지르는 고함이 황궁을 채웠다. 갑옷끼리 맞닿을 때마다 들리는 쇳소리와 거친 걸음이 만들어 내는 연기가 경회전을 밀고 들어왔다.

태휼의 앞에 부겸이, 사공이, 그에게 적의를 가졌던 귀족들과 병사가 경회전의 광장을 가득 채웠다. 분노에 가득한 그들의 눈을 보며 태휼이 입꼬리를 올렸다.

"늦었군."

태연한 태휼의 답에 사공이 미간을 꿈틀댔다. 하지만 그것도 잠시, 득의양양한 얼굴로 사공이 손을 들었다.

태화전에서 내내 느꼈었던 긴장이 한순간에 온몸으로 퍼졌다. 밧줄에 묶인 채로 끌려 나오는 수련은 마지막으로 보았을 때보다도 야위고 창백해져 있었다.

태휼의 미간이 좁아지는 모습을 보던 수련이 입술을 깨물었다. 참으려 했지만, 복받치는 감정에 눈앞이 뿌예졌다.

힘든 순간에도 어떻게든 버텨 낼 수 있었던 유일한 이유가 앞에 보이자 담담하려 했던 심장이 제멋대로 날뛰었다. 감정을 억누르며 수련이 태휼의 눈을 조용히 응시하였다.

수련을 달래듯 그가 말없이 담담한 눈으로 바라보았다.

태휼과 눈을 마주하는 순간, 흐트러졌던 감정이 그의 눈을 보면서 다시 안정을 찾아 갔다. 맑은 눈 가득 맺혔던 것이 얼굴을 타고 흘러내렸지만, 울음을 터트리는 대신 보일 듯 말 듯한 미소를 지어 보였다.

"그럼 시작하지."

마무리를 위한 시작.

여유로운 태휼의 눈이 분노에 찬 사공을 바라보았다.

※　　※　　※

황궁을 향해 움직이는 장군과 병사들의 움직임이 분주했다.

대업의 날. 오랫동안 사공이 준비해 온 정예군이었다. 오직 이날을 위해서 준비해 온 이들이 대업 하나만을 이루기 위해 황궁을 향하고 있었다.

먼저 황궁에 들어간 사공이 시간을 버는 동안, 시간차로 황궁에 입궁하여 사공의 힘이 되어야 하는 이들이기도 하였다.

"서둘러야 한다!"

선두의 장군이 병사들을 독려하였다. 호연의 주인을 바꾸는 일이었다.

지금의 황제는 미쳤다.

하늘의 주인을 바꾸는 일, 쉽지 않은 일이었지만 못 할 일도 아니었다.

장군의 고함에 분주히 움직이던 병사들이 걸음을 서둘렀다. 이제 산 하나만 내려가면 도성이었다. 도성을 지키는 병사들 따위 오랫동안 대업을 위해 준비해 온 그들의 상대가 될 리 없었다.

"멈추어라!"

거침없이 황궁을 가던 무리의 앞에 새로운 병사들이 길을 막았다. 손을 들어 달려오는 병사들을 멈추게 한 장군이 경계 어린 눈으로 길을 막은 병력을 노려보았다. 그런 장군에게 긴장을 풀라는 듯 길을 막은 이가 미소를 지었다.

"사공께서 보내셨소?"

사공이라는 말에 경계하던 장군이 굳었던 얼굴을 풀었다. 지난밤, 자신들 말고도 황궁으로 향하는 병력이 세 무리가 더 있다는 이야기를 먼저 들은 뒤였다.

그 무리 중 하나인 듯 길을 막은 이들은 모두 단단히 무장을 하고 있었다. 경계를 푼 장군이 길을 막은 병력을 천천히 살폈다. 수는 비슷했지만, 느껴지는 기운이 자신들의 병력 못지않았다.

새삼 사공의 준비력에 감탄하며 장군이 말의 고삐를 붙잡았다.

"이제 산 하나만 넘으면 황궁이오! 서두릅시다."

장군의 대답에 물어본 이의 입꼬리가 올라갔다. 사공이 보냈냐는 물음에 대업으로 답을 했지만 원하는 대답으로는 충분했다. 장군과 병사들을 빠르게 훑어보던 이가 허리에 차고 있던 검을 꺼내었다.

그것을 시작으로 길을 막았던 병사들이 저마다 자신들의 무기를 꺼내었다.

"역도들을 모두 죽여라!"

안도하던 분위기가 단숨에 바뀌었다. 명령이 끝나자마자 울창한 숲 너머로 무장한 병사들이 모습을 드러냈다. 순식간에 역도의 두 배로 불어난 태휼의 군대가 사공의 병력을 두껍게 에워쌌다. 당황한 사공의 병사들이 무기를 꺼냈지만, 그보다도 먼저 시위에 걸려 있는 화살이 날카로운 파공음과 함께 그들의 몸을 꿰뚫었다.

"단 한 명도 황궁으로 보내서는 안 된다!"

달려드는 장군의 목을 단번에 베어 버리며 선두에 서 있던 사내가 고함을 질렀다. 무기가 맞닿는 소리와 비명이 엇갈렸다. 시신에서 흐르는 피가 산을 가득 채웠다.

사공이 준비했던 병력들이 각자의 장소에서 황군을 맞아들였다.

＊　＊　＊

"폐하께서 원하시는 그 계집, 지금 데리고 왔습니다."

사공의 옆에 서 있는 장군이 수련의 목에 검을 대었다. 수련의 뒤에 부겸이 어두운 눈으로 태휼을 보고 있었다. 당장에라도 죽일 기세로 노려보는 이들을 바라보며 태휼이 미소를 지었다.

"데려왔으면 짐에게 보내면 될 터, 어찌하여 그리 데리고 있단 말인가?"

"폐하께서 원하시는 걸 데려왔으니 이젠 소인들이 원하시는 걸 들어주셔야겠습니다. 이만 그 자리에서 내려오시지요."

사공의 말에 태휼이 피식 실소를 지었다. 자신의 목을 벨 검들이 코앞까지 다가와 있음에도 그는 참으로 태연했다. 도리어 표정이 바뀐 사람은 태휼을 노려보던 사공이었다.

분노에 미간을 꿈틀대던 사공이 거들라는 눈으로 부겸을 쳐다보았다.

사공의 시선을 받던 부겸이 묶여 있는 수련을 잠시 바라보았다.

"더는 미친 폐하께 몸을 숙일 수 없습니다."

"그래서 어찌하겠나?"

"이 계집을 죽이기 싫으시다면 용상에서 내려오시지요."

부겸의 또렷한 목소리가 경회전 앞의 광장에 울려 퍼졌다. 몇몇은 부겸의 말이 끝나는 것과 동시에 무기를 들어 올리기까지 하였다. 부겸을 보던 태휼이 그들 너머로 시선을 돌렸다.

끊임없이 시험하고 시험받는 자리. 정적이었던 여상환을 죽이며 지켜 낸 자리가 다시 사공에게 시험당하고 있었다.

포기하고 사라질 수 있는 자리였다면 자신은 그리했을까? 몇 번이고 생각해도 그건 아니었다. 그가 자신의 것을 지켜 내는 기본은 힘이었다. 힘에 집착하는 태휼에게 수련은 노예라며 독설을 쏟아 낸 적도 있었다. 그녀의 말에도 태휼은 가지고 있는 것을 내려놓을 생각이 없었다. 평생을 정적들 속에서 자신의 것을 지켜 온 태휼에게 힘은 반드시 손아귀에 쥐고 있어야 하는 것이었다.

"사공이 조용하다 했더니만 고작 찾아낸 대안이 부겸이었나?"

"적어도 폐하보다는 나으시겠지요."

사공의 대답에 태휼이 눈을 좁혔다. 속마음을 꿰뚫듯 바라보는 시선에 자신도 모르게 사공이 시선을 피했다. 예전이나 지금이나 태휼의 저 눈은 마음에 들지 않았다.

사공의 행동을 지켜보던 태휼의 입가에 비릿한 미소가 감돌았다.

"부겸은 그저 방패였군."

그의 속을 훤히 내려다보는 말에 사공이 숨을 들이켰다. 어떠한 내색도 비친 적이 없었다. 부겸은 물론이고 함께 손을 잡은 귀족들에게까지 숨겼던 본심이었다.

그걸 황제는 어찌 알고 있단 말인가!

"그리 표정에서 다 드러나는 이가 어찌 권좌에 앉으려고 하는가?"

태휼의 비웃음에 당황하던 사공이 입술을 깨물었다. 사공의 눈이 잠시 부겸을 보았지만, 다행히 태휼의 말에 넘어가지는 않은 듯하였다. 누가 무슨 말을 꺼내도 상관없다. 어차피 시작된 일, 태휼만 죽는다면 이후의 처리는 어렵지 않았다.

사공의 눈이 수련에게 검을 겨눈 장군에게로 향하였다.

"쓸데없는 말은 필요 없다! 폐주는 그 자리에서 내려와 천명을 받아라!"

태휼에게 겁을 주듯 수련의 목에서 붉은 피가 한 줄기 흘러내렸다. 그 모습에 태휼의 미간이 옅게 꿈틀댔다.

"짐이 하늘이고 짐의 명이 천명인데 누가 누구를 벌할 수 있단 말인가!"

태휼의 몸에서 나오는 살기가 주변을 무겁게 짓눌렀다. 부겸의 말에 기세등등했던 이들이 태휼의 살기에 자신도 모르게 무기를 떨어뜨렸다.

그들을 하나씩 노려보던 태휼이 사공을 향해 고개를 돌렸다.

"짐은 굳이 너처럼 숨은 패를 만들 필요가 없지."

"무슨 말씀을……."

"준비는 되었나?"

태휼의 물음에 사공이 대답하려는 순간, 태휼의 시선이 사공에게서 부겸에게로 옮겨 갔다.

"문성공."

태휼이 말한 준비가 자신이 아니라는 것을 안 사공이 고개를 돌렸지만, 그보다도 먼저 부겸이 움직였다.

"컥!"

이미 사전에 말을 맞춘 것처럼 상황이 물 흐르듯이 움직였다. 태휼의 말에 사공의 반응이 늦어진 사이, 부겸의 검이 수련을 묶고 있는 끈을 잘랐다.

찰나라고 할 순간, 그녀를 겨누고 있던 장군에서 피가 뿜어져 나왔다. 목에 생긴 검상을 믿을 수 없다는 눈으로 보던 장군의 거구가 쿵 소리를 내며 바닥에 쓰러졌다. 단검의 방향을 바꾼 수련이 몸을 돌렸다.

그녀가 노리는 이가 자신이라는 것을 깨달은 사공이 자신도 모르게 뒷걸음질을 쳤다. 병사들의 뒤로 숨으려는 사공을 향해 수련이 몸을 날렸다.

"막아!"

사공을 죽일 수 있는 절호의 기회였다. 무리하면 안 되는 건 알았지만 이 기회를 버리고 싶지 않았다. 하지만 사공과 다섯 발자국 남겨 놓은 상황에서 수련의 몸이 비틀거렸다.

수련에게서 틈이 생기자 기다렸다는 듯이 몇몇 병사가 그녀를 향해 무기를 휘둘렀다. 병사들의 무기가 수련의 몸을 베기 직전, 부겸의 검이 끼어들었다.

"문성공!"

사이를 끼어든 검 덕분에 수련은 다치지 않았지만 정작 틈을 파고든 부겸의 몸에서는 검붉은 피가 터져 나왔다.

옆구리와 팔에서 흐르는 피를 본 수련이 비틀대는 부겸을 잡고 병사와 간격을 벌렸다. 부겸을 공격하려는 병사를 수련이 막으려는 순간, 부겸이 그녀를 자신의 뒤로 잡아당겼다.

"퀵!"

수련을 붙잡고 있던 부겸의 손에 피가 흥건하였다.

"둘 다 죽여라!"

믿었던 부겸이 태흘의 편이라는 것을 깨달은 사공이 이를 갈았다. 이대로 수련을 태흘에게 보낼 수 없었다. 보내야 한다면 죽여서 보내야 할 터, 이대로 태흘에게 둘을 보내면 상황은 불 보듯 뻔하였다.

"반드시 죽여야 한다!"

사공의 명령에 병사들의 검이 둘을 향해 달려들었다.

그 순간, 바람이 불었다. 아니 바람이 분다고 생각했다.

그러한 생각이 끝나기도 전에 수련과 부겸에게 달려들던 병사들의 몸에서 피가 터져 나왔다.

태휼이 움직이면서 만든 찰나를 부겸은 놓치지 않았다. 수련을 안은 부겸이 황군과 병사들 사이의 난전을 뚫고 몸을 날렸다. 태휼이서 있는 계단으로 몸을 옮긴 부겸이 안고 있던 수련을 놓아주었다.

둘을 보며 다시 달려드는 병사들을 이미 계단을 포위한 흑영이 막았다.

"문성공!"

무너지는 부겸을 수련이 부축하였다. 복잡한 눈으로 수련을 보던 부겸이 태휼을 향해 몸을 숙였다.

이제 모두를 속이는 일은 끝, 모든 것을 놓은 공허함이 그를 집어삼켰지만 마음만은 어느 때보다도 홀가분하였다.

"이제야 황명을 따르게 된 소인을 용서하시옵소서. 소인……."

"더는 말하지 않아도 된다."

"……."

"무리하지 마라."

짧은 답이었지만, 그것만으로도 충분했다.

직접 나서는 순간 역모는 빠르게 정리될 터였지만 모든 이들의 위에서 내려보는 지존이었기에 섣불리 움직이지 않았다. 부겸을 보는 눈에 깃든 감정은 걱정이었으나, 역도들은 물론 함께하는 이들의 시선을 한 몸에 받는 황제였기에 먼저 움직이지 않았다.

충분히 나설 수 있는 상황에서 감정을 억눌러야 했고, 원치 않는 상황에서 억지로 자신을 내보여야 하는 존재, 그렇기에 부겸은 태흘이 앉아 있는 저 자리가 욕심나지 않았었다.

"고생했다."

태흘을 향해 부겸이 몸을 깊게 숙였다.

일방적인 연모와 충성 사이에서 갈등하던 부겸이 그에게 어찌했는지 알면서도 태흘은 모든 것을 덮었다. 그조차도 믿지 못했던 본심을 끝까지 믿어 준 태흘에게 부겸은 더는 고개를 들 자신이 없었다.

태흘이 부겸에게 신경을 쓰는 사이, 경회전을 밀고 들어온 흑영과 황군이 사공의 병력을 완전히 포위하였다.

"서문태흘!"

"그리 말하지 않아도 짐의 이름은 충분히 알고 있다."

"네…… 이놈…… 이걸로 끝일 것으로 생각하느냐? 내 그 정도로……."

"기다리는 무언가라도 있나 보군."

모든 것을 알고 있다는 것처럼 행동하는 태흘의 모습에 사공의 몸에 소름이 돋았다. 그럴 리가 없다. 누구도 말하지 않고 준비해 놓았던 병력이었다.

그들만 황궁에 들어온다면 황군이나 흑영을 걱정할 필요는 없었다. 오랜 시간 준비해 온 최정예였다. 가문의 누구도 알지 못했던 존재를 황궁에 틀어박혀 있던 태흘이 알 리가 없었다.

지독한 격전이 이어졌지만 태흘이 서 있는 곳만큼은 평온했다.

그렇기에 저 모습을 박살 내고 싶었다.

"모두 죽었으니 일부러 기다릴 필요가 없다."

"……."

사공의 기대가 산산이 조각났다. 믿을 수 없는 말에 사공의 눈이 커질 대로 커졌지만 정작 말을 꺼낸 태휼은 평온했다.

"어차피 곧 만나지 않겠나?"

"네! 네 이놈!"

사공의 고함이 허공을 헤맸다. 사공이 어떤 눈으로 보는지 관심조차 없는지 태휼이 수련을 향해 손을 내밀었다. 일촉즉발의 상황에서도 여유로운 태휼을 보던 수련이 터지려는 울음을 억지로 참아 냈다.

드디어 그에게 돌아왔다. 그 사실만으로도 지금까지의 고통을 모두 보상받은 기분이었다.

조심스럽게 붙잡은 수련의 손이 유난히 차가웠다. 그녀의 몸에서 느껴지는 독의 기운에 태휼이 미간이 옅게 굳었다. 조금 전의 활동으로 억눌러 왔던 독이 움직이기 시작한 듯 여느 때보다도 느껴지는 기운이 위태로웠다.

수련의 손으로 기를 보내며 태휼이 날뛰는 독을 억눌렀다.

"죽일 테다! 반드시 널 죽이고! 내가 황제가 되리라!"

엉킬 대로 엉켜 버린 일에 이성을 잃은 사공이 길길이 날뛰었다. 그 모습을 비웃듯이 보던 태휼이 그들을 포위한 황군과 흑영을 쳐다보았다.

"역도들을 모두 처단하라."

태휼의 말을 시작으로 경계하던 이들이 서로 부딪쳤다.

땅이 울리고, 피가 튀었다. 공포를 밀어 내듯 터트리는 고함 소리와 비명 소리가 황궁을 가득 채웠다. 누가 누구의 편인지도 알 수 없는 난전이 오랫동안 계속되었다.

가까이에 있던 병사의 활을 빼앗은 사공이 태휼을 향해 활을 겨누었다.

　황군과 흑영을 모두 죽여도 태휼이 살아남으면 대업은 무리였다. 검으로는 이길 수 없었지만 활은 자신 있었다. 하물며 이런 난전 속에서 날아드는 화살을 피하기란 쉬운 일이 아니었다.

　"네놈만 죽으면 그만이다."

　여상환이 처음 내밀었던 손을 잡았던 때부터, 그리고 그 여상환을 쳐 내려 태휼의 손을 잡았던 것부터, 마지막에는 살려 달라는 이비의 손을 놓은 것까지.

　사공은 언제나 자신의 선택을 믿었다. 그리고 그런 믿음은 그에게 최선의 결과를 가져왔다.

　'너만 죽으면 된다! 너만!'

　시위를 놓은 화살이 태휼을 향해 정확히 날아갔다. 바람을 가르는 날카로운 소리와 함께 공간을 파고드는 화살이 정확히 태휼을 노렸다.

　태휼의 바로 앞에서 빛이 일었다. 사공의 기대와 염원을 담고 날아간 화살은 무진의 검에 반 토막이 되어 힘없이 떨어졌다.

　"망할…… 컥!"

　"사공!"

　"아버지!"

　사공이 태휼에게 정신이 팔린 사이, 황군이 쏜 화살이 정확히 사공의 어깨를 꿰뚫었다. 화살에 맞은 사공이 몸을 휘청거리자 그를 지키고 있던 이들이 곁으로 다가왔다. 사공의 어깨에서 흐르는 피를 두려운 눈으로 보던 장남이 다급히 말하였다.

"이대로는 안 되겠습니다! 몸을 피하셔야 합니다!"

"무슨 소리를 하는 것이냐! 이제 시작이다! 저 황제만 죽으면 모든 일이 끝난단 말이다!"

"황군이 더 들어오고 있습니다! 피하셔야 합니다!"

"안 된단 말이다!"

이대로 갈 수 없다는 사공을 곁을 지키던 병사들이 붙잡았다. 추가로 합류해야 하는 병력을 모두 잃은 사공과는 다르게 태휼의 황군은 끊임없이 경회전으로 밀려오고 있었다.

평생을 걸고 시작한 대업이 눈앞에서 사라져 갔다.

"이렇게 무너질 것이 아니었다."

어디서 잘못된 것일까? 태휼의 앞에 무릎을 꿇으며 몸을 숙이면서도 끊임없이 기회를 살피며 때를 기다렸던 그였다. 분명 그의 계획에 이런 참담한 실패는 있을 수도 없었고, 생각조차 하지 못했던 일이었다.

'저것들 때문이다!'

부겸을 믿은 것이 잘못이었다.

그도 결국은 황족, 하늘이 준 기회를 제 손으로 걷어찬 멍청한 자였다. 얌전히만 있었다면 짧게나마 주인이 될 영광을 얻을 수 있었건만, 결국 계집의 치마폭에 대의를 접은 멍청이였다.

"죽였어야 했다."

"아버지!"

"저것을…… 저년만큼은 애초에 죽여 버렸어야 했다."

사공의 의도대로였다면 힘과 권력에 집착하던 태휼은 광기에 자신을 내려놓았어야 했다. 실제로도 여상환이 죽은 이후부터 점점 커지는 공허에 태휼은 자신을 놓고 있었다.

그랬던 그를 붙잡은 것이 바로 저 계집이었다. 그저 죄인의 딸이었던 것이 알고 보니 자신의 목을 움켜잡은 올가미였다.

화근이 될 계집일 줄 알았다면 절대 살려 놓지 않았을 것이다.

"퇴각한다."

"길을 뚫어라!"

사공의 말이 떨어지기가 무섭게 길을 뚫으라는 목소리가 난전 속에서 울려 퍼졌다. 사병이 만드는 길로 몸을 피하던 사공과 그를 지켜보는 태휼의 눈이 허공에서 부딪쳤다.

온몸에 치밀어 오르는 분노가 이성을 태웠다.

손아귀에 잡힐 듯 머물렀던 미래가 무너지는 모래성처럼 허공에서 흩어졌다.

"아아악!"

분노를 쏟아 내듯 태휼을 향해 사공이 고함을 질렀다.

온몸을 터트리듯 내뱉은 고함은 병장기가 부딪치는 소리에 무참히 짓밟혀 버렸다.

사병의 호위를 받으며 가던 사공이 거듭 휘청거렸다. 힘이 빠질 대로 빠져 버린 몸이 걸어야 한다는 생각과는 달리 제멋대로 비틀거렸다.

어제까지만 해도 만인의 위에 설 꿈을 가졌던 그였지만, 지금의 그는 처참한 도망자 신세일 뿐이었다.

'방심했을 뿐이다.'

입에 고인 쓴 물을 억지로 삼키며 사공이 주먹을 쥐었다. 여기서 살아 나간다면 기회는 또 올 것이다. 아직 남아 있는 재산과 병사가 있었다. 호연이 아니라면 다른 나라에 몸을 기대더라도 반드시 돌아올 것이다.

인내 하나만으로 여기까지 오른 그였다. 이대로 무너질 수 없었다.

"아버……지."

뒤에서 들려오는 장남의 목소리에 사공의 미간이 굳었다. 때가 어느 때인데 저리 힘없이 또 자신을 부른단 말인가! 도움조차 되지 않는 장남을 향해 고개를 돌린 사공의 몸이 그 자리에서 굳었다.

"아?"

복부에서 시작된 피가 옷을 붉게 물들고 있었다. 분명 좀 전까지 그의 뒤를 따라오던 아들이었다. 등에서 배를 꿰뚫던 검이 빠져나가자, 장남의 몸에서 피가 터져 나왔다.

얼굴에 묻어 나오는 피가 뜨거웠다. 믿을 수 없다는 눈이 죽어 가는 아들에게서 그를 찌른 병사로 옮겨 갔다.

"죽고…… 죽고 싶지 않아!"

"이놈……들이…… 내가 누구인 줄…… 컥!"

"개죽음당하고 싶지 않아! 죽고 싶지 않다고!"

황궁을 빠져나가는 무리 사이에서 균열이 일기 시작했다. 억눌러 왔던 공포가 패전을 기점으로 터지면서 상황은 아수라장이 되었다. 곧 있으면 황군이 밀려올 터였다. 이렇게 의미 없는 다툼을 할 때가 아니었다.

"그만…… 컥!"

검붉은 피가 입 밖으로 흘러내렸다. 믿기지 않는 듯한 눈이 심장과 복부를 찌른 검을 보았다.

사공의 눈이 배신한 병사들 너머 달려오는 황군을 향하였다. 자신을 잡으러 오는 것이었지만 이상할 정도로 느리게 느껴졌다.

고함을 지르며 도망가는 사공을 태휼은 막지 않았다. 도리어 도망가 보라는 듯 사라지는 사공을 지켜보고 있을 뿐이었다.

'여기까지 생각했단 말인가!'

"교활한 놈."

하늘이 유난히도 붉었다.

분명 자신의 것이 될 권좌였다.

그 사실을 단 한 번도 의심하지 않았었다.

가문을 걸고, 자식까지 버리면서까지 얻고자 했던 미래가 분명 자신의 손아귀에 있었었다.

"아……."

온몸에 검이 박힌 사공의 입가에 미소가 감돌았다.

아직 끝난 것이 아니었다. 조금만 손을 뻗을 수 있다면, 아니 이번만 잘 빠져나갈 수 있다면 권좌는 자신의 것이었다.

바닥에 쓰러진 사공이 손을 뻗었다.

황금빛 미래. 그 미래의 주인은 분명 자신이었다.

"킥!"

누구의 것인지도 모를 검이 사공의 목을 찔렀다.

하늘을 향해 뻗던 손이 힘없이 바닥에 떨어졌다.

十七章
끝나다

전력으로 쫓을 필요가 없다는 황명을 받고 움직인 황군이 사공을 찾았을 때는 이미 누구인지 알아 볼 수 없을 정도로 난자당한 뒤였다.

요란스러웠던 역모의 시작과는 다르게 정리되는 과정은 여느 때보다도 빠르고 신속하게 진행되었다.

경회전에서 역모를 저질렀던 이들은 물론이고 조금이라도 증좌가 나오는 귀족들 또한 조금의 자비도 없이 목을 베었다. 한 번의 자비만 주시면 충성을 맹세하겠다며 몸부림을 쳤지만 어떤 형태로든 역모에 관여된 사람들은 조금의 여지도 없이 죄의 대가를 치렀다.

"폐하. 문성공을 그대로 두실 수는 없사옵니다."

"역모를 제압하는데 도움이 된 것은 사실이오나 역적들이 역모를 일으키는 데 문성공의 지원이 있었던 것 또한 사실이옵니다. 그에 맞는 대가를 치러야 합니다."

문제였던 역모가 끝나자 기다렸다는 듯이 부겸을 잡고 늘어졌다. 조금의 잘못이라도 발견되는 즉시 죽음을 당하는 상황에서 태휼의 비호를 받는 부겸이 좋게 보일 리가 없었다.

대전에서 귀족들의 이야기를 여유롭게 듣던 태휼이 손으로 턱을 받쳤다.

어느 정도 생각했던 일이었다. 또한 어차피 처리해야 할 일이기도 했다. 역모가 진정이 되었으니 탁상공론이 일어나는 것 또한 당연한 순서이기도 하였다.

하지만 현재 태휼에게 우선순위는 피비린내 나는 후처리가 아니었다.

"폐하."

조용히 다가온 내시감이 태휼의 귀에 작게 속삭였다. 거세게 몰아붙이는 귀족들의 이야기를 듣던 태휼이 내시감의 말에 귀를 기울였다.

"아가씨는 승정궁으로 모셨습니다. 우선은 독의 기세를 줄이시기는 했지만 근본적인 해독은 폐하께서 직접 하셔야 할 것 같다는 말씀을 전하셨습니다."

원했던 대답을 들은 이상, 더는 대전에서 의미 없는 시간을 보내고 싶지 않았다.

"폐하!"

"오늘은 고단하니 그 일은 나중에 정하겠다."

"역모에 관한 일이옵니다! 어찌 늦출 수 있단 말입니까!"

"역모가 일어날 때까지 아무것도 못 했던 이들이 이제 와서는 서둘러 짐에게 결단을 내리라 하는군."

"······폐하. 소인들은 그저!"

"비어 있는 자리가 많아 제법 힘을 휘두를 만하긴 하지. 하지만 적당히 하는 것이 좋을 것이다. 아직 역도들이 흘린 피가 마르지 않았다."

그의 독설에 대답을 촉구하던 귀족들의 말문이 막히었다.

서로 눈치를 보느라 바쁜 이들을 보던 태휼이 몸을 일으켰다. 어차피 역모의 원흉은 경회전에서 모두 죽었다. 혹시라도 황궁 밖에서 피어오를 작은 불씨조차 완전히 없애 버린 후였다.

지금 그에게 가장 최우선은 수련의 독이었다.

원래의 처소로 돌아가겠다는 수련을 승정궁으로 보내 놓았다. 본디 그녀의 처소여야 할 곳이었다.

잘난 법도도, 안 된다며 난리를 치는 귀족들도 이제는 개의치 않았다. 이 상황이 되어서까지도 법도를 따르라고 한다면 그 또한 역도로 목을 베어 버릴 터, 아무리 대담한 척 자신을 숨겨 왔어도 이미 그 또한 한계였다.

걸음을 서두르는 태휼의 입가에 미소가 생겨났다.

❀　　❀　　❀

승정궁에 들어서자 보인 건 엄 상궁의 도움을 받아 편한 옷으로 갈아입은 수련이었다. 태휼을 보자 수련은 환한 미소를 지었지만, 그녀를 보는 태휼의 눈은 딱딱하게 굳었다.

별다른 상처는 없어 보였지만, 밧줄에 묶여 있었던 탓에 가는 팔목에 붉게 피멍이 나 있었다.

"폐하."

내관의 고함도 없이 들어온 태흘을 향해 엄 상궁이 황급히 몸을 숙였다. 엄 상궁을 따라 일어난 수련이 상기된 눈으로 태흘을 바라보았다. 주변이 신경 쓰였는지 다가오려는 수련의 발걸음이 멈추자 태흘이 주변을 향해 낮게 말하였다.

"모두 나가라."

태흘의 말에 안을 지키던 이들이 뒷걸음으로 방을 나갔다. 단둘만이 남자 태흘을 향해 수련이 가까이 다가왔다. 하지만 그랬던 걸음은 얼마를 남겨 놓고는 멈추었다. 물기가 어린 눈이 당장에라도 태흘에게 다가올 분위기였지만, 좀처럼 수련은 그를 보기만 할 뿐, 주저하고 있었다.

그녀가 오지 않으면 그가 가면 그만. 곁으로 다가온 그가 수련의 핏기 없는 뺨을 감쌌다.

"태흘."

떨리는 음성과는 달리 손에 닿는 냉기는 예전보다도 더 서늘했다. 몸에 독을 가진 채로 사공을 잡겠다고 무리를 한 것이 화근이었다. 태흘의 굳은 표정에 수련은 괜찮다는 말을 계속했지만 아닌건 아니었다.

선뜻 다가오지 못하는 수련을 태흘이 품으로 끌었다.

"괜찮아요."

품에 안긴 그녀에게서 부겸의 기운이 느껴졌다. 독을 억누르기 위해서였지만 그럼에도 그녀에게서 부겸의 기운이 느껴지는 건 달갑지 않았다.

"아무 일도 없었어요."

태휼의 기색을 보던 수련이 힘없이 미소를 지었다. 내내 다가오지 못했던 이유가 그 때문이었는지 그의 손길을 거부하지 않으면서도 수련은 거리를 두고 있었다. 자리에 앉은 태휼이 수련을 품으로 끌어당겼다.

"알고 있어."

태휼의 대답에 수련이 말없이 바라보았다. 태휼을 보는 내내 깃들어 있었던 불안한 시선이 그제야 안도의 빛을 띠었다.

태휼은 믿어 줄 거라는 걸 알면서도 불안했던 건 사실이었다. 어찌 되었든 돌아오기 전까지 부겸의 곁에 있었던 일은 숨기려 해도 숨길 수 없는 일이었다. 부겸과 어떤 일도 없다는 건 하늘에 맹세할 수 있었지만, 사람들의 눈은 또 그렇지 않다는 걸 너무나도 잘 알고 있었다.

누가 무슨 소리를 해도 수련은 참을 수 있었지만, 태휼의 의심을 받는 건 정말로 원치 않았다.

"원하지 않는 일을 겪었다면 태휼에게 오지 않았을 거예요."

"그럼 네가 있을 만한 곳은 다 뒤집고 다녔겠지."

"생각하셨던 모습보다도 더 엉망이었을 거예요."

조심스럽게 나오는 속마음이 내색하지는 않았지만 내내 얼마나 고민하고 있었는지 눈에 선하였다. 저런 모습의 그녀를 보며 다른 사내와 통정을 했느냐는 식의 의심은 부질없었다.

"피 묻은 네 옷을 본 이후부터 들었던 생각은 하나뿐이었다."

"……"

"살아만 있으면 된다는 생각뿐이었지. 어떤 일을 당했는지, 무슨 모습으로 있을지는 신경조차 쓰지 않았다."

담담히 나오는 말에서 거짓은 느껴지지 않았다. 다른 이들에게는 두려운 황제일지 몰라도 그녀에게는 마음으로 의지하고 함께할 수 있는 사내였다. 조금의 의심도 없이 그가 보여 주는 믿음에 자신도 모르게 울컥 눈물이 치밀었다.

참았던 눈물을 닦는 수련을 태휼이 다정히 어루만졌다.

"그래도 온전히 돌아와서 다행이다."

"태휼을 못 볼 줄 알았어요."

"숨어 버리면 찾는다 하지 않았나? 쓸데없는 걱정을 다 하는군."

울먹이던 수련이 그제야 옅은 미소를 지어 보였다. 지었다. 태휼이 따르라는 대로 따르기는 했지만 절대로 먼저 다가오지 않던 수련이 태휼의 품을 파고들었다. 전처럼 자신을 맡기는 수련의 체향을 맡으며 태휼이 입꼬리를 올렸다.

수련의 손을 붙잡은 태휼이 내내 가지고 있었던 것을 손가락에 끼웠다.

"이건……."

"쌍가락지를 고쳤다면 좋았을 테지만, 이미 부서진 가락지를 붙일 수는 없었다."

쌍가락지는 아니었지만, 자색이 곱게 든 옥가락지였다. 왼손 약지에 끼워 준 옥가락지를 수련이 오랫동안 바라보았다. 눈이 촉촉해진 채, 가락지를 바라보는 수련을 향해 태휼이 말하였다.

"이젠 같이 있자."

낮은 목소리에 깃들어져 있는 태휼의 떨림이 어색하면서도 두근거렸다. 만인에게 존경받는 강한 황제였지만, 수련의 앞에 있는 태휼은 황제이기보다는 그저 연모를 바라는 사내일 뿐이었다.

그와 있고 싶다. 누구보다도 수련이 태휼과 함께 살고 싶었다.

눈물이 그렁그렁 맺힌 채, 수련이 고개를 끄덕였다. 수련의 허락에 그제야 그에게서 안도의 숨이 흘러나왔다. 가락지를 낀 수련의 손가락을 어루만지며 그가 나지막이 말하였다.

"이제 해독만 하면 되겠군."

"태의께서 폐하의 기라면 충분히 해독할 수 있으실 거라고 하셨어요."

"음…… 태의가 잘못 알았겠지."

"네?"

"난 좋은 기회를 놓치지 않거든."

수련의 목에 태휼이 얼굴을 묻었다. 차가운 피부에 닿는 열기가 여느 때보다도 뜨거웠다.

담담하고 차분히 달래던 눈은 어디에도 없었다. 굶주린 맹수의 눈을 보는 순간, 낯설지 않은 희열이 그녀의 몸을 휘감았다.

태휼이라면 상관없다. 그가 자신을 원하는 만큼 그녀 또한 그를 원했다.

그의 뺨을 손으로 감싼 수련이 열기에 찬 입술에 차가운 입술을 갖다 댔다.

"태휼을 주세요."

그녀의 허락이 떨어지자, 굶주린 맹수가 제 모습을 드러냈다.

급하진 않지만 거친 손이 단단히 묶인 옷고름을 풀었다. 옷가지 너머로 보이는 하얀 살결에 더운 입김이 닿는가 싶더니, 몸에서 느껴지는 냉기 따위는 모두 집어삼키려는 것처럼 따뜻한 입술이 내려앉았다. 곧 어깨에 걸린 옷자락을 완전히 끌어 내렸다.

벗겨지면서 나오는 차가운 나신에 뜨거운 손길이 거듭 제 흔적을 남겼다.

"흐읏."

차가운 몸에 피어오른 열기가 서서히 그녀를 데웠다. 수련의 손이 굵직한 목을 지나 단단한 어깨를 어루만졌다. 차가운 그녀와는 다르게 손에 닿는 그의 피부가 타들어 갈 듯 뜨거웠다. 몸은 떨어져 있었어도 한 번도 잊지 못했던 그의 온기였다.

"태휼."

자신을 안고 있다는 사람이 그라는 것을 확인하려는 것처럼 수련이 작게 속삭였다. 늪힌 쇄골에 얼굴을 묻고 있던 태휼이 수련과 눈을 마주쳤다. 맹수의 눈이 부드럽게 휘었다.

그녀를 달래는 미소에 수련의 입가에도 미소가 번졌다.

시선을 빼앗는 입술에 자신의 입술을 포개며 그의 손이 소담한 가슴을 감쌌다. 가슴 위에 수줍게 올라온 작은 꽃을 손가락으로 비틀자 냉기만 있던 수련에게서 더운 숨이 흘러나왔다.

엉킨 혀에서 섞이는 체액을 남김없이 삼킨 그의 입술이 점점 아래로 내려왔다. 곱게 파인 쇄골에 입술을 묻었다. 약 때문인지, 아니면 태휼이 전해 주는 열기 때문인지 온몸을 채우는 열기가 고통스러웠다.

피부는 차가웠건만, 가슴은 숨을 내쉬기 힘들 정도로 답답했다.

쇄골에 머물러 있던 입술이 아래로 내려와 소담한 가슴 위에 단단해진 유두를 머금었다. 그 사이 부끄럽다며 오므린 다리 사이를 그의 무릎이 파고들었다.

"하아."

단정하고 담담한 수련은 어디에도 없었다. 태휼의 손길에 수련이 하나씩 붙잡고 있던 자신을 내려놓았다. 수련이 사라진 내내 억눌러 왔던 모든 걸 터트리듯 그가 거침없이 다가왔다.

이를 세워 유두를 깨무니 수련의 입술에서 옅은 신음이 흘러나왔다. 그의 입술을 피해 몸을 비트는 수련의 허리를 붙잡으며 까칠한 혀가 녹아들 듯 여린 가슴을 삼켰다. 갈증을 해소하듯 거친 행동에 수련의 온몸에 붉은 흔적이 선명히 새겨졌다.

무릎으로 파고든 여성이 점차 촉촉이 젖어 들었다. 조금 더 그녀에게 자신의 흔적을 남기고 싶었지만 억눌려 있던 독이 사내의 열기에 풀려나면서 그녀를 힘들게 하였다. 지금까지 느꼈을 고통만으로도 충분했다. 자신의 기운으로 날뛰는 독을 진정시킨 그가 천천히 젖은 여성 안에 성이 날 대로 난 남성을 넣었다.

"흐윽."

충분히 준비를 하고 들어왔음에도 그는 여전히 버거웠다. 아랫배가 울릴 정도로 깊게 들어오는 그의 남성에 자신도 모르게 온몸이 경직되었다. 그런 그녀를 달래듯 기를 담은 손이 경직된 몸을 부드럽게 어루만졌다.

수련이 자신의 입술을 이로 깨물자, 주저 없이 열기에 찬 그의 입술이 그녀의 입술을 덮었다.

태휼의 손길에 긴장하던 수련의 몸이 서서히 풀렸다. 이제는 괜찮다는 듯 옅은 미소를 지으며 수련이 태휼의 목에 자신의 팔을 감았다.

열기에 뜨거워질 대로 뜨거워진 사내의 몸에 나긋한 여체가 매끄럽게 안겨 들었다.

매끄러운 곡선의 둔부를 붙잡은 그가 천천히 허리를 움직였다. 처음은 아니었지만, 남성을 붙잡은 여린 살은 여전히 작고 따뜻하여, 미칠 듯이 아늑하였다.

"하아."

아직은 버거워하는 수련에게서 가쁜 숨이 흘러나왔지만 그는 멈추고 싶지 않았다. 그녀의 독을 없애려 시작한 행위에 완전히 빠져들었다. 내내 억눌러 왔던 갈증이 제 모습을 드러내자 배려는 완전히 사라졌다.

그녀의 허벅지를 붙잡은 그가 거침없이 움직였다. 그녀를 가득 채우던 이질적인 감각이 빠져나갔다가 들어오기를 반복하였다. 온몸 가득 있던 냉기도, 그 냉기를 지우며 채워 오는 열기도 느낄 겨를이 없었다.

그가 움직이는 대로 움직이는 몸이 의지와는 다르게 속절없이 흔들렸다. 쾌락에 이끄는 대로 몸을 움직이던 그녀가 자신도 모르게 여성을 가득 채우는 남성을 힘껏 조였다.

그녀에게 몸을 밀착하던 그에게서 옅은 신음이 터져 나왔다. 그의 손길에 붉어진 피부에서 그를 미치게 하는 달콤한 체향이 흘러나왔다.

"흐읏."

고개를 뒤로 젖힌 그녀에게서 색에 젖은 신음이 터져 나왔다. 지금 어떤 목소리로 어떤 신음을 내는지 그녀는 알지 못했지만, 수련을 품에 안은 그로서는 연이어 들려오는 신음이 갈증을 더욱 부추겨 댔다.

거친 행위가 정점으로 치달았다. 그의 이마에서 흘러내린 땀이 소담한 가슴의 굴곡에 떨어졌다. 허벅지를 붙잡았던 손이 허리를 붙잡고, 가쁜 숨을 내쉬는 입술에 깊게 입술을 묻은 그가 자신을 완전히 풀어 놓았다.

"하아! 하아!"

귓가에 간질이는 그녀의 가쁜 숨소리가 듣기 좋았다. 온몸의 열기를 토해 내듯 더운 숨을 토해 낸 그가 수련의 가슴 굴곡에 얼굴을 묻었다. 수련의 가는 손가락이 땀에 젖은 그의 머리카락을 천천히 쓸어 냈다.

정사의 여운을 즐기며 태홀의 손이 수련의 몸을 천천히 어루만졌다. 단순한 애무로 보여도 실제로는 그녀의 몸에 남아 있을지도 모르는 독을 찾기 위한 행동이었다. 한기만이 있던 살결에 열이 느껴졌다. 그녀의 몸에서 느껴지던 독의 기운이 완전히 사라지자 태홀이 안도의 숨을 내쉬었다.

지쳐 잠든 수련을 품에 가두듯 안으며 태홀이 오랫동안 그녀의 등을 토닥였다.

❀　❀　❀

몸을 어루만지는 손길에 잠들었던 수련이 눈을 떴다. 잘 떠지지 않는 눈을 손으로 비비자 흐릿했던 시야가 조금은 맑아졌다. 수련이 몸을 뒤척이느라 멀어진 사이, 단단한 팔이 허리를 감아 자신에게로 끌었다.

고개를 들어 얼굴을 보지 않아도 익숙한 체향에 먼저 미소가 지어졌다. 피부에 닿는 온기를 느끼며 수련이 고개를 들었다.

"더 자."

"이미 깼는걸요."

작게 속삭이는 수련의 목소리가 귓가를 간질였다. 하얀 이마에 태휼이 손을 갖다 대었다. 독의 기운이 완전히 사라져서인지 전보다도 안색이 한결 나아져 있었다.

"이제 괜찮아요."

"혹시 모르니까 보는 거다. 얌전히 있어."

그의 손길을 받으며 수련이 편안히 몸을 기댔다.

돌아갈 것이라며 몇 번이고 생각하면서도 한순간도 마음이 놓이지 않았다. 부겸을 믿지 않은 건 아니었지만, 그럼에도 하루하루가 살얼음판처럼 위태로웠었다.

서로를 나누고 같은 자리에서 함께 누운 다음에나 이제야 모든 일이 끝났다는 걸 피부로 느낄 수 있었다.

"어두워졌네요."

"음."

"돌아가 보셔야 하는 거 아니에요?"

조심스럽게 묻는 물음에 태휼이 고개를 숙였다. 조용히 내려다보는 시선에 수련은 눈 끝을 내렸다.

"일부러 오신 거잖아요."

"넌 어떤데?"

태휼의 물음에 고민을 하던 수련이 고개를 저었다. 역모의 후처리로 황궁이 내내 뒤숭숭하다는 걸 알면서도 자신의 욕심에 그를 붙잡아 둘 수 없었다. 그걸 알기에 먼저 물어본 것이었지만, 솔직히 그를 보내고 싶지 않았다.

"마음에도 없는 말을 꺼내는 걸 보니 좀 나아지긴 했군."

"그게 아니라……."

"지금은 날 위해 쓸 생각이다."

"……."

"나만 보고 싶었나 보군."

"아니요! 아니에요! 폐하!"

놀란 수련이 자리에서 벌떡 일어났다. 붉게 상기된 얼굴이 한결 보기 좋았다. 느긋한 태흘과는 다르게 당황한 수련이 거듭 아니라는 말을 꺼내고 있었다.

이젠 곁에서 절대 떼어 놓지 않을 것이다. 평생을 함께할 여인, 그의 곁에 있을 여인은 수련뿐이었다.

"아니란 말이에요!"

"글쎄?"

"태흘! 아니라니까요!"

정색하며 말하는 수련의 허리를 태흘이 파고들었다. 코끝을 간질거리는 달콤한 체향도, 아니라며 당황하는 목소리조차 모두 좋았다. 당황한 수련에게는 미안했지만, 지금의 상황이 태흘에게는 즐거운 일 중 하나였다.

"놀리니까 재미있으시죠!"

"흠?"

허리에 묻고 있던 얼굴을 들자 수련이 원망스러운 눈으로 태흘을 보고 있었다. 나긋한 수련은 온데간데없이 날이 뾰족하게 선 그녀를 본 태흘이 웃음을 터트렸다.

"그러니까 왜 마음에도 없는 소리는 하는가? 아무리 나라도 내 여인이 일하라며 등을 떠밀 때는 싫단 말이다."

"정무를 처리하실 태휼을 제가 붙잡고 놓아 드리지 않는다는 소문이라도 돌면……."

"역도의 목을 전부 벤 지금의 나에게 말인가?"

당당하다 못해 자신감 넘치는 발언에 수련의 말문이 막혀 버렸다. 모르는 이가 들으면 건방지다 못해 거만하다고 할 만했지만 황제인 그였기에 가능한 말이었다.

하물며 황권을 노리고 달려든 역도들까지 제압한 이상, 호연에서 태휼의 힘을 넘볼 이는 누구도 없었다. 충분히 알고 있는 사실이었지만, 또 저리 당당하게 답을 해 대니 더 말을 꺼내기도 애매하였다.

더 말해 봤자 부질없는 짓, 한숨을 내쉬며 수련이 고개를 저었다. 그녀의 반응에 미소를 지은 태휼이 그녀를 다시 품으로 이끌었다.

그의 품에 얌전히 안겨 있던 수련이 생각난 듯 고개를 들었다. 주저하듯 잠시 고민하던 수련이 안 되겠는지 조심스럽게 태휼을 바라보았다.

"그런 눈으로 쳐다보면 더 궁금한 거 알아?"

"자꾸 놀리실 거예요. 저라도 태휼에게 물어볼 때는…… 하앗."

수련의 가슴골에 얼굴을 묻은 태휼이 도망가려는 여린 여체를 붙잡았다. 함께하는 순간이면 몰라도, 대화를 하는 중에 거침없이 흔적을 남기는 태휼의 손길이 부끄럽고 화끈거렸다.

그의 손에 닿는 피부가 어느새 붉게 달아올랐다. 가슴에서 느껴지는 뜨거운 숨에 얼굴조차 붉어졌지만, 발버둥을 쳐도 그는 꿈쩍도 하지 않았다.

이대로 물음을 듣겠다는 태휼의 말에 결국 몸부림을 멈춘 수련이 조심스럽게 물었다.

"역모가 일어나기 전에 문성공과 이미 이야기를 하셨던 건가요?"

부겸이 묶인 줄을 풀어 줬기에 인질에서 풀려날 수 있었다. 하지만 그보다도 먼저 태휼이 사공의 시선을 끌어 주고 이미 황궁으로 들어오려는 역도들을 없앴기에 가능한 일이었다.

마치 사전에 모든 이야기를 끝냈었던 것처럼, 사공은 제대로 된 힘조차 쓰지 못한 채 목이 잘렸다.

"따로 대화를 한 건 없었지. 그저 단검을 하나 받았을 뿐이었다."

"단검이요?"

수련의 물음에 몸을 일으킨 태휼이 용포에 넣어 놓았던 단검을 꺼내 수련에게 내밀었다. 태휼에게서 단검을 받아 든 수련이 이리저리 단검을 살폈다. 하지만 아무리 보아도 그저 날이 선 단검일 뿐이었다. 하지만 단검의 끝에 나 있는 문양을 비트는 순간, 검의 날과 손잡이가 분리되었다.

"아!"

날카로워 보이는 겉과는 달리 속은 비어 있었다. 그리고 그 안에 부겸의 필체로 보이는 짧은 서신이 쓰여 있었다.

사공의 병력과 상황, 위협이 될 만한 귀족들의 이름이 간결하게 쓰여 있었다.

"이걸 받기 전부터 어느 정도 사공의 병력은 파악하고 있었지만, 대략적인 파악과 정확한 정보는 또 다르지."

"문성공께서는 처음부터……."

"처음은 아니었지. 사공에게 부겸이 먼저 여지를 준 건 맞았다. 적어도 널 데려간 시점에서 부겸은 내 사람이 아니라 사공과 손을 잡은 역적이었지."

"그런데도 믿으신 건가요?"

"나와는 달리 부겸은 절제라는 걸 할 줄 아니까. 나와는 달리 적당히 타협을 할 줄도 알았고, 내가 보지 못하는 걸 보는 능력 좋은 사촌이니 말이다."

"……."

"부겸은 살릴 것이다. 그러니까 나와 있을 때는 놈 생각 따윈 하지 마."

그녀가 무슨 생각을 하고 있는지 알고 있다는 듯이 말하는 태휼을 보며 수련이 눈을 내렸다. 이 사람의 앞에서는 속마음을 숨기는 자체가 어려웠다.

그래도 호락호락하게 당하고 싶지 않았다.

"문성공을 걱정하기는 했지만, 잘못 생각하시는 게 있어요."

"흠?"

"당신하고 같이 있을 때 다른 사내를 생각한 적은 없어요. 지금도 그렇고, 예전에도 말이죠."

마주 보는 눈에 빛이 가득했다. 전과 다름없는 모습으로 그를 보는 수련은 예전이나 지금이나 그의 이성을 흔들어 댔다. 모두 이들이 몸을 숙이고, 그의 눈을 피할 때, 유일하게 눈을 마주하고 같은 곳을 향하며 함께하려는 여인. 그랬기에 더더욱 그녀가 마음속 깊이 들어왔다.

무리를 시키고 싶지 않아 참아 왔던 열기가 그를 휘감았다. 밤은 길고, 곁에 있는 여인은 자신만 보고 있었다.

"하아."

거침없이 다가오는 숨결이 귓가를 간질였다. 밀착된 몸에서 느껴지는 열기에 어느새 그녀에게도 전염되었다. 그가 남기는 흔적이 다시 붉게 새겨졌지만 상관없었다. 지금까지 겪었던 고난을 보상받듯 다가오는 그를 향해 수련이 자신을 활짝 열었다.

❀　❀　❀

역모에 관여한 사람 중에 유일하게 태휼의 처벌을 피한 사람은 모순되게도 최전선에 서 있던 부겸이였다.

부겸을 벌해야 한다는 대신들의 청이 줄을 이었지만, 정작 당사자인 태휼은 들은 척도 하지 않았다. 도리어 스스로 벌을 받겠다는 부겸을 자택에서 쉬라는 말로 되돌려 보내기까지 하였다. 연금이 된 것도 아니었지만, 자택으로 돌아온 부겸은 스스로를 벌하듯 한 발자국도 밖으로 나가지 않았다.

"이번 역모가 마무리되려면 소인이 죽어야 한다는 걸 아시지 않습니까?"

지독한 갈등 사이에서 부겸이 마음을 되돌린 건, 동굴에서 태휼을 찾는 수련을 보고 나서부터였다. 목숨이 위험한 상황 속에서도 태휼을 찾으며 안심하는 수련을 보는 순간, 부겸은 모든 것을 놓을 수밖에 없었다.

"이번 기회에 전부 끝내야 한다는 걸 아시면서도 왜 주저하시는 것입니까?"

수련의 평생을 지켜도, 부겸은 절대 사내로 들어갈 수 없다는 것을 실감한 순간, 권좌를 향했던 마음을 바꾸었다. 그가 원한 건 태휼이 앉아 있는 지독한 무게의 권좌가 아니었다.

그러나 결과가 어찌 되었든 태휼에게 검을 겨누었던 사실은 변하지 않았다.

또다시 이런 일이 일어나지 말라는 법은 없었다. 그리고 그때는 어떤 선택을 하게 될지 자신도 알 수 없었다.

"소인이 죽지 않으면 황후가 되실 그녀가 평생 의심을 받을 것임을 폐하께서 아시지 않습니까?"

어찌 되었든 부겸의 곁에 있었던 수련이였다. 하물며 사공을 속이기 위해 그녀와 한 침상에 눕기까지 하였다.

아무 일도 없었지만, 사람의 시선은 또 그게 아니었다. 부겸이 살아 있는 한 수련은 부정을 저지른 여인으로 평생 입방아에 오르내릴 것이다. 태휼은 상관없다 할지 몰라도 수련에게는 치명적인 오점으로 남을 것이 분명했다.

얻을 수 없는 마음이라는 것을 알면서도 여전히 귀하고, 무척이나 소중했다.

그녀에게 자신이라는 존재가 오점이 되게 할 수 없다.

마음의 준비를 마친 부겸이 편안 미소를 지었다.

이제 그에게 남은 건 아무것도 없었다. 황후가 될 여인을 납치해서 욕보이려 했고, 충성을 맹세한 황제에게 검을 들이대기까지 하였다.

다행히 벗어난 길에서 본래의 자리로 돌아오기는 했지만 더는 태휼도, 수련도 볼 자신이 없었다. 지독한 공허가 부겸을 나락으로 끌어내리고 있었다.

"문성공. 황궁에서 사람이 오셨습니다."

"기다리라 해라."

준비를 끝낸 부겸이 서랍에 넣어 놓았던 목함을 꺼냈다. 부리는 사람들조차 모르게 숨겨 놓았던 것, 굳게 잠긴 문을 연 부겸이 눈을 꿈틀댔다.

"이러시면 안 됩니다! 이리 밀고 들어오시면 안 된단 말입니다!"

시종의 만류에도 닫혀 있던 문이 열리며 무진이 안으로 들었다. 부겸의 앞에 놓인 목함을 무표정한 시선으로 보던 무진이 그의 앞에 몸을 숙였다.

몸을 숙일 뿐, 아무 말도 못 하는 무진과 비어 있는 함을 번갈아 보던 부겸이 웃음을 터트렸다.

"폐하께서 모든 걸 감당하시겠다는 것이냐?"

충분히 짐이 될 상황이라는 것을 알면서도 태휼은 부겸이 다른 마음을 먹을 여지 자체를 완전히 없애 버렸다. 어디까지 생각했다는 것인가? 아니면 이렇게 될 거라는 걸 알고 있었다는 건가?

"애초에 상대조차 되지 않았다는 건가?"

헛웃음만이 계속 흘러나왔다.

죽을 생각으로 모든 준비를 끝내 놓았건만, 그런 그를 비웃듯 태휼은 나름의 방법으로 부겸의 의지를 꺾어 놓았다.

"폐하께서 찾으시는가?"

"문성공께서 뵙고 싶다 하시면 자리를 마련하시겠다는 말씀을 하셨습니다."

죽을 생각이었다.

그의 존재가 태흉과 수련에게 조금의 도움도 되지 않았기에 사죄하는 의미로 그리하려 하였다. 그럴 생각이었던 부겸에게 태흉은 살라고 하였다. 살아서 견뎌 내라 명령하고 있었다.

부겸의 고집이 단숨에 꺾였다.

"폐하께서 그러시는데 내가 또 어찌 그 명을 따르지 않을 수 있겠는가!"

자신의 평생을 투자해도 권좌에 앉은 태흉을 이기진 못할 것이다.

패배를 인정한 순간, 죽고자 하는 마음까지도 사라져 버렸다. 모든 걸 자신이 감당하겠다는 태흉에게 더는 죽겠다며 고집을 부릴 수도 없었다.

"내가 졌다."

모든 마음을 접어 놓은 부겸이 편안한 미소를 지었다.

❋　❋　❋

"가져왔습니다, 폐하."

무진이 가져온 것을 태흉은 말없이 받아 들었다.

중지만 한 작은 병, 그 안에 무엇이 들었는지 물을 필요조차 없었다.

태흉과 부겸은 비슷한 듯싶어도 많은 것이 달랐다. 자신과는 달리 부겸은 스스로에게 엄격했다.

순간의 욕심과 충동에 정도에서 벗어난 것만으로도, 부겸은 스스로의 목숨을 버리는 것으로 죄의 대가를 치르려 하였다.

'말하지 않아도 내 심중을 가장 잘 아는 사촌을 쉽게 버릴 리가 없지.'

그에게 검을 겨눈 일은 이미 잊어버린 지 오래였다. 권좌를 놓고 일어난 대립에서 결국 자신이 이겼다. 그랬으면 그만이었다.

사공은 죽었고, 그에게 적의를 드러냈던 귀족들조차 모두 여지도 없이 제거할 생각이었지만 부겸만큼은 그리하지 않을 것이다.

"폐하. 태의가 승정궁으로 드셨다 하옵니다."

내시감의 보고에 태휼이 입꼬리를 올렸다. 확실히 독을 없애기는 했지만, 혹시라도 모를 일에 태의에게 진맥을 하라 해 놓았다. 수련은 괜찮다 했지만 직접 가 볼 생각이었다.

손에 쥐고 있던 병에 기를 주입하자 날카로운 소리와 함께 깨진 병 사이로 나온 독이 연기로 바뀌었다. 병이었던 것을 알지 못할 정도로 조각이 난 가루가 불어오는 바람에 흩날렸다.

부겸이 준비했었던 독을 완전히 없앤 태휼이 몸을 돌렸다.

"승정궁으로 가자."

앞으로의 호연에 부겸은 필요했다.

부겸은 자신의 존재가 태휼과 수련에게 누가 된다고 생각했겠지만, 그의 생각은 달랐다.

어차피 어느 상황이나 그와 뜻을 달리하는 이들은 존재했다. 여상환이 그랬고, 사공이 그러했다.

그나 수련에게 적의를 가진다면 사공 혹은 여상환과 같은 길을 열어 주면 그만이었다.

그걸 신경 쓸 사람은 부겸이 아니라 자신이었다.

※　　※　　※

손목을 감은 실이 길게 늘여 놓은 발을 지나 태의의 손에 들려 있었다. 긴장한 눈으로 태의를 보던 수련이 옆에 앉아 있는 태휼을 향해 옅은 미소를 지었다. 수련의 미소에 태휼이 잡고 있는 손을 붙잡았다.

숨 막히는 긴장감이 오랫동안 계속되었다. 신중하게 수련의 맥을 살피던 태의가 미소를 지으며 몸을 숙였다.

"아가씨의 몸에서 느껴지던 독은 완전히 사라진 듯하옵니다. 맥에서 달리 느껴지는 것이 없으니 조심하신다면 전처럼 몸도 나아지실 것이고 곧 용종도 가지시게 될 겁니다."

태의의 말에 그제야 수련이 안도의 숨을 내쉬었다. 태휼의 곁에 돌아온 건 진심으로 다행이었지만, 한편으로는 오랫동안 몸속에 있었던 독이 걱정되기도 하였다.

소량만 먹어도 몸이 망가지는 독의 종류가 한두 가지가 아니었다. 하물며 수련은 한 달 동안 몸에 독을 가지고 있기까지 하였다. 역모도 끝나고 잠시나마 걱정에서 벗어난 지금, 황후의 의무까지는 아니더라도 조금은 그를 닮은 아이를 가지고 싶은 욕심이 들기도 하였다.

혹시라도 안 좋은 일이 있을까 걱정했던 것과는 다르게 이상이 없다는 말에 수련이 안도의 미소를 지었다.

하지만 그러했던 미소는 태의에게서 나오는 말에 그 상태로 굳었다.

"꾸준히 탕약을 드시면 한결 나아지실 터이니 오늘부터라도 탕약을 올리겠습니다."

탕약이라는 말에 수련이 눈을 꿈틀댔다.

수련이 왜 그러는지 아는 태휼이 올라가는 입꼬리를 손으로 막았다.

다른 일은 싫은 소리 하나 없이 잘 참아도 탕약의 쓴맛은 도저히 안 되겠는지 벌써부터 수련의 미간은 좁게 모여 있었다.

위랑으로 있을 때부터 그녀의 진맥을 해 왔던 태의가 시치미를 뚝 떼며 고개를 숙였다.

유난히도 수련이 탕약을 싫어한다는 건 알고 있었지만, 싫은 건 싫은 것이었고 몸을 보하는 건 또 다른 의미로 중요한 일이었다.

모든 처분이 끝나는 대로 즉위식이 이루어질 것이었다. 그때까지 수련을 본래의 상태로 되돌리는 것이 자신의 의무였다.

태의가 좀처럼 물러나지 않자 수련의 눈이 절박하게 태휼을 바라보았다. 역도들에게 잡혀 있을 때조차 짓지 않았던 애절한 표정에 결국 태휼이 태의에게 물었다.

"얼마나 탕약을 먹어야 하는가?"

"하루 세 번, 족히 반년은 드셔야 하지 않을까 싶습니다."

핏기가 없다 못해 울 것 같은 얼굴로 수련이 태휼을 보았다. 저 눈에 탕약을 들이대면 당장에라도 울음이라도 터트릴 것 같았다. 수련은 절박했건만, 태휼은 터져 나오려는 웃음을 억지로 참느라 고생이었다.

여기서 웃음이라도 터트리는 날에는 날이 선 수련에게 무슨 소리를 들을지 알 수 없었다. 하지만 그대로 넘기기에는 싫다며 찡그린 모습이 평소보다도 더 귀엽게 다가왔다.

"곧바로 탕약을 준비하겠습니다."

"폐하!"

다급한 수련이 태휼을 부르자 결국 참았던 웃음이 터져 나왔다. 속마음을 몰라주는 태휼에게 화가 난 수련이 뭐라 말하려는 순간, 태의를 향해 그가 입을 열었다.

"탕약은 내일부터 먹는 것으로 하지."

"그럼 내일 아침부터 곧바로 탕약을 올리도록 하겠습니다."

태휼의 중재 아닌 중재에 태의가 몸을 숙이며 방을 나갔다. 태의의 기척이 완전히 사라지자 태휼이 모두 나가라는 듯 손을 저었다.

방에 있던 궁인들이 모두 빠져나가자, 불안하게 상황을 보던 수련이 태휼의 바로 옆으로 쪼르르 다가왔다. 당장에라도 하소연을 터트리려는 수련의 뺨을 쓸어내리며 그가 먼저 입을 열었다.

"몸을 보하는 의미로 먹는 것이니 반년만 참지 그런가?"

"써요!"

"약이니 쓴 건 어쩔 수 없잖아."

"탕약은 사람이 먹을 게 아니에요! 써요! 정말로 쓰단 말이에요."

태휼에게 내내 하고 싶었던 말이었는지 수련이 쓰다는 말과 함께 얼굴을 찌푸렸다. 그 모습에 간신히 참았던 웃음이 다시 치밀었다.

태휼의 모습에 수련의 미간이 좁혀졌다. 지금 재미있다며 웃음을 터트릴 때가 아니었다. 하루에 한 번이면 몰라도 세 번이나, 그것도 육 개월을 내내 먹어야 한다고 하였다. 아이를 가지고 싶은 욕심도 있었고, 그러려면 몸을 조심해야 하는 것도 알았지만, 쓴 탕약을 내내 먹는 고역만큼은 정말로 피하고 싶었다.

"하루에 한 번만 마실게요. 저도 조심할 테니 태휼이 태의 영감께 이야기해 주세요."

"태의도 쉽게 물러날 생각은 없어 보이던데 그냥 먹지그래?"

"한 번도 아니고 세 번이나 어떻게 먹을 수 있어요!"

"입으로 먹여 주면 조금은 덜 쓰려나?"

"네?"

눈을 동그랗게 뜬 수련의 입술에 자연스럽게 그가 입술을 겹쳤다. 당황한 것도 잠시, 태휼의 어깨를 붙잡은 수련이 수줍게 입술을 열었다. 혀와 혀가 엉키고 가쁜 숨을 내쉬며 서로의 체액을 삼켰다. 한참을 서로의 숨결을 빼앗은 다음에나 태휼이 입술을 뗐다.

"말씀을 해 주시고…… 하아."

"그럴 틈이 있었나? 그런 눈으로 바라보면 자제가 안 되는 것을."

"그래도 지금은 이럴 때가 아니잖아요."

붉게 상기된 얼굴에 다시 어두운 기색이 역력하였다. 정말로 탕약을 먹기가 싫은지 부탁이라는 것을 모르는 수련이 거듭 태휼에게 다급한 시선을 보내고 있었다.

울 것 같은 얼굴의 수련을 보던 태휼이 피식 실소를 지었다. 애늙은이 같던 때가 얼마 전이었건만, 어느새 또 아무것도 모르는 아이 같은 눈으로 그를 흔들어 대고 있었다. 그의 손이 수련의 팔을 잡아끌자 자연스럽게 품에 수련이 안겨 왔다.

"태의에게 우선순위는 내 뒤를 이을 후계를 네가 낳게 하는 것이겠지. 너도 욕심을 내는 것 같기도 하고 말이지."

담담하게 나오는 말에 수련의 얼굴이 다시 붉어졌다. 차마 아니라며 부정하지 못하는 수련을 보던 태휼이 수련의 등을 천천히 어루만졌다.

"하루에 한 번은 어려울 것 같고, 두 번 정도에서 타협하자. 나에게 우선은 있지도 않은 후계가 아니라 너니까. 우선 네 몸부터 낫게 하자."

쓴 탕약을 두 번이나 먹어야 하는 게 내키지는 않았지만, 수련을 생각해 그리하자는 태휼의 배려에 싫다며 고개를 저을 수 없었다.

결국 그가 원하는 대로 되긴 했지만 기분이 상하거나 싫지는 않았다.

태휼의 품에 얼굴을 묻은 수련이 그리하겠다는 듯이 고개를 끄덕였다. 태휼의 수라는 걸 알면서도 얌전히 따르는 수련을 보며 그가 소리 없이 미소를 지었다.

※　※　※

도성 곳곳에 걸려 있던 역도들의 목이 하나씩 내려졌다. 황궁과 길에 뿌려져 있던 혈흔이 사라지고, 곳곳에 남은 역모의 증거들이 빠르게 사라졌다.

정리된 자리에 얼마 후 있을 황후 즉위식에 대한 준비가 이루어졌다.

"폐하는 만나 보셨습니까?"

승정궁 안에서 머물던 수련이 모처럼 밖으로 나왔다. 즉위식만 안 했을 뿐, 황궁의 궁인들은 내명부에 홀로 남은 수련을 이미 황후처럼 대하고 있었다.

승정궁의 주변을 걷고 있던 수련을 언제 와 있었는지 부겸이 조용히 바라보고 있었다.

"만나 뵙고 오는 길입니다."

"갑자기 말을 올리시니 적응이 안 됩니다. 평소처럼 하세요."

"이제 곧 황후가 되실 분에게 그럴 수야 없지요."

"아직은 아니지 않습니까?"

"……"

"곧 떠나신다고 들었습니다. 그렇다면 이번만이라도 편하게 대해 주세요."

수련을 보던 부겸이 편안한 미소를 지었다.

연일 귀족들은 부겸의 목을 베어 기강을 바로 세워야 한다며 태휼을 압박하고 있었지만, 정작 당사자인 그는 눈 하나 깜짝하지 않았다. 태휼의 비호 아래 모든 죄에서 벗어났지만 부겸은 스스로를 용서할 수 없었다.

안 된다는 태휼을 설득하고 설득하여 허락을 받아 냈다.

일 년이 될지, 몇 년이 될지는 알 수 없었지만, 당분간은 황궁을 떠나 볼 생각이었다.

"완전히 나가는 것도 아니지 않습니까?"

존대하는 부겸을 보며 수련이 눈을 내렸다. 종종 황궁에 입궁하여 안부를 전하겠다고 했지만, 그럼에도 어디로 가는지, 누구에게로 가는 건지 수련은 물론이고 태휼에게까지 말하지 않았다.

정리를 위해 떠나겠다는 부겸을 말릴 수는 없었지만, 내심 마음이 허전해지는 것까지는 어쩔 수 없었다.

"그런 눈으로 보실 거였다면 조금은 흔들렸으면 좋았지 않았겠습니까?"

부겸의 투정 아닌 투정에 수련이 말없이 미소를 지었다. 수련의 모습에 부겸이 입꼬리를 올렸다.

"한 번만 소인에게 흔들리셨다면 어떤 무모한 일도 했을 것입니다."

"대신 전 폐하도, 문성공도 모두 잃었겠지요."

여전한 대답에 부겸이 고개를 저었다. 태휼의 곁으로 돌아온 수련은 전보다도 더욱 빛을 가득 품고 있었다. 무슨 수를 써도 자신은 그녀에게 저런 모습을 주지 못했을 것이다.

그러니 그녀의 손을 놓은 일을 후회하지 않는다.

"모두 잃지 않으신 대신 고생 좀 하실 것입니다."

"자꾸 그리 무서운 말만 하실 것입니까?"

"겁을 주는 게 아니라 진짜이니 드리는 말씀입니다. 폐하는 쉽지 않은 분이시니 지금이야 꽃밭처럼 느껴져도 나중에는 힘들다며 하소연하실 것입니다."

장난기가 가득한 얼굴로 놀리는 부겸을 보며 수련이 미간을 모았다. 그녀의 모습에 부겸이 웃음을 터트렸다.

모든 걸 놓으니 참으로 마음이 편하였다. 부정하며 외면하던 것을 받아들이니 또 다른 길이 부겸의 앞에 펼쳐졌다.

궁 앞에 서 있던 수련을 향해 다가온 부겸이 한쪽 무릎을 꿇고 몸을 숙였다.

"힘들고 버거우시면 언제든지 소인에게 말씀하시지요. 아무도 모르는 곳으로 모시겠습니다."

"듣는 것만으로도 무서운 말씀입니다. 저를 또 시험하고자 하시는 것입니까?"

"소인이 시험한들 넘어올 분도 아니시지 않습니까?"

능청스러운 대답에 수련이 작게 웃음을 터트렸다. 부겸을 바라보던 수련이 조심스레 그의 손을 감쌌다.

"감사합니다, 문성공."

그렇게 당했으면서도 수련은 주저 없이 감사하다는 말을 먼저 꺼내었다. 그녀가 이렇게 나오니 더는 심술을 부릴 수 없었다.

부질없다는 것을 알면서도 자신도 모르게 부겸이 수련에게 다시 물었다.

"소인이 밉지 않으십니까?"

태흘에게서 억지로 떨어뜨려 놓은 것도 모자라, 두 사내 사이에서 정조를 잃은 부정한 여인이 될 뻔했었다. 사공을 부추겨 태흘의 권좌를 위협한 것 또한 자신이 한 일이었다.

그 자신도 모르게 수련을 보는 부겸의 눈이 긴장으로 떨렸다.

"믿는다고 말씀드리지 않았습니까?"

그녀에게 흔들렸던 것도 자신, 그녀에게 도움을 받은 것도 자신이었다.

그녀를 정인으로 마음에 품은 것을 후회하진 않는다.

평생 얻을 수 없는 마음이 되었어도 더는 공허하지도 고통스럽지도 않았다.

이제는 좀 평온하게 자신의 삶을 살게 되기를. 그저 그것만을 바랄 뿐이었다.

"소인 폐하의 신하이기도 하지만, 황후 마마의 신하이기도 합니다."

"……."

"곧 돌아오겠습니다."

진심이 담긴 부겸의 말에 울컥 눈물이 치밀었다. 보내야 할 사람이라면 웃으면서 보내 주고 싶었다. 억지로 울음을 참는 수련을 향해 부겸이 환한 미소를 지어 보였다.

부겸이 떠나고 혼란했던 황궁이 점점 안정을 찾아 갔다.

유난히도 날이 맑은 날, 즉위식이 시작되었다.

※　　※　　※

열여섯의 가마꾼이 든 거대한 연이 경회전 앞에서 멈추었다.

연을 가린 붉은 휘장이 양쪽 상궁에 의해 거둬지고, 기다리던 엄상궁이 연 안으로 몸을 숙였다.

금실로 수놓은 붉은 비단신이 휘장 앞으로 나오고, 뒤에서 붉은 치맛자락이 작은 발을 감추며 길게 늘여졌다. 뒤이어 금실로 수를 놓은 대례복을 입은 수련이 엄 상궁의 부축을 받으며 연에서 내려왔다.

'아!'

열린 문으로 보이는 광경에 자신도 모르게 수련이 숨을 삼켰다. 일렬로 늘여선 문무백관들과 병사들로 넓은 경회전이 꽉 차 있었다. 호연을 상징하는 문양을 수놓은 깃발이 불어오는 바람에 흩날렸다.

막연하게 느꼈던 떨림이 막상 바로 앞까지 다가오자 절정을 이루었다.

"황후 마마."

엄 상궁의 목소리에 수련의 정신이 현실로 돌아왔다. 두려웠지만 이 또한 자신이 선택한 길이었다.

잘하겠다는 욕심도, 어떻게 하고 싶다는 바람도 없었다.

같은 곳을 보며 걸어갈 수 있다면, 어려운 길이었지만 태흉과 함께할 수 있다는 것만으로도 수련은 최선을 다할 생각뿐이었다.

자신에게 향한 시선을 받아 내며 수련이 긴 한숨을 내쉬었다.

그녀가 걸어가야 할 곳에 금색의 대례복을 입은 태흉이 서 있었다. 그에게 향하는 길, 넓은 치맛자락을 붙잡은 수련이 한 걸음씩 태흉을 향해 걸어갔다.

수많은 사람들도, 화려한 경회전도 눈에 들어오지 않았다. 그저 그녀를 봐 주는 태흉만을 보고 갈 뿐이었다.

수련이 계단까지 도착하자 상석에 있던 태흉이 계단 아래로 내려왔다.

그녀의 앞에 선 태흉이 말없이 손을 내밀었다. 그의 손을 붙잡은 후에나 수련이 안도의 숨을 내쉬었다.

"누가 잡아가는 것도 아닌데 뭘 그리 떠는 건가?"

"실수하면 안 되잖아요. 머릿속이 하얗게 되어서 아무 생각도 안 난단 말이에요."

낮은 물음에 낮은 대답이 빠르게 오고 갔다. 수련의 긴장을 달래듯 태흉의 손이 작은 손을 부드럽게 감쌌다.

"아무 생각도 안 나시는 황후님. 준비는 되셨습니까?"

"태흉! 이 상황에서까지 이러실 건가요?"

틈만 나면 자신을 놀리려는 태흉을 보며 수련이 미간을 좁혔다. 한결 긴장이 풀린 얼굴을 보던 태흉이 미소를 지었다. 태흉의 미소를 보던 수련이 떨리는 숨을 작게 내쉬었다.

"황제 폐하. 황후 마마. 이만 움직이셔야 하옵니다."

움직이지 않는 둘을 향해 곁을 지키던 내관이 낮은 목소리로 고하였다.

"올라가자."

내관의 채근에 태흌과 수련이 함께 계단을 올랐다.

태흌과 함께 걸으니 마냥 두렵게 느껴졌던 시작은 조금은 다르게 다가왔다. 언제나 좋은 일만 있지는 않을 테지만 무섭지는 않았다.

황제와 황후가 계단을 올라가자 지켜보고 있던 이들이 하나, 둘 무릎을 꿇었다.

태흌의 걸음에 맞춰 수련이 걸음을 옮길 때마다 치맛자락이 붉은 물결을 만들어 냈다.

함께 걷는 내내 함께하는 시선에 서로를 향한 마음이 가득 담겨 있었다.

내관과 궁인들이 일러 주는 대로 즉위식이 차근차근 이루어졌다.

모든 절차가 끝나고, 내관이 가져온 옥함에서 봉황 관을 꺼낸 태흌이 수련의 머리에 씌워 주었다.

몸을 일으킨 대신들이 새 황후를 향해 목이 터져라 감축드린다는 말을 거듭 외쳤다.

유난히 길다고 생각한 즉위식이 끝나고, 수련은 황후가 되었다.

終章

마주 보다

　고하겠다는 엄 상궁을 만류하고 안으로 들어간 태휼을 가장 먼저 반긴 건 신중한 손길로 옷에 바느질을 하는 수련이였다. 평소였다면 황후로서 처리해야 하는 업무나 태휼이 보내오는 장계를 보고 있었을 터였건만, 새삼 무슨 일이라도 있었는지 절대 안 하던 바느질을 하는 저의가 궁금해지기까지 하였다.

　서책을 볼 때도 그랬지만, 한군데에 빠져서 집중하는 수련은 보는 일은 그의 즐거움 중 하나였다. 다가가는 대신 몇 걸음 뒤에서 태휼이 수련을 지켜보았다.

　태휼이 들어왔는지도 모를 정도로 집중하며 놓는 바느질 솜씨가, 수련에게는 미안하지만 처음 하는 티가 너무나도 역력했다.

　"아얏!"

　짧은 비명에 수련을 지켜보던 태휼이 가까이 다가왔다. 그의 갑작스러운 등장에 수련이 놀란 사이, 태휼이 수련의 손을 붙잡았다.

"바느질을 하는 건가? 아니면 침술을 배우는 건가?"

손가락에 맺혀 있던 붉은 피가 바느질을 하던 명주 천에 뚝 떨어졌다.

태휼의 물음에 당황한 수련이 손을 빼려 했지만, 어떻게 움직여도 이미 단단히 잡힌 손은 꿈쩍도 하지 않았다.

"별거 아니에요."

"별것 아니라고 그냥 놔두었다가는 손이 남아나질 않겠군."

"또 놀리시는 거죠!"

"놀리기에는 천에 묻은 피가 너무 많지 않은가."

태휼의 손가락이 향하는 곳에 놓여 있는 명주 천을 본 수련의 얼굴이 붉게 달아올랐다. 하얀색이라고 말하기 어려울 정도로 명주 천에 묻은 핏방울은 상당한 양이었다. 하물며 바늘에 거듭 찔린 검지는 고문이라도 받은 것처럼 곳곳에 빨간 점이 깨알같이 박혀 있었다.

차마 말을 잇지 못하고 눈만 굴리는 수련을 태휼이 조용히 응시하였다.

이래도 말하지 않을 것이냐는 무언의 압박에 수련이 한숨을 내쉬었다.

"그게 며칠 전 다과에서 비서령 부인의 여식이 옷을 지었다면서 보여 주는데 곱게 잘 지었더라고요. 너무나도 고와서 잘했다 칭찬을 했더니만 오늘은 시중의 부인이 직접 지어 온 옷을 보여 주는데 그것도 얼마나 곱던지, 보다 보니 욕심이 나서 침방 상궁에게 배우기 시작했는데…… 웃지 마세요. 저도 소질이 없는 거 알고 있다고요."

손으로 입을 가리는 태휼을 보며 수련이 미간을 좁혔다. 다른 이들에게는 엄격하고 냉정한 황제일지 몰라도 수련의 앞에서 태휼은 잘 웃기고 하였고, 틈만 나면 당황한 수련을 놀리기도 하였다.

"침방 나인이 알아서 할 것을 무리할 필요가 있나."

엇갈렸던 예전 일이 꿈이었던 것처럼 가군으로서 태휼은 전과는 다르게 수련을 대하였다. 예전의 그였다면 불필요하다고 생각되는 일은 시작도 하기 전에 먼저 막았을 테지만 지금은 하지 말라고 하기보다는 관심을 먼저 가지고 수련의 말을 먼저 들으려 하였다.

"그래도 한번은 지어 보고 싶었는걸요."

마음처럼 되지 않는 일에 속상했는지 수련이 눈을 내렸다. 어느 정도 괜찮은 일이라면 수련이 마음껏 하게 내버려 두고 싶었지만, 바느질은 진심으로 아닌 듯싶었다.

수련의 손을 붙잡은 채, 태휼이 밖에 있는 엄 상궁을 불렀다. 몸을 숙이며 들어온 엄 상궁을 향해 태휼이 짧게 명하였다.

"황후가 하고 있는 걸 모두 내어 가라. 그리고 다시는 황후가 바늘을 만지는 일이 없어야 할 것이다."

수련이 황후로 즉위한 이래 태휼이 승정궁에서 저리 서슬 퍼런 목소리로 명을 내린 적은 처음이었다. 태휼이 여지를 두고 인내하는 사람은 황후인 수련뿐이라는 것을 알았기에 엄 상궁은 내쉬는 숨조차 조심하며, 늘어놓았던 명주 천과 반짇고리를 서둘러 밖으로 내어 갔다.

달라진 분위기에 어쩔 줄 몰라 하던 수련이 그러지 마시라며 태휼을 바라보았지만, 엄 상궁이 나갈 때까지 그는 눈썹조차 꿈틀거리지 않았다.

걱정하는 수련에게 괜찮다는 미소를 지은 그가 상처투성이인 검지를 손끝으로 어루만졌다.

"네 피가 묻어 있는 옷을 보며 곱다는 말은 못 하겠다. 별로 입고 싶지도 않고 말이지."

"그래도……."

"나의 황후는 지금도 충분히 도움이 되고 있으니 무리할 필요는 없어. 하고 싶어 하는 네 욕심은 알고 있지만 다쳐 가면서 할 것까지는 없다."

"……."

태훌의 설득에 수련이 말을 삼켰다. 평민들은 물론이고 귀족 여인들 또한 당연히 하는 바느질이나 수를 수련은 전혀 못하였다. 침방 상궁에게 배우면 조금이라도 나아질 줄 알았건만, 정색하며 하지 말라는 태훌의 말을 들으니 왠지 모르게 기운이 빠져 버렸다.

시무룩해진 수련을 다독이며 태훌이 말을 이었다.

"범인(凡人)의 부인이었다면 어쩔 수 없이 해야 하는 것도 있었겠지만, 넌 호연의 황후이지 않은가? 그리고 굳이 다른 여인들처럼 행동해야 할 이유는 더더욱 없어. 그러려고 널 곁에 둔 게 아니란 말이다."

"그래도 저도 여인인걸요. 다른 여인들처럼 자수도 곱게 놓고 옷도 잘 지었으면 하는걸요."

"대신 다른 여인들이 하지 못하는 걸 하고 있지 않나. 네 조언이 나에게 얼마나 도움이 되는지 다시 알려 줘야 하는 건가?"

당근과 채찍을 쓰듯이 태훌의 설득이 수련을 들었다가 놓기를 반복하였다. 수련이 태훌의 심중을 먼저 알아차리고 행동하듯, 그 또한 누구보다도 수련을 잘 알았다.

"나중에 저런 것도 못하냐며 타박하시면 안 돼요."

포기한 수련이 힘없이 하는 말에 태휼이 웃음을 터트렸다. 수련이 승정궁에 머물러 다른 여인들과 똑같은 일을 하며 하염없이 그를 기다리는 수동적인 여인이 되는 걸 원치 않았다.

가족에게 돌아가 자유로운 삶을 살 수 있었던 그녀를 황궁에 데려온 이상, 그가 할 수 있는 한, 그녀가 자신의 능력을 마음껏 발휘할 수 있게 도울 생각이었다.

"내 황후님은 바느질은 못하지만 하나만큼은 누구보다도 잘하지."

"뭔데요?"

"광기에 자신을 놓은 무서운 황제를 잘 달래는 일?"

무슨 소리냐는 시선에 태휼이 웃음을 터트렸다. 다소곳이 앉아 있는 수련의 무릎에 머리를 기대자 익숙한 손길이 그의 머리카락을 나긋하게 어루만졌다. 황제의 무거운 짐을 혼자서 견뎌 낼 때와 수련과 함께 있을 때와는 비교조차 할 수 없었다.

"내관들이 저들끼리 그러더군. 네가 내 곁에 있고 나서부터 자신들이 한결 편해졌다고 말이지."

"그저 모여 있으니 하는 말이겠죠."

"마냥 틀린 말은 아니야."

"네?"

자신을 내려다보는 수련의 눈을 보며 태휼이 입꼬리를 올렸다. 물음에 답을 하는 대신 수련의 허리에 팔을 감은 태휼이 그녀의 품에 얼굴을 묻었다. 그녀만의 체향이 그의 코를 간질였다.

"네가 내 곁에 있어서 다행이다."

태휼의 고백에 놀란 것도 잠시, 수련의 눈매가 부드럽게 휘었다.

편안한 숨을 내쉬며 누워 있는 그를 보며 수련이 고개를 숙였다. 귓가를 간질이는 고백에 누워 있던 그의 입가에 미소가 감돌았다.

수련이 주는 안식에 몸을 맡기며 태휼이 편안한 숨을 내쉬었다.

❈   ❈   ❈

역모 이후에 공석이 된 자리를 놓고 태휼과 대신들 간의 신경전이 계속되고 있었다.

늦어질 것 같으니 먼저 침수에 들라는 말을 내관을 통해 전했건만, 수련은 잠자리에 드는 대신 태화전으로 오는 것으로 답을 하였다.

늦은 밤, 내명부의 여인이 황제가 머무는 태화전에 드는 것은 법도에 어긋나는 일이었지만, 혼인하기 전부터 위랑으로 수시로 태화전에 들었던 수련이였다. 하물며 주인인 태휼조차 황후가 원하면 언제든지 태화전에 들어도 된다는 허락을 내린 후였다.

피곤할 테니 돌아가라는 말에 잠이 오지 않으니 폐하의 일을 돕겠다며 수련이 그의 곁에 자리를 잡았다. 괜찮다고 했지만 내심 손이 필요했던 상황이었기에 못 이기는 척 태휼이 수련에게 자신이 처리해야 할 장계를 넘겼다.

장계를 움직이는 소리만이 집무실을 채웠다. 반 시진이 한 시진이 되었고 말없이 밀린 일을 처리하는 상황이 밤이 깊도록 계속되었다.

"여기서는 달이 아주 잘 보이네요."

수련의 목소리에 장계를 보던 태훌이 눈이 창으로 옮겨 갔다. 언제 열어 놓았는지 수련이 창 너머로 보이는 달을 보며 미소 짓고 있었다. 볕이 좋았던 날, 닫혔던 창문을 열고 밖을 보았었던 예전의 모습과 지금의 수련이 겹쳐 보였다.

태훌의 관심을 밀어 내며 황궁을 나가려던 예전과 황궁에서 그와 함께하는 수련의 모습은 같은 사람인데도 사뭇 달랐다.

자리에서 일어난 태훌이 수련의 곁으로 다가왔다.

뒤에서 수련을 안은 태훌이 그녀의 어깨에 턱을 기댔다.

"음."

"달이 아주 밝아요."

"여기서도 달이 보이는지는 몰랐군."

"가끔은 창문도 열어 보시고 쉬시면서 하세요. 밤낮으로 무리하시는 거 같아서 내시감도 그렇고 저도 걱정되는걸요."

"그래도 승정궁에서 침수를 들지 않나. 설마 태화전에서 독수공방이라도 하라는 건가?"

태훌의 농담 아닌 농담에 수련의 얼굴이 빨갛게 달아올랐다. 승정궁에 머무는 동안은 철저히 둘만의 시간이었다. 소소하게 시작했던 대화는 어느새 서로를 갈구하는 몸짓으로 바뀌기 일쑤였다. 얼마 전에는 대전에 나가지 않겠다며 버티는 태훌 때문에 삼 일 내내단둘이 있기까지 하였다.

왜 태훌에게 밤낮이라는 말을 쓴 것일까! 자신도 모르게 저지른 실수에 수련이 질끈 눈을 감았다.

"제 말뜻이 그게 아니라는 걸 아시면서…… 폐하!"

"둘밖에 없을 때는 이름을 불러 주기로 한 거 아니었나?"

"밖에…… 밖에 있잖아요!"

단단히 여미었던 옷고름이 풀어지자 반쯤 드러난 어깨의 고운 선이 그의 눈을 사로잡았다. 목 뒤의 옷을 이로 깨문 그가 몸에 걸려 있는 옷을 아래로 끌어당겼다.

청색의 비단 옷자락이 흘러내리며 보이는 수련의 각인에 태흘의 눈이 꿈틀댔다. 옷자락을 내리던 태흘이 멈추자 수련이 몸을 돌렸다.

"왜 그러세요?"

"……."

"태흘."

좀 전과는 달리 수련을 바라보는 태흘의 안색이 어두웠다. 태흘의 달라진 모습에 수련의 손이 뺨을 감쌌다. 폐하라고 하며 거리를 두던 모습은 어디에도 없었다.

"등에 각인을 찍는다고 소유하는 게 아닌데 말이다."

그때는 수련을 제 소유로 만들 수 있는 최선의 방법이라 생각했다. 다른 이에게 주기 싫은 것이 그저 일시적인 충동이라 생각하며 도망가려는 그녀를 상처 입히고 억지로 붙잡았다.

"후회한다."

굳이 남기지 않아도 될 흔적이었다. 귀하고 또 귀해서 작은 상처조차 입지 않도록 보듬고 또 아낄 여인이었다. 그런 여인에게 지워지지 않는 흔적을 남겨 버렸다.

자신의 비틀리고 비뚤어진 방식에 결국 피해를 본 사람은 수련이었다.

"지울 수만 있다면……."

"태흌은 어떻게 생각할지 모르지만 전 이 각인이 지워지지 않았으면 좋겠어요."

어두운 표정의 태흌을 다독이듯 수련이 그의 목에 팔을 감았다. 수련이 이끄는 대로 그녀의 품에 얌전히 안긴 태흌이 따뜻한 온기에 자신을 맡겼다.

"이 각인이 태흌과 제가 처음 엮인 시작이었을지도 모르잖아요. 그리고 태흌의 이름이 새겨져 있는걸요. 저에게는 이 각인도 아주 소중해요."

조곤조곤 나오는 목소리가 그의 무거운 마음을 조금씩 덜어 냈다. 오직 수련만이 그의 마음 속 깊숙이 들어올 수 있었다.

그 무엇도 수련을 대신할 수 있는 건 없었다.

"예전에는 왜 그리 대립하고 날을 세웠는지 모르겠다."

"제가 태흌을 믿지 않았으니까요. 태흌이 절 가둬 놓고 어디에도 못 가게 할 거라 믿었으니까요."

"지금도 결국 황궁에 갇힌 게 아닌가?"

황후라는 이름으로, 태흌의 부인이라는 지위로 태흌은 수련을 자신의 곁에 붙잡았다. 이젠 가족에게 돌아가려 해도 수련의 지위와 상황이 그럴 수 없게 되었다.

"결국 난 널 황궁에 가두었다."

태흌의 말에 수련이 미소를 지었다.

그녀의 미소에 자신도 모르게 빠져들었다. 진정하려 했지만, 한 번 뛰기 시작한 심장이 좀처럼 가라앉지 않았다.

"그때의 저에게 안식처는 어머니와 동생이었죠."

"이제는?"

"어머니, 아버지, 동생, 그리고 태휼이요."

"왜 내가 젤 마지막이지?"

"가장 소중하니까요. 마지막까지 함께 있을 사람이니까요."

속삭이는 목소리가 전하는 말이 그를 먹먹하게 하였다. 그의 생애에 이런 기분이 들 줄은 생각조차 하지 못하였다. 태휼이 말을 잇지 못하자 수련이 조용히 그를 자신의 품으로 끌었다.

"태휼은 절 황궁에 가둔 게 아니에요. 당신이 있는 곳에 제가 함께하고 있는 거죠. 그러니까 후회하지도 마시고 미안한 마음을 가지지도 마세요. 전 지금 무척이나 행복하고 당신도 행복했으면 좋겠어요."

"행복해. 충분히."

주저 없이 나오는 대답에 수련이 환한 미소를 지었다.

미소를 짓는 수련을 향해 태휼이 입꼬리를 올렸다. 달빛에 비치는 고운 얼굴을 물끄러미 보던 그가 수련의 입술을 향해 다가왔다. 가쁘게 내쉬는 숨도, 열기에 차오르는 입술과 홍조가 오른 얼굴이 그를 미치게 하였다.

"하아."

아랫입술을 한껏 삼키며 그가 떨어지자 열기에 달아오른 입술에서 더운 숨이 흘러나왔다.

다급한 손이 몸을 감싸고 있는 옷자락을 붙잡았다.

"며칠 동안은 태화전에서 머물자."

"그러면…… 대신들이……."

"어디 한번 해보라지."

곱게 파인 쇄골에 입술을 묻는 태흌의 눈에 위험한 빛이 감돌았다. 그들이 해 대는 소리 따위 얼마든지 막을 자신이 있었다. 하물며 귀한 수련에게 뭐라고 하는 이가 있다면 목을 베어 버릴 터, 그녀의 전부를 받은 태흌에게 걸림돌은 아무것도 없었다.

간지럽다며 까르르 웃음을 터트리는 그녀의 입술을 막으며 곳곳에 흔적을 남겼다.

애정이 담긴 손길을 기꺼이 받아들이며 수련이 그를 힘껏 껴안았다.

❀　❀　❀

호연에 새로운 황후가 즉위하고 또 그렇게 시간이 흘러갔다.

여전히 두렵고 막강한 황제가 호연을 다스리고 있었지만, 사공이 저질렀던 난 이후로는 무난한 치세가 계속되었다.

몇몇은 사공 이후에 귀족들의 힘을 결집할 귀족이 없기 때문이라는 말을 하기도 했지만, 몇몇은 내명부의 주인이자 황제의 정치적 조언자인 황후가 귀족들과 황제 사이의 중재를 잘하기 때문이라는 말을 하기도 하였다.

"태흌!"

뒤에서 들려오는 목소리에 다른 곳에 시선을 주던 태흌이 몸을 돌렸다. 뒤를 따르는 이들을 멀찌감치 떨어뜨려 놓은 수련이 태흌을 향해 달려오고 있었다.

길게 늘어뜨린 치마가 불편했는지 양손 가득 치마를 붙잡은 채, 달려오던 수련이 태흌의 앞에 걸음을 멈추었다.

"오래 기다리셨어요?"

"천천히 오지 그랬나?"

"준비가 길어져서요. 한참 기다리셨나요?"

"아니."

짧게 대답한 태휼이 수련에게 손을 내밀었다. 쌓여 있는 집무에 시간을 만드는 일도 쉽지 않았건만, 하루에 한두 번은 수련과 함께 다과를 하거나 단둘이서 황궁을 걷기도 하였다.

"오늘 대전에서 후궁에 대한 말이 나왔다고 들었어요."

표정이 좋지 않은 태휼을 보며 수련이 조심스럽게 말을 꺼냈다. 황후를 들였으니 후궁을 들이시는 것이 좋지 않겠느냐는 직언에 태휼이 진노하여 대전을 박차고 나왔다는 이야기가 이미 황궁 안에 퍼질 대로 퍼져 있었다.

미소를 짓고 있는 수련을 보며 태휼이 미간을 좁혔다.

"그 이야기를 들었는데도 넌 웃음이 나온단 말인가?"

수련을 황후로 들인 지 이제 겨우 이 년이었다. 충분히 눌러놨다고 생각했건만, 평안한 치세가 계속되자 슬슬 욕심을 가진 이들이 다시 제 모습을 드러내기 시작하였다.

"진노한 태휼이 더는 듣지 않으시겠다며 대전을 박차고 나오셨으니까요. 다른 사람이 무슨 말을 하든 상관없어요. 태휼이 아니라고 했잖아요. 그거면 되는걸요."

단둘이 있을 때의 수련은 폐하라는 호칭 대신 이름을 불렀다.

황제와 황후이기 전에 가군이었고, 부인이었다. 적어도 둘이 있는 순간만큼은 각자의 지위를 내려놓고 부부로서 함께 하였다.

대전에서 있었던 일이 마음이 상했을까 내심 신경이 쓰였건만,

우려했던 것과는 달리 무난히 넘기는 수련을 보며 태휼이 속으로 안도했다.

"기분이 좋지 않을 줄 알았다."

"좋지는 않죠. 이제 겨우 이 년인데 다른 여인을 후궁으로 들이라 하다니 제가 그렇게 만만히 보였는지 화가 나기도 하고요. 하지만 당신에게 화를 낼 일은 아니잖아요."

"……그런가?"

"그래도 신경이 쓰이기는 해요. 대신들이 왜 그런 말을 태휼에게 하는지 아니까요."

말을 끝낸 수련이 힘든 숨을 길게 내쉬었다.

수련이 황후로 즉위한 지 이 년이나 되었지만 둘의 관계는 이 년 전이나 지금이나 똑같았다.

마음으로 연모하는 부부였기에 때로는 말로 전하지 않아도 서로의 생각을 알아차릴 정도로 사이는 더욱 돈독해졌다.

"난 그다지 걱정하지 않는다만. 아이가 생기면 좋은 일이겠지만 나에게 아이의 복이 없을 수도 있지 않나?"

"무슨 말씀을! 그때의 독이 아직도 영향을 주고 있는 것일 수도 있고, 제가 부족해서 그럴 수도 있는걸요! 그런 말씀은 절대 하지 마세요!"

"나에게 중요한 건 네가 좋은 모습으로 곁을 지키고 있다는 거다. 그거면 충분해."

아낌없는 연모로 하루하루를 충만히 보내고 있었지만, 태휼의 후계를 가지지 못했다는 사실에 수련은 내심 불안해하였다. 그녀에게는 충분히 그럴 수 있는 감정이었지만, 태휼은 그녀가 그런 일로 고민하는 모습을 보고 싶지 않았다.

"그래도 전 아닌걸요."

"너나 나나 젊은데 뭘 그렇게 걱정하는가? 그저 천천히 가지라는 뜻일 수도 있지. 조급해하지 마라. 생길 아이라면 불안하게 기다리지 않아도 생기지 않겠나."

무거웠던 마음이 그의 말 하나에 서서히 가라앉았다.

무슨 일이 있어도, 어떠한 상황에서도 그는 수련의 말을 최선으로 믿어 주었다. 그의 신뢰에 수련은 승정궁에서 자신을 감추기보다는 태휼에게 도움이 될 수 있는 조언을 줄 정도로 적극적으로 국정에 참여할 수 있었다.

"그러니 후궁 따위 들일 생각은 없다. 행여나 쓸데없는 말에 휘둘려서 후궁을 들이라는 이상한 소리는 하지 마라."

그의 말에 울컥 눈물이 치밀었다.

누구보다도 두렵고 강한 황제는 그녀의 삶에 가장 든든한 반려였다.

"그런 소리는 못 할 거 같아요."

이기적이라 손가락질을 할 수 있는 상황이었지만 그것만큼은 싫었다. 태휼의 곁에 다른 여인이라니, 그 모습만큼은 절대 볼 수 없었다.

"혹여 태휼이 후궁을 들이셔도 쉽지 않을 거예요. 전 태휼의 연모를 그들과 나눌 생각이 절대 없어요."

수련의 눈에서 처음으로 투기가 엿보였다.

여인의 투기는 피곤하다 생각했건만, 수련이 보여 주는 건 피곤하기보다는 기쁘기까지 하였다.

그녀의 삶에 있을 사내는 자신뿐이었다. 수련이 마음을 다해 봐줘야 할 사람은 다른 누구도 아닌 태휼뿐이어야 했다.

황궁의 그 누구도 그녀만큼 자신의 심중을 살피고, 그에 맞게 따라 주는 이는 없었다.

살얼음판에서 내내 긴장하며 홀로 걸었던 길에 수련이 다가오고, 그의 손을 잡아 주자 새로운 세상이 그의 눈에 가득 들어왔다. 세상의 어느 여인도 그녀를 대신할 사람은 없었다.

"곁을 지키는 여인은 너 하나로 충분해."

단언하는 말에 수련의 입가에 진한 미소가 생겨났다. 황제의 말이 어떤 의미와 힘을 가졌는지 누구보다도 확실히 아는 그였다. 그저 지나가는 던지는 말이 아니라 그가 수련에게 하는 약조였다.

그의 약조에 수련의 안색이 한결 나아졌다. 기분을 풀라는 듯 수련의 뺨을 살짝 어루만진 태휼이 다시 걸음을 옮겼다.

"그래도 대신들은 쉽게 포기하지 않을 거다. 외척은 힘을 키우기에는 가장 쉬운 방법이 아닌가?"

"저도 호락호락하지 않으니까요. 태휼도, 태휼을 닮은 아이도 둘 다 욕심낼 거예요."

주저 없이 나오는 말에 태휼이 웃음을 터트렸다.

"내 황후가 쉬운 여인은 아니었지."

태휼의 말에 그제야 수련이 편안한 미소를 지어 보였다.

맞잡은 손이 좀처럼 떨어지지 않았다. 그저 황궁 안을 걷고 있을 뿐이었지만 함께였기에 행복하였다.

한참을 말없이 걷기만 하다가도, 자연스럽게 이어지는 대화에 화를 내기도 하고 환한 미소로 서로를 바라보았다. 그의 생애에 누군가와 같은 곳을 보며 함께 걸을 줄은 생각도 하지 못했었다.

힘의 욕심과 권력을 향한 탐욕에 지쳐 가던 태휼에게 먼저 다가왔던 여인.

토해 내듯 터트리는 감정에 다치면서도 피하기보다는 부딪치기를 선택했던 여인.

그와 함께하는 삶이 쉽지 않다는 것을 알면서도 기꺼이 곁을 지키기를 결심한 여인.

"수련아."

태휼의 부름에 정면을 보던 수련이 고개를 돌렸다.

그를 바라보는 시선에서 묻어 나오는 신뢰와 연모가 그를 따뜻하게 감싸 주었다. 힘을 향한 탐욕과 오랫동안 그를 괴롭혀 왔던 공허가 그녀와 함께하면서 사라졌다.

누구도 채워 주지 않았던 것을 채워 준 유일한 여인.

그랬기에 태휼은 그녀를 잡은 손을 놓고 싶지 않았다.

"연모한다."

놀란 수련이 동그란 눈으로 태휼을 바라보았다.

그런 그녀를 보며 태휼이 편안한 표정을 다시 말하였다.

"연모해."

동그랗던 눈이 부드럽게 휘었다.

연모가 가득 담긴 눈으로 태휼을 바라보던 수련이 그를 향해 팔을 벌렸다.

마음을 다해 연모하는 여인을 품에 안은 태휼이 편안한 미소를 지었다.

"저도 연모해요."

수련이 미소를 짓자 태휼도 미소를 지었다.

간질이듯 시원한 바람이 함께하는 둘 사이에 오랫동안 머물렀다.

<終>

외전

부부

수련이 황후에 오른 지도 삼 년이 흘러 있었다.

언제나 태휼과 함께 있던 수련이 오늘만큼은 홀로 궁을 걷고 있었다. 나라를 다스리는 데 가장 어려운 일은 역시나 재해인 듯, 태휼은 홍수로 민심이 흉흉해진 동쪽 선주의 일을 처리하러 황궁을 나가 있었다.

함께 가고 싶었지만, 홍수에 전염병까지 겹쳐서인지 이번만큼은 태휼도 수련의 동행을 허락하지 않았다. 언제나 같이하고 함께하는 부부였어도 황제인 태휼의 말을 황후인 수련이 거부할 수는 없는 상황, 결국 조심해서 다녀오시라는 말과 함께 괜찮다는 미소를 태휼에게 지어 보였다.

급전으로 흑영이 보내온 서신을 읽는 수련이 안도하듯 길게 숨을 내쉬었다.

"선주의 상황이 진정되어서 다행이구나."

"다행히 선주의 부사가 영민한 이라 서둘러 대처한 것이 피해를 줄이는 데 많은 도움이 되었습니다. 다만 홍수에 대비하여 지어 놓은 둑이 부실하여 일어난 사고가 컸기에 그에 연관된 이들의 처리로 시일이 좀 걸리실 것이라 하셨습니다."

"폐하께서 그토록 신경 쓰시는 일이었거늘 그걸 알고 있으면서도 수를 쓴 이들이 있단 말인가."

큰 비가 오면 속수무책으로 당할 일이었기에 몇 년 전부터 태휼이 직접 준비해 오던 일이었다. 그걸 알면서도 사리사욕을 채우려하다니, 태휼이 얼마나 상심했을지 눈앞에 선하였다.

"사사로이 자재를 빼돌린 자부터 크게는 황궁에서 내려 보낸 자금을 가로챈 자들까지 그 수가 소인이 출발하기 전까지 찾아낸 자들만 열이 넘었사옵니다."

연이은 보고에 수련이 눈을 감았다. 역시 함께 따라갔어야 했던 걸지도 몰랐다.

수련의 분위기가 어두워지자 흑영이 다시 입을 열었다.

"폐하께서 황후 마마께 반드시 전해 드리라 명하신 서신이 있었사옵니다."

이미 본 서신을 엄 상궁에게 건넨 수련이 흑영에게 새로 받은 서신을 다시 펼쳤다.

「거의 끝나 가니 황후는 고집 피우지 마라.」

깔끔하고 힘이 있는 필체가 마치 수련에게 직접 말하는 것처럼 느껴졌다. 수련의 마음을 읽은 것처럼 적혀 있는 서신에 굳어 있던 수련의 입가에 희미한 미소가 생겨났다.

태휼의 서신을 단정히 갈무리한 수련이 몸을 숙이고 있는 흑영에게 단정히 말하였다.

"고생하였다. 이만 물러가라."

수련의 허락을 받은 흑영이 뒷걸음질로 사라졌다. 그가 사라진 후, 수련이 멈췄던 걸음을 다시 옮겼다. 생각보다는 피해가 적었고, 서둘러 진정되고 있다는 보고였지만, 역시나 마음이 불편한 건 어쩔 수 없었다.

혼자서라도 태휼이 있는 곳으로 가고 싶었지만 예전과는 다른 상황에 마음대로 할 수 없었다.

"폐하께서 상심이 크시겠구나."

최선을 다해도 그녀도, 또한 황제인 태휼도 사람이었기에 생각지도 못한 상황에서 마주하는 시련은 힘들었다. 그런 시련에 힘들어하는 수련과는 달리 태휼은 언제나 여유로운 모습으로 자신에게 주어진 상황을 차분히 정리해 갔다.

하지만 보이는 모습이 그럴 뿐, 지금처럼 다른 이가 저지른 부정을 혼자 감당해야 하는 그가 수련은 대단하면서도 안타까웠다.

"그래도 상황이 어느 정도 마무리되었다 하니 다행이 아니겠습니까?"

수련의 분위기가 어두워지자 곁을 지키던 엄 상궁이 다가왔다. 엄 상궁의 말에 굳은 표정의 수련이 고개를 끄덕였다. 딱딱했던 표정은 풀어져 있었지만, 걸리는 게 있는지 수련의 발걸음이 무거웠다.

"그래도 같이 가기를 바랐다. 내 후사가 있었으면 귀족들이 반대하지 않았을지도 모르는 일이 아닌가?"

"황후 마마! 그런 말씀을 하시면 아니 되옵니다! 폐하께서 황후 마마를 얼마나 총애하는지 아는 이들이옵니다. 그걸 알기에 그런 말로 마마를 흔들려 하는 것이옵니다."

놀란 엄 상궁이 아니라며 다독였지만, 말을 꺼낸 수련의 얼굴은 어두웠다.

벌써 삼 년이었다. 분명 독이 완전히 사라졌다는 말을 태의에게 몇 번이고 들었지만, 원하는 아이는 좀처럼 생기지 않았다. 그녀가 아이의 일로 고민하는 모습을 태휼이 싫어했기에 티를 내지 않았었 지만, 지금은 태휼이 곁에 없었다.

"그리 마음을 무겁게 가지시면 오셔야 할 아기씨도 쉽게 오지 않는 법이옵니다."

"그러한가?"

언제나 들었던 말이지만 그게 아니라며 부정할 수도 없었다. 자 신의 삶에 아이는 진정 없는 것인지 아낌없는 총애와 연모에도 조 금의 조짐도 보이지 않았다.

무거운 마음을 덜어 내듯 길게 숨을 내쉬며 고개를 저었다.

지금은 자신에게는 없는 아이를 걱정할 때가 아니었다. 선주의 일로 태휼이 자리를 비운 동안 그의 자리를 지키는 것 또한 그녀가 할 일이었다.

"승정궁으로 돌아가자."

몸을 돌리던 수련이 몇 걸음 걷지 못하고 자리에서 멈추었다. 그 녀의 눈이 궁인이 끌고 가는 검은 말을 향해 있었다.

수련도 모르게 검은 말로 걸음을 옮겼다.

"황후 마마."

수련을 발견한 궁인이 고삐를 붙잡은 채, 몸을 숙였다. 궁인의 인사를 받은 수련이 다시 말을 향해 눈을 돌렸다.

"참 순하게 생겼다."

빛깔 좋은 검은 털도 고왔지만, 수련을 보는 듯한 눈망울이 순하고 맑았다. 어찌나 예쁘게 생겼는지 좀처럼 시선이 떨어지지 않았다. 말을 처음 보는 것은 아니었지만, 이리 시선을 빼앗는 말도 처음이었다. 조금만 만져 볼 생각으로 뻗었던 손이 허공에서 멈추었다.

"만져 보시겠습니까?"

궁인의 말에 수련의 얼굴에 화색이 돌았다. 하지만 그것도 잠시, 주저하듯 수련이 엄 상궁을 바라보았다. 내내 어두웠던 수련의 안색이 말을 보며 달라지자 엄 상궁이 모르는 척 고개를 끄덕였다.

엄 상궁의 허락에 수련의 손이 천천히 다가갔다. 눈에 띄게 긴장하는 수련을 보며 궁인이 미소를 지었다.

"저희들 사이에서도 순하기로 소문이 난 말입니다. 겁먹지 않으셔도 됩니다."

궁인의 말에 용기를 얻은 수련이 말의 목덜미에 하얀 손을 살짝 갖다 대었다. 윤기가 흐르는 보드라운 털에 수련이 눈이 동그랗게 변하였다.

"아!"

말이 몇 걸음 움직이자 수련이 손을 뗐다. 손에 남아 있는 말의 촉감이 아직도 생생하였다.

손길을 느꼈는지 말의 동그란 눈이 그녀를 물끄러미 바라보았다. 조용히 말을 보던 수련이 얼굴을 쓰다듬었다.

"착하다."

수련의 말을 알아들은 건지 손길을 느끼듯 말이 그녀의 손을 향해 얼굴을 움직였다. 갑작스러운 행동에 몸이 굳은 것도 잠시, 수련이 모처럼 환한 웃음을 터트렸다.

수련의 미소에 궁인이 몸을 숙였다.

"황후 마마의 손길을 받아들이는 것을 보니, 마마를 잘 따를 듯하옵니다. 혹 말씀하신다면 타실 준비를 하겠사옵니다."

궁인의 마음에 수련의 입가에 미소가 잠시 멈추었다. 고민하는 눈으로 말을 보던 수련이 고개를 저었다.

"난 말을 탈 줄은 모른다. 보기는 했지만 이리 가까이 보고 만져보는 것도 처음이구나."

수련의 말에 궁인은 물론 엄 상궁조차 믿을 수 없다는 눈으로 수련을 바라보았다. 황제와 비교할 수준은 아니었지만, 그럼에도 수련조차 상당한 실력자였다. 지난밤 승정궁으로 들어온 암살자를 제압한 사람은 누구도 아닌 목표였던 수련이였다.

당연히 승마를 할 줄 알았던 수련이 못 한다고 하자 다들 어찌 말해야 할지 막연한 눈으로 서로 바라볼 뿐이었다.

"덕분에 기분이 한결 나아졌다. 너에게 고맙구나."

"아니옵니다! 황후 마마, 소인 따위가 무엇을 하였다고 마마께 이리 과분한 말씀을 듣는단 말입니까."

하늘 같은 황후의 칭찬에 감격한 궁인이 몸을 깊게 숙였다.

말에서 시선을 거둔 수련이 엄 상궁을 향해 입을 열었다.

"너무 오래 있었다. 이제 승정궁으로 돌아가자."

잠시 말을 보던 수련이 몸을 돌리자 뒤를 따르던 이들이 그녀의 뒤를 따랐다.

❀　❀　❀

"말을 배워 볼까?"

"황후 마마. 무슨 말씀이시옵니까?"

엄 상궁이 내미는 차를 받아 든 수련이 창밖의 정경에 시선을 주었다. 혼란스러웠던 선주의 상황은 태휼이 머물면서 빠르게 진정되어 갔다. 하지만 그럼에도 정리해야 할 일이 상당했는지 곧바로 온다던 태휼이 늦어질 것 같다는 서신을 보내왔다.

"내가 말을 탈 줄 알았다면 지금이라도 폐하께 가 보지 않았겠느냐?"

"혹여 마마께서 가시고 싶으시다면 가마를 준비하겠습니다."

"홍수에 흉흉해진 선주에 황후가 가마를 타고 가면 어찌 보겠느냐. 그건 아니지. 그리고…… 내 마침 배워 보고 싶기도 하였다."

둘의 대화에 조금 떨어져 있던 정화가 쪼르르 다가왔다. 정화의 경솔한 행동에 엄 상궁이 주의를 주려는 찰나, 정화가 먼저 수련에게 입을 열었다.

"소인은 황후 마마께서 당연히 말을 타실 줄 알았습니다."

"내 입을 조심하라 했거늘! 또 이러는 것이냐!"

"엄 상궁. 그만하게."

정화의 당돌한 행동에 엄 상궁이 주의를 주려 했지만, 수련이 그녀를 막았다. 몸을 움츠린 정화의 머리를 수련이 쓰다듬자 주눅 들어 있던 정화의 입가에 미소가 생겨났다.

정화와 엄 상궁을 보던 수련이 앞에 놓인 차에 입술을 적셨다.

"내 아버지라는 이는 본인의 목적을 위해 많은 걸 가르치기는 했지만, 말을 타는 법은 가르쳐 주지 않았다. 가르치면 내가 말이라도 타서 도망갈 줄 알았나 보지."

"소인은 황후 마마께서 모든 걸 하실 줄 알았습니다."

"그랬으면 좋겠다만 나 또한 사람인데 그게 될 리가 없지 않겠느냐? 날 그리 좋게 봐 준 건 고마운 일이다만 분명 나도 못 하는 일이 있기는 있단다."

수련의 대답에 정화가 환한 미소를 지었다. 황후의 자리에 올랐어도 위랑으로 있을 때와 지금의 수련은 똑같았다. 그저 듣고 지나가도 될 사소한 물음에도 곧잘 대답해 주었다. 호연의 주인인 황제의 반려로 있으면서도 수련은 그들을 다스리려 하기보다는 그들의 이야기를 들으려 하였다.

"조금씩이라도 배워 보면 괜찮을 것 같다만 엄 상궁의 생각은 어떠한가?"

"그래도 폐하의 승낙을 먼저 받으시는 것이 낫지 않겠습니까?"

금이야 옥이야 황제는 하나뿐인 황후를 무척이나 귀하게 여겼다. 피로 내내 얼룩졌던 황궁이 황후가 즉위하면서부터 전과는 다른 모습을 보여 가고 있었다.

강하고 두려운 황제. 그 황제의 역린이 황후라는 사실을 의심하는 이는 누구도 없었다.

"조심히 타면 될 것이다. 지난번에 본 말이라면 괜찮지 않을까 싶다. 안 되겠는가?"

명령을 내리면 곧바로 따를 터, 그럼에도 수련은 엄 상궁에게 허락을 구하였다. 걱정이 되긴 했지만 내내 수련의 기분이 나아진다면 꺼릴 이유도 없었다.

그녀의 말대로 조심하면 될 터, 차라리 그녀의 생각을 다른 곳으로 돌리는 것도 나쁜 방법은 아니었다.

"시일이 걸리긴 하겠지만, 괜찮을 듯싶사옵니다. 준비해 놓겠습니다."

엄 상궁의 말에 수련의 얼굴이 밝아졌다.

하루에 두 시진, 철저한 준비 속에 수련이 말을 배우기 시작하였다.

❋　❋　❋

"잘하고 계십니다. 그래도 계속 가십시오."

궁인의 지시에 따라 말을 움직이는 수련의 얼굴에 긴장이 가득하였다. 처음 수련이 말을 배운다고 했을 때는 궁인들이 위험하다며 거듭 말렸었다. 조심히 배울 테니 걱정하지 말라며 거듭 설득을 한 후에나 조금씩 승마를 배우기 시작했다.

처음에는 말 위에서 중심을 잡는 것도 힘들었지만, 그래도 신중히 배우니 걷는 말 위에서는 제법 중심도 잡고 말의 방향을 틀기도 하였다.

"다리에 힘을 빼셔서는 안 됩니다."

"아! 알았다."

자신도 모르게 자세가 흐트러졌는지 곁을 지키는 궁인이 주의를 주었다. 그의 말을 상기하며 수련이 자세를 다잡았다.

어설픈 그녀를 태우고도 얌전한 말을 보며 수련이 조심스러운 손길로 갈기를 매만졌다. 스쳐 가듯 보았어도 인연이었는지 그녀의 실수에도 놀라지도 않고, 적응할 때까지 기다리기까지 하였다.

"순한 아이이기도 하지만 마마를 마음에 들어 하는 듯합니다."

"내 실수에도 잘 받아 주니 배우기가 한결 낫구나. 네 도움도 컸다. 잊지 않으마."

수련의 말에 궁인이 고개를 숙였다.

삼 년이 지났어도 변함없는 황제의 총애를 한 몸에 받고 있으면서도 황후는 자만하거나 오만하지 않았다. 황후로서 대하는 태도는 분명히 달랐지만, 적어도 받은 것이 있다면 허투루 넘기지 않았다.

"황후 마마. 어느 정도 자세를 잡으셨으니 한번 달려 보시겠습니까?"

궁인의 말에 수련이 잠시 고민하듯 자신을 태운 흑마를 바라보았다. 내내 걷는 연습만 했으니 조금은 뛰어 보고 싶은 것도 사실이었다. 그래도 괜찮을 것일까? 혹여 자신의 실수로 놀란 말이 궁인을 다치게 할 수도 있었다.

"해 보고 싶긴 하다만 혹 내 실수로 자네가 다치는 것이 아닌가?"

"소인은 걱정하지 않으셔도 됩니다. 그리고 우선은 가볍게 속도를 내는 것뿐이니 큰일은 없을 것이옵니다."

궁인의 말을 들은 수련이 고개를 끄덕였다. 궁인이 하라는 대로 고삐를 잡자 흑마가 점점 속도를 올렸다. 피부로 느끼는 바람의 세기가 달라졌다. 말 위에서 느껴지는 바람이 무척이나 좋았다.

"황후 마마! 속도를 좀 늦추셔야 합니다!"

점점 빨라지는 속도에 당황한 궁인이 수련을 말렸다. 하지만 지금의 상쾌함을 잠시만 더 누려 보고 싶었다. 하물며 순한 말이니 큰일이 날까 싶기도 하였다. 멈추는 대신 말의 고삐를 붙잡았다. 수련의 즐거움이 말에게도 옮겨 가는 것인지 말의 발걸음이 경쾌하게 움직였다.

"황후 마마!"

수련이 속도를 올리자 궁인이 비명을 질렀다. 아직 저렇게 달리기에는 수련의 승마 실력이 부족했다. 아무 일도 없었지만, 혹여 생각지도 못한 상황이 일어날 수도 있었다.

다른 사람도 아닌 황후였다. 잘못되면 자신의 목이 어찌 될지 모르는 일이었다.

수련을 막기 위해 궁인과 병사들이 나서려는 순간, 사달이 일어났다.

"까악."

언제부터 있었던 것인지 수련이 탄 말 앞으로 진홍색의 뱀이 길을 막고 있었다. 놀란 말이 앞발을 들며 몸을 뒤로 젖히자 위에 타고 있던 수련이 바닥을 굴렀다. 얼마나 세게 떨어졌는지 쓰러져 있는 수련의 이마에서 핏줄기가 흘러내렸다.

"황후 마마!"

몸부림치는 말을 궁인과 병사들이 붙잡는 사이, 놀란 엄 상궁이 한달음에 수련에게 달려왔다. 수련의 이마에서 흐르는 피에 엄 상궁이 숨을 삼킨 것도 잠시, 치맛자락에 보이는 모습에 심장이 무너져 내렸다.

"황후…… 마마?"

놀란 엄 상궁이 수련의 **뺨**을 두드렸지만 수련은 좀처럼 깨어나지 않았다. 넓은 치맛자락 너머로 보이는 혈흔이 점점 퍼져 갔다. 연분홍 치마에 어느새 붉은 물이 빠르게 들고 있었다. 엄 상궁의 심장이 그대로 주저앉았다.

"태의…… 태의 영감을 부르거라! 어서!"

엄 상궁의 절규에 정화가 태의를 부르기 위해 발을 놀렸다.

승마를 배우던 황후가 말에서 낙마하였다.

혼절한 황후가 좀처럼 정신을 차리지 못하자 황궁에서 가장 **빠**른 말을 탄 이가 급하게 선주로 보내졌다. 황궁에서 온 급전이 선주에게 있는 황제에게로 전해졌다.

그리고 황제가 황궁으로 돌아왔다.

❀　❀　❀

승정궁으로 들어온 태휼은 말없이 방으로 걸음을 옮겼다.

차라리 분노를 토하며 왔더라면 살려 달라며 몸이라도 숙였을 것이다. 다가가기조차 겁나는 서늘한 분위기로 걸어온 태휼이 스스로 문을 열었다.

"폐하!"

주변을 지키던 궁인들과 태의가 태휼을 보며 서둘러 몸을 일으켰다. 정작 인사를 받은 태휼의 눈을 그들 너머에 누워 있는 수련에게 향해 있었다.

정신을 잃고 쓰러져 있는 얼굴에 핏기라고는 하나도 없었다. 다녀오시라며 환한 미소를 지어 주었던 것이 얼마 전이었건만, 마치

354

악몽을 꾸는 것처럼 그녀의 모습은 창백하고 위태로웠다.

곁으로 다가간 태휼이 수련의 작은 손을 붙잡았다.

예전의 그녀를 보는 것처럼 손에 온기라고는 하나도 느껴지지 않았다.

"황후가 고집을 부렸어도 아닌 일은 말렸어야지."

"죽, 죽을죄를 지었습니다! 폐하."

수천 번, 아니 수만 번 목이 베이는 기분이었다. 실제로 태휼이 자신의 목을 벤다 한들 엄 상궁은 억울하다는 말조차 할 자격이 없었다.

태휼의 기에 눌린 자들이 자신도 모르게 바닥에 주저앉았다. 그 자리에서 모두 목을 베어 버리고 싶은 것을 억지로 참아 내며 그의 손이 수련의 얼굴을 쓸었다.

"태의를 빼고 모두 나가라."

이대로라면 여기에 있는 모든 자의 목을 베어 버릴 것 같았다. 예전의 그였다면 그들을 죽이는데 조금도 주저하지 않았을 것이다. 그가 아끼고 위할 사람은 부인인 수련뿐, 황후가 곁에 있음으로써 잠잠해졌던 광기가 다시 그를 흔들어 대고 있었다.

마음이 흔드는 대로 이들을 모두 죽인다면 수련이 힘들어할 터, 그 사실 하나만으로 태휼은 살기를 억누르고 있었다.

"분명 나아졌다는 보고를 들었다. 그런데 어찌 깨어나지 못하는 건가?"

태휼의 물음에 토해 내듯 숨을 내쉬며 태의가 몸을 숙였다. 태의로 있으면서 수많은 일을 겪었지만 이번 일처럼 두려움을 느끼는 건 처음이었다. 태휼이 제 몸처럼 아끼고 총애하는 황후였다. 다행히 몸의 충격을 최소화하며 떨어졌기에 충격을 덜 받기는 했지만 문제는 치맛자락을 적시던 하혈이었다.

"충격을 받으셔서 그러하옵니다. 그리고 감축드리옵니다, 폐하. 황후 마마께서 용종을 가지신 듯하옵니다."

"용종?"

깨어나지 않는 수련을 보는 것만으로도 심장이 몇 번이고 내려 앉는 기분이었건만, 거듭 나오는 말에 정신을 차릴 수 없었다. 미 간을 좁힌 태휼이 계속하라는 듯 시선을 보내자 기다리던 태의가 천천히 말을 이었다.

"용종을 가지신 지 얼마 되지 않으신 듯하옵니다. 낙마를 하시어 하혈이 있기는 했지만, 다행히 황후 마마나 용종 모두 무사하십니 다. 놀라신 터라 깨어나지 못하시는 것이나 곧 일어나실 것이옵니 다. 다시 한 번 감축드리옵니다, 폐하."

그토록 원하는 아이를 가졌음에도 태휼의 표정은 풀리지 않았다.

당장 눈에 보이지 않는 아이보다는 수련이 먼저였다. 창백한 얼굴 과 차가운 손이 괜찮다는 말에도 그를 미치도록 불안하게 만들었다.

"짐이 있겠다. 나가 있어라."

날카로웠던 황제의 기운이 조금이나마 가라앉자 태의가 버거운 숨을 내쉬었다. 조심스럽게 말을 했지만, 천당과 지옥을 오고 가는 기분이었다.

나가도 좋다는 허락에 태의가 늙은 몸을 부지런히 움직였다.

둘만이 남은 방 안에서 태휼이 수련을 물끄러미 바라보았다. 괜 찮다는 말을 들었지만 안심할 수 없었다. 건강한 모습으로 아이를 가졌다며 웃는 수련을 보았다면 몰라도 이런 기분으로 절대 후계가 생긴 걸 즐거워할 수 없었다.

깊게 잠든 수련을 기다리듯 태휼이 조용히 곁을 지켰다.

❊　❊　❊

눈을 뜨자마자 보이는 모습에 수련이 눈을 깜박였다. 분명 황궁으로 돌아오려면 열흘은 더 걸린다고 하였다. 눈을 감고 선잠이 든 태휼을 보던 수련이 조심스럽게 몸을 일으켰다.

보일 리 없는 태휼을 보던 수련이 손을 뻗었다. 하지만 얼굴에 닿기 전 태휼이 수련의 손을 붙잡았다.

"어떻게 오신 거예요?"

"기억 안 나나?"

"네?"

"내 황후는 꼭 내가 없을 때 이리 큰 사고를 치시는군."

"무슨……."

말을 잇던 수련이 머리를 스치는 생각에 손으로 입을 막았다. 태휼에게 잡힌 손을 풀어 보려 했지만, 이미 그녀의 속셈을 안 태휼이 잡고 있는 손에 힘을 단단히 준 상태였다.

심장이 제멋대로 뛰어 댔다. 가라앉을 대로 가라앉은 태휼을 보며 수련이 숨을 삼켰다.

"폐하. 그게…… 그러니까요."

"약점이 잡히니 폐하군."

"그게…… 잘못했어요."

어설픈 변명 따위 통하지 않을 터였다. 멈추라는 말에도 듣지 않은 자신의 탓이 컸다. 말에서 떨어지려는 순간 최대한 몸을 웅크린 기억은 있었지만 그 이후에 무슨 일이 있었는지는 당최 기억에 없었다.

현재 상황만으로도 어떻게 된 일인지 눈앞이 깜깜해졌다. 혹 분노한 태휼에 의해 엄 상궁과 궁인들이 크게 벌을 받고 있는 것이 아닐까. 생각만으로도 식은땀이 흘러내렸다.

"폐하. 혹시……."

"태휼."

"……태휼."

어조는 여느 때보다도 부드러웠지만 좀처럼 거역할 수 없는 힘이 느껴졌다. 싫은 내색도, 화를 내지도 않았기에 더 두렵고 무서웠다. 자신의 잘못이니 어떻게 말을 꺼내야 할지도 암담했다.

저렇게 화를 내는 태휼은 또 처음, 그렇기에 이 상황에 어떻게 대처해야 할지 막막하였다.

"제 잘못이에요. 궁인들이나 엄 상궁은 다시 생각해 보라고 했지만 고집을 부린 건 저예요. 잠시라도 뵈러 갈 수 있으면 좋겠다고 생각해서 배운 건데…… 잘못했어요."

거듭 잘못했다는 수련을 보던 태휼이 결국 길게 한숨을 내쉬었다. 온몸의 이성을 태우는 분노를 억누르려 했지만 쉽지 않았다.

다행히 아무 일도 없었지만 자칫 목숨을 잃을 수도 있었다.

그의 삶에 유일한 빛. 부부로서 함께한 지 삼 년이었지만 그의 삶에 수련이 차지하는 비중은 때로는 그 자신보다도 위였다. 이젠 괜찮다고 생각했건만, 생각지도 못한 위험에 그녀를 잃을 뻔했다.

"네가 조금이라도 잘못되었다면 연관된 모든 이들의 목숨을 거둘 생각이었다. 제대로 보필하지 못하는 상궁 따위 내 알 바는 아니니까."

"태휼! 아무 일도 없었어요!"

"제가 모시는 주인이 아이를 가졌는지 가지지 않았는지도 알지 못하는 이들을 어찌 제대로 보필했다고 말할 수 있겠나? 그것만으로도 그들의 목숨을 거둘 만한 이유는 충분하다."

"네?"

풀이 죽은 채, 태휼의 말을 듣던 수련이 자신도 모르게 고개를 들었다. 믿을 수 없다는 눈이 상황을 부정하듯 태휼을 바라보았다. 온몸을 가득 채우던 분노와 공포가 수련의 시선 하나에 녹아들듯 사라져 내렸다.

"태휼!"

"용종이란다. 초반이라 조심해야 하지만 분명 아이라더군."

태휼을 바라보던 수련의 눈에 물기가 차올랐다. 내색하지 않으려 했지만 내내 수련이 불안해했다는 걸 아는 태휼이 조용히 품에 그녀를 끌었다.

태휼의 품에 얼굴을 묻은 수련이 숨을 삼켰다. 품에 안겨 있는 수련에게서 옅은 떨림이 느껴졌다. 몇 년이나 속앓이를 하며 기다려 왔던 아이였다. 그랬던 아이를 경솔함에 잃을 뻔하였다.

울컥 눈물이 치밀었지만 숨을 삼키는 것으로 참아 냈다.

자신의 실수로 놓을 뻔한 아이였지만 기특하게도 제 어미의 곁에 머물러 주었다. 귀한 아이, 이제부터는 귀하게 아끼고 조심 또 조심할 것이었다.

"태휼은 어때요?"

"음."

수련과는 달리 태휼은 이상할 정도로 담담하였다. 태휼의 반응에 수련이 눈을 좁혔다.

아이를 달가워하지 않은 건가? 분명 그건 아니었었다. 조급해하는 수련과는 달리 태휼은 여유로웠지만 아이를 거부하는 기색은 절대 없었다.

수련의 눈이 떨리자 태휼이 고개를 저었다.

"아이가 싫은 건 아니야. 다만 솔직히 잘은 모르겠다."

"……"

"난 네가 말에서 떨어졌다는 말만 들었을 뿐이지."

괜찮다는 말을 들었지만 믿을 수 없었다. 그 이후로 드는 생각은 수련뿐이었다.

안심해도 된다고 했지만, 깨어나지 않는 그녀를 보며 피가 마르는 기분이었다. 그때만큼은 아이 따위 필요 없다고 생각했다.

아이 때문에 수련이 깨어나지 못하는 것이라면, 그 순간만큼은 아이라는 존재 자체도 원하지 않았다.

말을 잇지 못하는 태휼을 보던 수련이 그의 목에 팔을 감았다. 수련이 이끄는 대로 그녀에게 안긴 태휼이 체향이 나는 품에 코를 묻었다.

"미안해요. 이제 말은 절대 안 탈게요."

"……"

"근데 저도 잘은 모르겠어요."

속삭이는 고백에 태휼이 피식 실소를 지었다. 그녀의 체향을 맡으니 이제야 그녀가 무사하다는 게 피부로 느껴졌다. 그에게 최우선은 예전이나 지금이나 수련이였다.

"태의가 당분간은 조심하라고 하더군."

"조심할게요."

"몸을 보하는 탕약도 다시 시작할 듯싶더군."

탕약이라는 말에 수련이 몸을 움찔했다. 잠시 고민하는 듯 말이 없던 수련이 길게 숨을 내쉬었다. 당장에라도 마시기 싫다는 말을 하려던 수련이 큰 결심을 한 결연한 표정으로 태휼을 바라보았다.

"마셔야죠. 아이에게 좋다면 참을 수 있어요."

그토록 싫어하는 탕약을 스스로 마신다고 하였다. 오랫동안 바라 왔던 아이였다.

수련이 아이의 존재에 즐거워한다면 태휼 또한 그리할 수 있었다.

"착하다."

아이를 달래듯 태휼의 손이 수련의 머리카락을 쓸어내렸다. 태휼 은 종종 어린아이를 대하듯 수련을 대했었다. 놀리듯 하는 행동에 수련이 눈을 좁혔다.

"저 어린아이 아니에요."

"누가 어린아이라고 했는가? 싫은 탕약도 잘 참아 낸다 하니 곱 다는 거다."

능청스럽게 답을 해 대니 놀리지 말라며 말을 하기도 애매한 상 황이 되어 버렸다. 수련이 당황하는 사이, 태휼이 자연스럽게 그녀 의 무릎에 머리를 기댔다. 내내 쌓였던 긴장과 피로가 그녀의 품에 서 서서히 사그라졌다.

그녀에게 말한 대로 아직 실감이 나지 않았다. 그래도 종종 보이 던 초조함이 지금은 한결 가라앉은 듯한 모습이었다.

"말을 타는 건 내가 직접 가르쳐 주겠다."

"정말요?"

"대신 아이를 낳은 후에."

"당연하죠!"

수련의 입가에 어느새 환한 미소가 가득 생겨났다.

그에게 다른 건 중요하지 않았다. 그녀가 편안한 모습으로 그에게 웃어 줄 수만 있다면 그뿐이었다.

수련의 품에 얼굴을 묻으며 태휼이 편안한 숨을 내쉬었다.

❀　❀　❀

황후가 용종을 가지자 내명부는 그녀의 중심으로 움직이기 시작하였다. 가벼운 산책을 하는 것이 용종에 좋다는 말에 수련이 준비를 하고 밖으로 나왔다.

흐르는 시간만큼이나 수련의 배도 불러 왔다. 무거운 몸으로 움직이는 일이 쉽지는 않지만 하루에 한 번씩 하는 산책을 수련은 절대 빼놓지 않았다.

"언제 오셨어요?"

수련의 목소리에 뒷짐을 진 채, 정경을 보던 태휼이 몸을 돌렸다. 무거운 몸으로 발걸음을 서두르는 수련을 말린 그가 그녀의 가는 팔을 붙잡았다.

"혼자 다녀도 되는걸요."

"너와 걸을 시간은 충분해."

하루에 한 번, 태휼은 일부러 시간을 내서 수련과 함께 걸었다.

황제인 그가 시간을 내는 일이 쉽지 않다는 것을 알면서도 한편으로는 그가 자신만을 생각해 주는 것 같은 기분에 심장이 뛰었다.

태휼의 팔을 붙잡은 수련이 걷기 시작하자 그녀의 보폭에 태휼이 맞춰 걸었다.

황제와 황후가 함께 걷자 스무 보 떨어진 곳에서 내관과 궁녀들이 뒤를 조용히 따랐다.

"조금만 참으면 되는데도 길게 느껴진다."

그의 말에 수련이 미소를 지었다. 태기가 느껴진 것이 얼마 전이었건만, 배가 부르고 몸을 움직이는 일이 쉽지 않게 되었다. 아이를 가진다는 것이 이리도 어려운 일이었는지 괜찮다며 미소를 지었어도 온몸이 붓고 잠을 설치는 일도 비일비재하였다.

"그래도 이제 한 달만 참으면 되는걸요."

아이를 가졌을 때만 해도 잘 모르겠다고 말했던 그가 힘들어하는 수련의 곁을 지켰다. 궁인들에게 받기만 했던 태휼이었으나 수련에게만큼은 스스로 해 주려 하였다.

누구보다도 귀하고 감사히 여기는 태휼의 아이였다.

그녀가 할 수 있는 최선으로 건강한 아이를 그에게 주고 싶었다.

"태휼."

"음?"

태휼의 눈이 그녀를 향하자 수련의 눈에 빛이 감돌았다. 수련이 저런 표정을 지으면 꼭 생각지도 못했던 물음이나 아니면 그녀답지 않은 부탁을 해 오곤 했다. 나랏일과는 전혀 상관없는 소소한 부탁이기는 했으나 어쩔 때는 그의 진땀을 빼야 할 정도로 당황스러운 물음이 튀어나오기도 하였다.

"다른 부인들이 그러는 걸 얼핏 보았는데 저도 해 보고 싶더라고요."

언제나 문제는 황궁을 방문하는 귀족 여인들이었다. 내명부에 홀로 있는 수련의 말 상대로 오는 여인들은 수련이 알지 못하는 것을 알려 주거나 간혹 태휼조차도 곤혹스럽게 하는 물음을 던져 보라며 충동질을 하기도 하였다.

그런 물음을 해 델 바에야 오지 말라는 말이 목 끝까지 나오기 직전이었지만, 수련이 워낙 그들을 좋아하니 그러지 말라며 말릴 수도 없었다.

"태휼은 이 아이가 황자였으면 좋겠어요? 아니면 황녀였으면 좋겠어요?"

생각보다는 어렵지 않은 물음에 태휼이 속으로 안도하였다. 잠시 고민하듯 말이 없던 그가 수련의 팔을 두드리며 말하였다.

"음…… 상관은 없다고 생각한다만."

"그래도요. 지금이 아니면 언제 이런 질문을 해 보겠어요? 어서요!"

반드시 답을 듣겠다는 기세로 물어보는 수련의 행동에 태휼이 고민하였다. 솔직히 수련이 낳는 아이라면 진심으로 사내여도, 여인이어도 상관없었다. 아들이고 딸이고 귀한 수련을 닮기만 했으면 하는 바람뿐이었다.

"굳이 선택해야 한다면 황녀였으면 좋겠다."

"어렵게 얻은 아이인데 황자인 게 좋지 않을까요?"

"황녀나 황자이기 전에 널 닮았으면 싶다. 남아든 여아든 네가 주는 아이니 그것만으로도 충분해."

담담하게 나오는 말에 깃든 진심이 그녀를 흔들었다. 귀족의 대부분이 사내아이를 기대한다는 말을 들었건만, 그녀의 곁은 든든히 지켜 주는 이는 남아든 여아든 상관없다는 답을 하였다.

그녀의 하나뿐인 하늘.

저런 사내였기에 함께 있는 시간이 너무나도 행복했다.

"전 저보다도 폐하를 더 닮았으면 좋겠어요. 욕심을 내자면 폐하와 저 둘 다 닮았으면 좋겠고요."

그녀다운 대답에 태휼이 웃음을 터트렸다. 곱고 고운 자신의 여인. 현명하게 자리를 지켜 나가는 귀한 여인의 입술에 태휼이 입을 맞추었다.

시간이 흐르고, 날이 변하였다.

구름 한 점 없이 맑은 날, 황후가 진통을 시작하였다.

난산이라 꼬박 하루를 넘긴 진통 끝에 황후가 황녀를 낳았다.

황후의 모습을 그대로 빼닮은 황녀의 이목구비에 황제가 즐거운 웃음을 터트렸다.

무사히 황녀를 낳은 황후의 공을 치하하고자 황제가 굳게 닫혔던 창고의 문을 열고 백성들에게 곡식을 나누어 주었다.

삼칠일이 지나고, 건강한 모습의 황녀에게 황제가 원이라는 이름을 내렸다.

❀　❀　❀

가쁜 숨을 내쉬며 달려가는 여자아이의 묶은 머리가 바람에 흩날렸다.

시원한 바람이 아이를 달래 주듯 부드럽게 불어왔지만 그것만으로 부족한 듯 부지런히 달려가는 아이의 이마에는 땀이 송골송골 맺혀 있었다.

아이를 본 병사들이 깊게 고개를 숙였지만, 정작 인사를 받은 아이는 승정궁으로 들어가기 바빴다.

"어마마마!"

찾던 이를 발견한 듯 달려오던 걸음을 멈춘 아이의 입가에 환한 미소가 가득 생겨났다. 여자아이의 목소리에 상궁과 대화를 하던 여인이 몸을 돌렸다.

"어마마마!"

몸을 돌리며 보이는 미소에 걸음을 멈췄던 아이가 한달음에 여인의 품으로 뛰어들었다. 아이를 품에 안은 여인이 이마 가득 맺혀 있는 땀을 보며 눈을 좁혔다.

"원아. 무슨 땀을 이렇게 흘리는 것이냐?"

"어마마마! 아바마마께서 소녀와의 약속을 지키지 않으셨습니다!"

이제 일곱 살이 된 딸아이의 말에 수련이 고개를 갸웃했다. 원을 낳고 이 년 후에 아들인 진헌을 낳았다. 곁에서 묵묵히 자신의 의무와 책임을 다하는 황후를 오랜 시간이 지난 지금까지도 황제는 변함없이 아끼고 귀하게 여겼다.

"폐하께서 무슨 약속을 지키지 않으셨다는 것이냐?"

수련의 물음에 가쁜 숨을 내쉬던 원이 기다렸다는 듯이 입을 열었다.

"오늘 아바마마께서 활을 가르쳐 주시기로 했는데 아직도 대전에서 나오시지 않고 계십니다! 아바마마께서 소녀와의 약속을 지키지 않으셨습니다!"

원의 말에 수련이 미소를 지었다. 최근 태휼은 고위 가문의 관직 세습권에 대한 일로 연일 입씨름 중이었다. 쉽지 않은 일이라는 것을 알면서도 한 번은 해야 하는 일이었기에 하루가 멀다고 팽팽한 견제가 계속되고 있었다.

원을 품에 안은 채, 수련이 엄 상궁이 준비한 의자에 앉았다. 무릎에 앉아 있는 원의 이마에 맺혀 있는 땀을 소매로 닦아 주며 수련이 물었다.

"아바마마께서 원아에게 거짓을 말씀하신 적이 있으셨느냐?"

수련의 물음에 고심하던 원이 고개를 저었다. 어리기는 했지만 원은 영특하고 맑았다. 때로는 생각지도 못한 고집을 부려 수련이나 태휼을 놀라게 할 때도 있었지만, 그래도 거짓을 꾸미거나 말하는 일은 절대 없었다.

"그런 적은 없으셨습니다."

"아직 오늘이 지난 것이 아니니 폐하께서 약속을 어기신 것은 아니지 않으냐? 원아는 어찌 아바마마께서 약속을 어기셨다고 생각하는 것이냐?"

화를 내는 것도, 힐난하는 어조도 아니었다. 그저 원의 생각을 물어보는 어조였지만 거역할 수 없는 부드러운 힘이 느껴졌다. 아무리 기다려도 태휼이 오지 않아 충동적으로 승정궁으로 온 것이었지만 막상 수련과 대화를 하니 자신이 잘못했다는 생각이 먼저 들었다.

"소녀가 경솔하였습니다. 잘못하였습니다."

풀이 죽은 원의 머리를 수련이 어루만졌다. 아직 어리기에 감정이 앞서기는 했지만 하루가 다르게 원은 달라졌다.

생각하고 판단하는 것은 태휼을 닮았지만, 주변을 보며 그에 맞게 행동하는 것은 수련을 닮은 원이었다. 하물며 원의 모습에서 수련이 보이니, 태휼은 장녀인 원을 유난히도 예뻐하였다.

"조금 늦어지시는 것이니 착한 원아가 조금만 더 기다렸으면 싶구나. 그리해 줄 수 있겠느냐?"

"어마마마께서 서책을 읽어 주시면 안 되겠습니까? 소녀, 어마마마와 함께 책을 읽고 싶습니다."

원의 부탁에 당황한 엄 상궁이 수련을 바라보았다. 태휼이 바빠지면서 수련 또한 하루하루가 모자를 정도로 바쁜 시간을 보내고 있었다. 아직 어린 원이야 알지 못했지만, 지금 당장 처리해야 할 일이 산더미였다.

"황녀 마마. 지금은 황후 마마께서……."

엄 상궁을 말리려 수련이 손을 저었다. 엄 상궁의 만류에 눈치를 보는 원에게 수련이 미소를 지었다.

"원아가 보고 싶은 서책을 가져오거라. 함께 보자꾸나."

수련의 허락에 무릎에서 내려온 원이 한달음에 서책이 모여 있는 방으로 도도도 뛰어갔다. 방을 나가는 원을 보던 엄 상궁이 수련을 향해 고개를 숙였다.

"소인이 황녀 마마를 모시겠습니다."

"괜찮다. 서책을 읽는 일인데 무엇이 어려워서 너에게 넘긴단 말이냐?"

"오늘 하시지 않으면 밤을 새우셔야 하지 않겠습니까? 지난밤에도 무리하신 걸 아는데 어찌 소인이 그냥 지켜보고 있겠사옵니까?"

"원아가 간 후에 조금만 더 부지런히 움직이면 되겠지. 원아에게는 아무 말도 하지 마라."

"어마마마! 가져왔습니다!"

어느새 서책을 가져온 원이 수련의 곁으로 달려왔다. 원을 무릎에 앉힌 수련이 받아 든 서책을 펼쳤다. 원에게는 수련과 함께 서책을 읽는 시간이 무척이나 재미났다. 아무리 서책의 내용이 어려워도 수련은 원이 이해할 때까지 차근차근 이야기해 주었다. 시도 때도 없이 읽어 달라고 하는 행동에 귀찮아할 법도 했건만 원은 수련에게서 단 한 번도 그런 기미를 느끼지 못하였다.

따뜻한 수련의 품에서 귀를 기울이던 원의 고개가 점점 무거워졌다.

자면 안 된다는 걸 알고 있으면서도 한번 몰려오기 시작한 잠이 좀처럼 사라지지 않았다.

무거워지는 눈꺼풀을 억지로 들어 올리며 졸던 원이 멀지 않은 곳에서 느껴지는 기척에 고개를 돌렸다.

"아! 아바마마다!"

원의 목소리에 서책을 읽던 수련이 고개를 돌렸다. 어느새 무릎에서 내려온 원이 태휼에게 쪼르르 달려갔다. 달려오는 원을 태휼이 한 번에 안아 올렸다.

웃음을 터트리는 원의 목소리가 승정궁을 가득 채웠다. 압도적인 힘으로 철의 정치를 하고 있는 태휼이었지만 수련과 그녀가 낳은 아이들에게는 누구보다도 든든한 가군이자 아버지였다.

무슨 이야기를 하는지 원의 이야기를 듣는 태휼의 입가에 즐거운 미소가 생겨났다. 태휼에게 떨어지지 않으려는지 원의 작은 손이 용포를 꼭 붙잡고 있었다.

왠지 모를 묘한 기분에 수련의 눈앞이 뿌예졌다.

아무것도 없었던 그녀의 삶에 하나씩 소중한 것이 채워졌다.

그의 손을 잡자 혼자서는 절대 얻을 수 없었던 꿈같은 미래가 현실이 되었다.

원을 보던 태휼이 수련을 보며 손을 내밀었다.

그녀의 삶에 태휼이라는 존재가 있어 다행이었다. 그와 함께 만들어 낸 세상에서 그와 같이 있어서 행복했다.

태휼의 손을 붙잡으며 수련이 환한 미소를 지었다.

외전
화문(花門)

　태휼의 바람과는 다르게 아침부터 대전은 귀족들의 목소리로 소란스러웠다.

　누구의 목청이 센지 시험하는 것처럼 고함을 질러 대는 이들을 보던 태휼이 한심스럽다는 듯 손으로 턱을 기대었다.

　"진헌 황자 저하의 연치가 이제 겨우 여덟이시오. 폐하께서 아직 정정하시고 걱정할 정국 또한 없는 이 상황에서 황태자를 정하는 일은 너무나도 섣부르다고 생각하오."

　"폐하의 굳건한 치세로 혼란스러운 정국은 일어나지 않았소. 그렇기에 더더욱 황자 저하를 황태자로 세워 기반을 굳건히 해야 하는 것이 맞지 않겠소!"

　조금의 양보도 없이 팽팽히 대립하는 이들을 보며 태휼이 미간을 눌렀다. 오늘만큼은 모든 일을 잊어버리고 수련의 곁에서 쉴 생각이었다. 아이들을 보고 싶다는 영천왕의 서신에 막내인 이헌을 제외한 원과 진헌을 그가 쉬고 있는 경원궁으로 보낸 후였다.

앞으로 일주일은 영천왕과 있을 터, 대신들의 말대로 크게 걱정할 일은 없으니 오랜만에 수련의 곁에서 시간을 보낼 생각이었건만 이 순간을 기다렸다는 듯이 대신들이 들고 일어섰다.

"폐하! 결단을 내려 주시옵소서!"

"폐하! 아직 황자 저하의 연치가 너무 어리시옵니다! 지금은 결단을 내리실 때가 아니옵니다!"

자신만을 향하는 시선을 보며 태휼이 입꼬리를 올렸다.

느긋하면서도 부드러운 미소. 하지만 저 미소에 속은 이들이 모두 어찌 되었는지 대전에 모인 이들은 누구보다도 잘 알고 있었다. 저 모습에 방심하는 순간 죽는 것은 자신이었다.

어떻게든 황제를 자신들이 추구하는 방향으로 설득시켜야 했다.

"폐하!"

"짐 또한 언젠가는 황태자를 세우고 후일을 준비하는 것이 맞겠지. 내 반드시 그리할 터이니 그대들은 걱정할 필요가 없다."

"폐하. 황자 저하가 있는데도 후계의 자리를 비워 두는 일은 실로 위험한 일이옵니다."

"그대들이 쓸데없는 입을 놀리지 않는다면 그다지 위험한 일은 아니지."

"폐하! 무슨 말씀을……."

"듣고 싶은가?"

태휼은 웃고 있었지만, 그를 보며 목소리를 높이던 대신들의 말문은 막혀 버렸다. 말을 하지 않았을 뿐, 전부 알고 있다는 태휼의 모습에 자신을 숨기듯 모두 고개를 숙였다.

반면 그들을 노려보던 태휼은 넌더리가 난다는 듯 고개를 저었다. 황제인 그의 아이들이었기에 어쩔 수 없이 감당해야 할 일이기는 했지만 아직은 때가 아니었다.

수련이 낳은 단 세 명의 아이들. 하물며 태휼은 수련을 황후로 들인 후, 단 한 명의 후궁도 들이지 않았다. 후궁이라는 방법이 통하지 않으니 그의 아들이라도 이용할 생각일 터, 대신들의 생각을 뻔히 알고도 움직여 줄 생각 따위 없었다.

"더 말할 것이 있는 자들은 태화전으로 오도록. 조례는 이만 마치겠다."

말을 끝낸 태휼이 대전을 거침없이 빠져나갔다.

❀　❀　❀

"소녀. 위장군의 여식인 유화라고 하옵니다. 폐하께 처음으로 인사드립니다."

많이 잡아야 십 대 후반으로 보이는 어린 여인이었다. 위장군이라면 최근 도성에서 주도권을 잡기 위해 세를 모으는 이들 중 하나였다.

길을 막고 대담히 인사를 하는 유화를 태휼이 흥미로운 눈으로 바라보았다.

"위장군을 기다리는 것이라면 대전으로 가야 할 터, 어찌하여 위장군의 딸이 태화전 앞에서 짐 앞에 몸을 숙이고 있는 건가?"

옅은 화장에 소박한 옷이 여느 여식들과는 다른 모습이었다. 그녀의 모습에서 누군가의 모습이 겹쳐 보이는 건 기분 탓일 수도 있었다. 그저 가볍게 넘기는 착각일 수도 있을 터, 태휼의 시선이 꿰뚫듯 유화를 보았다.

사내들조차 피하는 시선에도 유화는 미소를 지을 뿐, 그의 눈을 피하지도 두려워하지도 않았다.

"폐하께서 후궁을 들이신다는 말씀을 들었사옵니다. 소녀, 무례하지만 폐하께 직접 인사를 드리고 싶어 이리 찾아뵈었사옵니다."

"음?"

이게 무슨 소리인가 싶어 눈을 좁혔던 태휼이 소리 없이 피식 실소를 지었다. 그러고 보니 얼마 전부터 후궁에 대한 말이 다시 나오기 시작하였다. 생각조차 없으니 포기하라 했거늘 악착같이 후궁을 받아들여야 한다며 말을 끊임없이 꺼냈던 기억이 있었다.

'그때의 주동자가 위장군이었지.'

대답하고 싶은 마음조차 들지 않았기에 답을 하지 않았을 뿐이었다. 그걸 받아들인다고 생각하고 움직이다니 자신도 자신이었지만, 귀족들도 만만치 않았다.

후궁에는 관심도 없으니 돌아가라는 말을 꺼내려던 태휼이 무슨 생각에서인지 유화를 조용히 응시하였다.

"위장군은 이 사실을 알던가?"

"아버지께서는 소녀가 황궁을 보고 싶어 하는 줄만 아시고 계십니다. 소녀가 이리했다는 것을 아시면 크게 경을 치실 것입니다."

"그런데도 짐에게 왔다?"

"폐하께서 황후 마마를 누구보다도 아끼신다는 것을 알고 있사옵니다. 쉽지 않은 자리라는 것을 알면서도 폐하를 뵙고 싶었습니다. 피할 수 없는 자리라면 부딪칠 수밖에 없으니까요."

당돌하면서도 대담한 대답에 태휼이 웃음을 터트렸다. 태휼의 웃음에 놀란 내시감이 헛것이라도 본 것 같은 눈으로 유화와 태휼을 쳐다보았다.

황후인 수련을 제외하고 여인 앞에서 저렇게 웃음을 터트린 일은 없었다. 믿을 수 없다는 눈으로 태휼을 보았지만, 정작 시선을 받는 그는 태연했다.

"피할 수 없는 자리라…… 짐의 후궁이 어떤 자리인지 모르지는 않을 터, 그럼에도 감당하겠다는 것인가?"

태휼의 물음에 미소를 지은 유화가 몸을 숙였다. 조금의 부족함도 없는 절제된 자세, 유화라는 여인에게서 수련을 처음 보았을 때의 모습이 보였다.

"부족하지만 폐하의 심중을 살피는 여인이 되겠사옵니다."

"정도를 넘으면 후궁으로 들어오지 않으니만 못하다."

태휼의 살기가 유화의 목을 졸랐다. 온몸을 짓누르는 살기에 무릎을 꿇고 있던 유화의 몸이 흐트러졌다. 하지만 무너지는 대신 입술을 깨무는 것으로 태휼의 살기를 이겨 냈다.

한편 유화를 보는 태휼의 눈은 전보다도 더 날카로워졌다. 보면 볼수록 처음의 수련을 보는 기분이었다.

감정을 알 수 없는 눈이 버텨 내는 유화를 오랫동안 바라보았다.

"송구, 송구하옵니다, 폐하."

"위장군이 찾을 것이다. 돌아가라. 그리고 입궁할 준비를 해라."

태휼의 명에 유화가 더 깊게 몸을 숙였다. 그의 기척이 완전히 사라진 후에나 몸을 일으킨 유화의 입가에 만족스러운 미소가 감돌았다.

얼마나 많은 사람에게 물어보고, 또 얼마나 오랜 시간 황제의 곁을 지키는 황후를 보아 왔는지 누구도 알지 못할 것이었다.

'이제 되었다.'

아닌 척 감추고 있었지만, 분명 황제의 눈은 그녀의 모습에서 황후의 예전 모습을 보고 있었다. 황후를 향한 황제의 연모는 그대로였지만, 어차피 연모는 움직이는 것이었다.

황후와 십 년을 함께했으니 새로운 여인에 관심을 가질 시기였다. 하물며 총애하는 황후의 모습을 그대로 따라 하는 자신이었으니 태흘의 마음을 흔드는 일은 시간문제였다.

'십 년을 계셨으니 이제는 좀 양보를 해 주실 때도 되지 않았습니까?'

모든 위에 군림한 지존이면서도 한 여인만을 바라봐 주는 그에게 마음을 빼앗겼다.

내내 후궁을 원치 않는다고 했던 황제가 처음으로 후궁을 받아들인다고 하였다.

하늘이 준 기회.

위장군은 신중해야 한다고 했지만 유화의 생각은 달랐다.

이제 황제의 곁에 있을 여인은 늙은 황후가 아니라 젊고 고운 자신이었다.

❀　❀　❀

"오랜만에 온 황궁이 생각보다도 소란스럽더군요."

석 달 만에 온 부겸이 수련을 보며 미소를 지었다. 하지만 평소와는 다르게 짓고 있는 미소에 힘이라고는 하나도 없었다.

문이 열리고 들어온 엄 상궁이 부겸과 수련의 앞에 가져온 다과상을 내려놓았다. 오랜만에 받아 보는 승정궁의 다과상에 부겸이 찻잔을 들었다.

"그저 지나가는 바람이지 않겠습니까?"

"바람치고는 제법 광풍이더군요. 소인. 원아와 진헌이를 돌려보내야 할지 고민이 될 정도라서 말이지요. 괜찮으십니까?"

"편안히 지내는 제가 걱정할 일이 또 무엇이 있겠습니까? 차가 식습니다. 어서 드세요."

황후를 총애하던 황제가 후궁을 들이겠다는 선언을 하였다. 갑작스러운 상황에 당황한 것도 잠시, 기회를 엿보던 가문들이 경쟁하듯 여식을 준비시키기 시작하였다.

승정궁에서 최대한 소란을 잠재우려 했지만, 귀족들은 물론이고 황궁의 궁인들에게서조차 하루가 멀다 하고 후궁에 대한 이야기가 끊임없이 흘러나왔다. 무거운 분위기를 잊어버리려는 듯 애써 수련이 밝은 어조로 부겸에게 물었다.

"원아와 진헌이는 어떠합니까? 혹 전하를 힘들게 하고 있지는 않습니까?"

황후에 즉위한 지 십여 년이 훌쩍 넘었지만 수련은 여전하였다. 연이어 들쑤시는 후궁의 이야기에 흐트러질 법도 했건만, 감정을 토해 내는 대신 참아 내고 이겨 내려 하였다.

혼자 생각할 시간을 주는 것이 맞았지만, 그럼에도 수련이 어찌하고 있는지 보고 싶었다.

그를 괴롭히던 불같은 연모는 과거의 감정으로 사라졌지만, 종종 함께하는 대화는 여전히 부겸에게는 재미난 일 중 하나였다.

"일주일만 머물게 하려던 아이들이 한 달이 되어 가고 있지 않습니까? 잘 지내고 있습니다. 일선에서 물러난 늙은이가 모처럼 즐거워하는 터라 좀 더 데리고 있겠다고 한 것뿐입니다. 다음 주에는 보내 드릴 터이니 걱정하지 마시지요."

"영천왕 전하와 계시는데 제가 무슨 걱정을 하겠습니까?"

"지금은 아이들보다는 황후 마마 자신을 걱정하셔야 할 때인 듯합니다만?"

부겸의 물음에 찻잔을 붙잡았던 수련의 손이 떨렸다.

후궁으로 들어올 예정인 위장군의 여식을 보며 태휼이 미소를 지었다고 하였다. 그저 일시적인 감정이라 넘기고 싶었지만, 그 말을 전한 사람이 내시감이었기에 허투루 넘겨지지가 않았다.

위장군의 여식에게 지었던 미소가 자신에게 보이는 것과 똑같다면…… 그럴 리가 없다고 생각하면서도 한번 시작된 의심은 수련을 놔주지 않았다.

자신도 모르게 수련이 주먹을 쥐었다.

"폐하께서 생각하는 일이 있으신 거겠지요."

십여 년이 넘게 황제의 총애를 홀로 받아 온 수련이었다. 다른 황제들이었다면 후궁을 들여도 몇 번이나 들였을 상황이었다.

수련이 어떤 마음인지는 알았지만, 어쩔 수 없는 상황인 것은 분명했다.

"이젠 때가 된 듯싶지 않습니까?"

"네?"

"소인과 도망치셔야지요."

무슨 소리냐는 듯 동그랗게 눈을 뜨고 있던 수련이 힘없이 웃음을 터트렸다. 황후로 즉위하기 얼마 전에 부겸이 해 주었던 말을 다시 들으니 십여 년의 시간이 꿈처럼 빠르게 흘러갔다.

내심 참으려 했지만, 서운함이 밀려왔다. 괜찮다며 억눌러 왔던 감정이 봇물 터지듯 터져 나왔다.

"또 절 시험하고자 하십니까?"

"황후 마마께서 언제 소인의 시험에 빠지신 적이나 있으십니까?"

숨을 참는 수련의 긴 눈썹에 눈물이 촉촉이 맺혔다.

황후가 되기 전에도 후궁들에게 거듭 목숨을 잃을 뻔했었으니, 더더욱 마음을 놓지 못하는 것도 있을 것이었다. 하물며 황궁으로 들어올 후궁 중에 유난히 수련과 똑같이 행동하는 계집이 있다는 정보까지 들은 후였다. 대담하게 찾아와 조심스럽게 몸을 숙이는 계집에게 황제가 흔들렸다는 소문이 황궁에 파다하게 퍼진 뒤였다.

"폐하께서는 후궁을 들이지 않는다고 약조하셨었죠. 물론 원아가 태어나기 전의 일이었고, 벌써 십여 년이 넘은 일이지만 그래도 믿을 것입니다. 그리고…… 폐하께도 말씀드렸지만 전 쉽지 않습니다. 들어올 후궁들에게 밀릴 생각은 전혀 없습니다."

감정을 추스른 수련에게서 나오는 말에 부겸이 입꼬리를 올렸다.

수련을 위로할 생각으로 온 걸음이었지만, 그럴 필요조차 없었다. 예전이나 지금이나 수련은 강했고 여전히 빛났다.

어두운 표정의 수련과는 달리 부겸의 입에는 은은한 미소가 지어졌다. 굳이 후궁에 대한 말을 더 꺼낼 필요가 없었다.

상심만 하고 있다면 이곳에 온 목적대로 말을 해 줄 생각이었다.

"황후 마마. 그런 때는 무슨 생각인지 폐하께 직접 물어보시는 것이 낫습니다. 혼자 속앓이를 하실 필요가 없습니다."

"저도 나이가 들긴 들었나 봅니다. 문성공이 무슨 말씀을 하시는지는 알고 있지만…… 겁이 나기는 합니다."

위장군의 여식에게서 자신을 본 것이라면.

그래서 그녀에게만 있던 연모가 옮겨 간 것이라면.

그의 입에서 나올 말이 어떤 것인지 알 수 없기에 더 무서웠다.

"황후 마마. 이헌 저하께서 드셨사옵니다."

말이 끝나기가 무섭게 문이 열리며 어린아이가 수련을 향해 달려왔다. 언제 그랬느냐는 듯 미소를 지은 수련을 향해 두 살 정도 된 사내아이가 종종걸음으로 품에 안겼다.

"어마마마!"

"황자가 잠에서 깬 것이냐?"

품에 안긴 아이의 등을 두드리며 수련이 미소를 지었다. 이헌을 다독인 수련이 부겸을 바라보았다.

"그새 많이도 컸습니다. 진헌이도 그렇고, 이목구비가 폐하를 닮은 것 같습니다."

"아직 어리니 폐하를 닮았다며 말씀드리기가 어렵습니다. 이헌아. 문성공께 인사드리거라."

수련의 말에 고개를 돌린 이헌이 활짝 미소를 지었다. 수련에게서 나온 이헌이 부겸의 품에 넙죽 안겼다. 생긴 모습은 태휼이었지만, 웃는 모습은 수련과 똑 닮아 있었다.

이헌의 손이 부겸의 뺨에 닿았다. 그 행동이 수련과 참으로 비슷하여 부겸이 즐거운 웃음을 터트렸다.

둘을 보며 미소를 짓고 있었지만, 수련은 부겸처럼 편안하게 웃을 수 없었다.

후궁이 들어온다.

홀로 가졌던 태흘의 총애를 나누어야 할 시기가 왔다.

머리로는 받아들여야 한다는 것을 알면서도 마음은 내키지 않았다.

몇 번이나 괜찮다며 스스로를 위로했지만, 속은 새까맣게 타들어 갔다.

❋   ❋   ❋

머리를 식힐 때마다 찾는 정자에서 태흘이 술을 기울였다. 등잔의 작은 불이 어두운 정자를 밝게 비추었다. 서늘한 밤바람이 뺨을 스치고 사라졌지만, 정작 정자에 앉아 있는 태흘의 표정은 처음에 왔을 때와 똑같았다.

후궁의 일로 연일 황궁은 소란스러웠지만 정작 일을 만들어 낸 태흘은 후궁에 대한 일을 입 밖으로 꺼내지 않았다.

"폐하. 황후 마마께서 오셨습니다."

담담했던 태흘의 입가에 옅은 미소가 감돌았다. 내시감의 뒤에 있는 수련을 보며 태흘이 손을 내밀었다. 태흘을 복잡한 눈으로 보던 수련이 치맛자락을 들어 정자에 올랐다. 말없이 다가오는 수련을 보던 태흘이 눈을 좁혔다.

태흘의 반대편에 수련이 앉자 태흘이 내시감을 향해 입을 열었다.

"황후와 단둘이 있겠다. 모두 물러나라."

태흘의 명에 고개를 숙인 내시감이 주변에 있는 이들을 데리고 물러났다. 기척이 완전히 사라지자 태흘이 수련을 보며 미소를 지었다.

그의 미소는 그대로였건만, 수련은 그를 향해 전처럼 미소를 짓기 힘들었다. 자신을 추스르려고 해도 하루에도 몇 번씩 서운함과 배신감이 치밀다가 사라지기를 반복하였다.

"황후와 술 한잔이라도 같이 하고 싶어 불렀다. 그런데 왜 그런 표정인가?"

"신첩이 술을 못한다는 걸 폐하께서도 아시지 않습니까?"

신첩과 폐하라는 말에 태흘이 미간을 좁혔다. 사람을 물렸을 때의 둘은 황제와 황후이기 전에 부부였다. 같이 있는 순간만큼은 폐하라는 호칭보다는 이름이나 당신으로 부르던 수련이 지금만큼은 격식을 차려 부르고 있었다. 손을 내밀어도 붙잡지 않았고, 다가오라는 말에 선을 지켜 앉았다.

수련의 반응에 태흘이 조용히 숨을 내쉬었다. 흔들릴 것으로 생각했지만, 이 정도로 힘들어하는지는 생각하지 못했다.

"술을 못하니 같이 하자고 하는 것이 아닌가?"

능청스러운 대답에 수련이 말없이 그를 응시하였다. 잠시 후, 수련이 고개를 저었다.

"지금 술을 마시면 신첩이 크게 실수를 할 것 같습니다. 마시지 않겠습니다."

"우리 사이에 말하면 실수라고 할 것이 또 무엇이 있는가? 그리고 이렇게 단둘이 있는 것도 오랜만이지 않은가."

속마음을 보고 있는 것처럼 빠져나가려는 수련을 태흘이 거듭 붙잡았다.

원망스러운 눈으로 한참 태휼을 바라보던 수련이 길게 한숨 내쉬었다. 수련은 태휼을 보기 힘들어하는 듯했으나 그는 수련을 보낼 생각이 없었다.

미리 준비한 잔을 수련의 앞에 내려놓은 그가 술을 채웠다. 과실주의 달콤한 향이 밤바람에 실려 코끝을 간질였다.

"폐하께서 마시라고 하신 것입니다. 후회하지 마세요."

마지못해 하는 허락에 태휼이 미소를 지었다.

❀　　❀　　❀

한 잔, 두 잔, 술잔이 비워지고 수련의 얼굴이 보기 좋게 붉어졌다. 단정한 모습은 어느새 흐트러질 대로 흐트러져 있었다.

술을 먹어도 취하지 않는 태휼과는 달리 수련은 탕약만큼이나 술에 약했다. 아무리 마음속 깊이 숨겼던 일도 술을 마시면 나왔기에 종종 수련의 본심을 듣기 위해 쓰는 태휼만의 방법이었다.

"미워요."

"얼마나 미운데?"

"많이요. 아주 많이 미워."

무릎을 하나로 모은 수련이 머리를 기댔다. 붉은 눈에 그렁그렁 눈물이 맺혀 있었다.

모두가 아는 황후는 조용하지만 담대하고 자비로웠지만 자신의 신념을 꺾지 않는 단단한 여인이었다. 하지만 둘만 있을 때의 수련은 여리고 나긋했다.

잔을 내려놓은 태휼이 턱을 괴고 수련을 바라보았다.

"언제나 저밖에 없다고 하셨잖아요."

"그랬었지. 지금도 그러하고 말이지."

"원아를 낳고 진헌이랑 이헌이를 낳고 나서도 폐하를 믿었어요."

"지금은 안 믿는가?"

태휼의 물음에 무릎에 얼굴을 묻고 있던 수련이 고개를 들었다. 젖어 있는 눈이 태휼의 심장을 뛰게 하였다. 서운하다며 하소연을 하는 수련에게는 미안했지만 저 모습을 보기 위해서 술을 먹일 때도 있었다.

무엇보다도 수련이 투기를 부리는 모습을 한 번도 보지 못했던 그였다. 수련은 놀리지 말라며 화를 낼 수도 있었지만, 수련이 투기를 부리는 조금 더 보고 싶었다.

"지금은 안 믿느냐 물었다."

태휼의 물음에 수련이 입술을 깨물었다.

자신은 화가 나고 속상하건만, 그녀를 보는 태휼은 이 상황에서 조차도 여유로웠다. 언제나 자신만 더 좋아하고, 자신만 더 많이 표현하였다. 그 때문에 이런 일이 일어나 버린 기분이었다.

"후궁을 들이시지 않겠다고 하실 때는 언제고 왜 말을 바꾸세요? 그리하시고는 저에게 믿으라고 말씀하시는 거예요?"

"내가 후궁을 들이겠다고 했던가?"

무슨 소리냐는 듯 수련이 미간을 좁혔다. 자신을 또 놀리려 하는 것인가? 아니면 방심시키고자 기만하려는 것인가.

태휼이 수련을 보듯 수련이 그를 보았지만, 그는 전혀 변화가 없었다.

"난 한 번도 후궁을 들이겠다는 말을 한 적이 없다. 후궁을 들이라는 말에 귀찮아서 대답을 안 한 적은 있지만 말이다."

"하지만 위장군의 여식을 황궁에 들이라 명하셨잖아요?"

"아…… 같잖게 널 따라 하기에 이참에 네 시중이나 들어 보라며 보내 볼 생각이었다. 위랑이었을 때의 네 모습을 보여 주고 싶었나 본데 보기 싫을 정도로 형편없더군."

"그럼 내시감께서 웃으셨다는 건…….."

"그 노인네도 나이가 들었다. 진심으로 즐거워 웃는 건지 어이가 없어서 웃는 건지 구별도 못 하니 말이다."

대화를 이어 갈수록 어두웠던 표정이 점점 밝아졌다. 좀처럼 지워지지 않던 복잡한 감정이 태휼의 말을 들을수록 제 힘을 잃고 수련에게서 사라져 갔다.

웅크리던 수련이 태휼을 향해 가까이 다가왔다. 태휼의 **뺨**을 수련의 손이 조심히 감쌌다.

떨림이 느껴지는 손을 감싸며 태휼이 미소를 지었다.

'그런 때는 무슨 생각인지 폐하께 직접 물어보시는 것이 낫습니다.'

"아!"

"부겸이 하나는 말하고 다른 하나는 말하지 않았군. 그 장난기가 어디로 가겠느냐마는 어찌 매번 속는 건가?"

"문성공 핑계 대지 마세요. 폐하부터 절 속이신 거잖아요."

"음?"

뺨을 감쌌던 손을 뗀 수련이 원망하듯 태휼을 흘겨보았다. 태휼의 진심을 들은 건 다행이었지만, 참았던 화가 다시 터져 나왔다.

한 번이라도 언질을 주었다면 이렇게까지 힘들지 않았을 일이었다.

그녀 혼자 걱정하고, 혼자 멋대로 생각했던 일이 부끄러웠다. 술기운 때문이 아니라, 멋대로 생각한 자신에게 부끄러운 나머지 얼굴이 붉게 달아올랐다. 더는 태휼을 마주 보며 말할 수 없었다.

"이만 돌아갈래요."

"이제 시작인데 어딜 가는가?"

"놔주세요. 저 갈 거예요!"

가겠다는 수련과 안 보내려는 태휼 사이에 실랑이가 벌어졌다. 긴 치맛자락을 발에 밟은 수련이 몸을 휘청거리자 태휼의 팔이 그녀의 허리를 잡고 품에 가두었다.

바둥거리는 수련의 팔을 머리 위로 올린 그가 한쪽 입꼬리를 올렸다. 먹이를 잡은 맹수의 눈으로 바라보는 태휼이 굳게 다문 입술을 향해 고개를 숙였다. 놓아 달라며 입술을 굳게 다문 것도 잠시, 붉게 달아오른 얼굴로 수줍게 입술을 열었다.

달금한 당과의 육즙을 마시듯 입 안의 체액을 전부 빨아들였다. 도망갈 생각 따위 애초에 하지 말라는 듯 허리를 감은 굵은 팔에 힘이 잔뜩 들어가 있었다.

"태…… 흐윽."

가쁜 숨을 내쉬는 수련의 입 안을 몇 번이고 탐하고 또 탐하였다. 수련이 힘들어하면 멈추었던 태휼이 오늘만큼은 그녀에게 더욱 밀착하였다.

"하아. 하아."

깨물고 빨아들이느라 붉게 부어오른 수련이 연신 가쁜 숨을 내쉬었다. 그를 미치게 하는 체향이 그를 유혹하듯 진하게 맡아졌다.

그를 한계까지 미치게 하는 여인은 품에 갇혀 있는 수련뿐이었다.

"물어보지 않기에 이해하는 줄 알았더니만."

"그래도…… 흐윽. 태휼이 다른 생각을…… 하는 것일 수도……
하아."

치마 속을 거침없이 파고든 손이 허벅지를 부드럽게 쓸었다. 고개를 돌리면서 보이는 새하얀 목덜미에 입술을 묻자 그녀의 맥이 생생하게 느껴졌다.

"다른 생각이 있기는 있었지."

"네?"

수련의 눈에 깃들어 있던 불안이 사라졌다. 여느 때처럼 빛을 가득 품고 바라보는 시선에 태휼이 미소를 지었다. 수련을 따라 하는 유화를 본 순간부터 들었던 생각이었다.

그에게 적의를 드러내는 이들은 상관없다. 하지만 유화가 적의를 드러낸 사람은 수련이였다.

다시는 수련의 자리를 노리지 못하도록 짓밟을 터, 그러기 위한 덫이었을 뿐이었다.

"그렇게 미끼를 던져야 불손한 무리들이 기다렸다는 듯이 달려들지 않겠나. 다만 날 조금은 믿어 줄 줄 알았다."

"태휼을 믿었으니까요. 믿었으니까 내내 참고 있었던 거죠!"

한결 마음이 가벼워졌는지 수련에게서 답이 바로 나왔다. 본래의 모습으로 돌아온 수련의 어깨에 태흌이 얼굴을 묻었다. 같은 곳을 바라보며 함께 나이를 먹어 갔다. 처음 여상환의 집에서 보았을 때와 황후인 수련은 전혀 달라지지 않았다. 여전히 수련은 젊고 고왔지만 또 시간이 지나도 자신이 수련에게 가지고 있는 마음이 바뀔 거라고는 생각하지 않았다.

세상의 누구도 그를 이렇게까지 채워 줄 수 있는 여인은 없다. 수련이 있기에 지금의 자신이 있었다.

"아무래도 당분간은 내 황후에게 내가 누구인지부터 가르쳐야겠다."

"태흌! 그게 아니라…… 흐웃."

더 이상의 말은 하고 싶지 않았다. 품에 갇혀 있는 수련은 매혹적이었고, 이야기로 시간을 보내기에는 밤은 길지 않았다. 밤바람이 둘 사이를 싸늘하게 불어왔다. 이대로 품에 안으려던 태흌이 수련을 안아 들었다.

"옮기자."

"어디로요?"

풀어진 옷을 추스르며 수련이 그에게 물었다. 장난기가 가득 찬 그를 보는 순간, 더 이상의 물음은 필요가 없었다.

만인에게 두려운 황제, 하지만 그녀에게 태흌은 두렵기보다는 의지하고, 마지막까지 함께 갈 유일한 사람이었다. 마음대로 하시라는 듯 수련이 태흌을 붙잡자 그가 움직였다.

이듬해 후궁을 들여 외척으로 힘을 가지려 했던 가문들이 역모를 일으켰다.

위장군의 여식으로 황후의 시중을 들던 유화가 황후의 차에 독을 타려다가 발각되었다. 유화의 죽음을 빌미로 일어난 역모는 도성에 도착하기도 전에 준비되어 있던 황군에 의해 진압되었다.

태평성대. 강인한 황제와 현명한 황후가 만들어 가는 세상에서 호연의 상황은 점차 나아져 갔다.

❊　❊　❊

일곱 살인 이헌이 수련을 찾아 연신 황궁을 두리번거렸다. 단잠을 자고 나니 수련이 보이지 않았다. 시중을 드는 상궁에게 물어보니 태휼이 찾으셔서 나가셨다는 말을 전하였다.

이제 겨우 일곱 살, 황자이기 전에 어린아이였다.

흐릿한 눈을 비비며 황궁을 돌아다니는 이헌에게서 태휼의 모습이 보였다. 아직 어렸지만 또렷한 눈매와 앙다문 입이 태휼의 그것과 아주 흡사했다.

"이헌 저하."

"어마마마는?"

"소운정에서 폐하와 함께 계시는 것을 보았습니다."

"응. 알았어."

안내해 드리겠다는 궁녀들을 물리며 이헌이 소운정을 향해 걸어갔다. 아직 황궁의 지리를 다 외운 것은 아니었지만, 소운정은 태휼과 수련이 함께 시간을 보낼 때마다 있는 곳이었다.

인사를 하는 궁인들과 병사들을 지나 소운정이 있는 서문으로 들어섰다. 고개를 숙이려는 상궁 중 엄 상궁을 발견한 이헌이 쪼르르 그녀에게 달려갔다.

"엄 상궁!"

"이헌 저하."

"어마마마께서 여기 계셔?"

"폐하와 함께 계십니다. 좀 전에도……."

"응! 알았어!"

"저하!"

놀란 엄 상궁이 거듭 이헌을 불렀지만, 이미 몸을 돌려 소운정을 향해 뛰어가기 시작한 뒤였다. 황궁은 이헌에게는 보고 또 봐도 새로운 곳이었다. 하루 종일 뛰어다녀도 끝을 알 수 없을 정도로 황궁은 넓었다. 혼자서 심심할 때쯤이면 여지없이 형인 진헌이 나타나 이헌과 함께 놀아 주었다.

해가 지도록 놀고 나면 진헌과 이헌을 데리러 원이 왔다. 어마마마인 수련과 똑같은 체향을 가진 원의 등에 업혀 있다 보면 자신도 모르게 잠이 밀려왔다.

"아!"

소운정을 가던 이헌의 눈에 수련이 보였다. 그토록 찾던 이가 보이자 이헌이 환한 미소로 입을 열었다.

"어마…… 읍!"

있는 힘껏 수련을 부르려던 이헌의 입을 가늘고 하얀 손이 덥석 막았다. 갑작스러운 일에 발버둥을 치던 이헌이 고개를 들었다.

"누님!"

"쉿!"

이헌을 조용히 시킨 원이 조심스러운 눈으로 수련과 태휼을 향하였다. 수련의 다리를 베고 누운 태휼도, 그런 태휼과 함께 있는 수련도 좀 전과 달라지지 않았다. 둘을 바라보던 원이 안도의 한숨을 내쉬었다.

이헌을 안은 원이 태휼과 수련에게서 최대한 떨어졌다. 원의 곁으로 다가온 진헌이 이헌을 바라보았다.

"진헌 형님!"

"어마마마와 아바마마가 저렇게 계실 때는 가까이 가는 거 아니라고 했지!"

진헌의 말에 이헌이 고개를 푹 숙였다. 한참을 찾았던 터라 잠시 잊고 있었다. 하지만 아직 어린 이헌에게는 진헌이 왜 가지 말라고 하는지 이해할 수 없었다. 저런 때 자신이 가더라도 수련은 물론이고 태휼 또한 그를 반겨 주었다.

가고 싶다는 얼굴로 진헌을 쳐다봤지만, 이헌보다 다섯 살 위인 진헌은 꿈적도 하지 않았다.

"안 돼."

진헌의 말에 이헌의 눈이 촉촉이 젖어 들었다. 이헌이 울음을 터트릴 듯하자 원이 재빨리 막냇동생을 달래었다.

"오늘은 누나가 같이 놀아 줄게."

"정말?"

최근 여러 가지를 배우는 터라 좀처럼 놀아 주지 않는 원이 직접 나서자 이헌의 얼굴에 화색이 돌았다. 믿을 수 없다는 눈으로 바라보는 이헌의 손을 붙잡으며 원이 고개를 끄덕였다.

원의 손을 꼭 붙잡으며 이헌이 미소를 지었다. 번쩍 이헌을 안은 원이 진헌을 보며 말했다.

"아바마마와 어마마마께서 아시기 전에 나가자."

원의 말에 진헌이 고개를 끄덕였다. 귀족들은 모르게 태휼은 원에게 후계자 수업을 받게 하고 있었다. 괜찮은 듯 보여도 어젯밤 내내 태휼이 준 문제의 답을 찾느라 원이 한숨도 못 잤다는 것을 알고 있었다.

피곤하다며 짜증을 부릴 법도 했건만, 이헌을 안은 원은 그대로였다.

"누님도 대단하시오. 그렇게까지 배우고 싶은 거요?"

"원래는 네가 배워야 하는 거잖아."

태휼은 원와 진헌에게 똑같이 후계자 수업을 하려 하였다. 하지만 진헌은 수업을 받고 싶지 않다고 하였다.

태휼의 앞에서 진헌은 황제가 되고 싶지 않다고 하였다. 그리고 진헌의 답을 들은 태휼은 주저 없이 그를 수업에서 제외하였다.

"난 아바마마처럼 귀족들과 머리싸움을 하고 싶지도 않고, 또한 아바마마처럼 후궁을 들이라며 달려드는 귀족들에게서 부인을 지킬 자신도 없소. 아무리 생각하고 또 생각해도 난 권좌에 앉을 자격이 없단 말이오."

"넌 배포가 있잖아. 그런 소리를 해도 충분히 잘할 수 있을걸?"

"그건 누님 생각일 뿐이고 난 좀 다릅니다. 권좌가 마음에 들지 않으니 차라리 관심조차 안 가질 생각이오. 그리고 누님이 알아서 잘하지 않겠소? 나보다야 몇 배는 잘하겠지."

깍지 낀 손을 뒤통수에 갖다 대며 진헌이 편안하게 말을 이었다. 느긋한 진헌과는 달리 원은 조금 걱정이 되었다.

태휼이 했던 자리를 자신이 받을 수 있을까? 한다 안 한다를 떠나 여황제를 대신들이 인정할 리가 없었다. 하지만 태휼은 원이 걱정할 일은 아니니 마음에 담아 두지 말라고 하였다.

아버지인 그를 믿지 못하는 것은 절대 아니었다. 도리어 태흘이 직접 꺼낸 말이었기에 더욱 걱정이 되었다.

태흘은, 호연의 황제이자 자신의 아버지인 그는 원을 자신의 후계로 세울 생각이었다.

"누님에게 해코지하는 이들이 있다면 내가 가만두지 않을 테니 그리 걱정하지 마시오."

"네가 어떻게 해 줄 건데?"

"아바마마께 문성공이 있듯이 내가 누님 곁에서 그리하면 또 어찌 되지 않겠소? 어? 안 믿는 거요?"

진헌의 말에 원이 웃음을 터트렸다. 아직 어린 동생이었지만 어떨 때 보면 그녀보다도 더 어른스러웠다. 어차피 정해진 일은 없었다. 혼자면 어렵겠지만, 그녀의 곁에는 진헌도 있었고 어리지만 영특한 이헌도 있었다.

"우선 여기서 나가자."

이헌을 안은 원을 따라 진헌이 뒤를 따랐다.

※　※　※

"애들이 왔다가 갔나 봐요."

뒤에서 들려오던 소리에 귀를 기울이던 수련이 태흘이 향해 미소를 지었다. 아이들이 커 가면서 수련도 나이가 들었지만, 속삭이는 목소리는 예전이나 지금이나 똑같았다.

수련의 다리에 머리를 기댄 채, 누워 있던 태휼이 감았던 눈을 떴다. 나이가 들었어도 그는 여전히 강하였고, 날카로운 시선을 가지고 있었다.

하지만 그의 위압감은 귀족들을 상대할 때나 필요한 것이었다. 지금은 모처럼 수련의 곁에서 쉬고 있었고, 이 상황을 방해할 사람은 누구도 없었다.

"안 들려."

"전 너무 잘 들리는데요?"

"어차피 갔지 않은가. 가지 마. 하나도 아니고 셋인데 오늘만큼은 알아서 잘 지낼 거야."

아이들이 커 가고, 함께 나이를 먹어 가면서 태휼은 조급해졌다. 수련과 함께하는 시간이 너무나도 빠르게 흘러갔다.

"오늘은 둘이서만 있자."

태휼이 수련의 손을 붙잡았다. 한시도 떨어뜨려 놓고 싶지 않았다.

황궁에서, 아니 호연에서, 어쩌면 자신이 사는 세상에서 유일하게 그 자신을 이해하고 받아들일 수 있는 유일한 여인이었다.

무릎베개를 한 태휼이 수련의 품을 파고들었다. 오직 자신의 품에서만 본모습을 보여 주는 그를 수련이 물끄러미 바라보았다.

넓은 하늘을 보는 것처럼, 때로는 끝을 알 수 없는 바다를 마주하는 것처럼 태휼은 언제나 그녀의 곁을 지켜 주었다. 그의 아이를 낳고 그와 함께 있으면서 마냥 좋은 일만 있었던 것은 아니었지만, 그럼에도 태휼과 함께하는 삶을 후회한 적은 단 한 번도 없었다.

"해가 곱게 저무네요."

수련의 말에 태휼이 고개를 돌렸다.

하늘을 붉게 물든 노을이 수련의 말처럼 무척이나 고왔다.

그녀를 만나지 않았다면 이런 삶은 생각하지도 못했을 것이다. 끝없이 추구하는 힘에 지쳐 끝내 자신을 놓았을 수도 있었다.

나라를 부강하게 하였고, 그와 그녀의 자식들은 걱정 없이 잘 자라 주었다.

이제 원을 자신의 후계로만 세운다면 자신이 이루어야 할 일은 어느 정도 끝날 것이었다.

"선위를 하게 된다면……."

태휼의 말에 노을을 보던 수련이 고개를 숙였다. 태휼의 손이 수련의 뺨을 감싸자 그녀의 손이 태휼의 손을 감쌌다.

"언제가 될지는 모르겠지만 그때가 된다면 황궁을 나가자."

어디로 가든지 수련과 함께 있을 수 있다면 상관없었다.

호연을 둘러봐도 될 것이고, 다른 나라를 보는 것도 나쁘지 않을 터였다.

젊었을 때의 태휼과 수련이 될 수는 없겠지만, 지금의 모습도 상관없었다. 모든 것을 내려놓고 하루하루를 그녀와 함께 보내는 것도 즐거운 일이 될 것이다.

"당신이 어디를 가든 함께 있을 거예요."

주저 없이 나오는 답에 태휼이 미소를 지었다.

노을을 보던 태휼이 피곤한지 눈을 감았다. 수련의 손이 잠든 태휼의 머리카락을 어루만졌다.

그녀의 생애에 유일한 정인.

그녀의 전부를 빛으로 가득 채워 줄 수 있는 유일한 사내.

그녀의 마지막까지 같은 곳을 보며 함께 걸어갈 유일한 사람.

잠든 태휼의 입술에 수련이 입술을 가져갔다. 짧게 닿았다 떨어지려는 순간, 태휼이 감았던 눈을 떴다.

시선과 시선이 만났다.

그녀의 세상인 사내를 보며 수련이 환한 미소를 지었다.

"연모해요. 그리고 감사해요."

그녀의 고백에 태휼이 미소를 지었다. 그녀의 말에 답을 하는 대신 몸을 일으킨 태휼이 붉고 고운 입술에 자신의 입술을 맞추었다.

곱디고운 노을이 두 사람을 붉게 물들였다.

작가 후기

화문이 끝났습니다.

원래는 미친놈과 기회주의자가 만나 새사람이 된다는 가벼운(?) 줄거리로 시작한 이야기는 너무나도 강한 태흉의 성격과, 다른 의미로 제멋대로인 수련이 만들어지면서 생각 외로 고생하게 되었습니다.

'도대체 언제쯤 끝나요?' 라는 말을 계속 들을 정도로 길게 이어졌던 글인데 그럼에도 생각했던 줄거리대로 잘 마무리되어서 다행입니다. 이제 뭐 제가 쓰지 않아도 잘 먹고 잘 살 애들이니까요. (우선 제일 먼저 걱정해야 할 건 제 비루한 몸입니……)

한 권 한 권 책이 늘어 갈 때마다 같이 늘어가는 울렁증을 관리해 주시느라 고생하시는 로맨스화원 작가님들 감사드립니다. 물심양면으로 함께해 주는 비향 작가님, 박윤애 작가님, 루연 작가님 감사합니다! 그리고 앞으로도 잘 부탁드립니다. (필요하시면 각서공증 같이 받으러 갑시…… 어허허허.)

특히 제목 지어 줘, 원고 봐 줘, 가끔 난리를 치는 무연이 잡아 주시느라 고생하는 꽃신 작가님. 앞으로도 잘 부탁드립니다. (아, 그러고 보니 흑월 때부터 각서 공증 좀 같이 받자고 했는데 못 받았네요. 조만간 변호사 한번 보러 갑시다.)

엄청난 오타만큼이나 문제가 많은 원고를 보시느라 고생하신 뿔미디어의 김 편집자님과 이 편집자님께도 감사드립니다. 덕분에 편하고 즐겁게 작업하였습니다. (두 분이 어떠셨을지는…… 이번에도 장담은 못 하겠습니다.;;;;;;)

그림자 황제 때도 그렇고, 이번에도 편안하고 즐겁게 작업할 수 있게 해 주신 뿔미디어의 모든 분께도 감사드립니다.

마지막으로…… 부족한 글임에도 예쁘다! 잘한다! 우쭈쭈 해 주신 고운 독자님들께 진심으로 감사드립니다. 여전히 부족하고, 갈 길이 먼 글쟁이이지만 앞으로도 노력하겠습니다. (그러니 너 누구니 하면서 모른 척하시면 아니 되옵니다!!!)

부족한 글임에도 그 안에서 소소한 즐거움과 잠깐의 평안을 느끼셨으면 하는 바람으로 이만 줄일까 합니다. 얼마 남지 않은 한 해의 마무리가 되는 글이기를 바라며…… 태흘과 수련처럼 행복하시기를 바랍니다!

그럼 전 다음 글로 인사드리겠습니다. 다시 한 번 모든 분께 감사드립니다!

— 무연 올림

화
문

초판 1쇄 찍음 2016년 11월 22일
초판 1쇄 펴냄 2016년 11월 29일

지은이 | 무 연
펴낸이 | 정 필
펴낸곳 | (주)뿔미디어

기획 · 편집 | 김수정

출판등록 | 2002년 9월 11일 (제1081-1-132호)
주소 | 경기도 부천시 원미구 소향로 17, 303(두성프라자)
전화 | 032)651-6513 / 팩스 | 032)651-6094
E-mail | dahyangs@naver.com
블로그 | http://blog.naver.com/dahyangs
비북스 | http://b-books.co.kr

값 9,000원

ISBN 979-11-315-7557-4 04810
ISBN 979-11-315-7555-0 04810(세트)

www.bbulmedia.com